Elise Polko

Musikalische Märchen

Salzwasser

Elise Polko

Musikalische Märchen

1. Auflage | ISBN: 978-3-84608-498-4

Erscheinungsort: Paderborn, Deutschland

Erscheinungsjahr: 2015

Salzwasser Verlag GmbH, Paderborn.

Nachdruck des Originals von 1890.

Musikalische Märchen,

Phantasieen und Skizzen

von

Elise Polko.

22. Auflage.

Mit Titelbild.

Leipzig,
Johann Ambrosius Barth.
1890.

O Tonkunst, du schlägst die zerlaufenden Wellen des Meeres der Ewigkeit an das Herz der dunklen Menschen, die am Ufer stehn und sich hinüber sehnen! Bist Du das Abendwehen aus diesem Leben oder die Morgenluft aus jenem?

Jean Paul.

Inhalt.

Musikàlische Märchen,

Phantasieen und Skizzen.

Erster Band.

Ein' feste Burg ist unser Gott.

> Der große Künstler muß in der Stunde, wo er seine Mosisdecke aufhebt, und auf seinem Berge die ewigen Gesetze der Kunst empfängt, sein tieferes Leben und Genießen und Leiden vergessen, und indem er gen Himmel steigt, muß unter ihm die Erde mit ihren kleinen Reichen zusammenkriechen und unter der letzten Wolke verschwinden.
>
> Jean Paul.

Ein Herbstabend voll Winterahnung war einem trüben, kühlen Oktobertage gefolgt; Nebelgestalten huschten über die Felder, ein eisiger Wind stand auf und riß erbarmungslos die schönsten bunten Blätter, die mit matten Kräften sich noch an die Bäume anklammerten, herab und streute sie unter die eilenden Füße der Wandernden. Auf der ganzen Natur lag eine beklemmende Bangigkeit — es war, als töne die Stimme des Winters aus der Ferne herüber und erzähle von kommenden schaurigen Tagen, langen dunklen Nächten, von Eisblumen und Schneeflocken. In der Stadt aber, die da mitten in einer großen Ebene zusammengedrängt lag, sah es heiterer aus als draußen; die Menschenkinder hatten sich, des Herbstes spottend, in ihre warmen Häuser zurückgezogen; aus allen Fenstern brach freundlicher Lichtschein, ein Zeichen traulicher Behaglichkeit. Es war etwa um das Jahr 1732 und die Stadt, von der ich eben rede, nannte man Leipzig. Sie war, umgeben von tiefen Gräben, hohen Wällen und stattlichen Linden, recht geschützt und trotzig anzuschauen. Die Häuser waren fast alle schmal und hoch, mit seltsam spitzen, vorspringenden Erkern und hier und da kleinen Türmlein auf den Dächern; Kirchturmspitzen zeigten sich hingegen spärlich. In der Kantorwohnung der ehrwürdigen Thomasschule, nahe bei der stattlichsten Kirche Leipzigs, flackerte aber das Lichtlein an besagtem Oktobertage ganz besonders hell; viel frohe Stimmen ertönten da; es war dort eine gar einträchtige Familie versammelt.

An dem schweren eichenen Tische, der mitten in der engen, mit großen dunklen Schränken und wunderbar gestalteten Stühlen geschmückten Stube stand, saß ein Mann in stattlicher, aber etwas rauher Lockenperrücke und schlichtem schwarzen Anzuge. Sein Angesicht war voll und blühend; eine ernste Freundlichkeit umspielte die Winkel des festen Mundes; hoheitsvoll und klar war die Stirn, und der Blick der feurigen, schwarzen Augen hatte eine ganz unbeschreibliche Gewalt, eine Macht, deren Einflusse sich nicht leicht eine Menschenseele zu entziehen vermochte. Man mußte immer und immer wieder in diese Zauberaugen hineinschauen; es war, als sollte man dann ganz überirdisch schöne Dinge erfahren, als sollte man dann gut werden, oder Flügel bekommen, und das Herz hob sich in der Brust, als zögen es diese dunklen Augen gewaltsam zu sich, von denen man glauben mußte, daß sie, um nicht zu blenden, einen schwarzen Schleier über das unergründliche Lichtmeer geworfen hätten, das in ihnen wogte und wallte.

Es war dieser Mann, von dem wir reden, der Herr Kantor Johann Sebastian Bach, wohlberühmt in der ganzen Stadt wegen seines gar prächtigen Orgelspiels. Die guten Leute sagten ihm aber sonst nach, daß er ein wunderlicher Kauz sei, mit dem man nicht gut fertig werden könne, und schüttelten oft über seine merkwürdig krausen Figuren und unverständlichen Phantasien auf der Orgel bedenklich die weisen Köpfe. Es konnte aber doch kein einziger die Kirche verlassen, wenn der Kantor eben spielte, und ein Schauer nach dem andern flog durch die Seele der Hörer, wenn die mächtigsten aller Töne aufschwollen und dahinbrausten, als sollten sie die Kirchmauern zersprengen und das schwache Häuflein der bebenden Menschenkinder unter den stürzenden Trümmern begraben.

An der rechten Seite des Kantors saß seine Frau, eine kräftige Gestalt mit klaren, guten Zügen und frommen Augen, in schneeweißer Haube und blendendem Busentuche. Sie hielt ihren jüngst geborenen Sohn, Christoph, ein derbes Kind von etwa drei Monaten, auf dem Schoße. Mehrere andere kräftige Bursche lagerten um die Mutter herum, behaglich gebratene Äpfel verspeisend und mit dem kleinsten Brüderchen spielend. Bachs ältester Sohn, Friedemann, eine große stattliche Gestalt, dem Vater ähnlich, nur ohne dessen milde Freundlichkeit, stand in der Nähe des riesigen Kachelofens und schaute gedankenvoll auf die lärmende Gruppe der jüngeren Geschwister. Zur Linken des Kantors hatte ein schlanker jugendlicher Mann Platz genommen, in feinem Anzug und dichtem schwarzen Haar, dessen sanftes, bräunliches, liebenswürdiges Gesicht eine bedeutende Ähnlichkeit mit dem Kraftantlitze des Familienhauptes verriet. Es war Bachs zweiter Sohn, Philipp Emanuel, zum Besuche anwesend, aus Frankfurt an der Oder gekommen nach langer, beschwerlicher Reise, um die geliebten Seinen zu überraschen. Eben hatte er seinem Vater von der neuen musikalischen Akademie erzählt, die er in Frankfurt errichtet und mit Glück dirigiere, hatte auch viel von dem Fleiße und den Talenten seiner Scholaren gesprochen und zog jetzt schüchtern einige Notenblätter aus der Tasche. Errötend schob er sie dem Kantor hin mit den Worten: „Herzliebster Vater, seht zu, ob es etwas taugt!“ Es war eine schöne Sonate, die der alte Bach mit freudefeuchten Augen und leiser Fingerbewegung durchflog, die Rolle dann einsteckte und freundlich sagte: „Wird wohl mit der Zeit was aus Dir werden, mein Junge! nur fleißig vorwärts mit unseres Herrgotts Hilfe! — Friedemann rührt sich auch brav! spielt gar nicht übel! — erlebe vielleicht noch viele Freude an Euch!“ — Und die beiden ältesten Söhne lauschten froh und lächelnd wie Kinder auf des hochverehrten Vaters Rede, und drückten ihm dankbar die Hände.

Da vernahm man plötzlich Pferdegetrappel und gleich darauf ein heftiges Schlagen an die kleine Hausthür. Erschrocken sprangen die beiden ältesten Söhne aus dem Zimmer; die Kinder vergaßen ihr Lärmen, die Mutter erbleichte. Nur Sebastian Bach schaute klar und ruhig darein und sagte: „Wie könnt Ihr Euch so geberden? Hat doch keiner von uns ein böses Gewissen! laßt also kommen was da will!“

Nach wenigen Minuten erschien ein Postillon, erschöpft und mit Kot bespritzt; er kam direkt von der kurfürstlichen Residenz Dresden, verlangte den Kantor Sebastian Bach zu sprechen und überreichte ihm ein Handbillet des mächtigen Ministers, des gefürchteten Grafen Brühl. Der Kantor schob die große Öllampe näher zu sich heran, beschattete die Augen etwas mit der Hand und las, während Philipp Emanuel dem Manne höflichst einen Stuhl bot:

„Mein lieber Kantor!

Unser gnädigster Kurfürst und Herr, August von Sachsen und Polen, wünscht Euch, den vielberühmten und bekannten Orgelspieler, Sebastian Bach, in seiner Residenz zu hören. Ihr sollt Sonntag, den 24. Oktober, in der Kirche zu Dresden spielen. Zwei Tage nach Empfang dieses Schreibens wird ein Königlicher Wagen Euch von Leipzig abholen und in die Residenz bringen, woselbst wir Euch mit großer Spannung erwarten. Bereitet Euch würdig auf die hohe Ehre vor, mein lieber Kantor.

Im Auftrage meines gnädigsten Herrn grüße ich Euch.

Gezeichnet: Graf Brühl."

Eine lange Weile stand Bach nachdenklich da; Spott und Unwille kämpften in seinen Zügen, seine Augen glitten von einem Angesichte seiner Lieben auf das andere. Bescheiden schwiegen Friedemann und Philipp.

„Herr Kurier," sagte endlich der Kantor langsam aber fest, „berichtet nur kurz dem Herrn Minister, daß ich, Sebastian Bach, Kantor der Thomasschule zu Leipzig, den Befehl meines Fürsten vollziehen werde und nach Dresden kommen will."

„Ich möchte doch um ein schriftliches Dokument bitten!" warf der Kurier ein.

„Mensch!" donnerte hier Sebastian Bach und richtete sich auf in seiner ganzen Größe, „was untersteht Er sich da zu verlangen! Hat Er mich nicht verstanden? Habe ich — Sebastian Bach — Ihm nicht soeben mein Wort gegeben? Hält Er mich für einen jener wortbrüchigen Schurken, wie sie in der Hofluft gedeihen mögen, und die ein elender Fetzen Papier stärker bindet, als ein vor Gottes Angesicht ausgesprochenes Manneswort?"

„Lieber Vater!" bat Philipp Emanuel besänftigend.

„Schweig, Junge, davon verstehst Du nichts!" fuhr der Vater heftig auf; und zum Kurier gewendet sagte er ruhiger: „Jetzt habt Ihr Euern Bescheid: erzählt nur das alles dem Herrn Grafen wieder; mich soll's nicht kümmern!"

Der Bote war schreckensbleich einige Schritte zurückgetreten. Bach ergriff ihn beim Kragen, zog ihn zu sich und sagte freundlich: „Na, das wird Euch eine heilsame Lehre sein, nicht wahr? Merkt sie Euch, aber nicht bloß so lange Ihr in meinem Hause seid! Die Residenz ist nicht überall. Und nun basta! Wollt Ihr unsere Abendsuppe mit verzehren helfen und einen Krug Bier dazu kosten, so soll mir das lieb und recht sein." — Der Kurier jedoch nahm befangen und eilig Abschied, und der Kantor setzte sich heiter an seinen Platz.

Da drängten die Seinigen sich hastig und geängstigt um ihn her, und Frau Gertrud rief: „Ach, mein Bastian, — Du willst fort in die weite Welt, — fort nach Dresden, in die große Pracht und Herrlichkeit der Sündenstadt? — O, und die lange, lange, bitterböse Reise! — Nein, Mann, das thust Du Deinem Weibe und Deinen Kindern nicht an!" Und dabei brach sie in heiße Thränen aus und fiel ihrem Manne schluchzend um den Hals. Die Kinder, die ihre Mutter weinen sahen, fingen auch an zu jammern und hingen sich an den Rock des Vaters; die beiden Söhne besprachen laut und eifrig das gräfliche Schreiben: kurz es war ein Höllenlärm in der kleinen Stube.

Endlich besiegte die volle, markige Stimme des Familienhauptes das Toben; der Kantor rief: „Frau, bringe die tollen Buben ins Kinderzimmer! Nur Friedemann und Emanuel sollen hier bleiben." Damit schüttelte er wie ein Löwe mit gewaltigem Rucke das schreiende Kindervolk von sich ab, und die Mutter brachte die kleine Herde zur alten Wärterin.

Der Kantor maß mit großen Schritten das Zimmer, als die Getreue mit feuchten Augen wieder an dem Tische Platz nahm. — „Mußt Dich nicht so um die große Reise grämen, Gertrude," sagte er mild zu ihr, „siehe, in vierzehn Tagen bin ich, so es Gott der Herr nicht anders beschließt, wieder in meinem alten Neste; und im übrigen habe ich mir vorgenommen, diese beiden" — er zeigte auf Friedemann und Emanuel — „mit in die Residenz zu nehmen. Sie sollen sich auch den bunten Tand dort einmal anschauen, und vor allen Dingen brav für ihren Vater sorgen." — Die Söhne dankten mit strahlenden Augen. — „Ja Kinder," fuhr er fort, „wir wollen einmal mit der herrlich reinen Herrgottsstimme" — so nannte er seine geliebte Orgel zuweilen — „an das Herz dieser Weltkinder schlagen, daß sie auftaumeln und angstvoll ihre Hände ausstrecken sollen, leise und heimlich bittend: Pater peccavi! Und Meister Hasse soll auch erkennen, daß es noch höhere, göttlichere Klänge giebt, als die süßen, üppigen Melodien des schönen Welschlandes!" Er sah verklärt aus, als er diese Worte sprach, und die Seinen blickten mit dem Ausdrucke unbegrenzter Ehrfurcht zu ihm auf.

Bald nachher rief er aber heiter: „Nun Mutter, laß die Schreier wieder herein, und bring uns die Suppe!" — Der Tisch wurde gedeckt, ein großer Steinkrug voll schäumenden Bieres prangte vor dem Platze des Hausvaters, ein mächtiger Laib Brot wurde daneben gelegt, und nun teilte Vater Bach, nachdem er ein kurzes Kerngebetlein gesprochen, mit liebevoller Sorge allen aus, dem ältesten zuerst, jedem sein Stücklein und Schlücklein. Mittlerweile spendete Frau Gertrude die dampfende Suppe, und alle schmausten, plauderten, scherzten.

Am anderen Tage begab sich der Kantor zum Rektor, den nötigen Urlaub einzuholen zur wichtigen Reise. Das war ein gar lästiger Schritt für ihn; denn er vermied es, soviel er konnte, mit diesem seinem Vorgesetzten zusammenzukommen.

Rektor und Kantor waren durchaus keine Freunde. Ersterer klagte bitterlich über seines Untergebenen gröbliches Benehmen und störrisches Wesen, und Bach pflegte den Rektor oft zornig einen gottverlassenen, verdorrten Pedanten zu schelten. Es war aber in der That auch kein frisches Zweiglein an diesem Rektorbaume, geschweige denn ein grünes Blättlein zu entdecken; winterlich von außen und innen war der ganze Mann. Vertrocknet und zusammengeschrumpft wie sein Körper, war auch seine Seele, verkommen und untergesunken in dem dicken Staube modriger Büchergelehrsamkeit. Er konnte sich über keine bunte Blume freuen: er zählte ihre

Staubfäden, untersuchte ihren Kelch und schleuderte sie dann von sich; den fröhlichen Vöglein und anderen Tieren schenkte er nur Aufmerksamkeit, wenn er Vergiftungsversuche mit ihnen anzustellen pflegte, die zu seinen größten Erheiterungen gehörten. Die Menschen waren ihm alle gleichgültig; er liebte keine Seele. Das Orgelspielen seines widerspenstigen Kantors nannte er teufelmäßig; er entzog sich dessen Einflusse, und besuchte deshalb niemals den Frühgottesdienst; ja er hatte sogar ausgesprengt, daß der leibhaftige Gottseibeiuns dem Bach bei seinen Übungen die Bälge zu treten sich verpflichtet habe. So oft er nun konnte, legte er diesem Kantor etwas in den Weg, und freute sich wahrhaft koboldartig an dem oftmals heftig ausbrechenden Zorne dieser Gigantennatur. Gern hätte er ihn gestürzt, aber solchen Fels zum Wanken zu bringen, bedurfte es wohl anderer Kräfte, und er stand ja mit seinem Haß allein; denn Lehrer und Schüler blickten mit stummer Liebe und Bewunderung den mächtigen Beherrscher der brausenden Orgel an.

Als nun Johann Sebastian Bach aufgeregt in das Studierzimmer des Schultyrannen trat — denn er hatte eben eine Chorprobe mit den Schülern abgehalten, war ein wenig ungeduldig dort geworden, und seine Perücke befand sich, wie gewöhnlich bei solchen Veranlassungen, in einem desolaten Zustande —, richtete sich der Rektor gar hoch im ledernen Polsterstuhle auf, fixierte mit seinen grauen Äuglein den Kommenden, und fragte gravitätisch: „Nun, was bringen der Herr Kantor für Beschwer?"

„Nichts Beschwer, Herr Rektor!" entgegnete Bach, „ich wollte nur vermelden, daß ich morgen eine große Reise antreten muß, auf Befehl unseres Kurfürsten, und da werdet Ihr mir wohl vierzehn Tage Urlaub geben."

„Was höre ich da?" sagte der Rektor halb atemlos vor Überraschung und Ärger, „große Reise? — müssen? — Kurfürst? — und ich sollte nicht davon benachrichtigt worden sein? Geht, Herr Kantor, das ist wieder ein schalkhaftes Plänchen Eures genialen Künstlerhauptes! Wie sollte Kurfürst August" —

„Ich werde in Dresden die Orgel spielen," unterbrach der Kantor ruhig den Redner, „der Kurfürst hat es so bestimmt."

„Das klingt mir in der That etwas rätselhaft und unglaublich!" lächelte der Rektor höhnisch; „die Reise scheint mir doch nicht an einen bestimmten Termin gebunden zu sein; also kann ich Euch auch desto unumwundener erklären, daß ich den Herrn Kantor in den nächsten vier Wochen nicht entbehren kann. Später will ich Euren Wünschen kein Hindernis in den Weg legen."

Das klare Angesicht Bachs zeigte während dieser

hämischen Rede keine Spur von Zorn oder Aufwallung; die wunderbaren Augen blickten nur unverwandt den zwerghaften Gegner an, und ein unbeschreiblich mitleidiges Lächeln umspielte seinen Mund. Endlich sagte er fest und laut:

„Herr Rektor, gebt mir gefälligst bestimmte Antwort! Wollt Ihr mir vierzehn Tage Ferien schenken?"

„Nein — nein — und nun zum letzten Male nein!" rief der Gereizte heftig.

„Nun gut; dann wollte ich Euch nur melden, daß ich ohne Urlaub fortgehe!" schloß der Kantor, wandte sich, und verließ kräftigen Schrittes, ohne sich umzuschauen, das Zimmer seines wutbebenden Feindes.

Noch nie hatte in der großen, schönen katholischen Kirche des prunkvollen Dresden sich eine so auserlesene Schar vornehmer und glänzender Männer und Frauen zusammengefunden, als am Nachmittag jenes Sonntags, an welchem der Kantor Bach aus Leipzig die Orgel in der Residenzstadt zu spielen versprochen hatte. Die zahlreichen Kavaliere in ihren schimmernden Hofkleidern, die prächtigen Frauen im strahlendsten Schmucke köstlicher Stoffe und Steine oder in dem noch reizenderen frischester Jugend bildeten einen funkelnden, lebensvollen

Kranz, in dessen Mitte die königliche Gestalt Augusts von Sachsen thronte. Die Haltung des alternden Fürsten war zwar noch ungebeugt, das Haupt hoch erhoben, die Züge aber, deren einstige Schönheit nur die feinen Linien der Nase und des Mundes, sowie die Umrisse des Kinnes verrieten, erschienen eingesunken und schlaff, und das Feuer der großen Augen war erloschen. August unterhielt sich leise mit seinem Liebling Brühl, der in der eleganten Haltung eines feinen Weltmannes ihm zur Seite stand und in scheinbarer Unterwürfigkeit den Worten seines hohen Herrn zu lauschen schien. Ungezähmter Stolz lag auf dieser klugen Stirn, unersättlicher Ehrgeiz blitzte aus diesen unruhigen Augen, unermeßliche Herrschsucht zuckte um diese feinen Lippen.

„Also er wollte am gestrigen Abend durchaus nicht an den Hof, der drollige Kantor?“ flüsterte der Kurfürst lächelnd. „Nun, ich will ihn heute desto mehr quälen; sobald das Konzert vorüber ist, verlange ich ihn zu sehen: er soll zum Souper und Ball gezogen werden, und die schönsten unserer Hoffräulein müssen ihn um einen Tanz bitten.“ — Brühl verbeugte sich schweigend. — „Wir sind aber doch alle sehr begierig auf den berühmten Organisten,“ fuhr der Fürst fort, „die Spannung zeigt sich fast auf allen Mienen, Hasse zieht erwartungsvoll die dichten Augenbrauen in die Höh', und selbst die bezaubernde F a u s t i n a schaut mit so unruhigen Blicken in der Kirche umher, als gelte es, eine Nebenbuhlerin zu entdecken. Nur unser Virtuos M a r c h a n d hat sein Spottlächeln noch nicht abgelegt. Doch still! da sind ja eben drei Gestalten auf dem Chor erschienen! Sehen Sie wohl, Brühl! Zwei ganz jugendliche Männer nehmen bescheiden an der Seite Platz; das sind ja liebe, unschuldvolle Gesichter!"

„Es sind die beiden ältesten Söhne des Kantors, Majestät!" entgegnete Brühl.

Da schwoll ein Orgelton empor und wie ein himmlischer Dufthauch reinigte er alle Herzen von eitlen Gedanken. Tiefe Stille herrschte; eine unerklärliche Andacht durchbebte alle, und alle blickten aufwärts. Ein herrliches Präludium wallte daher wie ein voller goldener Strom, an dessen Rande Himmelsblumen stehen, und trug die ahnende Seele auf mächtigen Wellen immer höher flutend, in den allgewaltig daherbrausenden Choral:

„E i n' f e s t e B u r g i s t u n s e r G o t t !"

Das stolze Hohelied der e v a n g e l i s c h e n Kirche schwebte vom Chore herab. Vater Bach ließ es niederschallen und begleitete jeden Ton mit einem seligen Lächeln. Er feierte ja in diesem Augenblicke in dem katholischen Gotteshause den Triumph seiner geliebten Kirche. Wie eine gekrönte Siegerin durchdrang die hehre

Melodie die schönen Hallen und tönte so kraftvoll wieder, als ob zahllose unsichtbare Engelchöre freudig einstimmten in den Preisgesang. Aber der Harmonienstrom wallte unaufhaltsam weiter: der Geist Vater Bachs hob sich höher und höher; immer heiliger, immer wunderbarer wurden die erschütternden Klänge; eine riesenhafte, unerforschliche Stimme von oben tauchte hernieder in das tönende Meer. Immer stärker strömte und brauste es daher, und schlug mächtig an jede Menschenbrust, als sollte sie zerbrechen, und wogte um jedes Menschenhaupt, als sollte es vernichtet dahinsinken. Und nun begannen die Säulen der Kirche zu beben; denn es war, als ob sich die klagenden Stimmen ganzer Menschengeschlechter erhoben hätten und um Erbarmen riefen; als ob eine ganze Welt aufgestanden wäre und um Gnade flehte. Dazwischen stieg aber immer wieder, wie süßer Opferduft der Frommen, die Melodie auf:

„Ein' feste Burg ist unser Gott!"

Und dann geschah das geheimnisvolle Brausen stärker, als gebe es Antwort dem Flehen gläubiger Liebe. Endlich, endlich aber schienen die bittenden Stimmen zu ermatten; sanfter und immer leiser wurden die Klagen, verzagter das Flehen; da kam, o Wunder! das süße Vergeben. Die hohe Wölbung der Kirche zerfloß; seliges Blau und Goldströme des Lichtes quollen herein; berauschender Duft und Frühlingsodem erfüllte die weiten Hallen. Süße warme Töne tropften nieder, und eine himmlische innige Stimme voll unermeßlicher Barmherzigkeit verhieß allen Sündern ewige Vergebung. Ein gläubiges Staunen zitterte nun empor in heilig reinen Klängen, ein frommes Jauchzen, und endlich stieg, übermächtig, allgewaltig, wie von Millionen seliger Menschenstimmen, durchwebt vom jubelnden Hallelujah der Engel, der strahlende Siegesgesang empor:

„Ein' feste Burg ist unser Gott!“

Die Orgeltöne waren verklungen. Johann Sebastian Bach saß noch immer auf der Orgelbank mit gefalteten Händen: Himmelsverklärung lag auf seinem Angesichte. Totenbleich vor Erregung, zitternd vor Wonne über den Sieg des verehrten Vaters standen seine beiden Söhne neben ihm. Dumpfes Murmeln drang aus der Kirche herauf. Da öffnete sich eine Seitenthür des Chores und der Kurfürst erschien; hinter ihm in ehrerbietiger Entfernung ein glänzendes Gefolge. August von Sachsen näherte sich fast schüchtern dem großen Manne, der doch so demütig vor ihm saß, und in frommen Träumen versunken sein Herannahen gar nicht bemerkte, und schien es nicht wagen zu wollen, dies betende Sinnen zu unterbrechen. Endlich legte er aber doch leise seine Hand auf die Schulter Bachs. Der Kantor fuhr auf, erhob sich und schaute seinem Fürsten frei und lächelnd in das Antlitz. Die große Seele des Meisters, noch so erfüllt von der Herrlichkeit seines Gottes, in dessen Himmel er eben aufgestiegen war auf den Flügeln der Orgeltöne, — wie vermochte weltliche Macht und irdischer Glanz sie in diesem Momente heiliger Begeisterung zu berühren? Selbst die Worte der Erdensprache zu finden, kostete ihm noch Mühe. — „Gnädigster Herr," sagte er nach einer langen Pause, „die liebe Herrgottsstimme ist Euch auch ins tiefste Herz gedrungen, das sehe ich Euch an! Sagt, ist das nicht ein wunderseliges Gefühl, und doch auch ein seltsames Bangen und Zagen? Sagt, ist es Euch nicht, als sei nun rings umher Sonnenschein geworden? Und drängt es Euch nicht, schönere, größere Welten zu schauen, als dies Staubkörnlein, das uns geboren hat? Zerfällt nicht aller Erdenglanz in nichts vor dieser blitzenden Pracht dort oben? Möchtet Ihr Euch nicht der Gottesstimme hingeben mit Geist und Leben, damit sie Euch trage, von wannen sie kommt, in das ewige Licht?"

„Bach," — antwortete der Fürst mit bebender Stimme und trat dicht an ihn heran, — „als ich Euch spielen hörte, ist mir die Ahnung meines baldigen Todes gekommen! Der Gedanke aber trat vor meine Seele wie ein milder Genius: er hatte alle seine Schrecken verloren; ich zagte nicht bei seinem Anblicke wie sonst, wenn ich zuweilen in stillen Stunden über den dunklen Rätselschluß alles Menschenlebens nachsann. O Meister, dürfte ich Euch in meiner Todesstunde hören!"

Bach antwortete keine Silbe; er betrachtete seinen erschütterten königlichen Herrn mit Augen, die von zärtlicher Rührung und hoher Freude überflossen. Sein frommes Herz feierte in diesem Augenblicke einen größeren Triumph als sein Künstlerstolz. Ein Geräusch an der Thür entstand; ein Weib drängte sich hastig durch das Gefolge des Königs, ein Weib in vollster Lebensblüte, eine üppig hohe Gestalt mit einem stolzen Junohaupte: es war Faustina Hasse, die angebetete Sängerin, der gefeierte Liebling der ganzen Residenz. Mit der vollsten Leidenschaftlichkeit der Italienerin, glühend und weinend, stürzte sie auf den Kantor zu, fiel ihm um den Hals und küßte ihn heftig auf beide Wangen unter unaufhörlichem Schluchzen. „Gesegnet, o ewig gesegnet seist Du, blendender Lichtstrahl!" rief sie in höchster Erregung.

Bach wußte nicht, wie ihm geschah; die Umstehenden lächelten; da trat Hasse hinzu, zog sein Weib mit sanfter Gewalt zu sich, nannte seinen Namen, und drückte mit dem Ausdrucke ungeheuchelter Ehrfurcht des großen Meisters Hände. Auch der leichtfertige französische Spötter und elegante Virtuos Marchand kam herbei: kein Hohnlächeln spielte mehr um die hübschen Lippen, aber wohl schimmerten seine Augen in dem feuchten Glanze inniger Rührung. Stumm drückte er des Meisters Hand an seine Brust. Das Gefolge des Kurfürsten folgte dem Beispiele des Günstlings; die reizenden Frauen des Hofes blieben nicht zurück, und bald berührten die schönsten Händchen die Wangen oder Finger des Kantors und die lieblichsten Lippen sprachen von Dank.

Aber der Meister riß sich plötzlich los mit Riesenkraft und rief mit einer Stimme, die donnernd in den Gewölben der Kirche wiederhallte: „Genug! — Nein, solch weiches Kosen und Tändeln darf nicht der Lohn sein für heilig ernstes Orgelspiel! Hebt Euch weg von mir, Ihr lockenden Gestalten, ich will Euch nicht mehr sehen! Weiß jetzt gar wohl, daß ich in dem üppigen Dresden bin, verlangt mich aber weg von all' den schönen Blumen oder Schlangen in mein stilles, trautes Haus zu Weib und Kindern! — Gnädigster Herr," rief er bittend zum Kurfürsten gewandt, der schwermütig lächelnd auf die Scene geblickt hatte, „laßt mich gehen! Ihr seht ja, hier kann's dem alten Sebastian Bach nimmer wohl werden; in diesen Strömen versteht er nicht zu schwimmen!"

„Ich lasse Euch nicht eher," antwortete der Fürst gütig, „als bis Ihr Euch eine Gnade ausgebeten!"

„Ihr könnt mir nichts schenken, mein Kurfürst!“ erwiderte hierauf der Kantor freimütig; „ich bin reicher als Ihr; ich danke Euch also.“

„Aber erinnert Euch doch Eurer Söhne!“ fuhr August mild fort.

„Nun ja, gnädigster Herr! wenn Ihr etwas mit dem Friedemann da anfangen könnt,“ — hier zog er den Errötenden zu sich, — „so sollte mir's lieb sein! Aber durchaus nicht in den nächsten zwei Jahren; da brauche ich meinen Jungen selbst noch zu nötig; denn er ist ein wackerer Kupferstecher, und wir arbeiten jetzt an der Passionsmusik. Mein Philipp,“ — hier nickte er seinem zweiten Sohne zu — „ist schon vom lieben Herrgott versorgt worden; dem geht es ganz leidlich. Ich danke Euch also von ganzem Herzen, mein gnädigster Kurfürst!“

Der Kurfürst entließ nun den hochwürdigen Meister mit den glänzendsten Versprechungen für die Zukunft Friedemanns, reichte dem Vater und den Söhnen zum Abschiede die Hand und versicherte jeden seiner Gnade. Die angesehensten Kavaliere drängten sich, die Scheidenden hinunter zu geleiten, und hoben den schlichten Kantor aus Leipzig mit einer Ehrfurcht und Sorgfalt in den Wagen, als wäre er der mächtigste Beherrscher der Welt.

Als am andern Morgen Johann Sebastian Bach mit seinen Söhnen heiter und glücklich der lieben Heimat zurollte, als sie an den prachtvollen Riesenbauten des Zwingers vorüberfuhren und die herrliche Elbgegend vor ihren frohen Augen sich entschleierte: da rief Philipp Emanuel aufgeregt: „Herzliebster Vater! Dresden ist doch wunderschön! Aber das Allerschönste ist — Faustina Hasse!"

„Schweig, Junge!" — fuhr hier der Meister auf, aber ein schalkhaftes Lächeln zuckte in seinen Mundwinkeln, — „davon verstehst Du nichts!"

Ein Doppelstern am Kunsthimmel.

„Als ich zuerst Dich hab' geseh'n —"

Wohl eine „musikalische" Gesellschaft im vollsten Sinne des Wortes war es, welche sich an einem Dezemberabend 1828 im Hause des Professors der Medizin, Dr. Carus, zu Leipzig, versammelte. Der Kreis der Eingeladenen war diesmal größer als gewöhnlich und das sonst so heitere Quartett von jungen Musikern und Studenten schien infolge dessen ein wenig verstimmt zu sein und hatte sich in einen Winkel neben dem Klavier zurückgezogen, die steigende Flut der eintretenden Gäste mit besorgten Blicken beobachtend. Die beiden nicht sehr großen Zimmer waren schon mit Damen und Herren gefüllt. Alle Musiknotabilitäten waren diesmal vertreten, als gälte es eine hochwichtige Prüfung abzuhalten. Da sah man unter anderen den alten verdienstvollen Konzertmeister der Gewandhauskonzerte und Stifter mehrerer Gesangvereine, den gelehrten Matthäi, den gesuchten Gesanglehrer August Pohlenz, den jungen Komponisten-Marschner, den Kantor Weinlig, den Cello-Virtuosen Karl Voigt, den berühmten Kanzelredner, Musiker und Kritiker Gottfried Wilhelm Fink, sowie den liebenswürdigen Hofrat Rochlitz, Herausgeber der Leipziger Musikalischen Zeitung. Unter den Frauen erregten die größte Aufmerksamkeit die ausgezeichnete Sängerin Henriette Weiße, geborene Schicht, und die hübsche, zum Besuch bei ihr anwesende Pianistin Perthaler aus Graz. Viele reizende junge Mädchen flatterten wie bunte Falter hin und her; es war ein Gewirr schöner Gestalten, ein Schwirren fröhlicher Stimmen, ein anmutiges Lachen und Flüstern, das unwillkürlich an einen Frühlingstag erinnerte, mit hellem Himmel, goldenem Sonnenschein, Blätterrauschen und Vogelgezwitscher.

Die freundliche Wirtin, eine zarte Blondine, machte die Honneurs mit vollendeter Grazie, aber ihre sanften blauen Augen richteten sich doch oft, inmitten der Begrüßungen, Fragen und Antworten, mit dem Ausdruck gespannter Erwartung nach der Thür.

„Sie haben heut' etwas Besonderes vor, wer's doch wüßte," murmelte einer der Studenten; „bist Du wirklich nicht eingeweiht, Schumann?"

Der Angeredete, der vor dem geöffneten Klavier Platz genommen, schüttelte den Kopf.

„So frage doch einmal!" nahm ein anderer das Wort, „mir wird ganz unheimlich, ich habe keine Lust mehr mitzuthun."

„Nun ich denke, Ihr könnt alle besser reden als ich; habt Ihr mich doch oft genug ausgelacht, weil ich die Worte schlecht zu setzen weiß!" antwortete Robert Schumann und legte träumerisch die Hände auf die Tasten.

„Aber Du kannst in Tönen sagen, was Du willst," fiel der junge Täglichsbeck ein, „und jeder versteht, was es heißen soll. Hast Du doch neulich uns alle auf dem Klavier so deutlich abkonterfeit, daß jeder auf der Stelle wußte, wer gemeint war. Und dann den Professor K., den spielst Du ja ganz genau, man sieht ordentlich wie er geht, und den Professor H., den maltest Du auch, daß wir alle sterben wollten vor Lachen; so thu' doch jetzt einmal eine Frage an Frau Agnes. Das kann Dir doch unmöglich so sauer werden?"

In eben diesem Augenblick trat die jugendliche Wirtin zu der Gruppe der jungen Leute. Sie wurde von ihnen allen schwärmerisch verehrt. In ihrem gastfreien Hause versammelte sich mehrmals in der Woche ein kleiner Kreis musikalischer Freunde, der mit dem lebhaftesten Vergnügen den Quartetts oder Trios der Studenten lauschte. Julius Knorr oder Robert Schumann übernahm die Klavierpartie, Täglichsbeck die

Violine, Glock das Cello und Sörgel fungierte als Bratschist. Da ging es denn immer heiter zu. Die Kritik war zwar im Grunde eine strenge, aber schöne Augen und lächelnde Lippen übten sie aus, und so trug sie nur dazu bei, den Eifer zu erhöhen und eine noch strengere Selbstkritik hervorzurufen. Schumann verkehrte noch öfter mit der Professorin Carus, als alle anderen; er begleitete den Gesang der anmutigen Frau. Sie kannte den jungen Schwärmer bereits vor ihrer Verheiratung, als sie seine Vaterstadt Zwickau besuchte, und ihre Stimme ihn zu den ersten Liederkompositionen begeisterte. Augenblicklich studierte sie mit ihm meist Schubertsche Lieder, die er ihr zuerst voll Entzücken brachte und die eben anfingen sich Geltung zu verschaffen. Es war in dem Carusschen Hause, wo man in Leipzig zuerst den „Erlkönig", „Am Meer" und das „Ständchen" singen hörte. Und heute besonders wollte Frau Agnes Schubertsche Lieder singen, zum Andenken an den genialen Meister, der vor wenig Tagen erst zur ewigen Ruhe eingegangen; sie hatte das wunderbare: „Am Tage aller Seelen" und „Der Wanderer" gewählt. Als sie sich eben ihren jugendlichen Verehrern näherte, hob Schumann langsam den Kopf und sah zu ihr auf. Leise glitten die Hände über die Tasten. Es war eine zögernde, träumerische Melodie, die da auftauchte; die junge Frau neigte sich lauschend zu ihm herab, die langen blonden Locken fielen ihr über die Wangen. Voll schüchterner Grazie und zugleich kecken Humors war die kurze Weise, die jetzt plötzlich mit einem arpeggierenden Accorde schloß.

„Was will man von mir wissen?“ lächelte Frau Agnes schalkhaft; „das war ja ein ordentliches Fragezeichen! Heraus mit der Sprache!“

„Er ist wirklich ein Hexenmeister, sie hat's begriffen,“ murmelte Sörgel; „das macht ihm doch keiner nach! Man möchte sich beinah vor ihm fürchten.“

„Beruhigen Sie alle Neugierigen,“ fuhr die liebenswürdige Wirtin fort, „ich habe heut' eine Überraschung für meine Freunde und hoffe, man wird dankbar sein und sich an dem Wunder freuen, das sich enthüllen soll. Robert Schumann ist ja, so viel ich weiß, ein echter Wundergläubiger; ich denke, er wird diesmal voll Andacht die Kniee beugen. Ach, da ist es schon!“

Leichten Schrittes eilte sie einem kleinen weißgekleideten Mädchen entgegen, das in Begleitung eines Mannes eben eintrat. Voll mütterlicher Zärtlichkeit schloß sie das Kind in ihre Arme und bewillkommnete mit der ihr eigenen, herzgewinnenden Freundlichkeit den Vater, den sie gleich darauf ihren Gästen als den Musiklehrer Wieck vorstellte. Robert Schumann blickte voll lebhaftesten Interesses zu dem Manne hin, dessen Geist, Tüchtigkeit und Energie man ihm so vielfach gerühmt. Wie gern hätte er sich ihm vorstellen lassen, wie gern mit ihm geredet! aber da waren andere, die den neuen Gast ins Gespräch zogen, der junge Student mußte warten. Er gehörte zudem zu den Schüchternen und niemand war wohl schwerfälliger, wenn es sich um eine neue Bekanntschaft handelte, als eben er. Ein Besuch bei Fremden schien für ihn eine Qual und die Einleitungen, um ihn zu bewegen, sich in eine Familie einführen zu lassen, glichen den feinsten diplomatischen Winkelzügen und währten oft Monate lang. So hatte Robert Schumann schon seit seiner Ankunft in Leipzig den sehnlichsten Wunsch, Friedrich Wieck kennen zu lernen, aber er wagte seinen Freunden gegenüber nicht von diesem Verlangen zu reden, aus Furcht, daß sie ihn, wie er scherzend zu sagen pflegte, „binden und packen" und mit List oder Gewalt in das Haus des Musikers schleppen würden.

An jenem Abend verfolgte er den Unerwarteten und Interessanten auch nur mit seinen träumerischen Augen, ohne den geringsten Versuch zu machen, sich ihm zu nähern. Man musizierte außergewöhnlich viel. Außer einem Quartett in E moll für Pianoforte und Streichinstrumente, von der Komposition Robert Schumanns, spielte er selbst mit seinem Freunde Knorr brillante Variationen zu vier Händen über ein Thema des Prinzen Louis Ferdinand. Henriette Weiße mit ihrer mächtigen Stimme sang Händelsche und Glucksche Arien, die hübsche fremde Pianistin trug die C moll-Sonate von Beethoven vor und Frau Agnes Schubertsche Lieder. Sie bezauberte heute mehr denn jemals aller Herzen. Es war eine Stimme von seltener Lieblichkeit, ein Vortrag voll Seele und Poesie. Mitten in dem Sturm des Entzückens, der ihrem Gesange folgte, fiel der Blick ihres Begleiters auf ein süßes Kindergesicht, das dicht vor ihm auftauchte. Große blaue Augen schauten mit dem Ausdruck innigster Begeisterung zur Sängerin empor. Getroffen von dieser naiven Bewunderung ließ Robert Schumann unwillkürlich seine Hand über den dunklen Scheitel des Kindes gehen und fragte: „Bist Du auch musikalisch, Kleine?" Das Mädchen wendete sich langsam zu ihm; ein schalkhaftes Lächeln zuckte um ihren Mund, aber sie gab keine Antwort, denn in demselben Augenblick berührte die Hand ihres Vaters die zarte Schulter, und die Kleine wurde von ihm zu einer entfernten Gruppe entführt.

„Nun und das verheißene Wunder? Wo bleibt es?" fragte Robert Schumann eine halbe Stunde später mit einem etwas mißmutigen Zucken der Lippen.

„Dort offenbart sich's, gieb nur acht," antwortete sein Studiengenosse, der liebenswürdige Götte, und deutete auf das Klavier.

Da saß denn vor den Tasten ein kleines Mädchen,

ein blasses Kind mit dunkeln Haaren, unbefangen und doch so bescheiden, und neben ihr stand Friedrich Wieck. Plötzlich schlugen die zierlichen Händchen mit wunderbarer Kraft und Sicherheit die ersten Takte der F moll-Sonate Beethovens an. War sie „musikalisch", die kleine Klara Wieck?

„Was denken Sie von ihr, Schumann?" fragte Agnes Carus mit strahlenden Augen, als die hochgehenden Wellen des Beifalls, der dem genialen Spiel des Kindes folgte, sich etwas gelegt. „Habe ich zu viel prophezeit? Habe ich Euch nicht ein Wunder gezeigt? Ist sie nicht eine kleine Fee?"

„Sie sah genau aus wie der Schutzengel, der daheim in meiner Mutter Stübchen hängt," antwortete er hastig und aufgeregt. „Aber wer lehrte sie so spielen? Was waren wir andern neben ihr? Und was wird noch aus ihr werden? Ich will Klavierstunde nehmen bei Friedrich Wieck! Aber Sie müssen ein gutes Wort einlegen für mich! Gleich jetzt! O bitte, schlagen Sie mir's nicht ab, lassen Sie uns zur Stelle mit ihm reden!"

Und Robert Schumann, der Leipziger Student, wurde für die Zeit seiner juristischen Studien der eifrigste Schüler des berühmtesten Musiklehrers der Stadt. Die kleine Klara aber trat wenige Tage nach jenem denkwürdigen Abend zum erstenmal öffentlich in dem

Konzert der Pianistin Perthaler auf, begleitet und getragen von dem Jubel eines begeisterten Auditoriums. —

Es war fast vier Jahre später. Robert Schumann kehrte zum zweitenmal nach Leipzig zurück, sein Leben hatte eine andere Wendung genommen, eine Wendung, die ihn beglückte; nach manchem Kampf und Zweifel war die Entscheidung da: er wurde Musiker. Das Zeugnis Wiecks führte sie schneller herbei, als der junge Mann zu hoffen gewagt. Voll dankbarer Freude schloß er sich nun um so wärmer an diesen seinen ersten Lehrer an und studierte und übte mit einem Eifer, der seine Freunde oft um seine Gesundheit besorgt machte. Unablässig bemühte er sich zunächst eine gewisse Fingerfertigkeit zu erlangen und stellte, da die Resultate seines Fleißes ihn nicht befriedigten, endlich ganz im Geheimen*) die gewagtesten gymnastischen Übungen an, um seinen Fingern die ersehnte Gelenkigkeit zu verschaffen. Man erzählte von ihm, daß er sogar wunderliche Marterinstrumente erfunden, in welche er, bei verschlossenen Thüren, seine Hände einschraubte. Aber anstatt das erwünschte Ziel zu erreichen, fühlte der junge Musiker vielmehr zu seinem Schrecken, daß eine lähmende Schwäche allmählich seine rechte Hand

*) Siehe Joseph Wasielewsky, Biographie Robert Schumanns.

beschlich und besondes der mittlere Finger völlig unbrauchbar wurde. Die Übungen mußten nun ruhen. Der Arzt verbot jede anstrengende Bewegung der kranken Hand. Welch ein Kummer! Eine Sängerin, die das Schwinden ihres kostbarsten Kleinods, ihrer Stimme, gewahrt, konnte sich nicht mehr betrüben und ängstigen. Man wollte doch den wunderbaren Chopin spielen, dessen Kompositionen eben wie leuchtende Sterne auf dem dunkeln Grunde eines Nachthimmels heraufzogen. Und dazu lahme Hände!

An einem warmen Sommermorgen geschah es mitten auf dem Leipziger Marktplatz, daß Robert Schumannn, eine Notenrolle unter dem Arm, im Sturmschritt an seinem Lehrer Friedrich Wieck vorbeirannte, ohne ihn zu sehen.

„Wohin so eilig?“ und ein langer Arm streckte sich wie ein Schlagbaum aus.

Der Angeredete blieb stehen. „Um Verzeihung, ich komme soeben von Breitkopf und Härtel und habe mir ein neues Opus von Chopin geholt. Hier Masurken op. 17, ein Walzer op. 18, und eine Polonaise. Ich habe sie alle gelesen und möchte vor Verzweiflung weinen oder — ins Wasser gehen.“

„Warum?“

„Daß ich sie nicht geschrieben habe und — daß ich sie nicht spielen kann.“

„Borgen Sie sich ein Paar Hände, oder lassen Sie sich die Sachen von irgend jemand anders spielen! Geben Sie mir die Noten mit und kommen Sie ein Stündchen zu uns, heute Abend; die Klara mag ein Stück davon versuchen.“

Mit einem Seufzer legte der junge Musiker die Notenrolle in die Hände Wiecks. „Ich komme gern,“ sagte er leise, „aber was sollen die kleinen Finger der Klara mit dieser wilden Musik? Ich kann noch nicht fertig werden mit ihr — es ist, als ob ich in einem Walde mich verirrte bei Nachtzeit, wo Irrlichter tanzen! Ich fürchte mich vor ihr. Und ein zartes, furchtsames Mädchen! Nun, punkt sieben bin ich bei Ihnen.“

„Gut! Die Klara fürchtet sich, hoffe ich, nicht. Bis heut' Abend also. Bringen Sie den Schunke mit und den Ortlepp.“

Die beiden Männer trennten sich und verfolgten ihre Wege, Friedrich Wieck in den Noten blätternd, Robert Schumann in tiefes Sinnen verloren, die Stirn gesenkt. So kam es denn, daß er sich endlich, statt vor seiner Wohnung in Riedels Garten, am entgegengesetzten Ende der Stadt unter den grünen Bäumen des Schwanenteichs wiederfand.

Was hatte ihn denn so gefangen genommen in Sinn und Gedanken? Waren es melodische Träumereien, eine Fata Morgana künftiger Schöpfungen? War es der Dämon Chopin, dessen seltsame, phantastische Weisen ihn Tag und Nacht verfolgten, oder ein feines Köpfchen, umgeben von einem Kranz dunkler Flechten, das ihn allezeit an jenen Schutzengel daheim erinnerte? Wer weiß es? —

Wie anders und viel reicher hatte sich Schumanns Leben gestaltet seit jenem ersten Aufenthalt des jungen Studenten in Leipzig! Eine Genossenschaft geistvoller Menschen hatte sich zusammengefunden, die mit gleicher Hingabe ein gleiches Ziel verfolgten. Namen wie Kupsch, Dorn, Banck, Bennet, Schunke glänzten unter ihnen. Geist und Talent, eine halbe Welt auszustatten, war oft in dem kleinen Musikzimmer in Riedels Garten versammelt. Robert Schumann selbst war aber bei solchen Gelegenheiten der Stillste unter allen. Ernst und verschlossen von Natur, zeigte er sich meist schweigsam, forderte nie zu einem Wettkampf heraus, blieb aber doch allezeit Sieger, wenn es dazu kam. Der Klarheit seines Urteils unterwarfen sich alle seine Freunde, und sein warmes Herz, seine wohlthuende Begeisterung, das Überwallen seiner Empfindung und die edle Offenheit seines Wesens versöhnten selbst gar bald diejenigen, denen seine strenge Kritik weh gethan. Dennoch war dieser scharfe Kritiker, dieser denkende Kopf zugleich der glühendste Jean Paul-Schwärmer, der in der damaligen Zeit sogar, wie seine Freunde berichten und seine Briefe beweisen, in Stil und Redeweise sich bemühte, sein Vorbild nachzuahmen. Wie oft fand ihn die frühe Morgenstunde noch über seinem geliebten Titan oder Hesperus, und wie manches Mal weckte er seinen damaligen Stubengenossen, um ihm mit pathetischer Stimme in höchster Erregung eine oder die andere Lieblingsstelle aus diesen Büchern vorzutragen! Auch Eichendorff entzückte ihn, und wie manches von dessen Gedichten, das später mit Schumannscher Melodie die Welt durchzog, wurde um Mitternacht im stillen Kämmerlein vor irgend einem Freunde voll Begeisterung deklamiert! Sein Gefühl für Schönheit in der Poesie, sowohl in Form wie in Ausdruck, war unendlich fein; die einfachste Strophe, die einen andern kaum berührte, konnte ihn zu Thränen bringen. Tief ergriff ihn jenes schauerliche: „Dämmrung will die Flügel spreiten," und das unendlich melancholische: „Aus der Heimat hinter den Blitzen rot" ging ihm mit dem Bilde der „Waldeinsamkeit" tagelang nicht aus dem Sinn, als er es zuerst gelesen. —

Der Abend, an dem andere Hände den Chopin spielen sollten, war gekommen. In dem freundlichen Musikzimmer Friedrich Wiecks hatte sich die Familie mit ihren Gästen schon versammelt, als Robert Schumann mit seinen Freunden eintrat. Die Wieckschen Knaben hingen sich jubelnd an ihren Liebling.

Nur Fink und Rochlitz waren noch da und die liebenswürdige Henriette Vogt, die junge Gattin eines kunstsinnigen Kaufmanns, in dessen Haus Schumann vor wenigen Tagen eingeführt worden war. Man begrüßte einander herzlich und bald war das lebhafteste Gespräch im Gange, ein Gespräch, das eben in dieser Zeit so oft und stets mit gleichem Eifer aufgenommen wurde: man stritt hin und wieder über Chopin.

Die jungen Musiker fühlten sich ohne Ausnahme mächtig angezogen von jener feinen, wunderbaren Natur, zu dieser düstern Harmonienfülle, die wie ein Zaubernetz sich über jede Seele warf. Allein selbst der vielbewunderte Pianist Schunke erklärte, nur mit einer gewissen Scheu an das Studium Chopins sich zu wagen. „Es sind gebahnte Wege, die uns Mozart und Beethoven, Haydn und Bach führen," äußerte er einmal, „da wandelt man in Palmenhainen und Zaubergärten; wohin aber führt uns die schlanke, blasse Hand jenes Polen? In einen endlosen Wald von Mondschein, in dem wir uns nicht zurechtfinden, wo seltsame Stimmen

„auf und nieder wandern"

und allerlei Geisterspuk auftaucht."

Unter all' diesen Reden ging still und leise die feine Gestalt eines kaum der Kindheit entwachsenen Mädchens hin und wieder zwischen den Gästen. Ein oberflächlicher Beschauer konnte so leicht dies blasse Gesichtchen, dies schüchterne Wesen übersehen. Es war in der ganzen Erscheinung der Außenwelt gegenüber etwas von jener Schüchternheit der Mimosa, die sich bei der geringsten unsanften Berührung in sich selbst zurückzieht. Das zarte Wesen erweckte leicht den Gedanken, daß die Alltagswelt kein Boden sei für diese „weiße Blume", und doch war dies Kind bereits der Gegenstand der Aufmerksamkeit eines großen Kreises.

Von dem wunderbaren Talent Klaras, das sich unter der energischen Leitung ihres Vaters so mächtig entwickelte, war ganz Leipzig erfüllt; von ihrem Fleiß und Eifer sprach man mit Bewunderung. Aber nur wenige Augen sahen sie daheim in ihrem Hause; dort war sie zunächst die zärtlichste Schwester, die gehorsamste Tochter. Den Künstlern und Freunden ihres Vaters gegenüber, die als Gäste sein Haus besuchten, trat sie mit der liebenswürdigsten Bescheidenheit auf. Stumm und lauschend mit glühenden Wangen und strahlenden Augen saß sie meist an der Seite ihrer Mutter in dem Kreise der ältern und jüngern Musiker, und dann und wann sagte ein liebliches Lächeln beredter als Worte:

„Ich höre gern, wenn kluge Männer reden,
Daß ich begreifen kann, wie sie es meinen."

Heute lauschte sie achtsamer denn je, als sie alle

nach und nach wieder ins Feuer kamen und hin- und herstritten und fragten. „O, meine kranke Hand!" rief jetzt Robert Schumann schmerzlich. „Warum kann ich heut' die Polonaise nicht spielen! Wer will mir seine gesunden Finger leihen? Ich würde es ihm danken mein Leben lang."

Da sagte eine liebliche Stimme ganz laut und deutlich: „Ich!" Und Klara stand auf, trat zu ihrem Vater, legte leise die Hand auf seine Schulter und fragte errötend: „Papa, erlaubst Du, daß ich sie spiele? Ich glaube, ich kann es wagen! Und die kleinen Masurken auch."

„Du hast es selber zu verantworten," entgegnete Wieck, „ich war nicht zu Hause, als Du sie übtest. Versuche es, mein Kind, wenn Du glaubst, es wagen zu dürfen, und wenn Schumann mit Deinen zehn Fingern zufrieden ist." Sie schlug die Augen zu ihm auf. Er nickte. Ein Lächeln flog über ihr Gesicht. —

Wenige Minuten später saß Klara vor ihrem geliebten Flügel und spielte Chopin.

Willenlos traten alle in den Zauberkreis dieser Musik und dieses Spiels, wie im Traum folgten sie der Elfengestalt, die jetzt vor ihren Augen in den verzauberten Wald huschte. Da waren die wild verschlungenen, mondbeglänzten Pfade, aber wohin führten sie? Weiter und weiter, an hüpfenden, blitzenden Irrlichtern vorbei bis zum Schloß am tiefen See. Die erleuchteten Fenster spiegelten sich in den stillen Wellen. Ein Garten voll Rosen und fremden Blumen zog sich rings umher. Auf der breiten Terrasse standen blütenschwere Orangenbäume, in sanften Wellen strömten die Düfte daher. Wunderschöne Frauen in prächtigen Gewändern, die dunklen Locken mit Perlen durchflochten oder funkelnde Kronen von edlen Steinen über den Stirnen, wandelten im irren Licht des Mondes langsam auf und nieder, neben ihnen stolze Männergestalten in fremder, glänzender Tracht. Leises Flüstern ging herüber und hinüber, heißes Atmen, Blicke voll Glut, zitternder Druck verschlungener Hände. Drinnen, im Riesensaal, tanzte man. Es waren wilde Tänze, Melodieen, die das Blut rascher durch die Adern trieben; klirrend schlugen die Sporen gegeneinander. Und so hinreißend die Gestalten, so entzückend die Verschlingungen und Gruppen, — es war doch etwas Schauerliches in dieser Lust, etwas Dämonisches in dieser Freude. Es rasselte wie Schwerter dazwischen, es klang wie ein Aufschrei verzweifelter Liebe, es tönte wie — „Leichenjubel und Hochzeitsklänge". Wilder und wilder wirbelten sie durcheinander, die Männer und Frauen im Tanz, glühender wurden die Umschlingungen, flammender die Blicke; die da draußen gewandelt, standen jetzt an den Thüren und schauten bleich und traurig hinein in den Wirbel der tollen Lust, bis die Kerzen plötzlich erloschen, die Musik mit einem schrillen Wehlaut abbrach und alles aus war. Das Mondlicht flutete durch verödete Räume, die Tänzer und Tänzerinnen waren verschwunden, nur im Garten huschte es noch geheimnisvoll und schattenhaft auf und nieder, die Wellen des Sees zitterten und das Rauschen des Schilfs starb hin wie leise Seufzer.

„Das war Chopin," sagte ruhig Friedrich Wieck und die zarte Gestalt des Mädchens erhob sich vom Klavier. Aber das Kindergesicht war bleich geworden, ein fremder Ernst lag auf der Stirn und die Augen schimmerten feucht. Keiner sprach, so hatte das Spiel Klaras alle ergriffen und überwältigt. Die Mutter nur streckte unwillkürlich die Hand aus, um die Tochter an sich zu ziehen. Da, im Vorüberstreifen, sank der Blick des Mädchens in zwei Augen, die mit fast anbetender Bewunderung zu ihm aufschauten. Einen Moment zögerte sie, helle Glut färbte die zarten Wangen. Dies Begegnen der Augen an diesem Abend war das erste Glied jener goldenen, unlösbaren Kette, die zwei Seelen für Zeit und Ewigkeit miteinander verbinden sollte! Robert Schumann verlor seit jener Stunde das junge Mädchen, das ihm die Hände „geliehen", wie er scherzend sagte, nie wieder aus seinem Herzen.

Noch viel wurde an jenem Abend debattiert und musiziert, aber Klara spielte nicht mehr. Sie saß bei den Geschwistern und ließ sich den kranken Finger des jungen Musikers zeigen, band vorsichtig und geschickt die Bandage fester und gab nach Frauenart allerlei kluge Lehren in betreff des „Patienten", lächelte und scherzte auch dazwischen, während er gedankenvoll auf die kleine barmherzige Schwester herabsah und auf die fesselnde Linie des Profils und das reiche, dunkle Haar. Wieder erinnerte er sich bei diesem Anblick des Schutzengels in dem Stübchen der Mutter. Später, nach dem bescheidenen Abendbrot, baten die Knaben ihren Freund verstohlen noch um eine „lange Geschichte" und zogen ihn allmählich in eine Fensterecke, während die andern plauderten. Da erzählte er ihnen denn auch, wie es seine Weise, jene echten, köstlichen Märchen, die mit den magischen Worten anfangen: „Es war einmal" und mit dem süßen Troste endigen: „Und wenn sie nicht gestorben sind, so leben sie heute noch." Als er aber begonnen, erhob sich ein allerliebster jemand und schlich unvermerkt näher und legte die Hand auf die Lehne des Stuhls, ohne daß der Erzähler es gewahrte, und vergaß alle gelehrten Gespräche der andern über das Logiersche System, Chopinsche Vorhalte und Bachsche Fugen, um mit Seele und Augen zuzuhören, wie sich die „sieben Raben" wieder in sieben

Ritter verwandelten, um ihr vielgetreues „Schwesterlein“ zu retten.

Viele Jahre waren vergangen, seitdem Robert Schumann zuerst Klara Wieck Chopin spielen hörte — wie vieles hatte sich gewandelt und verändert! Aus dem hin- und herflatternden Schwärmer war ein Musiker geworden, auf den sich die Augen der Menge staunend richteten, um den sich eine Schar begeisterter Anhänger sammelte. Eine Reihe glänzender Werke gab Zeugnis von dem hohen Flug des Genius, von der reichen Phantasie und der echt deutschen Gemütstiefe und Innigkeit ihres Schöpfers. Nach einem vielbewegten Leben, nach einem Aufenthalt in Leipzig, Dresden und Petersburg war er in Düsseldorf gelandet. Aber nicht allein: der lebendig gewordene Schutzengel war bei ihm. Das knospenhafte Kind hatte sich in eine Frau und Mutter blühender Kinder verwandelt. Die Vereinigung Schumanns mit seiner Klara hatte schwere Kämpfe gekostet, heißes, standhaftes Ringen. Manches sorgenvolle Jahr war dahingegangen, ehe das herrliche Brautlied gesungen werden durfte:

„Überm Garten, durch die Lüfte“

mit seinem jubelvollen Refrain:

„Sie ist Deine, sie ist Dein!“

und das zärtliche, süße:

> „Da hab' ich denn so lange geküßt,
> Bis Du mein Weib geworden bist."

Um so glückseliger war endlich das Beieinandersein. Wie ein banger Traum lag die Zeit der Trennung hinter ihnen, sie gehörten einander für alle Ewigkeiten. —

Robert Schumann dirigierte seine „Pilgerfahrt der Rose" im Düsseldorfer Konzertsaale. Das dichtgedrängte Publikum lauschte der anmutigen Dichtung, den reizenden Melodieen mit gespanntester Aufmerksamkeit. Rosenfrische Mädchengesichter schmückten die Reihen des Chors. Im Sopran stand Klara Schumann. Ich glaube, daß ich den ganzen Abend sie fast keinen Moment aus den Augen ließ. Sie sang mit und sah dabei ihren Gatten an. Aber welch' ein Blick! Echte, süße Frauensorge und Liebe ohne Ende. Sie folgte all' seinen Bewegungen, sie taktierte leise, sie achtete auf den Alt und setzte mit ihm ein, sie hörte auf den Tenor, sie markierte den Eintritt der Bässe, sie horchte mit Spannung auf das Orchester, und dann wieder und wieder kehrten die tiefen, warmen Augen zu ihm zurück mit jenem Blick, den keiner je vergessen wird, der ihn gesehen. Das Gesicht des Dirigenten blieb unbeweglich, nur bei einer oder der andern Lieblingsstelle hob er langsam die Augenlider, um den Augen seiner Gefährtin zu begegnen.

Später, als alles vorüber war, sah ich ihn erschöpft in einem Sessel sitzen, und da stand sie neben ihm, wie einst vor vielen, vielen Jahren, als er Märchen erzählte, und die schlanke Hand lag auf der Lehne. Sie flüsterte ihm einige Worte zu, die ein sonniges Lächeln über seine Züge gleiten ließen. Dann nickte sie mit dem Ausdruck reizender, süßer Mütterlichkeit ihren kleinen Töchtern zu, die nicht weit vom Orchester saßen.

Im zweiten Teil jenes Konzerts spielte sie Kompositionen ihres Mannes — unter andern vierhändig mit einer ihrer jungen Schülerinnen, Nannette Falk — das bezaubernde: „Am Springbrunnen", das lebhaftes Entzücken hervorrief, später Mendelssohnsche Lieder ohne Worte und eine Chopinsche Masurka.

Robert Schumann saß in einem Winkel in der ihm eigenen Stellung, das Kinn in die Hand gelegt, die Lippen freundlich zugespitzt wie immer, wenn er so recht froh und befriedigt war, ihr gegenüber, und mitten unter dem Jubel der Hörer neigte sie den Kopf zur Seite und suchte seine Augen, und ganz leise nickte er und gab das „Zeichen"; nicht der Beifall der Menge war ihr Lohn, das verriet der Ausdruck ihres Gesichts.

Es war etwas tief Ergreifendes in der stillen Art, wie sie ihn umsorgte, wie sie teilnahm an seinem geistigen und leiblichen Sein vor unser aller Augen; wie sie aber für ihn und mit ihm lebte in ihrem Daheim, noch unendlich rührender, das wissen ihre vielen Freunde. Sie hat ihm auch nicht nur damals an jenem Chopin-Abend im Scherze ihre Hände geliehen, sondern so recht eigentlich seinen genialen Klavierkompositionen die erste Bahn gebrochen; sie hat sich auch gemüht, ihm jeden Stein aus den oft unebenen Pfaden seiner Künstlerlaufbahn zu räumen, den ihre Kraft hinwegzurücken vermochte, sie versuchte unermüdlich, den Rosen, die ihm auf seinem Wege erblühten, alle Dornen zu nehmen.

Ihr unbewußt stellte sich aus dem herrlichsten Liedercyclus Schumanns: „Frauenliebe und Leben", ihr eigenes Dasein zusammen von jenem zauberischen:

„Seit ich ihn gesehen,"

bis zu dem erschütternden:

„Nun hast Du mir den ersten Schmerz gethan."

Es kann erst einer späteren Zeit vorbehalten sein, eine umfassende und erschöpfende Biographie von Robert und Klara Schumann zu bringen, aber was auch Ruhmvolles über ihn und seine Schöpfungen niedergeschrieben werden mag, die Kapitel ihres wunderbar harmonischen Frauenlebens können dermaleinst in Bezug auf jene vollendete und seltene Künstlerehe doch nur das Motto tragen:

„Ich will ihm dienen, ihm leben,
Ihm angehören ganz —
Hingeben mich ihm und finden
Verklärt mich in seinem Glanz.“

Iphigenia in Aulis.

„Ich drücke meinen vollen frohen Kranz
Dem edlen Meister auf die hohe Stirne."

Goethes Tasso.

Du Heiligenschein der hehren Tonkunst, wie gesegnet ist das Haupt, das du umziehst mit deiner leuchtenden Glorie! Gleich einem mächtigen Talisman wehren deine Strahlen das Heer menschlicher Schmerzen ab, und geschützt wandeln die Gestalten, die du schmückst, in deinem Lichte über den unebenen Boden unsrer Erde und durch das Dunkel ihrer Nächte: ihre Füße straucheln nicht, und vor ihrem Seherauge schwinden alle Schatten.

„Eine Einsamkeit inmitten des lautesten Gewühls, inmitten des rauschendsten Lebens ist erst die rechte Einsamkeit!" — Das mochten wohl einzelne jener glänzenden Erscheinungen sich leise sagen, deren Blicke an einem lieblichen Aprilnachmittage einen ernsten, sinnenden Mann streiften, der auf einem kleinen Sessel in den knospenden Gärten des Versailler Parks Platz genommen hatte. Sein Gesicht war abgewendet von der wogenden Menge und aufwärts gerichtet; die hohe, klare Stirn trug den leuchtenden Stempel ungewöhnlicher Geistesgröße, die freien, blauen Augen schien das Sonnenlicht nicht zu blenden, und ein Zug himmlischer Begeisterung umspielte den edelsten Mund. Die Kleidung des Mannes war einfach, ja fast nachlässig, und kontrastierte schon ihrer schlichten grauen Farbe wegen auffallend genug mit den reichgestickten Trachten der damaligen Herren des französischen Hofes; denn man schrieb eben das Jahr 1774 und Ludwig XVI. beherrschte das schöne Frankreich.

Die zahllosen Spaziergänger, die wie schwärmende Bienen hin und her flogen, kamen und gingen, sich niederließen, plauderten, kokettierten und lachten, achteten gar bald nicht mehr auf den seltsam unbeweglichen Fremden; die geputzten Veilchenverkäuferinnen, die wie Mücken jede Menschengestalt überfielen, waren müde geworden, sich an den scheinbar Versteinerten zu drängen und gönnten ihm keinen Blick, kein Lächeln mehr. — Allmählich verlor sich das Menschengewühl, es wurde stiller in den Gärten, auch die lärmenden Kinderstimmen verstummten nach und nach, matter wurden die Sonnenstrahlen, dunkler das Himmelsblau, die frühlingsberauschten Vögelein suchten ihre Nester und endlich war es ganz still geworden rings umher. Da erhob sich auch langsam jener einsame Mann von seinem Platze und schien sich auf den Heimweg begeben zu wollen: allein, sinnend den Blick in die Höhe geschlagen, verfehlte er den Weg zur Ausgangspforte und geriet immer tiefer in das Innere des Parkes. Dort war es aber ganz zauberisch und heimlich; der holde Frühling selbst schien sich in diese dichten Gänge, Lauben und Gebüsche versteckt zu haben: überall blühte und duftete es, Fontänen erzählten plätschernd ihre reizenden Wassermärchen und weiße marmorne Göttergestalten blickten verstohlen durch das junge Grün.

Der Wanderer blieb stehen und lächelte träumerisch; allein nicht die Pracht des Wundergartens hatte dies aufstrahlende Lächeln auf seine Lippen gelockt; es entstieg wohl der tiefsten Seele des Stillen: süße Gedanken schienen ihn zu bewegen. Er erhob bald die Hände, bald ließ er sie rasch niederfallen; dabei ging er hastig auf und ab und summte erst leise, dann immer lauter eine Melodie vor sich hin: es war eine sanfte, bedeutungsvolle Klage. Hierauf verfinsterte sich sein ausdrucksvolles Gesicht, es zog auf der breiten Stirn daher wie ein Gewitter, zuckende Blitze schleuderten die Augen, und mit voller, weithin tönender Stimme sang er folgendes Recitativ:

> „Geh' hin und such' den Tod durch Vaters Hand! zu dem grausen Altar soll folgen Dir mein Fuß! ich lähme dort den Arm, der Dich bedroht."

Dann ballten sich seine Hände, die stolze Gestalt richtete sich in ihrer ganzen Größe auf, heftig erhob er die Arme und sang mit erschütternder Leidenschaft, mit wahrhaft erhabenem Zorn:

> „Er ist bald meines Zornes Raub!
> Ich werde das Schwert auf ihn zücken:
> Den Altar, den frevelnd sie schmücken,
> Wirft mein drohender Arm in den Staub!"

Da stürzten urplötzlich zwei stattliche Schweizersoldaten wie ein wütendes Tigerpaar aus dem Gebüsche, ergriffen den Erregten bei den Schultern und schleuderten ihm eine Flut französischer und deutscher Schimpfworte entgegen. — „Bösewicht!" — schrie der eine in gebrochenem Deutsch, — „Du hebst die Hand auf gegen das Schloß Ludwigs? Du willst den König mit einem Schwerte töten? willst auch die heilige Kirche vernichten und zerbrechen den Altar des Herrn?" — „Und hier," schnaubte hitzig der andere, „zertritt der Frevler die Blumenbeete des königlichen geheimen Parks, zertritt alle Veilchen und auch **les jolies marguerites**. Fort, fort ins Gefängnis!"

Der Überfallene war einige Augenblicke völlig fassungslos: er starrte seine Angreifer lautlos an mit dem Ausdruck des ungemessensten Staunens, warf einen langen Blick der Verwunderung auf die Zerstörung, die seine Füße angerichtet; endlich breitete sich ein feines Spottlächeln über seine Züge. „Nun wohl!" sagte er ruhig zu seinen riesenhaften Gegnern, deren Augen argwöhnisch jeder seiner Bewegungen folgten, — „schleppt mich fort, wohin Ihr wollt! vorher aber verlange ich vor das Angesicht Eurer Königin geführt zu werden; ihr gegenüber will ich mich rechtfertigen." — Die Soldaten machten sich verstohlene Zeichen, die deutlich kund thaten, daß sie an dem Verstande ihres Gefangenen bedeutend zweifelten, nickten ihm aber gewährend zu, und der kleine Zug setzte sich in Bewegung.

Im Schloßhofe angelangt, brauste eben ein reichvergoldeter Wagen heran, bespannt mit vier weißen, mutigen Rossen, deren Häupter köstliche blaue Federbüsche zierten, und hielt vor dem Portal des Schlosses. Der Schlag sprang auf, dienstfertige Arme und Hände empfingen eine leichte Frauengestalt, die sich graziös aus dem anmutigen, mit edlen Steinen und blauem Sammet geschmückten Feensitze schwang. Ein schwarzes Sammethütchen mit wallenden Federn schwebte auf der Spitze des zierlichsten gepuderten Köpfchens, rosenfarbener Atlas und Spitzen umhüllten den schönen Körper.

Die strahlende Erscheinung war Maria Antoinette, Königin von Frankreich. Indem sich die dicke Gefährtin der Herrscherin mühsam aus dem Wagen wälzte, bemerkte die lebhafte Königin, neugierig umherschauend, jenen rätselhaften Gefangenen, den eben die Fäuste der Schweizer fester packten.

„Was geschieht dort?“ rief sie hastig in deutscher Sprache und zögerte auf der Schwelle des Portals. Bei dem Klange dieser Stimme hob der Bedrängte sein stolzes Haupt höher und lächelte freudig; ein schwacher Schrei entfloh den rosigen Lippen der Fürstin. „O Meister Gluck!“ rief sie entzückt und streckte ihre Hand aus, „lieber, lieber Gluck, wer wagt es hier, in meinem Reiche, den freien Genius fesseln zu wollen?“

Glucks Augen leuchteten; ein Wink der Herrscherin entfernte die bestürzten Schweizer.

„Kommt, Meister, folgt mir!“ fuhr die Königin heiter fort, „Ihr sollt mir nicht entschlüpfen! Jetzt werde ich Euer Gefangenwärter sein. Erzählt mir eilig, was Euch in solch verdächtiger Begleitung an die Thore unseres Schlosses geführt und verweilt ein Stündchen in den Gemächern Eurer ehemaligen Schülerin.“ — So sprechend flog sie die teppichbelegten Treppenstufen so mädchenhaft rasch hinan, daß Gluck ihr kaum zu folgen vermochte. Die lästige Dienerschar blieb auf ein leises Wort staunend zurück. Maria Antoinette durchschritt flüchtigen Fußes mit ihrem stummen Begleiter mehrere goldschimmernde, blendende Prunkgemächer, öffnete dann eine Tapetenthür, und beide traten dann in ein kleines, einfach reizendes Zimmer mit wunderschöner Aussicht in die frühlingsfrischen Gärten.

„Fürstin!" rief Gluck sichtlich überrascht, „dies ist ja das traute Gemach unserer geliebten Erzherzogin Maria aus dem kaiserlichen Schlosse zu Wien! Welch anmutiges Wunder!"

„Erkennt Ihr es wohl?" entgegnete die Königin bewegt und schob dem Meister einen weichen Sessel hin. — „Kommt, setzt Euch zu mir!" fuhr sie mit bezaubernder Grazie und Herzlichkeit fort, „wir wollen deutsch sprechen und von unserm lieben Wien plaudern; nicht wahr, Gluck? Jetzt bin ich, so lange Ihr hier seid, nur die fröhliche, sorglose, glückliche Prinzessin Maria, der Liebling der herrlichen Kaiserin Mutter, und die ungeschickte Schülerin des großen Meisters Gluck!"

Während dieser Rede hatte sie ihr rotes Mäntelchen und den Federhut abgeworfen und stand nun in blaßgrünem Seidenkleide, Orangenblüten und Rosen vor der Brust, gar wundervoll vor ihrem ehemaligen Lehrer. Dann warf sie sich in die Polster eines tiefen Sessels, legte die feinen Füße behaglich auf ein rotsammetnes Kissen und fuhr fort: „Ach Gluck! wie sehr habe ich mich im Stillen gesehnt, mit Euch recht zwanglos von vergangenen Zeiten zu plaudern, seit mir die Kunde Eurer Ankunft in Paris geworden! Aber die leidigen Hoffeste ließen mich durchaus nicht zur Erfüllung meines Herzenswunsches gelangen. Ich sah Euch seit jener steifen Audienzstunde, wo Ihr Euch dem Könige vorstellen ließet und mir Briefe brachtet von Wien, gar nicht wieder. Damals hätte ich Euch fast nicht erkannt in Eurem Hofkleide, aber ich mußte heimlich lachen, als ich Euren stolzen Gruß sah, der so schlecht zu Eurer Tracht paßte; an dieser unmerklichen Bewegung des Hauptes, die alle unsere Hofleute außer sich brachte, erkannte ich unsern Gluck wieder. Jetzt gefallt Ihr mir aber doch viel besser; in diesem schlichten Grau finde ich das Bild meines gestrengen Lehrers wieder."

„Gnädigste Erzherzogin," antwortete der Meister zerstreut, „es waren doch liebe Stunden, die ich in dem traulichen blauen Prinzessinzimmer des Kaiserschlosses zu Wien verlebte, und Maria Antoinette war eine gar achtsame, gelehrige Schülerin, wißbegierig und unermüdlich wie wenige Frauen."

„Nicht immer, Gluck, nicht immer!" fiel hier die Königin schopfschüttelnd ein; „erinnert Euch doch nur, wie böse Ihr zuweilen waret, wenn ich schlecht spielte, weil mir ein Hofball im Sinne lag oder eine brillante Schlittenfahrt. Und habt Ihr denn vergessen, wie oft mir die Bachschen Fugen nicht schmeckten? Wie gut weiß ich noch, daß Ihr mich nicht selten hastig wegdrängtet vom Piano mit den Worten: Erzherzogin, solch Klimpern ist fürwahr nicht zum Aushalten! Und dann nahmt Ihr meinen Platz ein und donnertet die Fugen herunter, daß mir Hören und Sehen dabei verging, und ich mich in unwillkürlicher Scheu in den fernsten Winkel des Zimmers zurückzog. O! und dann spieltet Ihr immer weiter und immer herrlicher und ich vernahm Melodieen, wie ich sie nie gehört, und fürchtete mich fast, bis sich leise, leise die Thür öffnete und die Kaiserin hereintrat, um zu lauschen; und nach und nach mehrten sich die stummen Hörer und füllten Gemach, Nebenzimmer und Gänge. Ihr aber gewahrtet nichts von alledem, sondern flogt weiter und immer höher mit Euren Tonschwingen, bis denn endlich unvorsichtigerweise einer der drängenden Lauscher irgend einen klirrenden Gegenstand umstürzte oder die gepreßte, dicke Oberhofmeisterin ihren Krampfhusten bekam: dann stocktet Ihr plötzlich, wie von einem jähen Schmerze getroffen, und standet hastig auf mit den Worten: Das war brav gespielt, Erzherzogin! — Zuweilen wart Ihr aber so sonderbar, daß ich keine Silbe zu reden wagte; dann konnte Maria Antoinette spielen wie sie eben Lust hatte; Meister Gluck hörte nichts, zürnte keinem falschen Accorde, keiner ungelösten Dissonanz, keinem schleppenden Allegro, keinem rasenden Andante; starr blickten die Augen meines Lehrers in die Höhe, bald murmelte er einige undeutliche Worte, bald spielten seine Hände in krampfhafter Hast auf dem Deckel des Pianos, bis er nach solchem seltsamen Sinnen aufsprang, mit selig verklärtem Lächeln umher schaute und leise flüsterte: Ha! endlich, endlich bist du mein, heilige Melodie! Und hierauf wandtet Ihr Euch zu mir, als ob keine Unterbrechung stattgefunden, und sagtet: Weiter, weiter, Erzherzogin!"

Gluck blickte seine ehemalige Schülerin väterlich wohlwollend an, und seine Stirn erheiterte sich an dem lebhaft frohen, glücklichen Ausdruck ihres lieblichen Gesichts. — „Wir sind unverändert geblieben, Majestät!" sagte er endlich träumerisch, „Ihr die sorglose, kindlich fröhliche, gnädige Prinzessin, ich der launische, wunderliche, zerstreute Gluck."

Das Gespräch wendete sich auf Glucks neueste Thätigkeit und endlich fragte die Königin auch nach seiner letzten Oper. „Nicht wahr, sie heißt Iphigenia in Aulis?" setzte sie hinzu. „Wird das Werk bald aufgeführt? haben die Proben schon begonnen?"

„Ach, Majestät," erwiderte der Meister, „die erste Probe hielt ich ja heute in den königlichen Gärten. Habt Ihr vergessen, daß ich Euch noch Rechenschaft schuldig bin für die Begleitung, in der ich vor Euren Augen erschien? Ich hatte eben das Recitativ und die ersten zehn Takte der großen Zornarie meines Achill mit den passenden Gesten in die Lüfte geschleudert, als mich die braven Schützer des Königs und seines Parkes ergriffen. Die ehrlichen Schweizer glaubten, mein Achill, der von einem gezückten Schwerte schwärmte, bedrohe das Leben ihres hohen Herrn, und verwechselten sonderbarerweise Ludwig XVI. mit dem alten Agamemnon!"

„Armer verkannter, mißhandelter Sänger!" scherzte die Königin; „wie gut, daß ich gerade in jenem Augenblicke die mächtige Gebieterin Frankreichs war, als sie mir meinen teuren Meister davon schleppen wollten! — Aber sagt mir ernsthaft, wie wird es mit der Iphigenia gehen? wann wird sie aufgeführt? Ich gestehe Euch, daß ich kaum den Sieg meines Landsmanns und Lehrers über das Heer der Piccini, Sacchini und Lulli erwarten kann!"

„Ich träume noch von keinem Siege," entgegnete Gluck schwermütig; „von einer fest bestimmten Aufführung ist ja noch keine Rede; ich kämpfe einstweilen noch rüstig und unablässig gegen die geheime, aber starke Macht der Intrigue und hinterlistigen Bosheit, die alle Proben hintertreibt, die öffentliche Meinung schon im voraus irre leitet und mir zahllose Dolchstiche versetzt. Aber ich lasse nicht nach, ich ruhe nicht; mein Werk verdient, daß ich ihm alle meine Kräfte weihe, um ihm die Bahn zu den Herzen der Menschen zu ebnen.

Sollte ich zu Grunde gehen in diesen Kämpfen, nun, so geschieht es ohne einen Seufzer, ohne eine Thräne! Ich hinterlasse eine leuchtende Spur meines Daseins, ich habe nicht umsonst gelebt! — Ja, Königin!" fuhr der edle Meister mit erhobener Stimme und steigender Begeisterung fort, „es ist ein gutes Werk, dies jüngstgeborne Kind meines Geistes, diese Frucht hochheiliger Weihestunden! Ich habe in diesem Werke die edelsten Regungen meiner Seele niedergelegt, die reinsten Gefühle meines Herzens und meine höchsten, ernstesten Gedanken! Königin! in dieser Oper enthüllt sich mein eigentliches Sein und Wesen; diese Oper wird der Nachwelt zeigen, wer ich war und was ich werden wollte. Diese Musik ist ganz Gluck! Ich habe sie nicht nur gefühlt, ich habe sie auch gedacht, sie ist mein bewußtes, unbestreitbares Eigentum, ein Teil von meinem Ich! — Vorüber sind die Tage und Nächte der Irrtümer und Qualen, vorüber das gewaltsame Ringen und leidenschaftliche, ruhelose Streben; das hohe Ideal meiner Seele: ungetrübte Klarheit, göttlich reine Einfachheit der Melodie, Wahrheit und Natur, dieses Ideal steht jetzt schleierlos und unendlich näher gerückt vor meinen Augen; mein seliges Ziel ist bald erreicht!"

Gluck schwieg. Wie wunderbar war der Ausdruck seiner belebten, antik geschnittenen Züge, die in eine schönere Welt zu schauen schienen! — Maria Antoinette betrachtete ihn mit staunender Ehrfurcht. Endlich rief sie begeistert: „Teurer Meister! vertraut Eurer Königin. Eure Iphigenia soll aufgeführt werden; bald, in nächster Woche, auf meinen Befehl! Ich will durch ein königliches Machtwort das Spinnengewebe des Neides vernichten. Morgen werde ich dem Intendanten der Königlichen Oper meine bestimmten Wünsche aussprechen. Ihr sollt hinfort nicht mehr kämpfen und streiten: Ihr sollt siegen, und ich selbst will den Sieger krönen.“

Gluck schaute freundlich, doch ungläubig in das Angesicht der erregten Sprecherin, deren lebhafte Verheißungen vielleicht ein einziges strahlendes Fest wieder in Vergessenheit zurücksinken ließ; er begegnete aber einer so ernsten Festigkeit, einer so freudigen Sicherheit, daß er sich bewegt neigte und die Hand der reizenden Königin stumm an seine Lippen drückte.

Es war in der Mitternachtstunde des 19. April 1774, als das Opernhaus zu Paris von einem Jubel wiederhallte, wie er in diesen Räumen noch nie gehört worden war: Glucks, des großen deutschen Komponisten **Iphigenia in Aulide** war eben beendet. Die Zuhörer hatten jede Nummer mit steigendem Beifallsjauchzen begleitet; die herrliche, großartige Zornarie des

Achill aber ließ den Enthusiasmus bis zum äußersten aufwallen: die Edeloffiziere griffen unwillkürlich an ihre Schwerter: die Wirkung war unerhört. Das Publikum war in einem Grade hingerissen von dem Meisterwerke, der jeder Beschreibung spottete, in einem Grade aufgeregt, den wir ewig kühlen, philisterhaften Deutschen „Wahnsinn" genannt hätten: Thränen flossen, Lächeln des höchsten Entzückens strahlte, Schluchzen wurde hörbar, Glucks Name erschallte von tausend Lippen, zahllose Blumen flogen auf die Bühne.

Auf der rotsammetnen Brüstung der Königsloge lehnte Maria Antoinette im prachtvollsten Schmucke, mit überströmenden Augen den herrlichen Triumph ihres verehrten Lehrers feiernd. Ludwig XVI. stand erregt neben ihr; sein sonst so bleiches Gesicht mit den guten Augen war leicht gerötet; er blickte mit lebhaftem Anteil auf die tobende, begeisterte Menge. „Gott des Himmels," sagte er plötzlich und wandte sich zur Königin, „wenn die hellen Freudenflammen dieses so leicht bewegten Volkes, diese Fieberglut umschlüge in Wut? Wenn die Zorneswogen dieser Masse auch so überhoch aufwallten, wie jetzt das Meer ihres Entzückens, welch ein gräßliches, unerträgliches Bild!" — Maria Antoinette wußte keine Silbe zu erwidern; verwundert schaute sie den König an, doch schauderte sie unwillkürlich zusammen und ergriff ängstlich den Arm ihres

Gemahls. — „Wo nur Gluck bleibt?" flüsterte sie unruhig und kaum hörbar.

Der aber riß sich eben in den Coulissen los aus den erstickenden Umarmungen seiner Verehrer, suchte sich zu retten vor dem lobpreisenden Schwarme seiner überwundenen Feinde, drückte noch dem herbeigeeilten, tief ergriffenen, bezwungenen Widersacher Piccini herzlich die Hand, und folgte mit unsicherem Schritte, halb bewußtlos von dem Erlebten, fast zusammenbrechend unter der Gewalt seiner Empfindungen, einem harrenden Diener, der ihn in die königliche Loge beschieden. Als Gluck eintrat, neigte er sich unwillkürlich vor der Gestalt des Königs; aber der Schimmer der Kerzen blendete seine Augen: es wogte und wallte um ihn her, es stürmte in seiner Brust und rang krampfhaft nach Atem. Da nahte sich die Königin dem Wankenden und drückte rasch, mit holdem Lächeln, einen frischen, vollen Lorbeerkranz auf das gesenkte Haupt des gefeierten Tonhelden.

Da richtete sich der Meister rasch empor, irr flammten seine Augen, er fuhr wiederholt mit der schlanken Hand über seine bleiche Stirn, und warf dabei auf die Königin Blicke des furchtbarsten Entsetzens. „Allbarmherziger Gott!" schrie er endlich gellend auf, „welch grauenhafter Anblick! Erhabene Frau, verwischt doch schnell, schnell mit Eurer weißen Hand jenen gräßlichen

Streifen Blutes, der sich rund um Euren blendenden Hals zieht! Wer gab Euch solchen Schmuck! Vernichtet ihn! o eilt, eilt! mit jedem Atemzuge wächst das fürchterliche Purpurband; Euer Haupt wankt; das Band wird zum Strome! zu spät, zu spät! Himmlischer Vater!" Mit diesem Rufe stürzte er ohnmächtig zusammen.

„Gluck sieht wohl Geister?" flüsterte der König totenbleich, „die gewaltige Aufregung hat ihn krank gemacht; der Sieg war zu plötzlich und glanzvoll für Seele und Körper!" — Maria Antoinette bebte und zitterte an allen Gliedern; schluchzend und furchtsam wie ein Kind riß sie hastig das schimmernde, kostbare Rubinhalsband ab, das sich wie ein feuchter glänzender Reif um ihren schneeigen Hals legte, schleuderte es weit von sich, empfahl den bewußtlosen Meister der Sorge ihres Arztes und ihrer Diener, und verließ eiligst, von Fieberschauern geschüttelt, am Arme des Königs die Loge.

Du ahntest wohl nicht, großer strahlender Orpheus der neuen Welt, daß dein Seherauge in jenem Momente höchster Erregung den Schleier der Zukunft lüftete, als dein Mund diese Schauerworte sprach? daß dein mächtiger Geist in jenem übermenschlichen Zustande Raum und Zeit überflog und prophetisch voraussagte, was einst kommen würde und kommen mußte?

Die unverwelklichen Lorbeerbäume deines Ruhmes verschlangen schon längst ihre üppigen Zweige zur dichten Laube über deinem stillen Grabe, und zwischen ihren Blättern leuchteten goldig schimmernd zahllose Knospen und die duftenden Wunderblüten: Alceste, Orpheus, Helena, Armida, und jene beiden köstlichen Schwesterblumen an einem Stengel, deine beiden Iphigenien! Du ruhtest aus von dem Kampfe des Lebens, ruhtest aus von deinen Siegen, und die Preisgesänge der Nachwelt erreichten dein Ohr nicht mehr: Cherubim und Seraphim lauschten in einer seligen Welt den verklärten Klängen deiner reinen Leier: da kam deiner Weissagung blutige Erfüllung. Neunzehn Jahre nach jenem Abende deines glorreichen Triumphs wurde das Purpurband am Halse deiner schönen, unglücklichen Fürstin zum Strome: Maria Antoinettes Haupt sank im Oktober des Jahres 1793 unter dem Beile der Guillotine.

Violetta.

„Ein Veilchen auf der Wiese stand,
Gebückt in sich und unbekannt,
Es war ein herzigs Veilchen.“

Einige Stunden von Wien liegt ein kleines Dorf, dessen Namen ich vergessen habe; ich glaube aber, das thut nichts, denn es giebt nur *ein* solch reizendes Dörfchen auf der ganzen Welt. Eine Kapelle steht auf der Anhöhe, wilde Rosen und Epheu ranken sich an den grauen Mauern empor, und zu den Fenstern des Kirchleins blicken demütig, wie fromme Beter, die weißen, netten, niederen Häuser aus dem dichtesten Buschwerke hervor. Das ganze Friedensplätzchen umschließen alte, hohe Linden- und Kastanienbäume.

Die Kantorwohnung im Dorfe war aber die lieblichste von allen: sie lag abseits von den anderen Häusern und gleichsam in Blumen eingehüllt. Pflegte doch der alte Kantor diese Blumen als seines Lebens höchste Freude; und mitten unter all diesen Rosen, Veilchen, Lilien und Tulpen war die schönste Blume aufgewachsen: sein Töchterlein Violetta. Seine treue Lebensgefährtin begrub er, als sein Kind das sechste Jahr erreicht hatte; das war wohl der größte Schmerz seines Lebens gewesen, welches sonst so friedlich und still dahingeflossen wie ein Bächlein. Er hatte aber auch immer eine wunderbare, mächtige Trösterin zur Seite gehabt, welche ihn mit sanfter Hand über jedes Ungemach, jede Trübsal hinweghob, welche ihn zärtlich in ihre Arme nahm, als sein treues Weib die Augen geschlossen; die Trösterin hieß „Musika" und war eigentlich die mit glühender Inbrunst geliebte, alleinige Gebieterin seines Herzens.

Einen anderen kostbaren Schatz hegte er in der Ecke seiner Wohnstube, ein altes Spinett; und hier war es, wo der Kantor mit den Geistern des großen Bach und Händel verkehrte, mit den alten italienischen Meistern Zwiesprache hielt, und selig sich vertiefte in die Zauberreiche, welche sich vor ihm aufschlossen.

Violetta fand zwar, daß diese Gespräche nicht immer entzückend schön klangen: das Spinett rauschte und summte oft gar wunderlich dazwischen und die Finger des Vaters wollten auch zuweilen nicht recht hurtig von der Stelle; sie hütete sich aber wohl, das zu sagen und saß ganz still und freundlich mit ihrer Arbeit dabei. Wenn der Spielende dann endlich im höchsten Stadium der Begeisterung innehielt und sie anschaute, wortlos, aber mit einem verklärten Blicke, so nickte sie ihm lächelnd zu, küßte ihn auch wohl sanft auf die Stirn. Da mußte ihr der Vater erzählen, was er von den alten Meistern wußte, und sie wollte es gar nicht glauben, daß der große Herrscher im Reiche der Töne, Sebastian Bach, eine häßliche, lange Perücke getragen, und Meister Händel so stark geschnupft habe. Sie dachte sich solche stolze Erscheinungen im Zauberreiche der Tonwelt ganz anders, hatte sich gar anmutige, helle Bilder gemalt, die der Vater dann so grausam zerstörte. Fast täglich wiederholte aber der alte Kantor dieselben Geschichten, und Violetta hörte mit derselben stillen Aufmerksamkeit, Andacht möchte man fast sagen, zu, als das erste Mal, und kein Zug ihres lieblichen Gesichts zeigte eine Spur von Ermüdung. Sie hatte aber auch einen berühmten Tonmeister gesehen, die glückliche Violetta, und das vergaß sie keinen Augenblick: die Leute nannten ihn den „Vater Haydn". Violettas Vater nannte ihn immer „seinen König", und in der tiefsten Tiefe seines Herzens glühte eine Anbetung und Liebe, von deren Gewalt die Seele seines Kindes keine Ahnung hatte.

Als kleines Mädchen hatte sie der Vater einstmals

mitgenommen nach der großen Kaiserstadt; dort hatte sie in einer mächtigen Kirche eine prachtvolle Musik aufführen hören, die man die „Jahreszeiten“ nannte. Die Kinderseele wurde fast erdrückt von den gewaltigen Tonmassen, die zum erstenmal auf sie einströmten, und doch war Violetta so selig, so wunderbar ergriffen. Sie träumte vom „Frühling“; die „Sommerglut“ hauchte sie an; dann tönten lustig die Jagdhörner und mahnten an den „Herbst“; und als der „Winter“ gezogen kam, da schmiegte sie sich immer enger an den Vater. Der aber wußte kaum, daß sein Kind auf der Welt war; er saß neben Violetta und lauschte halb atemlos, und sein Gesicht mit den großen, dunklen Augen war wie in Seligkeit getaucht; er lachte und weinte abwechselnd. Als alles vorüber, nahm er sein Kind an die Hand und drängte sich hastig, ohne eine Silbe zu sprechen, aus der Kirche. Draußen standen viele Leute, alte und junge, Männer und Frauen, und in ihrer Mitte ein ältlicher, schmächtiger Mann mit einem Angesicht wie der Friede, und ein Paar Augen wie der Himmel. „Vater Haydn!“ tönte es ringsumher. Violetta blickte auf ihn mit scheuer Ehrfurcht und überströmenden Augen; Vater Haydn aber hatte für jeden ein freundliches Wort oder einen Händedruck und lieben Blick; Lächeln, sanfte Heiterkeit und Scherz schwebten beständig auf seinen Lippen und in seinem hellen Angesicht. Da drängte sich auch Violettas Vater in seiner schlichten, schwarzen Kleidung durch den dichten Kreis und hatte die Hand Haydns gefaßt, ehe sich dieser dessen versah, und rief mit halb erstickter Stimme: „Dank, Vater Haydn!" Der Meister aber hatte ihm die Hand gedrückt, ihm zugenickt und gelächelt. Das alles hatte Violetta wohl gesehen; dennoch mußte sie die Erzählung dieser Begebenheit fast tagtäglich hören; war es doch der Lichtpunkt im Leben ihres Vaters. „Wenn ich meinen König noch einmal sähe," pflegte er zuweilen zu sagen, „so müßte ich an der Freude sterben; das glaube mir, Herzenskind! Es war mir ja, als ich die schaffende, gesegnete Hand in der meinen hielt, als ob mir das Herz zerspringen müßte."

Eines Tages, als die Linden blühten und die Rosen, und das Dörfchen das schönste Kleid angezogen hatte, geschah es, daß Violetta im Garten saß und träumte, wie sie wohl zuweilen zu thun pflegte. Der Vater saß lesend in der Laube. Da trällerte es plötzlich lustig vom Gartenzaun her, und über die dichte Hecke, gerade neben der hübschen Violetta, schaute ein frisches, fröhliches Gesicht herein, das einem jungen, schlanken Manne angehörte. Er schien ermüdet und trug eine kleine Mappe und einen tüchtigen Stock in der Hand; sein Haupt bedeckte ein kleines, schwarzes Hütchen, dichte, dunkelblonde Haare hingen ihm ziemlich wüst um den

Kopf und auf seiner Schulter saß ein zahmer Star. „Liebes, reizendes Mädchen, laß mich hinein!“ bat der Fremdling, und seine blauen Augen baten noch mehr als seine Worte. Ohne jedoch eine andere Antwort abzuwarten, als Violettas Lächeln, sprang er mit einem gewaltigen Satz über die Hecke. Der alte Kantor kam eilig herbei: Violetta lachte, daß ihr die hellen Thränen über die Wangen liefen, der junge Mann aber hatte bei diesem **Salto mortale** seine Mappe verloren; Notenblätter und Bleistifte flogen umher; der Star schrie: „Unglück über Unglück!“ und schwatzte eine Menge italienischer Worte bunt durcheinander.

Der kühne Springer reichte dem Kantor die Hand und sagte: „Lieber Papa, Ihr seht hier einen jungen Musikstudenten aus Wien, der den ganzen Tag herumgelaufen ist, um bei den lieben Waldvögelein Melodieen zu stehlen; aber mein Unterhändler hier“ — dabei deutete er auf den Star, der ihn mit klugen Augen anblickte — „hat mich schmählich betrogen, meinen Brotvorrat aufgepickt, die reizendsten Sänger durch sein fades Geschwätz verscheucht; und da bitt' ich Euch denn herzlich, die unausstehlichen, ewigen Molltonleitern eines traurigen Magens in ein kräftiges Eß-Dur aufzulösen.“

Die lustige Rede gefiel dem alten Kantor ungemein; er nötigte den fröhlichen Gast in die Laube und

Violetta brachte frisches Brot, köstliche Milch und Butter, auch Kirschen und duftende Erdbeeren. Der junge Mann ließ sich dies alles gefallen und der Star auch; sie aßen und tranken um die Wette, Herr und Vogel, und schwatzten auch beide um die Wette. Sagte der Fremde ein Scherzwort, so wiederholte es der Star, und dazwischen rief er immer: „Holla! Figaro, Achtung! Figaro, Achtung!"

In einer Stunde waren die Bewohner des kleinen, weißen Hauses mit ihrem Gaste so vertraut, als ob sie schon jahrelang zusammengelebt, und der alte Kantor fing sogar schon an, etwas von dem Meister Bach zu erzählen, wobei er einen ganz aufmerksamen Zuhörer an dem jungen Musikstudenten fand. — Endlich ging dem alten Manne das Herz so recht auf in der Nähe dieses kindlich fröhlichen, einfachen Menschen, und er plauderte ihm geheimnisvoll, als ob er ihm den kostbarsten Schatz entdeckte, die Lieblingshistorie von dem Händedruck des Vaters Haydn aus. Lächelnd und still lauschte der junge Mann seiner Rede; als der Alte geendet, erzählte er ihm aber dagegen mit feuchten Augen und leise bebender Stimme, daß Vater Haydn ihm sogar einen Kuß gegeben. Das wollte aber der Kantor durchaus nicht glauben, wenngleich der Star wie besessen schrie: „Die Wahrheit, und wär' sie auch Verbrechen!" — Bei Mond- und Sternenschein nahmen sie Abschied; da fiel es erst dem treuherzigen Alten ein, nach dem Namen seines Gastes zu fragen.

„Ich heiße Amadeus," antwortete dieser, „und werde sehr oft wiederkommen!"

„Das thut nur!" lachte der Kantor und schüttelte ihm die Hand, „dann sollt Ihr auch meine Notensammlung sehen, eine wahre Schatzkammer, sage ich Euch!" — Violetta schenkte dem hübschen Amadeus noch einen prächtigen Rosenstrauß; er küßte sie dafür so leicht, wie ein Schmetterling eine reizende Blume küßt; der Star aber rief: „So lebet wohl, wir wollen gehn; lebt wohl, lebt wohl, auf Wiedersehn!" Und so zogen sie von dannen. Noch lange hörten die Zurückbleibenden das herzige Duett einer fröhlichen Menschen- und Vogelstimme.

Kaum waren vier Tage vergangen, da kam der heitere Musikstudent wieder über die Hecke gesprungen, diesmal aber nicht müde und erschöpft, sondern keck und frisch. Violetta jubelte, als sie ihn sah; er fiel ihr ohne alle Umstände um den Hals und küßte sie auf den schönen Mund; der Star rief: „Wer ein Liebchen hat gefunden!" Wie freute sich der alte Kantor, als er den jungen Mann wiedersah! Er zog ihn geheimnisvoll in sein kleines Stübchen, öffnete einen alten Schrank, und Amadeus betrachtete mit Staunen einen Schatz der kostbarsten Werke des Sebastian Bach, Händel,

Palestrina, Pergolese und anderer mehr. Vom Vater Haydn lagen einige Messen da; jedes Werk war sauber gebunden und mit Goldschrift prangte auf dem Rücken der Name und das Geburtsjahr des Komponisten. Amadeus durchblätterte mit einem recht seligen Gesichte die dicken Bände, wußte auch in allem gar wohl Bescheid, zur größten Verwunderung des Kantors, sprach über alles so wunderbar verständig und klar, und dabei leuchtete eine helle Begeisterung aus seinem lieben Gesicht. Der Alte nahm sein Käpplein ab, legte seine Hände auf die Schultern des jungen Mannes, sah ihn mit einem tiefen Blicke an und sagte: „Ihr seid eine gar liebe, schöne Seele und werdet sicher selbst ein großer Meister werden, wenn Euch Gott behütet!" und dabei schloß er ihn in die Arme und küßte ihn auf beide Wangen; der Star aber rief: „Es lebe Sarastro!" — Dann spielte Amadeus, und das alte Spinett erbebte unter seinen kraftvollen Händen; wunderschöne Melodieen wiegten die Seelen Violettas und ihres Vaters in süße Träume. — Als es Abend geworden, gingen sie in den Garten und der junge Mann lief mit Violetta um die Wette; sie warfen sich mit Blumen und Rosenblättern und tändelten, wie zwei Kinder, mit dem klugen Star. Amadeus erzählte Violetta, wie lieb er das Vöglein habe und daß er sich nie von ihm trennen würde. Seine selige Mutter hatte es aufgezogen, ihm geschenkt, und nun war es Tag und Nacht sein Gefährte, setzte sich des Abends auf das Kopfkissen seines Herrn, zog das Köpfchen unter die Flügel und schlief bis zum nächsten Morgen.

Der Sommer verging, aber keine Woche, in welcher Amadeus nicht einmal herauskam, um mit Violetta zu singen — denn sie sang mit lieblicher, kunstloser Stimme allerlei alte Weisen — und mit dem alten Kantor über Sebastian Bach zu schwatzen und von Vater Haydn zu erzählen. Einst fragte ihn Violettas Vater: „Sagt mir doch, was haltet Ihr von dem Mozart, der jetzt anfängt, so großes Aufsehen zu machen in der Welt durch seine Werke? Ich möchte doch gern etwas von ihm hören."

„Je nun," entgegnete der junge Mann, „ich kenne ihn sehr genau, so gut als mich selbst, und kann Euch wohl über ihn die beste Auskunft geben: Mozart ist ein sehr lustiger, sorgloser Gesell, der ungefähr so aussieht wie ich, nur etwas ernster, wenn er den Dirigentenstab in den Händen hält oder die Feder. Glücklich ist er, wie ein Kind, und das Beste will er auch; seine Seele schwimmt in einem Meere von süßen Tönen, die ihn entzücken; die Welt lacht ihn an, und sein Herz ist das leichtsinnigste und froheste auf der ganzen Erde. Den Wein liebt er auch; über alles aber ein herziges Mädchengesicht; und nebenbei Blumen und Schmetterlinge. Lieben würdet Ihr ihn, das kann ich Euch versichern, denn er hat eigentlich gar keinen Feind; aber eine Frau hat er, die er unbeschreiblich liebt, und die es auch verdient, denn sie hat wenig Fehler; nur eifersüchtig ist sie, und das plagt den tollen Mozart ein wenig."

Der Kantor schüttelte lächelnd den Kopf; Amadeus aber nahm eilig Abschied, obgleich er kaum ein Stündchen da war und die Sonne noch hoch am Himmel stand. „Es wird diesen Abend eine Oper aufgeführt von Mozart," sagte er, „Don Juan, und da möchte ich doch wissen, wie sie den Leuten gefallen wird; ich bin etwas unruhiger Natur, und heute besonders so aufgeregt, wie der Mozart selber nicht aufgeregter sein kann; morgen erzähle ich Euch davon." Der Star hatte kaum Zeit zu rufen: „Schnelle Füße, rascher Mut"; denn sein Herr vergaß sogar, Violetta zu küssen; ihren Blumenstrauß ließ er auch liegen. Das Mädchen aber hing den ganzen Tag über das Köpfchen; ob über den vergessenen Kuß oder den welken Strauß, das kann ich nicht genau sagen. Der folgende Tag verfloß, kein Amadeus ließ sich blicken; die Sonne sank immer tiefer und tiefer, und die gelben Blätter fielen von den Bäumen. Der alte Kantor saß vergraben in seinen Notenschatz auf seinem Lehnstuhl; Violetta trällerte, doch sehr leise; es war ihr nicht recht froh ums Herz. Da klopfte es plötzlich ans Fenster: eine helle, wohlbekannte Stimme bat um Einlaß; Violetta sprang heftig auf: gewöhnt an seine Tollheiten, öffnete sie das Fenster und der Wiener Musikstudent sprang ins Zimmer. „Lieber Papa," sagte er mit einem Gesichte, wie ein Frühlingsmorgen, „der Mozart hat seine Sache recht gut gemacht! der Don Juan ist doch ganz leidlich; übrigens läßt er Euch grüßen und hat etwas mitgeschickt, was ich Euch sogleich hereinbringen werde. Aber hier, nehmt zuerst ein kleines Andenken von mir!" — und dabei legte er ein sauberes Heftchen in die Hände seines alten Freundes. Es war ein Ave verum. Violetta erhielt ein zierliches Blättchen mit der Aufschrift: „An mein Veilchen." Es war ein Liedchen, dessen Anfangsworte lauteten:

„Ein Veilchen auf der Wiese stand."

Das Mädchen jubelte; der alte Mann aber durchwanderte still mit seinen ernsten Augen alle Blätter; dann stand er auf, ging schweigend an seinen Notenschrank und legte das Heft behutsam zwischen Bach und Händel mitten hinein. Des jungen Mannes heiteres Gesicht zuckte in stiller Rührung; der Cantor reichte ihm beide Hände und sagte: „Ihr wißt am besten, was dieser Platz zu bedeuten hat!" Da füllten sich Amadeus' blaue Augen mit Thränen; er ergriff mit leidenschaftlicher Heftigkeit die Hand des alten Mannes und rief:

„Väterchen, ich bin ja selbst der Mozart: der tolle, fröhliche Mozart, dem Ihr durch diese einfache Ehrenbezeigung größere, tiefere Herzensfreude gemacht habt, als alle lauten Beifallsbezeigungen der ganzen Welt es je vermocht. Ich danke Euch, aber ich habe auch noch eine Freude für Euch!“ Wie ein Kind stürzte er sich an die Brust des verklärt blickenden Alten, drückte ihn an sich und lief dann zur Thür hinaus. Einen Augenblick darauf zeigte sich sein strahlendes Gesicht wieder; der Star schrie: „Sarasto lebe!“ und herein trat — Vater Haydn. Ein Freudenblitz aus den Augen des alten Kantors, eine zitternde Bewegung seiner Lippen war die einzige Begrüßung für seinen König und Meister. Sein Körper trug nicht die Erschütterung seiner Seele, und als Haydn mit seinem seelenvollen Lächeln „Gott grüß' Euch“ sagte und die Hand nach ihm ausstreckte, Mozart sich angstvoll über ihn neigte, Violetta aber ahnungsvoll die Kniee ihres Vaters umfaßte, winkte ihm Gott und sein Geist schwebte auf in das Reich der ewigen, himmlischen Harmonieen.

Viele, viele Jahre sind seitdem vergangen; Vater Haydn dirigiert schon längst dort oben die lieben, herrlichen Engelchöre; Mozart schlummert auch den tiefen, langen Schlaf in kühler Erde; diese und viele andere Sterne sind untergegangen für unsere Welt; das Dörfchen aber schaut noch immer so still und lieb aus dem

Gebüsch hervor, die alten Linden duften noch wie ehemals, und in der Kantorwohnung lebt ganz einsam ein altes Mütterchen. Es ist die einst so schöne, reizende Violetta. Sie hat sich nie verheiratet und lebt ein Traumleben in ihren Erinnerungen. Wenn Ihr sie aber besuchen wollt, so mögt Ihr sie nur nach dem Meister Mozart fragen: dann beleben sich ihre Augen und über ihre Züge ergießt es sich wie Jugendschimmer. Und sie wird von ihm reden stundenlang; zuletzt aber zeigt sie Euch vielleicht ein kleines, ach, sehr vergilbtes Notenblättchen, worauf mit flüchtiger Hand geschrieben steht:

„Ein Veilchen auf der Wiese stand."

Ein Sommernachtstraum.

„Lächelnd nickte mir die Königin
Lächelnd im Vorüberreiten.
Galt das meiner neuen Liebe,
Oder sollt' es Tod bedeuten?"

Der duftige Schleier einer wundermilden Sommernacht breitete sich über die reichgeschmückte Erde: der Mond lächelte so süß und zauberisch, wie das verweinte Auge eines seligen, liebenden Mädchens; die Blumen konnten nicht einschlafen vor diesem Blicke, und die Blätter der Bäume flüsterten mit einander. Vor allem aber verklärte des Mondes Lächeln eine prächtige Linde, die inmitten eines großen, düstern Gartens stand. Viele hohe Bäume von ernster Schönheit waren daneben aufgewachsen; auch Blumenaugen von allen Farben schauten aus dem niederen Buschwerk hervor, und in der Mitte des Gartens, unfern der Linde, prangte ein herrlicher, sammetweicher Rasenplatz. Durch das Grün der Gesträuche aber schimmerten die weißen Mauern eines stattlichen Hauses. Es war Mitternacht. Die Vöglein schliefen schon, auch die Schmetterlinge; hier und da flatterte noch ein Leuchtkäferchen, das sich verspätet bei der holden Rosenkönigin, heim und taumelte, selig berauscht von genossener Liebeslust, allen Blumen ans Herz, die den Schwärmer neckend anriefen.

Da tönte ein leichter, rascher Schritt durch die schweigende Nacht, und ein schlanker, jugendlicher Mann mit hoher, gedankenvoller Stirn und wunderbar strahlenden Augen näherte sich der Linde. Die Blüten des Baumes hauchten süßere Düfte bei seinem Herannahen, und die Blätter drängten sich in Hast dicht aneinander, um dem suchenden Mondesauge den Anblick des Lieblings nicht zu entziehen. Träumerisch blickte der Jüngling auf zum stillen, blauen Himmelsgewölbe, und in seinen Blicken schwebten tausend ernste Fragen an die Sterne, die zu ihm herniederleuchteten; sinnend schaute er dann in die dunklen Baumschatten, die sich so schaurig, finster und erbarmungslos über die hellen Blumenbeete lagerten, und er seufzte tief. Da ertönte aus weiter Ferne plötzlich ein leises Klingen, wie wenn der duftigste Zephyr eine spröde Äolsharfe küßt, und ein

Leuchten entstieg langsam dem dunkelgrünen Rasen. Silberglänzende Nebel wallten auf, gestaltlos, und entzückender Lilien- und Rosenduft erfüllte die Luft. Zahllose kleine, libellenartige Geschöpfe, von denen die Sage geht, daß ihr Hauchleben nur eine einzige Nacht dauere, flatterten auf ihren lichtgrünen Flügeln herbei, und schlossen einen dichten Kreis um den Rasenteppich. Das süße Klingen wurde lauter und lauter, ein Strom der berauschendsten Melodieen wallte nieder, wechselvoll, bald fröhlich spielend, scherzend, bald klagend, wehmutsvoll, trauernd, aber immer sinnverwirrend und lockend. Eine Fülle der schönsten Rosenblätter sank jetzt hernieder und einem jeden dieser Blättchen entstieg ein feenhaftes Wesen von unendlicher Lieblichkeit, engelhaft zarter Gestalt, blitzenden Augen, langen, goldenen Haaren und eingehüllt in blendende Schleier. Jede Bewegung dieser entzückenden Geschöpfe war die süßeste Musik, jeder Hauch ein Ton, und wie sie sich umschlangen zu lustigen Reigen, wollte das Herz des bebenden Menschenkindes, dem es vergönnt war, solche Wunder zu schauen, vergehen vor Wonne.

Das schöne Angesicht des Lauschenden verklärte sich immer mehr und mehr: ein überirdischer Glanz entströmte den Augen, und ein wahrhaft seliges Lächeln umspielte seinen Mund. Ach, sie erwachten ja alle wieder, die holden Träume seiner Kindheit, sie zogen alle vorüber, nickend und lächelnd, die lieblichen Gebilde seiner jugendlichen Phantasie; die goldne Märchenwelt, die versunkene, stieg empor in aller ihrer alten Pracht und Herrlichkeit! — Da erklang silberhelles Glockenspiel, und ein leises Rauschen zog seine Blicke aufwärts. Ein Thron, aus dem Kelche einer reinen Lilie gebildet, schwebte hernieder, umflattert von unzähligen Duftgestalten, halb verborgen in dem Kelche reizender, fremder Blumen. Das ganze, luftige Schlößlein hing an zwei Mondstrahlen, wie an feinen silbernen Ketten, und schwankte wiegend hin und her. Die Grashalme streckten verlangend die grünen Ärmchen aus, den Feensitz sanft zu empfangen; die seltsamen Wächter des Rasens schlugen mit den grünen Flügeln zum Gruße und Willkommen für die Königin, und das klang wie Harfengesäusel. Die Königin aber verließ ihren Thron und berührte mit der Spitze ihres winzigen Füßchens den grünen Teppich. Etwas Liebreizenderes, Entzückenderes, als diese Elfenfürstin — denn so nannte man sie im Geisterreiche — könnt Ihr Euch gar nicht denken: ein Krönlein trug sie von Blumenthränen, und die strahlen herrlicher, als die kostbarsten Brillanten der Welt; der Schleier der Königin war Licht, ihr Auge ein Himmel und ihr Lächeln Seligkeit. Sie hob die zarte Hand, neigte das Haupt, und nun begann der Tanz. Welch ein zauberisches

Schweben und Schwingen, welch ein süßes, zärtliches Umschlingen, Neigen und Fliegen! Dazwischen flatterte die Königin mit ihren glänzenden Schwingen, sang und lächelte. Alle Blumen nah und fern erschlossen sich, jeder Kelch hauchte Duft und Klang — o, es war ein wunderseliges Leben!

Das fühlte denn auch das einsame Menschenkind dort an der Linde, und die Wonne dieser Zaubernacht sank mit solcher Allgewalt auf das junge Herz, daß es zu erliegen wähnte, und ein tiefer Seufzer, ein leises: „Ach!“, erpreßt vom Übermaße des Entzückens, seinen Lippen entfloh. Da plötzlich ist es, als ob ein Windstoß die zarten Gestalten erfaßt: erschrocken und verwirrt, wirbeln und taumeln sie auseinander; aber die Königin winkt den Gespielinnen; ernst, ja traurig blickend deutet sie auf die Linde, die der Mond mit tausend zarten Fäden umsponnen hält. Die Elfen hüllen sich in ihre Schleier und schwärmen dem erbebenden Jünglinge näher, dessen rechter Arm sich um den Baum geschlungen, als vermöchte dieser ernste Freund, der ja schon die geliebten Eltern und Großeltern beschirmt, auch ihn zu beschützen vor der mächtigen Zaubergewalt. Die Königin schwebt herbei: „Du bist dem Tod geweiht,“ so singt sie, „Du geliebtes, reich gesegnetes Erdenkind, unerbittlich, unabwendbar! Kein Sterblicher darf ungestraft in das Geisterleben schauen! — Du mußt nun sterben! Dein Strahlenleben wird verlöschen, plötzlich, wunderbar, sanft wie ein Stern verlischt, um strahlender wieder aufzusteigen. Du bist auserwählt vor Tausenden und aber Tausenden Deines Geschlechts; die hehre Göttin Musika, vor deren Hoheit sich alle Geister des Himmels und der Erde beugen, hat Dich mit ihrem Kusse geweiht. Der Stern des Glückes leuchtete über Deiner Wiege; Felix nannten sie Dich; in diesem Namen liegt das Bild Deines ganzen Daseins; Du wirst glücklich sein, strahlend glücklich, geliebt, bewundert, angebetet und endlich, o dreimal gesegnetes Erdenkind! wirst Du dahingehen inmitten Deines Ruhmes, Deines Glanzes, Deiner Kraft, — und ein geliebtes, reines Wesen wird Dir vorangehen, um Dir in der letzten Stunde küssend die fliehende Seele von den Lippen zu nehmen. O, segne Dein Geschick, geliebter Sterblicher!"

Die klingenden Worte verhallten, die Königin senkte wiederum das Haupt, aber so tief, daß eine Blumenthräne aus ihrem Krönlein auf die bleiche Stirn des Träumers fiel, schaute ihm dann ins Angesicht mit ihrem süßesten Lächeln und flüsterte scheidend: „Gute Nacht!" Die Elfen huschten an ihm vorüber: alle warfen spielend ein Angedenken an das Herz des Halbbewußtlosen, die eine kleine Nadel aus Mondstrahl, die andere eine kleine wunderbare Moosblüte, oder eine Maiglocke, oder einen Schleier aus Abendröte gewebt, und dabei hauchten sie singend: „Gute Nacht, Gute Nacht!" — Thron, Königin, Tänzerinnen, Duft, Licht und Klang, alles war dahin; der Jüngling sank besinnungslos zusammen.

Als er seine Augen wieder aufschlug, war es die Sonne, die ihn weckte: sie küßte seine hohe Stirn und wunderte sich im Stillen über die bleichen Wangen ihres Günstlings: die Vögel sangen, die Blumen badeten sich im Tau und schauten verschämt und erschrocken nach ihm hin; die Blätter der uralten Bäume aber hatten sich allerlei Geheimnisse mitzuteilen; die leichtfertigen Schmetterlinge stürzten auf die Lieblingsblumen zu, um ihren süßen Lippen unter Scherzen und Kosen die Geheimnisse der vergangenen Nacht zu entlocken; einige alte, schwarze Käfer liefen brummend auf dem Rasen umher, richteten dünne Grashalme empor und hatten viel aufzuräumen. Der alte Gärtner des Hauses aber bemerkte am Morgen kopfschüttelnd einen seltsamen weißlichen Ring, der sich rund um den Rasenplatz zog: es waren die Leichen der kleinen, zarten, geflügelten Wächter des Elfenreiches.

Felix durchwanderte den Garten mit einem Antlitz, auf welchem die höchste und reinste Begeisterung ihren leuchtenden Thron aufgeschlagen: er eilte flüchtigen Schrittes in sein stilles Gemach und verbarg sich vor den Augen aller seiner Lieben; als er aber endlich wieder eintrat in den Kreis der Seinen, legte er mit einem bedeutsamen Lächeln ein Notenheft in die Hände seiner geliebten, ältesten Schwester, seiner Kunstgenossin und Freundin. „Fanny," sagte er, „diese Blätter wollen Dir einen Sommernachtstraum Deines Felix erzählen; höre ihnen ein Weilchen geduldig zu!"

Das Wort der Elfenkönigin ging in Erfüllung: der strahlende, verehrte, geliebte Meister, der den wundersüßen Sommernachtstraum von Zaubertönen träumte, er hat unsere arme Erde verlassen! In dem Lorbeerkranze, welcher die jugendliche Stirn umschlang, verwelkte noch kein Blatt; er schloß die belebenden Augen im vollsten Bewußtsein seiner Kraft, im ungetrübtesten Glanze seines Ruhmes. Und wir? Ach wir knieen an dem Sarge des Unvergeßlichen, schauen mit heißen Thränen und unversiegbarem Leide in sein stilles Angesicht und berühren zum letztenmal mit scheuer Ehrfurcht die ruhende Hand, die im Leben keine Ruhe kannte, die soviel Großes und Herrliches geschaffen und hervorgerufen. Wie bald entfloh der Verklärte unsern wirren Erdenklängen! Es zog ihn mächtig hinauf in die lichte Heimat aller Harmonie. Dort sind alle seine Träume Wahrheit, selige Wahrheit geworden: das Sehnen seiner hohen Seele ist gestillt!

Auch wir sind erwacht; aber wir sind erwacht zur

trostlosesten Wahrheit. Wie es so winterlich worden über Nacht und so einsam und traurig auf der Erde! Verlassen steht der Thron, verstummt ist die Harfe, weinend und tief gebeugt klagt die hehre Göttin Musika, und tausend und aber tausend Menschenaugen blicken fragend auf zum ernsten, hohen Himmel; — ach, er hat keine Antwort auf das bange, bittere „Warum!"

Stabat mater dolorosa.

„Vedere Napoli e poi morire!“ Die Wahrheit dieses Wortes mußte jedes Menschenherz durchdringen und jedes Auge überwältigen, dessen Blicken sich an einem glanzvollen Oktobermorgen des Jahres 1735 die Herrlichkeit der Landschaft unweit Neapel erschloß. Da lag sie, die Feenstadt, mit ihren zahllosen Kuppeln und Türmen, über welche der strahlende Goldschleier der Morgenröte hing! Da ragte sie empor, die gewaltige, wolkenumhüllte Kuppel des mächtigsten aller Dome, die Spitze des Vesuvs! und der prächtige Golfo — er ruhte wie ein schwerer, goldner Riesentropfen auf der stolzen Brust der Erde, niedergefallen von dem wallenden Lichtmeer dort oben, leuchtend hin und her wogend. Ein rötlicher, warmer Duft umzog zitternd die dichten Myrten- und Orangenwälder, spielte um die leichten Weinranken, die sich freundlich die grünen Hände reichten und in anmutigem Tanze durch den Garten der Gegend schwebten, und küßte die großen Blumen- und Schlinggewächse, die den Boden überzogen wie ein farbiges Netz. Es war, als wehete der Odem Gottes über dies süßeste Plätzchen seiner Erde, als müsse hier nur ewig Friede, Wonne und Schönheit wohnen.

Am sanften Abhange eines blühenden Hügels, verborgen von dem üppig wuchernden Gebüsche prächtiger Lorbeerrosen, beschattet von Platanen und Ölbäumen, halb überwuchert und zugedeckt von köstlichen Magnolien und zierlichen Ranken, lehnte ein altes, steinernes Heiligenbild: es war ein hohes Kruzifix mit der trauernden Madonna zu den Füßen. Vielleicht hatten wunderbare Schicksale diese Gruppe hierher geführt, und frommer Glaube das Kleinod vor Zerstörung zu schützen gesucht, indem er es in dies stille Asyl geflüchtet; denn die Arbeit war von ergreifender, auffallender Schönheit und hätte wohl ihren Platz in der stolzesten Kirche verdient. An allen Formen der lebensgroßen Gestalten zeigte sich jene Meisterhand, die den harten Stein in eine weiche Masse verwandelt und wunderbar beseelt und belebt: es war der siegende Glaubensheld, dessen Gestalt dort oben am Kreuze hing, nicht der gemarterte Sterbende; die edlen Züge des Angesichts heilig, ruhig, schon fast verklärt, der schöne Körper in der unbezwingbaren Starrheit des

Todes, nirgends mehr eine Spur von Leiden und Kampf. Aber Maria, die **mater dolorosa**, welch' ein Anblick! Eine herrliche Gestalt, zusammengebrochen, nicht gesunken unter der Last des Jammers, ein wundervolles Antlitz, auf dem der ungeheuerste Schmerz versteinert lag, das Bild eines Leides, das nie und nimmer enden kann. Steinerne Thränentropfen hingen, o, so entsetzlich schwer, an den Wimpern, und um den schönen Mund zuckte ein Weh, das weder im Himmel noch auf der Erde Trost gefunden. Mitleidig hatten frische, grüne Blätter sich an das Gewand der Dulderin geschmiegt, und süße Blumen, dicht neben dem Körper des Gekreuzigten hervorgesproßt, deckten sanft die Wundenmale zu. Selten traf es sich, daß ein vorüberziehender frommer Wanderer dies Bild entdeckte, selten beugte sich ein Knie vor diesem Kreuze.

An dem oben beschriebenen Oktobermorgen geschah es aber, daß ein junger, bleicher Mann sich niederwarf vor dem einsamen Heiligenbilde; krank und ernst war sein Gesicht, müde und traurig die dunkeln Augen, schwach und gebeugt die hohe Gestalt: tief seufzend blickte er auf zum Gekreuzigten. Er sah den Himmelsfrieden des großen Toten und ein Schauer der inbrünstigsten Andacht kam über ihn; er sah die engelhaften Züge Marias, sah das namenlose Leid in diesem Antlitze, und bebte zurück vor dem Ausdrucke solchen unermeßlichen Weh's. Ein unendliches Mitleid durchdrang seine Seele; es war ihm, als solle er sie lösen mit Gewalt, diese Schwerter, die die quälende Mutterbrust durchschnitten; es war ihm, als riefen die harten Steinthränen an den Wimpern laut um Erbarmen. Sein eigenes Leid, mit dem er hergekommen, verschwand vor der Riesengröße dieses stummen Jammers; alle Klagen drängten sich in das volle Herz zurück; er vergaß die nagenden Schmerzen seiner Brust und neigte demütig das Haupt. Da ertönte ein helles, süßes **Ave Maria** durch die Luft, gesungen von zwei lieblichen Frauenstimmen: ein Schwesternpaar, dem Madonna gnädig die kranke Mutter geheilt, kam daher, um der Himmelskönigin das tägliche Dankopfer frischer Blumen zu bringen. Es waren zwei schöne Gestalten, die eine voll und üppig, mit stolzem Blicke und lebensglühenden Wangen, die andere zart, blond, schwarzäugig und von sanften, entzückenden Zügen. Sie legten duftige Kränze nieder zu den Füßen des Kruzifixes, beteten leise und zogen weiter. Die Blonde aber wandte noch einmal verstohlen das Köpfchen nach dem einsamen Beter.

Dieser aber schaute jetzt empor und bat mit leiser Stimme: „Madonna, erbarme Dich meiner: Ich bin allein, ganz allein in dieser schönen Welt und ich leide! Gieb mir ein schönes Herz, das mich liebt und heile die Schmerzen meiner kranken Brust!" — Da war es, als ob ein Schleier zerrisse vor seinen flehenden Augen; das Marienbild bebte, ein Blitz des Lebens durchzuckte das Antlitz der Schmerzensmutter und der steinerne Mund hauchte: „Bringe meinem unermeßlichen Schmerze ein würdiges Opfer, nimm diese furchtbaren, starren Thränen von mir, erweiche sie, daß sie sanft dahinfließen und mein gemartertes Herz erleichtern, laß meine erstarrten Wunden süß bluten, und Deine Bitte sei erhört!"

Als der Betäubte die Klarheit seiner Gedanken wieder fand, sandte die Mittagssonne schon ihre glühenden Strahlen, und alles Lebende verbarg sich scheu vor ihrem heißen, versengenden Hauche. Nur der Erstandene achtete ihrer nicht, seine Wangen brannten, seine Augen blitzten, ein seliges Lächeln spielte um seine Lippen; flüchtigen Fußes eilte er zurück nach Neapel.

Und am andern Tage kamen wieder in klarer Morgensonne die holden Schwestern, sangen ihr kinderfrommes Ave Maria, wobei der silberhelle Sopran der zarten Blondine entzückend mit dem vollen Alt der reizenden Brünette kontrastierte. Und wieder fanden sie am Heiligenbilde den jungen Mann mit den braunen Locken und der gedankenvollen Stirn; aber diesmal kniete er nicht vor dem Kreuze, er lag am Abhange des Hügels, ließ die begeisterten Blicke hin- und herschweifen, hielt ein Blatt in der Hand und schrieb mit einem Stifte allerlei seltsame Zeichen darauf. Dabei war ein Leuchten in seinem Antlitze, daß die fromme, blonde Lauretta fast vergaß, ihren Rosenstrauß niederzulegen in den Schoß der Madonna, und die feurige Lucia erstaunt den strahlenden Jüngling anblickte. Zögernd entfernten sich endlich die Schwestern, aber Lauretta ließ heimlich das Sträußlein duftiger Orangenblüten von ihrer Brust niedersinken zu den Füßen des Fremden.

So sahen sie sich denn alle Tage in den Frühstunden, diese drei schönen Gestalten, und nicht der Sturm noch der tückische Regen der Wintermonde vermochte diese Wallfahrten zu hemmen. Die Blicke der glühenden Lauretta wurden immer länger, weicher, inniger, Wort und Ton der sanften Begrüßung jedoch immer schüchterner, bebender, die Entzückung in den Zügen des ernsten Mannes immer verklärter.

So kam der März heran, dieser wundersüße Monat in Italien, mit seinen frischen Knospen, hellen Blättern und lauen Winden. Aber Lauretta sah nicht, daß die Gestalt des Jünglings trotz des belebenden Frühlingsodem immer mehr und mehr dahin schwand, sein Schritt schwerer und seine Wangen hohler wurden; denn ein trügerisches, wunderschönes Rot ruhte wie ein Hauch auf seinem edlen Angesichte und die dunklen Augen glänzten wie von einem überirdischen Feuer. Da fragte er eines Tages mit leiser Stimme: „Darf ich Euch am folgenden Tage einen Gesang bringen, einen Lobgesang für die heilige Mutter? Und wollt Ihr ihn mir singen mit Euren reinen, schönen Stimmen, und so ein Opfer mir darbringen helfen? Madonna hat ein solches Opfer begehrt, sie hat mir gar Herrliches verheißen zum Lohne. O, wie mich nach der Erfüllung verlangt! — Helft mir, helft mir mein Gelübde vollbringen: singt meinen Gesang am künftigen Sonntage zu den Füßen dieses Kruzifixes, und Ihr werdet Zeuginnen sein der Wunder, die Madonna an mir thut." Lucia nickte ihm gewährend und freundlich zu, Lauretta aber legte ihre zitternde Hand in die seine, und eine Thräne fiel schwer und brennend aus der köstlichen Nacht ihrer Augen.

Es war am 16. März, an einem Sonntagabend, als die drei Gestalten wiederum an dem Heiligenbilde anlangten: Lauretta stützte die wankenden Schritte des Jünglings; ein Veilchenkranz hing an ihrem Arme. Das Kruzifix schaute ernst auf die Gruppe. Der Erschöpfte stürzte nieder, erhob die wachsbleichen Hände und rief leidenschaftlich und tief bewegt: „Heilige Schmerzensmutter, nimm mein Opfer an!"

Und neben ihm stiegen, wie tönender Opferduft, die beiden Frauenstimmen auf, wunderbar rein, ernst und erhaben; sie sangen die Worte:

„Stabat mater dolorosa
Juxta crucem lacrimosa,
Dum pendebat filius."

Kein Zephyrodem säuselte durch die Blätter der Bäume, kein Laut regte sich ringsumher; es war eine heilige Stille, ein Verstummen der Natur vor der Großartigkeit und wahren Heiligkeit dieses Sanges, dieser Melodie. Eine tiefe, weiche Wehmut zitterte in den Frauenstimmen und träufelte nieder in jedem Tone.

Der Betende schien in Entzücken zu vergehen. Unverwandt, in unbeschreiblicher Erregung, in verzehrender Angst, in fieberhafter Erwartung hingen seine Blicke an den Zügen der Maria; und als die Worte niederschwebten:

„Quis est homo, qui non fleret,
Christi matrem si videret
In tanto supplicio?“

als diese zaubersüßen Töne voll des erhabensten Mitgefühls herabsanken von den Lippen der begeisterten Sängerinnen, siehe, da bebte das starre Antlitz der mater dolorosa: der unsäglichste Schmerz löste sich, eine himmlische Rührung umleuchtete den schönen Mund; die lastenden steinernen Thränen wurden weich, schmolzen dahin; es bluteten die Wunden der schwertdurchdrungenen Brust und helle, heiße Tropfen fielen nieder auf das Haupt des Opfernden.

Da verstummten sie, die ewig nagenden, wilden Schmerzen seines matten Körpers, da hob sie sich in vollem, freiem Atemzuge, die beengte, kranke Brust, eine wundersüße Ermattung kam über ihn, er breitete selig die Arme aus, Lauretta stürzte angstvoll zu ihm nieder, ein Lächeln flog wie ein Sonnenstrahl über das Antlitz des Zusammensinkenden; Giovanni Battista Pergolesi war tot!

Das Wunderbild der trauernden Maria ist längst zerfallen und verwittert, Jasminsträuche und Aloebüsche bedecken die liebliche Stätte, und der Leichnam des unsterblichen, ruhmgekrönten, jugendlichen Meisters, dessen gläubige Seele das ewig herrliche **Stabat mater** sang, ruht im kühlen Dome von Vescorato. Zu den Füßen jenes Hügels aber, an dessen Abhang sich einst das Kruzifix lehnte, erhebt sich, kaum bemerkbar, ein blumenübersponnenes Grab, halb versunken unter dem schweren Tritte der Zeit und beschattet von trauernden Cypressen. Es birgt die reine Hülle eines liebenden Herzens, das Madonna einst dem Bittenden verheißen: die irdischen Reste der blonden Lauretta.

Ludwig van Beethoven.

„Noch keinen sah ich fröhlich enden,
Auf den mit immer vollen Händen
Die Götter ihre Gaben streu'n."

Schiller.

Es giebt hier in unserer freuden- und thränenreichen Welt Wesen, die unsere Gestalt tragen und Menschen genannt werden wie wir, über deren Häupter aber unsichtbare Götterhände ein Füllhorn der köstlichsten und seltensten Gaben verschwenderisch leerten und denen die Erde nichts mehr zu geben vermag, als eben nur den Boden für ihre Füße. Im stolzen Bewußtsein ihres unermeßlichen Reichtums vergessen dann oft diese Götterlieblinge Welt und Menschen, überfliegen mit ihren siegenden Blicken achtlos unsere Freudenfrühlinge und Leidenswinter, Blumen und Dornen, und schauen nur auf das ewige Lichtmeer, von wannen ihnen ihre Herrlichkeit gekommen. O, senkt sie doch zuweilen, Eure glanzerfüllten Augen, Ihr Strahlenden! verschmäht sie nicht, die kleine Erde, die Euch geboren; lächelt und weint mit den Menschen, die Euch staunend anblicken und leise nach Eurer Krone seufzen; wahrt Euch, hütet Euch! Jedes Wörtlein Eurer freudetrunkenen Lippen belauschen feindliche Mächte, und bitter rächt sich die verleugnete Mutter alles Lebendigen an ihren übermütigen Kindern. Der Boden hält sie fest, die glänzenden Gestalten, und die Dämonen der Tiefe und Finsternis, diese uralten, unvertilgbaren Feinde glückseliger Menschen, blicken neidisch auf die Auserwählten, verwunden mit nimmer heilenden Schlangenbissen ihre achtlos dahingleitenden Füße, legen feine Schlingen und spannen dunkle Netze aus für die lächelnden Lichtkinder mit den gebundenen Flügeln, und rasten nimmer Tag und Nacht. Es giebt nur einen Talisman für diese dunkeln, grausigen Gewalten, nur einen Schutz und Schirm gegen die Macht der Hölle: das Blümlein Demut! —

In einem halb verschatteten, großen Garten der anmutigen Rheinstadt Bonn saßen an einem schönen Sommerabende vier freundliche, frohe, dankbare Menschen, drei Frauengestalten und ein jugendfrischer, kraftvoller Mann. Sie schwiegen alle, heimlich gerührt; denn die Erde feierte eben ihr allabendliches Traum=

und Ruhefest: der Mond hatte sich über die stille, geschmückte Geliebte geneigt, und sein sanftes Angesicht zerfloß bei ihrem Anblicke in Liebe und Entzücken; die Blumen flüsterten mit den Sternen, und der Zephyr küßte die Blätter der Bäume, daß sie vor Wonne bebten. Alle Klänge und Gesänge entschlummerten allgemach; nur von fern rauschte der mächtige, silberübergossene Rheinstrom, und ein frommes Glockengeläute wehte und zitterte durch die warme Luft.

Endlich brach eine junge, melodische Stimme das andachtsvolle Verstummen. „Großmutter! Mutter! Ludwig!" hauchte ein lieblicher Mädchenmund, „wie schön, wie reizend ist doch unsere Erde! wie reich und glücklich sind wir alle, wenn wir gut sind! — Schlafen nicht unsere heißesten Wünsche ein an solchem Zauberabende?"

Das milde mütterliche Angesicht wandte sich der Redenden zu und antwortete mit einem tiefsinnigen Liebesblicke; der junge Mann aber legte leise seine kräftige, schön geformte Hand auf den blonden Scheitel der Schwester und sagte: „Welch ein Unterschied zwischen Dir und mir, holde Träumerin! Deine kindlichen Wünsche schweigen in der süßen Abendermattung, und die meinen, die heftigen, wilden, wachen auf und erheben lauter ihre Stimmen als am hellen, lärmenden Tage!"

„Aber was könntest Du noch begehren, Du Himmelsstürmer?" flüsterte das Mädchen, und blickte mit einem anmutigen Gemisch von Zärtlichkeit und Besorgnis in das stolze, erregte Antlitz des Vielgeliebten.

„Sinne einmal nach, Liebling!" entgegnete er; „was mag wohl das Schönste sein auf Erden, was ist das Höchste, was dem Menschen werden kann hienieden, welches ist das strahlendste Geschenk der Götter für eine ringende, sehnende Menschenseele?"

„Das schönste, strahlendste Geschenk?" wiederholte die Liebliche ernst. „Ach, Großmutter, da müssen wir Dich zuerst fragen, die ja die Welt und die Menschen schon so viele, viele Jahre an sich vorüberziehen sah; sprich, Teuere, und hilf mir!" — Und sie wandte sich vom Bruder ab zu einer stillen, gebückten Gestalt, die im tiefen Schatten einer blühenden Linde saß, und deren winterliches Angesicht die unverwischbaren Spuren eines ewigen Herzensfrühlings trug.

„Das Schönste, das Herrlichste ist wohl das Licht, meine Geliebten!" war die Antwort der Greisin. Großmütterlein war aber blind; sie hatte schon längst den Frühling nicht mehr gesehen, noch die treuen, glänzenden Augen ihrer Lieben und den strahlenden Tag und die monderhellte Nacht, und mochte nun wohl in ihrer Dunkelheit an den ewigen Himmel denken, der mit seinem blendenden Glanz immer näher und näher heranrückte an ihr müdes Herz, und dem ihre ganze Seele entgegenjauchzte.

„Das Licht?“ — rief Ludwig zweifelnd aus, und in seinen dunklen Augen blitzte es seltsam, — „o, nein, das Licht ist nimmermehr die höchste Gabe für den Menschen, Licht ist nur eine süße Labung, eine sanfte Freude, ein warmer Trost; aber Licht ist nimmermehr das Höchste! Licht ist nicht Leben.“

Da ergriff die Schwester hastig seine ausgestreckte Hand; „Ludwig, der Ton ist das Schönste!“ lispelte das reizende Geschöpf freudig, und dachte an die schönen Gesänge des Vaters, an die wundervollen Tonphantasieen des Bruders, wenn er daheim am Flügel saß, und an ihre Lieblinge, die selig schmetternden Vögelein, an die herrliche Nachtigall, diesen himmlischen Frühlingsgast im dunklen Lindenbaum, und an alle die lieben Menschenstimmen, die so mild an ihr junges Herz schlugen.

„Kinderherz!“ antwortete liebkosend der Aufgeregte, „wohl empfindet die Seele berauschende Wonne, wenn die Klangwellen eines mächtigen Harmonieenstromes sie einhüllen, untertauchen, begraben, tragen und wiegen; der Ton ist auch mehr als Licht, er ist die Verkörperung des Lichtes; aber dennoch nimmermehr das Höchste! — Mutter, Mutter! errätst Du es nicht?“ rief er immer heftiger aus, und warf sich vor der

Sanften nieder auf die Kniee. Und sein geistvolles Gesicht mit den fremdartigen, unregelmäßigen Zügen verklärte sich wunderbar in diesem Augenblicke der Erwartung und Begeisterung: eine höhere, von seinen Lieben noch unbegriffene Weihe umzog sein stolzes Haupt, und es war, als ob sich eine Strahlenkrone herabsenkte auf seinen jugendlichen Scheitel, so hell blitzte das Mondlicht in seinen dunklen, üppigen Locken.

„Mein Kind!“ sagte die Mutter unendlich weich und zog den Sohn eng an die Brust: „das Höchste ist die Liebe! nach des Dichters Worten:

Es überwiegt das Leben alles,
Wenn Lieb' in seiner Schale liegt!“

Da ließ der Jüngling die Arme sinken, riß sich los und flüsterte schmerzlich: „Auch Du nicht, geliebte Mutter? Liebe sagst Du? O, die Liebe ist ja nur ein Traum; und ich will nicht träumen, Mutter, nein, ich will schaffen, leben. Drum hört es, meine Lieben, und glaubt mir: das höchste, strahlendste Geschenk der Götter ist die Kraft, die schöpferische, nie versiegende Kraft, und ich ahne, ich fühle ihr Dasein, ihr Keimen und Wachsen in meiner Brust. — Götter, Götter, laßt mir diese berauschende Macht! gönnt sie mir und nehmt mir dafür alles, was die Menschen als ihr Höchstes und Schönstes erkennen, ersehnen und anbeten! Licht, Klang, Liebe, — ich bedarf ihrer nicht! — Eurer Gabe opfere ich alle irdischen Harmonieen, allen Sonnen- und Sternenschein und tausend Liebesträume ohne einen einzigen Seufzer! Beraubt mich aller Erdenfreuden und Güter, aber gebt mir ewige Schöpferkraft, und ich will Euch preisen, solange ich atme! Dann baue ich mir eine eigene Welt! nicht eine, nein, tausend und aber tausend Welten werden erstehen durch meine Macht, auf mein Gebot. Was soll mir in meinem überreichen Leben, in meiner überschwenglichen Seligkeit die kleine, arme Erde? Harmonieen werde ich vernehmen, aber nicht mit meinen Erdensinnen; Licht werde ich schauen, aber nimmer mit den Augen meines Leibes: — und Liebe? — o, wen die Götter lieben, der sehnt sich nach einem schwachen Menschenherzen wohl nimmermehr!" — Hochaufgerichtet stand er da, ein Bild des edelsten, aber ungezähmtesten Stolzes, ein kühner Bittender, ein bittender Gebieter! Welche Gottheit vermochte ihm zu widerstehen?

Aber eine tiefe Bangigkeit zog wie ein kühler Schauer durch die Herzen der liebenden Frauen: die Wange der Schwester erbleichte und das Mutterauge füllte sich mit Thränen. — Eine Wolke verschleierte den Mond, ein heftiger Nachtwind erhob sich plötzlich; die Blumen schlugen betäubt die zarten Blätter dichter zusammen, ein Flüstern, Beben, Zittern durchzog die ganze Natur und erschreckte die ruhende Erde wie ein böser Traum; dunkle Schatten dehnten und regten sich; das widrige Gekreisch einer Eule ertönte gleich einem Hohngelächter, die Vöglein erwachten davon und flatterten ängstlich hin und her.

„Übermütiges, geliebtes Kind, mögest Du nie mit Schmerzen dieses Abends gedenken!“ sagte leise die Greisin und erhob sich. Stumm und seufzend geleiteten Tochter und Enkelin sie in das schützende Haus. Nur der Jüngling verträumte die halbe Nacht unter dem dunkeln Lindenbaume, schwelgend in seligen Gefühlen und prophetischen Ahnungen, und Lindenblüten, tautropfenschwer, sanken auf seine Brust wie duftende Thränen.

Und nur wenige Monate später, im Jahre 1792, verließ Ludwig van Beethoven das traute Elternhaus, um hoffnungsreich und erwartungsvoll einzuziehen in die damals so prunkende Kaiserstadt Wien. Das Geschenk der Götter, die gewaltige schöpferische Kraft, blieb ihm — wir wissen es ja alle — in ungeschwächtem Glanze, wie keinem Sterblichen, bis zum letzten Hauche seines Lebens: Tonwellen erstanden auf sein Geheiß, und er ließ sie spielend aus seinen Händen gleiten, unbekümmert, ob die Menschen davor niederknieten in andachtsvoller Bewunderung oder vor Entzücken weinten und jubelten. Seine Symphonieen, seine Messen, sein Fidelio, seine Ouverturen, seine Sonaten, seine feinen Mosaikarbeiten aus den köstlichsten Edelsteinen, seine klaren Liederperlen sind die unsterblichen Erzeugnisse seiner himmelstürmenden Schöpfergewalt. Aber die kleine Erde, die er verschmäht, verschloß ihm zürnend nach und nach alle ihre blumengeschmückten Thore, und großartig ernst, wie der Götterliebling selbst, wurde seine Einsamkeit. Ein finstrer Dämon berührte mit kalter Hand schadenfroh grinsend sein Ohr; und fortan drang kein Klang der Außenwelt mehr zu der stolzen und doch so weichen Seele. Keine Zauberblume der Liebe fiel auf seinen Weg; und endlich erlosch auch das süße Licht der Erde; undurchdringliche Nacht und Grabesstille umgaben die ungebeugte Titanengestalt. Alle seine Lieben waren schon längst heimgegangen; fremde Hände leiteten den hülflosen, königlichen Greis; fremde Hände bereiteten ihm sein letztes Lager. Und alle diese stechenden Schmerzen, die ihm sein Erdendasein brachte, drückte er mit herkulischer Kraft tief in seine starke Brust zurück; alle seine Wunden verhüllte er vor Menschenblicken; nie klagte der Stolze mit einem einzigen Laute: doch sah man ihn auch nimmer lächeln.

Aber die, die ihn erkennen, anstaunen, lieben, vernehmen wohl den Schrei der Verzweiflung, der so oft seine gigantischen Schöpfungen geisterhaft durchbebt und unsere Seele so mächtig erschüttert; es war die Sehnsucht der Riesennatur nach der verschmähten Liebe, die Sehnsucht eines einsam Wachenden nach dem süßen Traume, den Millionen neben ihm so selig träumen. Und die dunkeln Schatten, die hier und da plötzlich die Glanzgebilde seines schaffenden Geistes überfliegen: — es waren die Seufzer des gefesselten, verlassenen Prometheus nach dem Lichte, nach den Klängen der Erde, die ihn trug, und die er einst im stolzen Übermute von sich gestoßen.

Und grausam, unerbittlich hielt sie ihn fest, die rächende Erde, bis am Abend des 26. März des Jahres 1827, Hand in Hand mit dem irdischen Frühlinge, auch der ewige Lenz herniederschwebte zu dem einsamen, stolzen Helden. Die starren Bande der leuchtendsten Schwingen lösten sich, der Kerker der Seele stürzte zusammen! — „Mutter, Mutter! jetzt will ich träumen und ruhn! Ich bin müde vom Schaffen und Wachen!" riefen die sterbenden Lippen.

Droben aber umfingen in himmlischer Vereinigung ewiges Licht, ewiger Klang, ewige Liebe die große, befreite Menschenseele.

Des Meisters Grab.

Dicht unter dem Dache eines traurigen, grauen Hauses in einer großen, großen Stadt hatte eine allerliebste Schwalbe ihr Nestchen gebaut. Reizend war das kleine Geschöpf: es herzte stundenlang seine niedlichen Kinderchen, flog mit dem muntern, schwarzäugigen Lebensgefährten um die Wette, zwitscherte jeden Tag glückselig und sorglos ein Morgen- und Abendlied, und beneidete in seiner luftigen Behausung nicht den König der Vögel, den stolzen Adler in seiner hohen Burg. Wenn die Schwalbe nun so fröhlich und unermüdlich auf- und abschwebend „gute Nacht!" rief, und der Mond am Himmel dazu lächelte: da öffnete sich ein kleines Fenster und ein freundliches Menschenantlitz mit schönen, aber schwermütigen Augen schaute heraus; und diese

Augen verfolgten die schwirrende, jubelnde Schwalbe lange, lange. Ach! solch ein Schwalbengesang ist aber auch von einer so eigentümlichen Frische und Lebendigkeit, daß wir allen Trauernden raten möchten, diesem kunstlosen, herzigen Gezwitscher zu lauschen; das Herz wird dann leichter in der Menschenbrust. Das mochte wohl auch der stille Beobachter des Vögleins empfinden; denn wenn er endlich das Fenster verließ, blickten seine Augen nicht mehr so trostlos; oft schwebte sogar ein leises Lächeln auf seinen Lippen. War er nun verschwunden, dann tönten aus dem kleinen Stübchen volle, herrliche Klänge und zogen hinaus in die schweigende, ruhende Welt. Aber fröhlich waren sie nicht, diese Töne, das fühlte die sorglose Schwalbe und konnte nicht rasten bei diesen Klängen voll dunkler Sehnsucht und tiefem Leide; wenn endlich ihre kleinen Flügel ermüdeten und sie in die luftige Wohnung schlüpfte, ganz behutsam, ohne den Schlummer der Kleinen zu stören, so mußte sie immer und immer wieder den kleinen Kopf aus dem Neste hervorstrecken und die klugen Äuglein nach dem Fenster richten, hinter welchem noch ein matter Lichtschein glänzte. Dann brausten und wogten die Harmonieen immer mächtiger und erschütternder; die kleine Schwalbe aber wußte nicht, wann sie verhallt waren: am frühen Morgen war es ihr, als ob soeben erst der letzte Ton verklinge.

Den ganzen Tag über war das Fenster grün verhangen und im Zimmer herrschte tiefe Stille; das Vögelchen streifte oft dicht vorbei an den Scheiben, aber es regte sich nichts dahinter. Gar zu gerne hätte es die schöne Passionsblume, welche auch erst am Abend sichtbar wurde am geöffneten Fenster, nach dem allmächtigen Tonzauberer gefragt, aber die Passionsblume hatte ihre großen, blauen Augen stets in das Innere des Zimmers gerichtet, wo ihr geliebter Pfleger weilte: nur selten blickte sie flüchtig hinaus in die Welt. Zudem gelten diese Blumen unter den Vögeln für stolz und allzu fromm; Grund genug für die Schwalbe, eine kleine Abneigung zu hegen gegen diese geheimnisvolle Blüte; denn Schwälbchen mit den hübschen Augen war ein Freigeist.

Der Sommer verging wie ein Traum. Die Zugvögel rüsteten sich zu ihrem weiten Fluge in die glücklichen, warmen, sonnenhellen Lande und nahmen Abschied. Die jungen Schwalben flogen um das Haus und horchten den lieben, bekannten Klängen, die ihre Wiege umschwebt hatten. Rauhe Winde wehten und rissen die welken Blätter von den Bäumen; die letzten Blumen sanken hin und starben. Das kleine Fenster aber stand, trotz des kühlen Abends, weit offen, die Töne drangen herrlich daraus hervor: und der unbekannte Zauberer saß gebeugten Hauptes am Flügel, und seine feinen, bleichen Finger glitten leise, fast bewußtlos über die Tasten. Ringsumher lagen große und kleine Papiere, mit Noten beschrieben, zerstreut. Die kleine Schwalbe, vom Weh des Scheidens durchdrungen, gezogen und betäubt von den wunderbaren Klängen, vergaß all' ihre Scheu, flog in das ärmliche Zimmer, umflatterte das Haupt des Zauberers, berührte mit den Flügelspitzen seine edle Stirn und taumelte endlich, verwirrt von dem milden Dankesblicke seiner Augen, an seine müde, kranke Brust. Sie fühlte, wie im Traume, daß weiche Hände sie umschlossen, ein Hauch sie berührte, sanfte Lippen ihr Köpfchen küßten; da wehte es frisch vom Fenster her: — die Schwalbe erwachte aus dem süßen Taumel und schwirrte mit einem Jubel- und Abschiedsruf hoch, hoch in die Lüfte. Der tiefe Sehnsuchtsseufzer eines gequälten Menschenherzens folgte ihr. Auf der ganzen Reise plauderte sie mit ihren Kindern und mit ihrem Lebensgefährten und Liebling von ihm, der sie in seinen Händen gehalten, von ihm, der sie geküßt — und träumte von den Himmelsklängen Tag und Nacht.

Als der holde Frühling wiederkam, kehrten auch die Schwalben wieder und suchten mit hellem Freudengeschrei ihre alten Nester. An einem entzückenden Maitage zog auch unsere kleine Schwalbe ein. Das schmale, wohlbekannte Fenster war aber nicht verhangen, das Zimmer leer und die Passionsblume stand bleich und matt in der Sonnenglut; Frau Sonne aber schien gerade heut an der reizend geschmückten Welt unendlichen Gefallen zu finden, sie ging so langsam als nur möglich und ganz widerstrebend zur Ruhe. Die Schwalbe dagegen konnte den Abend kaum erwarten. Endlich kam er und breitete seinen dunklen Schleier über die Erde; das ruhelose Vögelchen flatterte umher und lauschte. Vergebens! — Keine süßen Klänge zogen durch die schweigende Nacht; das Fenster blieb fest verschlossen. Am anderen Morgen flog die Schwalbe zur Passionsblume; die war sterbenskrank und verschmachtete. Mit den Flügeln wehte sie der Todesmatten Kühlung zu; leise, leise flüsterten dann beide miteinander, dann neigte die schöne Blüte ihr Haupt und schlief ein. Die Schwalbe aber löste sie leicht vom verdorrten Stengel und flog mit ihr davon, weit, weit zum stillen, einsamen Friedhof. Dort schimmerte ein frischer Rasenhügel im Sonnenlichte: die Schwalbe legte die Blume nieder zu den Füßen ihres treuesten Pflegers, der dort tief unten schlummerte, und kehrte betrübt, müde und traurig heim.

In der Abendkühle aber flog sie in einen naheliegenden, reizenden Wald und suchte ihre Freundin auf, die gefeierte Sängerin Amsel. Die Amsel war nicht allein; sie saß auf einem hübschen Tannenbaume, und ein Stieglitz hatte kecklich neben ihr Platz genommen. Ein Stieglitz mit seinem bunten Röckchen ist nämlich den Vogeldämchen so gefährlich, wie den jungen Mädchen heutzutage ein Lieutenant nur immer sein kann. Die Schwalbe aber hatte keine Augen für ihn: in ihrem Köpfchen wogten gar ernste, wichtige Gedanken. Flüchtig grüßte sie und sagte bittend zur Amsel, welche so kokett als möglich den dicken Kopf senkte: „Liebe, Du mußt mir einen Gefallen thun.“ — „Was ist's?“ flötete die Amsel ziemlich nachlässig, denn die Störung machte ihr eben keine allzugroße Freude. — „Ich will ein Nachtkonzert veranstalten,“ erwiderte geheimnisvoll die Schwalbe, „und Du sollst darin singen.“ — „Gern, gern!“ entgegnete die Geschmeichelte und versuchte einen Triller, über welchen der Stieglitz fast den Hals brach vor Entzücken. — „So ist denn wohl gar der König Adler gekommen,“ sagte sie, „oder der schöne Prinz Falk mit seinem Adjutanten, dem gefährlichen Grafen Sperber? vielleicht auch —“ — „Nein, nein, nichts von alledem!“ unterbrach die Schwalbe die Rede ihrer Freundin, „ich will einem toten, herrlichen, lieben Musikmeister ein recht hübsches Schlummerständchen an seinem letzten Ruhelager bringen, und mein Gesang allein deucht mir zu schlecht, obgleich ich weiß, daß er mich gern zwitschern hörte, als er noch lebte; Du sollst mir helfen mit Deiner Kehle, liebe Amsel!“ — Die Sängerin wollte vor Staunen vergehn. „Welche Zumutung,“ rief sie empört, „meine Stimme der schädlichen, feuchten Nachtluft preisgeben um eines toten Musikanten willen? Nein, liebe

Freundin, das kann unmöglich Dein Ernst sein, so etwas von mir zu verlangen, von mir, der berühmten Sängerin des Waldes! Zudem muß ich mich schonen für morgen. Ich singe in der Matinée eines durchreisenden Rabenvirtuosen auf der Schnabelharmonika; mittags giebt ein höchst interessanter, landesflüchtiger Kanarienvogel, der seinen Kontrakt gebrochen, ein Konzert, und abends ist musikalische Unterhaltung bei der Frau von Elster."

Mitten in diesem Geschwätze war die Schwalbe tief gekränkt davon geeilt. Sie kam zum niedlichen, launischen Rotkehlchen. Mit eifrigem Gezwitscher trug die Schwalbe ihre Bitte vor. Rotkehlchen hatte nicht übel Lust, war aber sehr geschäftig und zerstreut: es erwartete seinen Anbeter, einen lockeren Zeisig, hatte allerlei köstliche, feine Samenkörnchen auf frische Rosenblättchen gelegt und blaue Glockenkelche, mit Tau gefüllt, zum Trinken aufgestellt. Schwälbchen wartete ein wenig; der Zeisig kam nicht. Plötzlich wurde Rotkehlchen heiser, konnte „unmöglich" singen, stellte sich sehr krank, schlüpfte in das Nestchen und schloß die Augen. Traurig hob die Schwalbe ihre Flügel und schwirrte durch den Wald ihrer Wohnung zu. Unterwegs erblickte sie den treulosen Zeisig; seelenvergnügt thronte er auf einer schönen Birke, neben ihm eine reizende Grasmücke, mit der er um die Wette sang und trällerte. Die Schwalbe nickte mit dem Köpfchen und wollte vorüberfliegen. „Was hast Du denn, liebe Seele?“ rief aber der muntere, sorglose Gesell im grünen Röckchen, „Du siehst ja ganz bekümmert aus. Eine Schwalbe mit traurigem Gesichte ist ja etwas Unerhörtes. Erzähle, erzähle!“ — Und Schwälbchen erzählte. — „Wir singen mit!“ sagte am Schlusse der Zeisig ganz ernsthaft, „wir singen alle mit, ich verspreche es Dir.“ — „Und ich auch, im Namen aller meiner Schwestern,“ rief die niedliche Grasmücke.

Die Augen der Werberin leuchteten: „Da habe ich ja einen prächtigen Chorus für meinen herrlichen Meister Franz!“ jubelte sie. — „Meister Franz! Von dem ist die Rede?“ kreischte hier der Zeisig und stürzte der Schwalbe mit ausgebreiteten Flügeln um den Hals, „o, den kennen wir ja alle! — Er war es, der meinen kranken Bruder, dem ein böser Knabe das Beinchen gebrochen, so liebevoll pflegte, der jeden Vogel aus den Netzen und Sprenkeln tückischer Menschen befreite, und auch meine Geliebte, die erste nämlich, das schönste Blaukehlchen der Welt, aus den Händen eines barbarischen Vogelhändlers erlöste mit dem letzten Groschen, den er in der Tasche trug, und sie dann fliegen ließ. Ja ihn, den lieben Meister, kennen alle Vögel und Blumen; wie oft wanderte er nicht durch den Wald und summte leise wundersame Melodieen! Für ihn, für ihn wollen wir singen, jede, jede Nacht!" — „Um Mitternacht denn auf dem Friedhofe!" flüsterte selig die Schwalbe und flog davon.

In einem der letzten Bäume des Waldes war fröhliches Leben. Der Vetter Dompfaff hielt dort Schule: eine Unzahl kleiner, niedlicher Vögel hatte sich um ihn versammelt; er selbst saß ganz ehrbar in der Mitte mit seinem schwarzen Käppchen und roten Westchen, schaute mit seinen freundlichen, klaren Augen das tolle, junge Volk an, und erzählte allerlei possierliche Geschichten. Die Schwalbe sprach mit ihm von ihren Plänen. Vetter Dompfaff versprach seine Mitwirkung und gab der Schwalbe einige empfehlende Worte an seinen besten Freund, den Musikdirektor Specht mit, welcher wenige Bäume entfernt von ihm hauste. Die jungen Vögel wollten auch für den guten Meister Franz singen, den sie alle zu kennen behaupteten, einige aus den Erzählungen des Vaters und der Mutter, andere aus den Schilderungen ihrer großen Schwestern und Brüder. — Fröhlich nahm die Schwalbe Abschied. Was ihr bei dem wackern Specht begegnet, wollen wir nicht verraten; aber etwas Schönes muß es gewesen sein, denn sie kam erst spät nach Hause, strahlend vor Freude, sprach nur mit den Augen, winkte ihren Lieben und flog nach kurzer Rast auf den stillen Friedhof hinaus.

Den blendendsten Silberschein goß der gefällige Mond über das Grab des Meisters. Es war Mitternacht. Da tönte es aus allen Zweigen von nah und fern, und ein voller Chor der lieblichsten Vogelstimmen sang das Lob des toten Meisters, des stillen, ernsten Sängers, des Fremdlings auf dieser Erde, den die Vögel und Blumen besser verstanden, kannten und ehrten, als die Menschen: das Lob des einsamen, müden Wanderes Franz Schubert. Die treue Schwalbe umflatterte den Hügel und küßte die Grasspitzen; auf dem Rosenbusche, der sich über das Grab neigte, wiegte sich eine Nachtigall und flötete zauberisch, sie war die Lieblingsschülerin des braven Musikdirektors Specht, welcher ganz eifrig den Takt schlagend zu den Füßen des toten Meisters saß. Die Vögelchen sangen so entzückend, daß der Mond und die lieben Sternlein lauschten und alle Blumen erwachten, alle Käfer herbeiflogen und die Leuchtwürmchen einen Lichtglanz zogen um das stille Grab.

Ob wohl dieser frische, süße, lebensfrohe Gesang hinab in die Träume dessen drang, der da unten so sanft schlummerte? — Die Vögel glauben es; und alljährlich in den ersten Tagen des Wonnemonds, des holden Mai, bringen sie dem gestorbenen Meister Franz den ersten Lenzesgruß in stiller Mitternachtsstunde; und in den letzten Tagen des Herbstes, wenn sich die fröhlichen Schwalben rüsten zur weiten Reise, scheiden alle die lieblichen Sänger von ihm auf glückseliges Wiederfinden!

Und so ist sein Grab nimmer verlassen; kleine helle Vogel- und Blumenaugen bewachen dies stille, geheiligte Plätzchen.

Wandernde Musikanten.

Aus den Zeiten der Troubadours.

Gente che d'amor giovan ragiando!
Petrarca.

Sicher ist es in der langen Reihe der Minnesänger der Provence, deren Lebensbeschreibung allezeit mit den Worten beginnt: „Er war gentilhomme et chevalier," und mit jenem unvermeidlichen Nachsatz: „et pris d'amour" für diese oder jene edle Donna, zu deren Ehre und Ruhm er „maintes belles et doctes chansons" verfaßte, unmöglich, eine Gestalt zu übersehen, die mit dem vollen Zauber der Romantik umkleidet uns entgegentritt, die Gestalt des Anselmo Faidit. Das Bild, das die Geschichte der Troubadours des 12. und 13. Jahrhunderts von diesem ersten

Komponisten der Dichterschar aufbewahrte, ist nur mit flüchtigem Pinsel hingeworfen, die Züge sind verwischt und die Farben verblaßt, allein es dürfte eine lohnende Arbeit sein, sie wieder aufzufrischen und diesen charaktervollen Kopf, diese ritterliche Erscheinung voll und glänzend erstehen zu lassen.

Versuchen wir's.

Die schöne Provence mit ihrem blauen Himmel und ihrer blumengeschmückten Erde war das Vaterland Anselmos, der Hofhalt des Grafen Poitou in Aix, mit seinen reizenden Frauen, die Schule des Dichters und Sängers der Liebe.

Die ganze Umgebung atmete Freude, Schönheit und Genuß. Die sanfte Ebene, in der jene Stadt lag, deren Mauern noch einen Tempel des Apollo umschlossen, war von Hügeln begrenzt, auf denen sich das matte Grün der Oliven mit dem köstlichen, dunkeln Laub der Feigenbäume mischte. Der silberne Arc floß an ihren Füßen vorüber. Mandelbäume spiegelten sich in seinen Wellen, der Duft von Rosen und Jasmin, von Oleander und Orangenblüten würzte die Luft, und das leuchtende Rot der Granatblumen schimmerte durch die Büsche. Wie ein üppiger Garten erschien besonders das Thal von Thonolet mit seinen römischen Ruinen, und der ernste Berg Sainte Victoire, der einst auf die Schlacht und den Sieg des Marius herabgeschaut, blickte jetzt auf ein Kloster frommer Nonnen, das zu seinen Füßen lag, mitten in einer Zauberwildnis von Grün und Blumen, wie das versteckte Nest scheuer Waldtauben.

All diese Lieblichkeit mußte die poetische Seele des Knaben berauschen und man sagt, daß Anselmo ein ebenso gelehriger Schüler in der Reimkunst gewesen sei, als ihm das Lernen leicht gemacht wurde. Die rosigsten Lippen lehrten ihn nämlich Verse sprechen, die zartesten Hände unterwiesen ihn in der Kunst des Lautenspiels. Die Fortschritte Anselmos waren staunenswert, Wort und Ton erwuchsen zu gleicher Zeit, wie die Blüte und Frucht am Orangenbaum; freilich belohnten den jungen Sänger auch die strahlenden Augen und das süße Lächeln der Gräfin von Poitou, deren siegender Schönheit seine ersten Ergüsse galten.

Der Liebling des königlichen Statthalters, der schlanke Page mit dem dunkeln Lockenhaar und Feuerblick, dessen Anmut und Geist Aufsehen erregte selbst in diesen glänzenden Kreisen anmutiger und geistvoller Frauen und Männer, erwuchs aber allmählich zum jungen Ritter und folgte nun seinem Herrn und Gebieter auf seinem Kreuzzuge nach Palästina. Manche heimliche Thräne wurde um ihn geweint, mancher bange Sehnsuchtsseufzer folgte dem Scheidenden, der sein Roß so fröhlich tummelte, als gälte es einer

Falkenjagd. Wunder der Tapferkeit verrichtete im fernen Lande jene Hand, die bis zur Stunde nur die Saiten berührte, und man begrüßte Anselmo Faidit bei seiner Rückkehr nur als den Helden, den Sänger hatte man vergessen. Man fand ihn zudem schöner denn je. Die Sonne des Orients hatte seine edle Stirne gebräunt, ein stattlicher Bart von goldbrauner Farbe floß auf die Brust herab, seine Gestalt erschien höher, und stolzer Gang und Haltung. Der junge Ritter selber aber hatte bei dem Kriegshandwerk das Dichten und Singen nicht vergessen; zum erstenmal stimmte er jedoch jetzt eine tieftraurige Weise an: — er besang den Tod des geliebten, hohen Freundes und Schutzherrn, 1198, und erfand zugleich eine so ergreifende Melodie zu diesen seinen Versen, daß niemand, der sie hörte, sich der Thränen enthalten konnte. Bis zu jener Zeit scheint das Herz Anselmos von jenem gefährlichsten aller Feuer unberührt geblieben zu sein, von den Flammen der Liebe; die leidenschaftliche Freundschaft für den Toten, Poesie, Musik und Ruhm hatten sein Leben ausgefüllt, und der Verkehr des Zöglings der reizenden Gräfin von Poitou mit den Frauen glich nur jenem neckenden Spiele des Schmetterlinges, der von Blüte zu Blüte flattert. Aber diese Seele war zu schwärmerisch, diese Phantasie zu reich und beweglich, als daß sie nicht der Zaubergewalt der Liebe verfallen sollte, und eine Frauenstimme war es, die den angebeteten Liebling der Gentil-donne gefangen nehmen sollte für alle Zeiten. In dem Nonnenkloster am Fuße des Sainte Victoire lebte sie, der sich das Dichterherz zu eigen geben mußte bis zu seinem letzten Schlage.

Das Thal von Thonolet gehörte zu dem Lieblingsaufenthalte Anselmos, und es zog ihn fast täglich in diese entzückende Wildnis von Grün und Blumen. Dort warf er sich auf den Rasen, lauschte dem vielstimmigen Gesange der Vögel, dem melodischen Schwirren und Summen der Cikaden und Käfer, sah dem Spiel der Libellen und Schmetterlinge zu und erfand neue Reime. Die lieblichsten Verse und Melodieen schienen ihm hier zuzufliegen, und der Volksmund nannte jenen Weg, der zum Kloster führte, gar bald den „Garten des Poeten". Eines Tages fand sich Anselmo Faidit vor der offenen Pforte der kleinen Klosterkapelle, zu deren wunderthätigem Marienbilde zu allen Tageszeiten fromme Beter wallfahrteten, um zu den Füßen der Schmerzensreichen die eigene kleine Last der irdischen Schmerzen niederzulegen.

Das Rollen des Donners und das Leuchten der Blitze hatten den Dichter an jenem Morgen aus seinen Träumen im Grünen aufgeschreckt und die schweren Tropfen fielen nieder, als er die Schwelle des stillen Heiligtumes überschritt.

Tief aufatmend schaute er sich um. Ein süßes Dämmerlicht erfüllte das Friedensasyl, vor der Gestalt der mater dolorosa im blauen, perlenbesäten Mantel brannte eine Ampel. Nur wenige Beter knieten umher und der Weihrauchduft legte seinen Schleier um ihre Gestalten. Da begann hoch oben im vergitterten Chore der Gesang der Nonnen. Wie Engelsstimmen schwebte es herab, von keinem Hauch der Leidenschaft durchzittert, es waren Klänge voll tiefen, heiligen Friedens.

Die leuchtenden Blitze schienen jetzt allein den offenen Himmel zu zeigen, von dessen goldenen Pforten dieser überirdische Gesang niederhallte. Aber im „Benediktus“ war es, wo eine Solostimme eintrat, die den Raum der Kapelle durchflutete mit einer Gewalt ohnegleichen und sie plötzlich wie mit einem fremden, rosigen Lichte erfüllte.

Der Dichter schreckte auf bei ihrem Klange aus den Schauern der Andacht! — Wie ein heißer Sonnenstrahl aus jener blühenden Welt, die er soeben vergessen, trafen ihn diese Töne. Es waren fromme Worte, die jene unsichtbare Sängerin sang, und dennoch erschienen plötzlich vor dem Geiste des Hörers die schönen Frauen des Hofhalts des ehemaligen Grafen von Poitou — er glaubte das Rauschen goldbesäumter Gewänder zu vernehmen, leichte Schleier flatterten vor seinen Augen auf, der Duft seidener Locken strömte daher und süßes Flüstern berauschender Worte berührte sein Ohr.

Was war das? Wie mit einem unüberwindlichen Zauber umfing es, wie mit goldenen Fäden umstrickte es ihn mehr und mehr mit jedem Tone — diese Stimme nahm von seinem Herzen wie von seiner Phantasie mit einem Schlage Besitz. Er dachte nicht an die Frauengestalt, die zu jener Stimme wohl gehören müsse, es war einzig und allein der süße Ton, der berauschende Klang, den er mit seiner Liebe plötzlich umfaßte, und zwar mit einer Leidenschaft, über deren Gewalt er fast erschrak. — „Wer ist sie, die da singt?" fragte er bebend den leise daherschreitenden Meßner. „Eine junge Novize" — lautete die flüchtige Antwort des Vorübergehenden.

Der Donner hatte längst aufgehört, die Blitze teilten nicht mehr das Gewölk, es war verschwunden, und die Sonne brach durch die bunten Bogenfenster und warf goldene Lichter auf den Mantel der Maria.

Anselmo Faidit meinte, jene zauberische Stimme sei selber die Sonne, er fühlte ihr Licht in seinem Herzen. — Leicht und frei, wie in den Tagen seiner sorglosesten Jugend, schritt er heim; aber am nächsten Morgen kniete er wieder im Betstuhle der kleinen Kapelle des Nonnenklosters und schaute sehnend hinauf zum vergitterten Chore, und so fortan immer und immer. — Durch das Gitter schauten zwei feurige Augen herab und die glühenden Strahlen der Blicke dort oben mußten jenen suchenden Blicken dort unten begegnen und ineinander schmelzen.

Wie es nun nach und nach gekommen, daß die beiden sich gesehen und gesprochen, steht nirgends geschrieben; man weiß eben nur, daß der Sänger und Dichter Anselmo Faidit eine junge Novize aus dem Kloster am Fuße des Sainte Victoire entführte und seinen geraubten Schatz und sich selber dann in die tiefste Einsamkeit flüchtete. — Zu jener goldenen Stimme gehörte nämlich, zum Entzücken des Dichters, das holdeste Gesicht, die vollendetste Gestalt der Welt, ein reizendes Weib.

Zwar behauptete Anselmo, daß er einzig jene Stimme geliebt und sie fort und fort angebetet haben würde, selbst wenn sie in der unscheinbarsten Hülle gewohnt, allein in keinem Falle war er unzufrieden, daß diese Wohnung so über die Maßen reizend erschien. Die schöne Blanche war von ihren Verwandten für das Kloster bestimmt worden, ihr Herz hing aber mit all seinen Fasern an jener lachenden Welt, deren Freuden sie nur ahnte, und eben diese Sehnsucht nach einem unbekannten, leidenschaftlichen Glücke hatte in dem Klange ihrer Stimme gezittert und das Herz Anselmos mit solch zündender Gewalt getroffen.

Um wieviel entzückender aber als in den glühendsten Träumen erschien ihr nun das Leben in den Armen des Geliebten! Niemand verdammte sie, daß sie ihm gefolgt, denn in jener wunderbaren Zeit galten die Zeichen und Wunder der Liebe als die höchsten, und was in ihrem Namen unternommen und ausgeführt wurde, wagte niemand anzugreifen. So machte auch die Entführung der jungen Novize nur geringes Aufsehen, und da das glückliche Paar zugleich aus der Welt verschwand, so vergaß man beide bald genug.

Und nun kam es fast wie in jenem Märchen von Rinaldo und Armida, der Troubadour und ehemalige Kreuzritter vergaß über den Augen der Dame seines Herzens die ganze Welt. Für sie allein dichtete er und sie sang ihm seine Weisen. Jeden Tag meinte er neue Reize zu entdecken an der Gefährtin seines Lebens, an seinem jungen Weibe; ihre Klugheit und ihre Heiterkeit beglückten ihn nicht minder, als ihre Anmut und der Klang ihrer Stimme. Es möchte wohl ein Bild für die Hand eines Malers gewesen sein, dies schöne Paar in seiner Waldeinsamkeit, wenn Anselmo zu Blanches Füßen saß, die Laute im Arm oder die Pergamenttafel auf den Knieen — so abgeschieden von der Welt wie einst das umsponnene Dornröschen, als der Prinz seine Lippen berührte.

Die zuckenden Lichter, die durch das grüne Laubdach brachen, warfen dann einen Goldschein auf Anselmos dunkles Haar, auf seine helle Stirn und die dunklen Brauen und gesenkten Wimpern. Und sie beugte sich dann zu ihm nieder mit dem blumengeschmückten Haupte, die schöne Frau, und warf wohl neckend den Mantel ihres gelösten Haares über ihn, wie um ihn zu schützen vor den glühenden Strahlen.

Die Vögel kannten ihre süße Stimme und pickten das Futter aus ihrer weißen Hand, und die Rehe flohen nicht, wenn die beiden Glücklichen durch den Wald streiften.

Sie waren eben wie in ihrem eigenen Garten in dem grünen Walde, oder wie der Waldkönig und seine Waldkönigin in ihrem Revier, und es war wie in dem Minneliede Walters von der Vogelweide, wo es heißt:

„Unter den Linden
An der Halde
Unser beider Ruhstatt was:
Da möget ihr finden
Gebrochen Blumen und Gras.
Vor dem Walde in einem Thal
Tandaradei sang die Nachtigall."

Monate und Jahre reinsten Glückes zogen ungezählt dahin über den Häuptern der Liebenden, und Gedichte aller Art, jene süßen „lays", Lieder, die „cervantes", Minnesänge, die „chansons" und die „Canzonetten" wuchsen auf wie Blumen im Frühlinge.

Aber wie die alten Bücher erzählen, vermochte eine Armida den Rinaldo nicht allzulange zu fesseln, ja die Frau Venus selber konnte den Tannhäuser nicht halten, als er klagte:

„Mein Leben ist schon worden krank,
Ich kann nicht länger bleiben — —"

Das Verlangen des echten Mannes nach dem bewegten Leben da draußen, nach dem gewohnten Wechsel der Erscheinungen, nach der süßen Speise des Ruhmes und der Ehren, wie sie Anselmo Faidit einst täglich genossen, erwachte auch in der Seele des Troubadours. Nicht für das Ohr einer Einzigen waren all jene Gesänge — er fühlte, sie gehörten einer Welt.

Und langsam lagerte sich ein Schatten auf die Dichterstirn, langsam tauchte ein Zug tiefer Ermüdung auf, um Augen und Lippen — die Laute ruhte, und die Reime stockten.

Aber Anselmo klagte nicht, er ließ auch nicht nach in den Beweisen seiner Liebe und Zärtlichkeit; allein Blanche fühlte mit einer tödlichen Angst doch, wie etwas Fremdes zwischen ihnen aufstand und sich ausbreitete wie ein Nebelschleier — und die Seheraugen eines liebenden Frauenherzens erkannten auch die Ursache jener seltsamen Erscheinung. Die schöne Frau war es nun, die in den Gatten drang, mit ihr zurückzukehren in die Welt — sie selber vermochte es über sich, über seine welk gewordenen Lorbeern zu scherzen und gebot ihm, frische Zweige zu pflücken. Es war kein langes Bitten nötig — Anselmo gehorchte diesen Wünschen seiner „Herrin" mit auffallender Schnelligkeit, und das schöne Paar tauchte nun ebenso plötzlich in Aix wieder auf, wie es damals aus der Stadt verschwunden war.

Aber das Gedächtnis der Welt ist kurz wie ein Atemzug, und das Sprichwort war schon erfunden:

„Lontano degli occhi
Lontano del cuore — —"

und so war es denn auch geschehen, daß man die einst so gefeierten Weisen Anselmos nicht mehr sang und sich anderen zugewandt hatte, die neue Verse gebracht.

Nun erträgt aber eine ehrgeizige Dichterseele nichts schwerer als das Vergessen, und als der einst gepriesene Sänger erleben mußte, daß man ihn fremd ansah und keine jener Weisen, die sonst auf den Lippen des Volkes gewohnt, ihm mehr entgegentönte, da bemächtigte sich seiner eine tiefe, brennende Schwermut. Er berührte die Saiten seiner Laute nicht mehr, und sie schienen auf ewig verstummt „ces bons mots et ces bons sons", die man einst so viel bewundert, und weder die Liebkosungen seines holden Weibes, noch ihr Flehen und selbst nicht ihre Thränen vermochten ihn aufzurütteln aus jener tiefen Lethargie, in die er immer mehr und mehr versank.

Allein die echte Liebe eines Weibes ist erfinderisch und nach mancher durchweinten Nacht trat Blanche eines Morgens mit heiterer Miene vor den Geliebten hin, legte ihre weiße Hand auf seine Stirn und sagte: „Richte Dich auf, Du sollst und darfst nicht mehr trauern! Auferstehen wirst Du wieder in dem Herzen Deines Volkes, es wird Dich wieder ehren und lieben wie zuvor. Von Stadt zu Stadt, von Schloß zu Schloß wollen wir ziehen und Deine wunderbaren Weisen singen zu Deinen neuen Versen! Ward mir meine Stimme, die einst Dein Herz gewann, nicht verliehen, daß ich sie im Dienste des Herrn, meines Herrn gebrauche? Sie hat noch nichts von ihrer Frische verloren, denke ich, und ich will sie laut und hell ertönen lassen zu Deinem Lobe und Preise — mit Deinen Worten und Deinen Tönen! Und schöner als je werde ich singen, denn ich singe für den Mann, den ich liebe!"

Und so geschah es buchstäblich.

Zum Staunen der Welt erschien Anselmo Faidit in den Palästen der Reichen und an den Höfen der Großen mit seinem blonden Weibe, und bei all ihren Festgelagen, ein schlichter Lautenspieler. Aber die holdeste Stimme der Welt sang zu den Accorden der

Laute seine Verse und seine Melodieen, und man glaubte nie Schöneres, Ergreifenderes gehört zu haben. Dazu leuchtete das Antlitz Blanches wie verklärt, und die schönen, sanften Augen hingen begeistert an der Gestalt des Geliebten.

Sie war und blieb aber trotz der Menge, die bewundernd sie umdrängte, die schöne Novize hinter dem Gitter der Klosterkapelle, und kein dreistes Wort, kein Scherz wagte sich an sie heran. Man wußte nicht, was man mehr bewundern sollte, die hohe Züchtigkeit der Erscheinung, die süßen Töne, die diesen reizenden Lippen entströmten, oder die lieblichen Worte, die klingenden Reime und den sanften, schmeichelnden Fluß der Melodie.

Der Name des Anselmo Faidit lebte plötzlich wieder auf, man redete von dem Dichter und Sänger wie in den glänzendsten Tagen seines Ruhmes: man pries ihn und seine Gefährtin, wie man nie zuvor ein Paar gepriesen, und seine Verse und ihre Stimme durften fortan bei keinem Feste fehlen, nach der Sitte der damaligen Zeit, die der Musik und Poesie immer einen Ehrenplatz einräumte. Er hatte eine neue Art von Dichtungen erfunden, die, in der süßen Waldeinsamkeit entstanden, den Namen „Monologe und Gespräche" führten. Berühmt wurde besonders ein Gespräch über die Wunder der Liebe. Es führt den

Titel: „Herregia dels Preyeres", und nichts war anmutiger, als die wechselnden Melodieen, die Anselmo dazu gesetzt hatte. Wie flammten seine Augen vor Stolz und Glück, wenn er den Gesang Blanches zum Preise der Liebe, seiner Liebe, begleitete, der ersten und einzigen Frau, die jemals als Sängerin und Gefährtin eines Troubadours in den Hallen der Großen erschien. Ihrem Gesange einzig und allein verdankte Anselmo seinen erneuten Ruhm, den erhöhten Glanz seines Namens. Und es gab in der That keinen berühmteren mehr, nicht allein in der Provence, sondern weit in allen Landen.

Wie fühlten sie sich geehrt, die vornehmsten Frauen, wenn der gentil Troubadour ihnen einige Verse widmete, Fürstinnen, Herzoginnen, Marquisen und gentils femmes, „des quelles les maris s'estimaient grandement heureux," sagten die alten Bücher, wenn der hochgepriesene Poet von ihren Damen Notiz nahm in irgend einem neuen Gesange in der geliebten langue provençal — sie alle lächelten ihm huldvoll zu.

Die reichsten Angebinde legte man zum Dank für einen Reim zu Ehren einer Dame zu den Füßen des Sängers nieder, gestickte Gewänder, Waffen und Gold, ja man führte ihm sogar die edelsten Rosse vor, behangen mit Satteldecken, deren Säume mit Perlen und

Edelsteinen besetzt waren. Und dazu blickten schöne Augen zärtlich nach ihm hin, schöne Lippen flüsterten süße Worte und zarte Hände kränzten seine Stirn mit Lorbeer.

So ehrte man in jenen goldenen Tagen der Minne die Poesie und die Musik.

Aber abendlich kniete Anselmo Faidit zu den Füßen seines Weibes nieder und bedeckte ihre kleinen Hände mit Küssen und vergaß in ihrem Anschauen und ihrer Zärtlichkeit allen Glanz und alle Ehre, nur nicht sein Glück, das er einzig und allein ihr dankte.

Nach wenigen Jahren dieses seltsamen Lebens, noch im Zenith seiner strahlenden Schönheit, erlosch dieser glänzende Wandelstern; der holde Mund, der die Verse und Weisen des geliebten Dichters so hinreißend wiedergab, verstummte, Blanche erkrankte plötzlich und entschlief, als sei nun ihre Aufgabe erfüllt, lächelnd und sorglos, wie ein Kind in den Armen des verzweifelnden Gatten.

Seit jenem Tage waren es nur noch Klagegesänge und Lieder der Trauer und Sehnsucht, die der Brust des gefeierten Troubadours entströmten, er vermochte nicht zu leben ohne die Entschlafene, so viele schöne Frauen sich auch mühten, ihn zu trösten. Sein Dasein war fortan nur ein Martyrium.

„Las! si j'avais d'oublier
Sa beauté — son bien dire
Et son très doux regarder —
Finirait mon martyre!"

Sein Leiden endete nur der Tod — er konnte seine holde Gefährtin nicht vergessen. Anselmo Faidit starb im Frühling des Jahres 1220.

Die Probe.

Ein musikalisches Skizzenblatt.

Das stolze Berlin, die Residenz des Kurfürsten von Brandenburg, souveränen Herzogs von Preußen, Friedrich III., und seiner Gemahlin Sophie Charlotte, zeigte am 3. November 1698 ein recht mürrisches Gesicht. Regen, Schnee und Sturm sausten nämlich durch die Straßen, die freilich noch nicht so stattlich aussahen, wie heutzutage, und trieben alt und jung in die schützenden Häuser, ließen auch weit und breit kein Blatt mehr auf den Bäumen. — Wer aber noch draußen bleiben mußte, etwa eines Besuches oder Einkaufs wegen, der machte diesen seinen Weg sicherlich nicht mit Freuden, sondern mit Seufzen, und nur die Soldatenpatrouillen, die dann und wann vorbeimarschierten, bemühten sich auszusehen, als ob die schönsten Frühlingswinde mit ihren Zöpflein spielten und der herrlichste Sonnenschein sie zwänge, dann und wann ihre Augen zu schließen.

Es war in der Nähe des sogenannten großen Reithauses, wo in der vierten Nachmittagsstunde eben dieses Sturmtages ein älterer Mann in schlichter Kleidung, in Begleitung eines schlanken Knaben von etwa sechszehn Jahren, beide in Regenmäntel gehüllt, von Haus zu Haus schritt und prüfend an alle Fenster schaute. Sie schienen beide ermüdet und durchnäßt, der Knabe sprang sogar zuweilen vor Kälte von einem Fuß auf den andern und hauchte in die erstarrten Hände. „So laßt uns doch drüben in dem hübschen Hause einmal nachfragen, Herr Domorganist,“ sagte er endlich bittend, „der Kapellmeister muß wirklich dort wohnen, die Beschreibung trifft genau zu.“

„Nun, so frage und laß Dich auslachen!“ lautete die Antwort; „als ob ein welscher Musikant solchen Palast bewohnen könnte! Würde es wohl einem vernünftigen Menschen in Halle einfallen, mich, den Domorganisten, in einem solchen Hause zu suchen? Und so einer sollte es viel besser haben? Habe ich doch jahraus, jahrein meinem Herrgott und der heiligen Cäcilia treu gedient und keine Note im Dienst der Welt geschrieben, und wohne nur hinter dem Dome in einem bescheidenen Stüblein, wo die Sonne mir täglich nur eine Stunde aufs Spinett scheint, und an die Decke kann ich auch mit der Hand langen, ohne auf einen Schemel zu steigen. Wie käme also solch' ein Musikmacher dazu, wie ein Prinz zu wohnen? Das wäre doch noch schlimmer zu ertragen denn eine falsche Quinte oder zerbrochene Orgelpfeife."

Während dieses langen, in brummendem Tone ausgesprochenen Sermons hatte der Knabe mit dem Thürklopfer schon angeschlagen und den alten Diener, der hierauf öffnete, kecklich gefragt: ob hier der Hofmusikmeister der Kurfürstin Sophie Charlotte, der Italiener Marc Antonio Buononcini, wohne.

„Ja," lautete die etwas zögernd gegebene Antwort. „Aber mein Herr kann jetzt keinen Besuch annehmen, er muß gleich in die Probe, — kommt morgen wieder! Ihr seid doch gewiß nur Musikanten?"

„Nun freilich, wir sind genau dasselbe, was Euer Herr," lachte der Knabe. „Aber melde Er uns nur; Euer Herr weiß, daß wir kommen, wir haben es ihm geschrieben und er hat uns zu heut zu sich beschieden. Schau' Er uns nur ordentlich an, wir kommen gar weit her, aus Halle an der Saale."

Der Alte musterte den jungen Fremden von Kopf bis zu Fuß. Er schien ihm zu gefallen. Prachtvolle, stolze Augen strahlten ihn an, mit allem Feuer und aller Zuversicht der Jugend.

„So kommt nur, ich will Euch zu meinem Herrn führen. Will der Alte dort auch mit hinein?“

„Der erst recht — — das ist ein gar berühmter Mann daheim,“ sagte der Knabe, und, zu seinem Begleiter gewendet, der jetzt herangetreten war, fuhr er fort: „Seht, wir sind zur Stelle; tretet nur herein!“

Mit einer Miene, die halb Zorn, halb Staunen zeigte, trat der Domorganist aus Halle in das Haus, das allerdings mit den Wohnungen in genanntem Städtchen verglichen, fast wie ein Fürstenschloß aussah, und stieg, anfangs mit leisem, dann mit immer lauterem Gebrumm, die Treppenstufen hinan. Der Diener nahm beiden die Regenmäntel ab und verschwand, die Fremden im Vorzimmer zurücklassend. — Eine milde Wärme durchzog den Raum, Statuen standen an den Wänden, eine seltsam geformte Ampel hing von der Decke herab, ein sanftes Licht verbreitend. — „Das ist doch gar arg,“ sagte jetzt der ältere, nahm seinen dreieckigen Hut ab und schüttelte den Regen und Schnee so heftig herunter, daß die Tropfen weithin flogen, der schönen Venus von Medici grade ins Gesicht und dem Apoll von Belvedere auf die Brust. Der Knabe dagegen schaute mit fast atemlosen Staunen die leuchtenden Göttergestalten an, bis eine Seitenthür aufsprang und eine melodische Männerstimme rief: „Entrate — entrate, Signori!“ — Auf der Schwelle, im hellen

Lichtschein, stand ein großer, stattlicher Mann von einigen vierzig Jahren, in reicher Kleidung. „Der Domorganist Christian Leberecht Zachau aus Halle versteht kein Welsch, und sein Schüler auch nicht!" sagte der graugekleidete Fremde mürrisch und trat näher. — „Nun, ich rede auch ein wenig Euer hartes Deutsch, Signor Zaschau," lachte der Italiener gutmütig. „Ich denke also, wir werden miteinander fertig werden, wenn auch nicht in eben dieser Stunde, denn ich habe große Eile — ich muß in die Probe."

„Was für eine Probe meint Ihr?" fragte der Domorganist im Hereintreten. „Ist's keine, bei der wir zuhören dürfen?"

„Ich will's Euch gestatten — obschon es sonst keinem erlaubt ist," antwortete Buononcini nach kurzem Besinnen. „Ich studiere einer ganz besondern kleinen Truppe zum Namenstag des Kurfürsten meine neue Oper „Il Trionfo del Parnasso" ein; aber meine Schauspieler und besonders die Schauspielerinnen sind etwas verwöhnt, und leider darf ich sie keine Minute warten lassen." Er sprach das alles in einer sehr wunderlichen Mischung von gebrochenem Deutsch und Italienisch und mit einem schlauen Lächeln. „Ihr müßt mich also entschuldigen, wenn ich Euch jetzt schon verlasse. Ihr armen, erfrorenen Wanderer werdet Euch zunächst auswärmen und erquicken und dann mag Euch

Giacomo herüberbringen in das große Reithaus, wo ich meine Probe halte. Setzt Euch und laßt's Euch wohl sein. — Drüben müßt Ihr Euch dann ein wenig still verhalten und niemand anreden, — nach der Probe soll's desto lustiger hergehen."

Die Fremden nahmen Platz, während er so redete, denn seine Art und Weise hatte etwas Gebietendes und Herzliches zugleich. Dabei blitzten die dunklen Augen keck und heiter, und sein Lächeln zeigte die schönsten Zähne. Die Manieren des Italieners waren die eines Weltmannes.

„Ich bin, aufrichtig gesagt, nicht um Euretwillen hierher gekommen," nahm nun der Domorganist aus Halle wieder das Wort — „ich möchte nur gern, wie ich Euch das auch schon geschrieben, meinen Schüler da der Frau Kurfürstin vorstellen, damit sie ihn einmal spielen höre und ihm gestatte, ihre große Musikbibliothek eine Weile zu benutzen, auch vielleicht eine oder die andere seiner Messen, die gar nicht übel sind, in ihrer Kapelle aufführen lasse, daß andere Leute, als die in Halle, sie einmal hören. Da man mir nun gesagt, daß solches auf dem kürzesten Wege durch Euch zu erreichen, so seht Ihr mich hier. Von der welschen Musik halte ich sonst eben nicht sonderlich viel."

„Aber ich möchte so gern in die Probe Eurer neuen Oper," fiel hier der Knabe mit leuchtenden Augen und glühenden Wangen ein. „Daheim höre ich ja nie eine fremde Musik. Ich kenne aber doch Eure Messen und weiß auch, daß Ihr eine prächtige Oper, den „Polifemo“, geschrieben, — und der Herr Domorganist kennt Eure Messen auch, und es ist nicht halb so schlimm mit seiner Nichtachtung der welschen Musik, wie er wohl zu reden pflegt, denn — —“

„Still, Junge!“ unterbrach ihn hier Zachau. „Du hast nicht anders zu reden, als wenn Dich große Leute fragen. In die Probe gehe ich mit, darauf soll mir's nicht ankommen, ich schreibe darum mein Lebtag doch keinen Takt anders als bisher. Und Dir wird's auch nicht schaden, hoffe ich, Du bist in einer zu strengen Schule gewesen!“

„So kommt mir nur nach, ich will Euch einen Einlaßzettel schreiben, und nach der Probe kann ich Euch auch die Stunde bestimmen, wo Ihr Euren Schüler zur Frau Kurfürstin bringen dürft. Aber dann gilt's, sich zusammennehmen, mein Knabe, denn Sophie Charlotte beschämt mit ihrem Spiel manchen alten, sicherlich also auch manchen jungen Musikanten, und findet jeden Fehler in einem Musikstück heraus, wenn sie die Noten nur einmal ansieht.“

Der alte Diener brachte jetzt Wein und einen leichten Imbiß. Der Kapellmeister der Kurfürstin wechselte noch einige gleichgültige Worte mit seinen Gästen, gab seinem

Diener die Weisung, sie später nach dem großen Reithause zu geleiten, schrieb auf einen Zettel seinen Namen, händigte ihn dem Domorganisten aus Halle ein und nahm Abschied mit dem Worte: „A rivederci! — Verliebt Euch nicht in meine Schauspielerinnen," rief er noch in der Thür scherzend, — „es sind schöne, aber sehr gefährliche Damen darunter! Hütet also Augen und Herzen!"

Nach Buononcinis Weggehen ließ es sich besonders der Domorganist vortrefflich schmecken; er sprach auch dem feurigen Weine tapfer zu und ermunterte seinen jungen Gefährten, ein Gleiches zu thun. Der aber kam nicht recht zum Essen und Trinken vor lauter Schauen und Staunen. Wie anders sah es doch hier aus, als in Halle in dem finstern Stübchen, wo er seinen Unterricht empfangen seit sieben langen Jahren und unverdrossen sich im Spiel und in der Setzkunst geübt. Da gab es keine mit Sammet überzogene, hochlehnige Sessel, keine Tische, deren Füße vergoldet, kein Spiegelglas an der Wand, kein Klavier, dessen Deckel mit kunstvoller Malerei verziert war, und keine Uhr, die, von einem Liebesgott auf den Schultern getragen, kunstvolle Melodieen spielte. Die alte Kuckucksuhr in Halle hatte einen Schlag, als ob sie Tote zu erwecken bestimmt sei; aber der Ton einer zersprungenen Glocke war Wohllaut gegen ihren Klang. — Silberne

Armleuchter trugen die hellbrennenden Kerzen — wie oft hatten ihm die Augen weh gethan bei der qualmenden Lampe seines Lehrmeisters, wenn er seine dreistimmigen Sonaten schrieb und seine achtstimmigen Motetten setzte. Und diese Masse von Musikalien, die da in einem großen, offenen Schranke sauber aufeinandergeschichtet lagen! Beim Domorganisten trat man immer darauf, denn der Fußboden war damit bedeckt und die alte Magd durfte bei strenger Strafe nie darüber wegfegen.

„Ich möchte eigentlich am liebsten hier alles entzwei schlagen!“ sagte Zachau endlich. „Ist solche Verschwendung nicht eitel Gottlosigkeit und Sünde? Kann einer ordentlich Musik schreiben, der wie weiland der König Belsazar lebt? — Aber nun trinke Dein Glas Wein aus und komm! Wir werden die genossene Stärkung wohl gebrauchen können, denn die Musik, die wir sogleich hören müssen, dürfte uns gewaltig in den Magen fahren — ich weiß das!“

Es war damals ein reiches Musikleben am kurfürstlichen Hofe in Berlin. Friedrichs zweite Gemahlin, Sophie Charlotte, Prinzessin von Hannover, liebte neben den Wissenschaften die Musik, und hatte einen Hofstaat bedeutender Künstler um sich versammelt. Sie spielte selbst bezaubernd Klavier und Harfe und versuchte sich sogar, unter der Leitung ihres Lehrers, des liebenswürdigen und gelehrten Tonsetzers und Virtuosen auf der Viola d'amour, Attillio Ariosti, in der Kunst der Komposition mit vielem Glück. Man sagte von der Kurfürstin, sie dürfe nur etwas wollen, um es zu können, und erzählte sich zum Beweise dafür, daß sie in kaum drei Monaten das Italienische so geläufig reden gelernt, daß Gregorio Leti, der sie mit einem Italiener reden hörte, fragte, ob die Prinzessin auch Deutsch verstehe. Sie erfaßte eben alles mit jener Energie und jenem Ernst, die jeden Mann mit Bewunderung erfüllen mußten. Zu ihren größten Bewunderern gehörte ihr Freund, der Philosoph Leibniz, dessen kühnem Geistesflug sie allein unter allen Frauen zu folgen vermochte. — Die Musik betrachtete sie als eine Art süßen Ausruhens nach strenger, geistiger Arbeit. Stundenlang konnte sie wie träumend dem reizenden Gesang des jüngeren Buononcini, Giovanni Battista, lauschen, den dann sein Bruder zu begleiten pflegte; und das Violinspiel ihres Lieblings, des Römers Correlli, schien auf sie einen wahren Zauber auszuüben. Wie oft, nach den tiefsten Studien und ernstesten Gesprächen mit ihren gelehrten Freunden, ließ sie sich von Ariosti und Correlli eines jener schmelzenden Duette spielen, in deren Vortrag beide Meister waren.

Wie oft wurden noch in später Abendstunde die beiden Buononcinis zu ihr beschieden, und sie erbat sich irgend eine Lieblingsarie oder ging mit ihnen eine neue Partitur durch, wobei sie es liebte, den Platz am Klavier einzunehmen und zu accompagnieren. Der Kurfürst beschränkte diese Liebhaberei seiner Gemahlin nicht allein in keiner Weise, er schien sogar dieselbe zu teilen, denn er unterstützte sie nach Kräften. Der Saal des großen Reithauses wurde auf seinen Befehl zu einer kleinen Bühne für Privataufführungen, an denen sich Personen aus den höchsten Kreisen zu beteiligen pflegten, hergerichtet. Ein besonders kostbares Klavier aus Paris stand auf einem erhöhten Platz in der Nähe des Orchesters, zum Gebrauch für die Kurfürstin. — Die Musikbibliothek der hohen Frau war die größte in den deutschen Landen, und jedem Künstler, der sich ihrer Gunst erfreute, war die Benutzung derselben gestattet. Von weit und breit pilgerten die Diener der heiligen Cäcilia herbei, um solchen Vorzuges teilhaftig zu werden, und der Wunsch, seinem Zögling diese reiche Schatzkammer zu erschließen und ihn so zugleich ein wenig „unter die Leute zu bringen", damit er die Schüchternheit verlerne, war es zuerst, der den Domorganisten Zachau dazu veranlaßte, die weite Reise von Halle nach Berlin anzutreten.

Im Saale des großen Reithauses war die Probe zu Buononcinis „Trionfo del Parnasso“ zur Hälfte vorüber. Man hatte eben eine Pause gemacht, um Musikern und Sängern eine Erholung zu gönnen, und die verschiedenen plaudernden Gruppen bildeten ein lebensvolles, farbenfrisches Bild. Der junge Begleiter des Domorganisten war wie geblendet. Er hatte sich in ein Winkelchen gedrückt und schaute mit den großen, wunderbaren Augen von Gestalt zu Gestalt, während sein Lehrer, unbekümmert um die lächelnden Blicke, die seiner seltsamen Erscheinung folgten, die in ihrem schlichten, grauen Rock von eigentümlichem Schnitt und seiner etwas desolaten Perücke einen auffallenden Kontrast bildete zu den glänzenden Kavalieren, die hier und da herumstanden. Er näherte sich dem Klavier, an dem vor einer aufgeschlagenen Partitur eine Frau saß. Die Musiker des Orchesters standen in einiger Entfernung von ihr, mehr in der Nähe der Bühne, deren purpurner Vorhang jetzt zurückgeschlagen war. Dort stand auch der Dirigent Buononcini, dessen hohe Gestalt in der reichen Kleidung sich hier besonders stattlich ausnahm. Den beiden Fremden hatte er nur flüchtig zugenickt, schien sich aber geflissentlich nicht um sie bekümmern zu wollen. Auf der Bühne selbst saßen und wandelten die Sänger und Sängerinnen umher, plaudernd und scherzend.

„Herr Domorganist,“ sagte jetzt der Jüngling leise und zupfte seinen Lehrmeister, der auf die Stufe gestiegen war, auf der das Klavier stand, am Ärmel, „habt Ihr je so schöne und vornehm aussehende Sängerinnen gesehen?“

„Junge, sieh nicht hin!“ brummte Zachau. „Steck' Deine Nase hier in die Partitur hinein und gieb acht. Das Gedudel wird gleich wieder anfangen, denke ich.“

Aber obgleich der allezeit gehorsame Zögling näher trat, so gingen seine Augen dennoch verbotene Wege. — Da war besonders eine junge Grazie, die da oben auf der Bühne selbst seine Blicke unwiderstehlich immer und immer wieder an sich zog. Sollte das die vielgerühmte Sängerin Regina Schönhals sein? — Aber die hatte man ihm als nicht sonderlich schön geschildert. Und diese war so reizend! Sie trug ein bauschiges, rosenfarbenes Taffetkleid, rosenrote Schleifen im gepuderten Haar und hatte die kleinsten Füße, die je in Hackenschuhen über die unebene Erde getrippelt. Auch jene ältere Frau an ihrer Seite in grünem Damast imponierte ihm gewaltig, die Männer sahen alle wie ihre Vasallen aus, obgleich sie gestickte Kleider und Kavalierdegen trugen. — Eine andere Gruppe, nicht weit vom Klavier, fiel ihm auch auf: eine Schar reizender Frauen hatte sich um einen älteren, hochgewachsenen Mann versammelt, der das Kostüm der

Hofherren Ludwigs XIV. trug und die dazu gehörigen Handschuhe mit Goldfransen. Mit den vollendeten Formen eines Kavaliers aus jener weltberühmten Schule unterhielt er sich mit den jungen Schönen. Welch' Geschwirr süßer Stimmen, wie das Zwitschern froher Vögel an einem Frühlingsmorgen! Aber die Laute französischer Sprache waren es, die an das Ohr des jungen Lauschers schlugen — und da verstand er denn kein Wort, — ob aus mangelhafter Kenntnis des fremden Idioms oder aus Verwirrung über den Anblick so vieler strahlender Augen und rosiger Lippen — wer kann es sagen? — Und als er endlich wirklich in die Partitur blicken wollte und einen Schritt dem Klavier näher getreten war, da fielen seine Augen statt auf die Notenblätter, auf den schimmernden Nacken einer stolzen Frauengestalt, deren Hände auf den Tasten lagen und die halb abgewendet von ihm saß, vertieft in ein Gespräch mit einem nicht mehr jungen, schlanken Mann, der an dem Instrument lehnte. Er trug eine einfache, schwarze Kleidung, ein reich gesticktes Jabot, Manschetten und eine große Perücke, deren lange Locken ihm bis auf die Schultern hingen. Sein scharf geschnittenes Gesicht und die bedeutende Stirn verrieten den tiefen Denker. Geistvolle, klare Augen schauten in das Frauenantlitz vor ihm. Eine glühende Bewunderung sprach aus ihnen, und den feinen Mund umspielte ein melancholisches Lächeln, als er jetzt einige Worte erwiderte. — Wie gern hätte der Schüler Zachaus auch so in das Gesicht der von ihm abgewendeten Dame geblickt. Einstweilen vertiefte er sich staunend in die Linien des stolzesten Nackens, den ein schwarzes Spitzencapuchon, vom gepuderten Haar herabfallend, zur Hälfte bedeckte. Zwei lange Locken fielen an der Seite des Halses nieder, das Haar der Frau mußte wohl vom tiefsten Schwarz sein, denn selbst der Puder vermochte die dunkle Färbung nicht zu decken. Ein schweres, gelbes Stoffkleid bauschte sich in großen Falten um die schöne Gestalt. Die linke Hand verließ zuweilen die Tasten, um mit einem kostbaren Fächer zu spielen, der neben dem Notenbuch lag, während die Rechte dann und wann einen leichten Accord griff. Welche Hände waren das und welche Finger! In Halle hatte der Zögling des Domorganisten nie dergleichen gesehen! „Eine Frau, die solche Hände hat, muß man lieben, selbst wenn ihr Gesicht häßlich ist!" das war das Endresultat der Betrachtungen jenes jungen Neugierigen, der dem Spiele der schlanken Frauenfinger zusah. Es war keine volle, üppige Hand mit Grübchen, weder die Hand einer Müßigen, noch die Hand einer Eiteln, sie war schlank und vornehm, mit energischen und doch so graziösen Bewegungen. Ein schwarzes Sammetband mit einem funkelnden Brillantschloß umgab das zierliche Gelenk.

„Wie reich müssen diese Schauspielerinnen alle sein," dachte der Schüler des Domorganisten aus Halle. Dann sah er wieder auf den ernsten Mann mit der hohen Stirn, der mit jener Frau redete, und es war etwas in diesem Antlitz, das ihn unwiderstehlich anzog. Gar zu gern hätte er mit der Neugier der Jugend gewußt, was sie miteinander verhandelten; — ein Liebesgeflüster war es sicher nicht, denn dazu war die Haltung des Mannes zu ehrerbietig, auch wich der melancholische Ernst keinen Augenblick aus seinen Zügen. —

Zachau war es, der ihn endlich etwas unsanft anstieß, mit den Worten: „Achtung gegeben, sie fangen an!" — Zugleich trat er selbst noch einen Schritt vor. Der Jüngling konnte nichts mehr sehen, der breite Rücken seines Lehrers verdeckte ihm die Aussicht auf das Profil der Spielerin, die nun, zur Partitur gewandt, den ersten Accord anschlug. Er dachte nun auch an nichts weiter als an die Musik, sie nahm ihn völlig gefangen. Es war eine Art Introduktion zum zweiten Akt, ziemlich schwer und nach einiger Zeit machte denn auch die Spielerin einen Fehler, infolgedessen auch der erste Flötist einen falschen Ton angab. Man fing auf einen Wink der Spielerin von neuem an, aber sie verfehlte abermals den etwas seltsamen Übergang, und das Orchester folgte ihr größtenteils. Da wurde eine harte Stimme laut, die sagte: „Mein

Junge würde es besser machen, das ist zu schwer für ein Frauenzimmer." — Der Domorganist aus Halle war es, der diese Worte gesprochen. Aller Augen richteten sich auf ihn — die Wangen seines Zöglings wurden dunkelrot. Aber nun wandte sich auch die Spielerin selber langsam und lächelnd nach ihm um. Große, blaue Augen, strahlend von Geist und Güte, hefteten sich auf den Mann im grauen Rocke. —

„So mag sein Junge sie einmal für mich spielen," sagte sie sanft und erhob sich, um vom Klavier ein wenig zurückzutreten. „Wo ist der Knabe?"

Der schlanke Jüngling trat vor. Sein edles Gesicht war jetzt bleich geworden vor innerer Erregung, er strich das braune, lockige, vom Puder unberührte Haar aus der Stirn, verneigte sich tief, mit dem edelsten Anstand, vor der schönen Frau und nahm schweigend ihren Platz vor dem Instrumente ein. — Eine Weile war es freilich, als ob die Noten einen wilden Tanz aufführten vor seinen Augen, denn das gelbe Kleid war dicht neben ihm, die seidenen Wellen berührten ihn fast, er atmete auch den Duft der Blumen ein, die die schöne Frau an der Brust trug. Die Hand, die den Fächer hielt, stützte sich leicht auf das Klavier, aber diese Verwirrung währte nur eines Atemzugs Länge, — sobald die Töne des Orchesters zu ihm herüberdrangen, war der Bann von ihm genommen. Kräftig schlugen die Hände den ersten Accord an und ruhig und sicher ging er weiter — die schlimme Stelle ging nun ohne Anstoß und nun spielte er die schwere Partitur, als ob es eine leichte Übung wäre, er griff auch in die Stimmen ein, er unterstützte die Sänger, — er führte das Schiff dieser ihm unbekannten Musik, wie ein Steuermann, klug und besonnen weiter. Als die Tempi rascher wurden, die Melodieen und Gänge verwickelter, da stürmte er so rasch vorwärts, als ob es für ihn keine Schwierigkeiten gäbe, da half er den andern Instrumenten, er trug sie gleichsam — bis Buononcini wie bezwungen den Taktstab sinken ließ und ausrief: „Der Kleine ist ein Hexenmeister!" — Da hielt der Spieler inne, hochaufatmend und schaute sich um. Die Augen flammten, die Lippen lächelten, — war das der schüchterne Knabe, den der Anblick einer Frau in Verwirrung brachte? — Die Gruppen im Saale lösten sich, alles drängte sich heran. Jetzt hätte er sie in nächster Nähe betrachten können, diese Gesichtchen, die ihn vorher so entzückt; aber er sah nur fragend zu seinem Lehrer hinüber. Aber eine Hand, — o er kannte sie — berührte eben seinen Arm, und diese Hand hatte einen Strauß losgenestelt von den Spitzen des Busentuchs, und den hielt sie ihm jetzt entgegen.

„Nehmt diesen Dank," sagte die schöne Frau, deren Angesicht jetzt wie ein milder Stern vor ihm aufging.

„Ihr seid ein großer Künstler und auf dem Wege, die Welt von Euch reden zu machen. Ihr könnt stolz sein auf solchen Sohn, mein aufrichtiger Freund" — setzte sie zu dem Domorganisten gewandt hinzu, „und ich danke Euch, daß Ihr ihn hierher gebracht."

„Er ist aber leider nicht mein Sohn, nur mein Schüler, — und wir wollen zur Frau Kurfürstin."

„Wie heißt er denn?"

„Georg Friedrich Händel, aus Halle an der Saale, eines Baders Sohn."

„Werdet Ihr mich nun auch der Kurfürstin empfehlen?" fragte in diesem Augenblick der junge Händel den herantretenden Buononcini, der ihn mit zärtlichen Blicken fast verschlang.

„Ist nicht nötig, mein Kind, Ihr habt Euch selbst empfohlen," lächelte die Frau mit den schönen Händen, „ich bin Sophie Charlotte, die heute erst eingesehen, daß sie noch lange keine so gute Spielerin ist, als ihre Freunde sie glauben machen wollen. Dank Euch für diese Belehrung, Herr Domorganist, sie soll gute Früchte tragen für Euren Zögling und für mich. Ich erwarte Euch morgen Mittag im Schlosse, da soll der junge Händel vor dem Kurfürsten spielen und wir werden weiter über ihn reden. — Buononcini, diese beiden deutschen Musiker sind wohl Eure Gäste, solange sie in Berlin verweilen. — Guten Abend, meine Herren!"

Und nun war es nach einem kurzen, lieblichen Gruß, als ob die Sonne, von rosigen Wolken umzogen, dahinschwebe — das glänzende Gefolge scharte sich um die Gestalt der Kurfürstin, die Sängerinnen und sogar einer der Sänger durften in ihrer nächsten Nähe bleiben, zur Verwunderung Händels — alles verschwand wie ein Traum. — Auch jener ernste Mann in schwarzer Kleidung folgte ihr. — Wie betäubt starrten Zachau und sein Schüler ihr nach. Ersterer aber faßte sich zuerst und sagte, den Jüngling auf die Schulter klopfend: „Komm zu Dir, mein Junge, eine Kurfürstin ist am Ende doch auch — ein Frauenzimmer, und das soll von den Partituren die Hand lassen. — Es ist nur gut, daß Du Dich so brav gehalten, nun kann es Dir fernerhin nicht fehlen." —

„Nicht wahr, meine Truppe gefiel Euch, und Ihr begreift jetzt, daß ich sie nicht warten lassen durfte?" lächelte Buononcini. „Eine vornehmere hat doch sicher kein Kapellmeister gehabt: eine Kurfürstin am Klavier, und auf der Bühne als Sängerin die verwitwete Herzogin von Kurland und ihre rosige Tochter Maria, und als Sänger der Prinz Friedrich Wilhelm, ihr Sohn, und mein hochberühmter Landsmann Antonio Tosi."

„Nun, und jener alte Herr mit den Goldfransen an den Handschuhen?" fragte Händel.

„Das war der Premier Chambellan der Kurfürstin, François de Jeancourt, Seigneur de Villarneul et d'Ausson. Aber seht, da wollen allerlei berühmte Leute mit Euch reden — sie stehen schon hinter Euch; — da ist Tosi selbst und Corelli mit ihm, und jener ernsthafte, lange Mann, der ihnen folgt, ist Ariosti, und an seinem Arme hängt mein Bruder, Giovanni Battista." — Alle diese traten nun heran und überhäuften den Jüngling mit Lobsprüchen. Der lebhafte Corelli umarmte ihn wiederholt und rief ein über das andere Mal in gebrochenem Deutsch: „Er wird ein Halbgott werden auf Erden! Eine Zukunft voll Gold und Lorbeern liegt vor ihm!" —

Zachau strahlte, denn alle die Bewunderung, die man seinem Schüler zollte, traf ihn selbst in der innersten Seele. „Und doch habt Ihr noch nicht das Beste gehört von ihm," sagte er endlich, „ich will Euch einige seiner geistlichen Musiken zeigen, deren er allwöchentlich eine bei mir setzen mußte, — ich meine, es steckt in dem Jungen noch ein wenig mehr als ein simpler Spieler." —

Ein fröhliches Nachtessen vereinigte eine Stunde später alle in dem Hause Buononcinis. Die Lustigkeit wurde aber gegen das Ende hin so groß, daß der Domorganist Zachau sogar die italienische Musik leben ließ, und sodann von seinem Schüler und von seinem

Wirte sorgfältig in sein Schlafzimmer geleitet werden mußte. — In der Thür nach dem „felice notte" hielt aber der junge Händel den Italiener noch einen Augenblick zurück und fragte: „Wer war doch jener schwarzgekleidete Mann, der mit der Kurfürstin so lange und zwanglos redete? War er etwa ihr Arzt? Er sah beinah so aus, meine ich."

„Ungefähr habt Ihr recht, mein junger Freund," antwortete Buononcini, „er ist wenigstens der Arzt ihrer schönen Seele, denn zu ihm flüchtet sich Sophie Charlotte mit all ihren Sorgen und Zweifeln. Es ist nämlich der gelehrteste Mann der ganzen Welt, glaube ich, und Ihr habt selbst in Eurer Heimat sicher von ihm reden hören: sein Name ist Leibniz."

Der junge Händel spielte am andern Tage wirklich vor dem Kurfürsten, und entzückte diesen kaum minder, als er am Abend vorher Sophie Charlotte entzückt hatte. Er spielte Kompositionen seines Lehrers, sowie Heinichens und Vincenzo Pellegrinis, aber auch reizende Phantasieen über Themen, die ihm die Kurfürstin aufgab. Aber sie selbst spielte auch, — und Händel meinte, nie etwas Lieblicheres vernommen zu haben — freilich gaukelten die zierlichsten Finger der Welt vor seinen Augen auf und nieder. Seine Lippen strömten über, als sie geendet, in Entzücken, wie denn überhaupt in ihrer Nähe, in dem Sonnenschein ihrer Güte sein junges Herz aufging wie eine Blume. — Die Kurfürstin schüttelte aber lächelnd das schöne Haupt und sagte: „Ihr seid kein rechter und gerechter Richter. Laßt uns hören, was Euer Lehrmeister von meinem Spiel sagt.“

Da ließ sich denn der Domorganist mit einem schalkhaften Zucken der Mundwinkel wie folgt vernehmen: „Gnädigste Frau Kurfürstin! Ich halte Euer Spiel für ein wahrhaftiges Wunder, denn daß ein Frauenzimmer jemals so spielen lernen könne, hätte ich nun und nimmermehr geglaubt.“

Später bei Tafel saß der junge Händel ganz in der Nähe seiner hohen Gönnerin. Das Gespräch wendete sich bald zur Musik und dies Thema ließ die Augen des Jünglings leuchten und seine Wangen glühen. Es war eine eigentümliche Schönheit, die sein Gesicht überflog, und manch strahlendes Augenpaar hing bewundernd an seinen Zügen. — Und als Sophie Charlotte ihn nach seinen Eltern und seinen ersten Studien voll warmer Teilnahme fragte, da erzählte er ihr alles, was sein Herz bewegte. Von dem strengen Vater redete er, der durchaus einen Juristen aus ihm, dem jüngsten, hätte machen wollen, und von seinem harten Verbot, sich mit der Musik zu beschäftigen. — Dann schilderte er ihr die heiße Sehnsucht seines Kinderherzens, irgend ein Instrument zu erlernen, und sein

Entzücken, als er oben unter dem Dache ein altes Klavier des Großvaters entdeckte, worauf er dann allnächtlich seine Studien begonnen, bis ihn der Vater in einer Winternacht halb erfroren dort entdeckt und ihn von Stund an nicht mehr von seiner geliebten Musik zurückgehalten, ihn vielmehr dem Domorganisten Zachau als Schüler übergeben habe.

Zachau hörte von all diesen Geständnissen nichts, — er saß ganz am andern Ende der Tafel, zwischen den jüngsten und schönsten Hofdamen, den Fräulein von Pöllnitz und Schlippenbach, die ihn tüchtig mit seiner Geringschätzung der Frauenzimmer neckten.

Trotzdem schaute sein faltiges Antlitz ganz verklärt darein. — Ob es so geblieben, wenn er hätte hören können, wie eben sein Zögling der Kurfürstin sagte, daß er sich nach Italien sehne, nach dem echten, wahrhaftigen Lande der Musik, — und sie ihm erwiderte: „Ihr sollt Euer gelobtes Land schauen — ich will Euch dazu verhelfen!“ — Wohl schwerlich!

Nach der Tafel sagte Sophie Charlotte zu ihrem jungen Gaste: „Nun soll Euch Buononcini in meine Bibliothek führen, dort mögt Ihr tagtäglich in meinen Schätzen wühlen, solange Ihr es Euch in Berlin gefallen laßt. Ihr könnt auch dort zur Stelle musizieren, solange Ihr Lust habt, es steht ein Klavier da. — Ich folge Euch in einer kleinen Weile, um Euch das

Schönste selbst zu zeigen, und Leibniz wird mich begleiten."

Und der ernste Mann, der seiner „Herrin" gegenüber gesessen, verneigte sich schweigend, und wieder ruhten seine Augen mit dem Ausdruck anbetender Bewunderung auf ihrem holdseligen Angesicht.

Später, als der junge Händel mit dem berühmten Gelehrten bekannt geworden — denn der Domorganist ließ sich bewegen, mehrere Wochen in Berlin zu bleiben —, sagte er in Bezug auf diesen ersten Besuch in der Musikbibliothek, wo Sophie Charlotte mit ihm die alten Manuskripte durchblätterte, zu ihm von Bewunderung hingerissen: „Wie sie alles weiß!"

„Und wie sie doch immer noch mehr wissen und lernen will," antwortete da Leibniz. „Sie versucht das Warum des Warum zu ergründen, es besteht keiner vor ihr. Und wieviel Licht auch auf Euren Weg fallen mag, mein Knabe, — daß ihre Augen Euch angeblickt, wird doch das hellste bleiben."

Und in der That — daß sie ihn angeblickt, hat er nie vergessen, er, der so rasch berühmt gewordene Händel, der unsterbliche Komponist des „Messias".

Verblüht!

Motto:
„Ihr verblühet süße Rosen — —
Meine Liebe trug Euch nicht.
Blühtet ach! dem Hoffnungslosen,
Dem der Gram die Seele bricht!“
Goethe.

Frauen und Rosen — wie nahe liegt dieser Vergleich! Beide so schön, so zart, so vergänglich! Tausend und abertausend blühen und welken unbeachtet im versteckten Garten, andere dagegen stehen am Wege und werden gesehen und bewundert von aller Welt, und wenn sie verblüht sind, redet man noch lange von ihrer Schönheit und trauert nach Jahren kaum minder tief um sie wie am ersten Tage ihres Scheidens. Von solchen Rosen möchte ich heute erzählen. —

Aus weiter Ferne flog mir vor wenigen Stunden ein Notenblatt zu. Eine geliebte Hand hatte die oben angeführten Goethe-Verse für mich niedergeschrieben unter eine traurig-süße Melodie, und am Rande des Blättchens stehen noch die Worte:

„Gesungen von Henriette Sonntag, Gräfin Rossi in Petersburg."

Und wie eine Fata Morgana steigt ein Bild vor meiner Seele auf, farbenreich und glänzend; Hand und Augen sollen versuchen, es nachzuzeichnen.

Man musizierte vor etwa 25 Jahren eines Abends im Salon der Kaiserin von Rußland. Blanche-fleur, wie die schöne Mutter Ludwigs des Heiligen, so nannte man diese preußische Königstochter, die Gemahlin Nikolaus', in ihrer deutschen Heimat und bezeichnete die weiße Rose als das Sinnbild der zarten Frau. Es hatte sich eben nur ein kleiner Kreis in jenen prächtigen Gemächern versammelt, die schwankende Gesundheit Alexandra Feodorownas ertrug keine rauschenden Feste mit ihrem Menschengewühl und Lichterglanz. Sie sah schon damals nur wenige Auserwählte bei sich und die Musik allein war es, die sie hinwegzuheben vermochte über alle körperlichen Leiden und sie zurückversetzte in ihre Jugendzeit und in das geliebte Vaterland. Die Gruppen jener Gestalten, die heute den Salon der Kaiserin füllten, würden wohl manchen Maler zu einem glänzenden Bilde begeistert haben, der Studien- und Charakterköpfe gab es gar viele. Zunächst fesselte wohl jedes Auge der Kaiser selbst, jene tadellose Männererscheinung mit dem echten Imperatorenantlitz, den strengen Augen und dem seltenen, aber dann unwiderstehlichen Lächeln. Das klassische Profil der Kaiserin war berühmt, ebenso die Schönheit der jungen Großfürstinnen Maria und Olga, neben ihnen bemerkte man den Großfürsten Alexander, die edelste Jünglingsgestalt, mit seiner lieblichen, jungen Gemahlin. Die jüngeren kaiserlichen Kinder durften nach dem Hausgesetz jenen Abendgesellschaften nur an besonderen Festtagen beiwohnen, sie blieben während solcher Stunden mit ihren Gouvernanten und Ehrenfräuleins in ihren Gemächern, die mit den Zimmern der Kaiserin in unmittelbarer Verbindung standen. Unter den regelmäßigen Gästen jener Musikabende befand sich der musikalische General Lwoff, der liebenswürdige Graf Nesselrode, Graf Michael Wielhorsky, der größte Musikfreund Petersburgs, der Fürst Gregor Wolkonsky mit seinem unvergleichlichen Bariton, Herr von Paschkow mit dem edelsten Tenor, Adolf Henselt, der feine, seelenvolle Klavierspieler, dieses enfant gâté der russischen Aristokratie, die reizende Gräfin Benkendorf mit ihrem hellen Sopran, die wunderschöne Baronin Krüdener mit ihrer zauberhaften Altstimme, und das Hoffräulein der Kaiserin, Pauline von Barthenieff, deren prächtige Stimme an den Klang eines Cello erinnerte, der heitere, elegante

Graf Ribeaupierre und endlich „Madame Rossignol", wie der Kaiser sie scherzend nannte, Henriette Sonntag, Gräfin Rossi.

Welch eine Stufenleiter des Ruhmes und der Ehren hatte sie schon durchlaufen, diese zauberische Frau, seit jener Zeit, wo sie in Frankfurt am Main in dem Stübchen ihres Nachbars, des blinden Geigers, saß, während ihre Eltern im Theater beschäftigt waren, und mit der Stimme eines Waldvogels die kleinen Läufer und Fiorituren nachzusingen versuchte, die er ihr vorspielte, — bis zu jenem Abend im Salon der Kaiserin Alexandra Feodorowna, wo die höchste Aristokratie Rußlands sie als eine Ebenbürtige feierte. Wer hätte jenem jungen Mädchen, das mit der Notenmappe unter dem Arm, im einfachen Kleidchen in Prag zu ihrer Gesanglehrerin, Madame Cecca, schlüpfte, prophezeiht, daß sie einst in der Toilette einer Fee, und mit dem Anstand einer Fürstin die Huldigungen von Kaisern und Königen in Empfang nehmen werde? — Und damals, in Petersburg, war doch die eigentliche Blütezeit der Sängerin schon vorüber, und jene Tage der beispiellosen Triumphe, wo eine Welt der holden Nachtigall zu Füßen lag. Henriette Sonntag hatte sich längst in die Gräfin Rossi verwandelt und jenes berauschende Künstlerdasein hingegeben für ein Leben der Liebe und des häuslichen Glückes. Mit dem feinsten

Takt fand und bewegte sie sich in der neuen Welt jener exklusiven Kreise, in die der hohe Rang ihres Gemahls sie einführte, und die Erorberungen der Frau auf diesem Terrain waren kaum minder groß als früher die Siege der Sängerin gewesen. Eine Grazie und Liebenswürdigkeit ohnegleichen, und jene Höflichkeit des Herzens, die hinreißender wirkt als alle Schönheit, ebneten ihr überall die Wege.

Man pflegte in den Soireen der Kaiserin, die meist an Sonntagabenden gehalten wurden, zu musizieren und später allerlei Gesellschaftsspiele vorzunehmen, Pfänder auszulösen und Bilder aus dem Stegreif zu stellen, wobei das Künstlerauge und die ordnende Hand der Gräfin Rossi für alle unentbehrlich geworden war. Freilich standen ihr in diesem Zauberpalaste alle erdenklichen Mittel zu Gebote, die selbst das schwierigste Arrangement erleichterten. Die Gemächer einer Kaiserin von Rußland waren eben gleichbedeutend mit dem Aufenthalt einer Fee, der Kaiser zugleich der mächtigste aller Zauberer, und nicht Bilder waren es also, die auf dieser kleinen, reizenden Bühne gestellt wurden, sondern Märchen, die man wirklich erlebte. Wer die schöne Baronin Krüdener, in ihrem aufgelösten Goldhaar als Loreley bewundern durfte, oder die Benkendorf als Nymphe in einer Wildnis von Grün und Blumen auftauchen, oder Scenen aus Byrons Korsar von den schönsten Männern darstellen sah, wem die kaiserlichen Kinder als deutsche Märchengestalten erschienen, der empfing einen Eindruck, der jenem Entzücken glich, das süße Träume über uns bringt.

An jenem erwähnten Abend nun hatte man länger als gewöhnlich musiziert. Die Großfürstinnen Maria und Olga spielten Schubertsche Märsche vierhändig und der schöne Herzog von Leuchtenberg wendete die Blätter um. Welch ein Anblick diese beiden vollendeten Frauengestalten, diese reizenden Gesichter, strahlend vor Begeisterung, diese bezaubernden Frauenhände auf den Tasten des Instruments! Der Kaiser saß während des Spiels neben der Kaiserin und sah mit dem Ausdruck stolzer Freude zu seinen Töchtern herüber. Dann sangen Frau von Krüdener und Pauline Barthenieff Arien und Duos von Mozart und Gluck, später probierte man mit dem Fürsten Wolkonsky und Herrn von Paschkow verschiedene Ensembles aus dem Don Juan und aus Meyerbeerschen Opern, versuchte auch Mendelssohnsche Quartette, und endlich sang die Gräfin Rossi Agathens große Arie: „Nie nahte mir der Schlummer" und Euryanthes: „Glöcklein im Thale", unter einem Jubel ohnegleichen. Die Stimme der schönen Frau hatte noch ihre volle Frische und jenen Zauber bewahrt, den keine Sängerin nach ihr in so hohem Grade besessen, weil bei ihr der sinnliche Reiz des Tons zusammentraf mit der höchsten Kunstvollendung, der seelenvollsten Lieblichkeit des Ausdrucks und einer Anmut der Erscheinung, die das kälteste Herz in Flammen setzen mußte. Wie oft ist der Eindruck geschildert worden, den Henriette Sonntags Gesang und Persönlichkeit hervorrief, von jenem Wort der großen Catalani: „elle est unique dans son genre, mais son genre est petit —“ bis zu jenen zahllosen Gedichten, die diese unvergleichliche Künstlerin in den Ausdrücken höchster Begeisterung feierten. Glücklich, wer die Töne dieser Stimme jemals gehört! Henriette Sonntag vereinigte wohl in ihrer Kehle den Jubel der Lerche mit der Klage der Nachtigall; aber es war und blieb, trotz des glänzenden Beiwerks von Trillern und Koloraturen, trotz der reizenden Koketterieen einer Rosina, Ninetta und Sonambula ein echt deutscher Gesang, und ihre größten Wirkungen erzielte sie doch allezeit in deutscher Musik und mit deutschen Liedern. Alexandra Feodorowna liebte vor allen deutsche Lieder von ihr zu hören, und so bat die hohe Frau denn auch diesmal wieder, wie schon so oft: „Nun zum schönsten Schluß ein deutsches Lied, liebe Gräfin!“

Mit gewohnter Bereitwilligkeit setzte sich die Gräfin Rossi an den Flügel. „Gestatten die Majestäten, daß ich das Lied eines Freundes singe?“ fragte sie. „Sein

Name mag ungenannt bleiben, das Lied wird für sich selber sprechen!"

„Wir empfangen jede Spende einer Nachtigall mit Dank," antwortete der Kaiser, mit ritterlicher Galanterie sich vor der schönen Frau verneigend. Wie reizend sie erscheint! Das rosenrote Seidenkleid, reich mit Spitzen besetzt, fiel in schweren Falten um die graziöse Gestalt, — das Köpfchen mit der Rose im braunen Haar wandte sich mit einer anmutigen Bewegung etwas zur Seite, der Kaiserin zu, die blauen Augen zeigten den Ausdruck sanfter Schwermut, die kleinen, weißen Hände spielten eine einfache Begleitung; dann aber sang die süßeste Stimme nach einer einfachen, unendlich lieblichen Melodie, das Goethesche Lied:

„Ihr verblühet, süße Rosen —"

Es herrschte eine tiefe Stille, als die Künstlerin geendet — eine seltsame Wehmut nahm alle Herzen gefangen, ein Gefühl wie in den Abschiedstagen der schönen Rosenzeit. Wußte man doch, daß die Gräfin Rossi in kurzem Petersburg aller Wahrscheinlichkeit nach auf Nimmerwiedersehen verlassen würde! Und die schöne Frau selber schien in diesem Moment bewegt von tausend Gedanken und Erinnerungen. Sie erhob sich, und nach einigen wenigen Worten, die sie mit dem Kaiser und der Kaiserin gewechselt, trat sie in einer unwiderstehlichen Sehnsucht nach einem Augenblick der Einsamkeit in das anstoßende Boudoir Alexandra Feodorownas. Bei der Freiheit, die man in dem kaiserlichen Salon allen Gästen gestattete, fiel diese ihre Entfernung keinen Augenblick auf. Träumerisch irrte das Auge der Sängerin an all jenen Herrlichkeiten vorüber, die diesen Lieblingsaufenthalt der Kaiserin schmückten. Es war ein Nestchen von Sammet, Gold und Seide, ein Versteck, angefüllt mit den seltensten Kostbarkeiten aus aller Herren Ländern. Als eine Perle erschien in dieser reichen Fassung eine heilige Familie von Murillo. Die Gräfin Rossi vertiefte sich wieder von neuem in den Anblick dieses Meisterwerks, das sie schon so oft bewundert. Dieser wunderbare Ausdruck der Köpfe, diese hinreißende Harmonie der Farben, wirkte auf sie wie ein Trostwort von Engelslippen: eine süße Ruhe kam allmählich über ihre erregte Seele. Da fühlte sie plötzlich eine leise Berührung ihrer herabhängenden Hand, und rasch sich wendend sah sie sich einer zarten Mädchengestalt gegenüber. Ein Antlitz von fast engelhafter Schönheit schaute zu ihr hin, blaue Augen begegneten flehend ihrem Blick und die lieblichsten Lippen baten, während eine tiefe Röte die Wangen überzog: „Frau Gräfin, bitte, bitte, lehren Sie mich dies Lied singen, das ich soeben gehört, es gefällt mir, wie mir noch nichts in der Welt gefiel, und ich möchte

Papa damit überraschen! Schelten Sie mich nicht, daß ich hier gelauscht, ich kann nun einmal nicht drüben bleiben, wenn man hier musiziert! Und Elisabeth ist auch da!"

Es war die jüngste Großfürstin Alexandra Nikolajewna, die diese Worte sprach. Und in demselben Augenblick hob sich die purpurne Sammetportiere und ein blonder Mädchenkopf, frisch und lachend wie eine Rose, den Finger auf den Lippen, wurde sichtbar, Elisabeth, die reizende Tochter des Großfürsten Michael, die Cousine und Freundin Alexandras, ihre Spielgefährtin, Studiengenossin und Vertraute.

„Ich wußte nicht, daß ich in Ihrer Kaiserlichen Hoheit eine Kollegin und Nebenbuhlerin begrüßen durfte," sagte die Gräfin Rossi lächelnd, „wie gern bin ich bereit, das Lied einzuüben, bestimmen Ihre Hoheit ganz über mich!"

„Ach, nicht »Hoheit«, nur Alexandra," flüsterte das schöne Mädchen halb schelmisch, halb befangen, „ich habe noch nichts zu bestimmen; und die Stunde können wir auch nur in den Zimmern meiner Gouvernante halten und Sie haben zu befehlen, wenn ich bereit sein soll!"

„Nun so lasse ich mich morgen Vormittag um zwölf Uhr melden. Aber wie kann einem so jungen, glücklichen Wesen solch trauriges Lied gefallen vom

Verblühen und Sterben. Ich werde andere, heiterere mitbringen!"

„Nein, nein, ich will eben nur dies traurige lernen; ich habe nicht eher Ruhe bis ich's kann, aber bitte, bitte, verraten Sie kein Wörtchen an Mama!"

„Alexandra, Miß Higginsbothom ruft uns!" warnte plötzlich Elisabeth. Noch ein leiser Händedruck, ein inniger Blick, noch ein Lächeln und Nicken von der Portiere herüber, und die Gräfin Rossi war wieder allein.

Man blieb noch lange beisammen an jenem Abend und die glänzendsten Bilder und Gruppen entfalteten sich später in gewohnter Weise auf dem Podium der kleinen Bühne, aber die Gräfin Rossi meinte doch das schönste in jenem kleinen Boudoir gesehen zu haben, nämlich jene weißgekleidete, zarte Mädchengestalt mit dem Engelsgesicht und jenen prächtigen Kopf mit dem Tizianschen Kolorit zwischen den Falten der Portiere.

Am nächsten Morgen fand wirklich eine geheime Prüfung statt in den Zimmern der englischen Gouvernante der jungen Großfürstin, und voll Staunen entdeckte die Gräfin Rossi hier eine Stimme, die volle drei Oktaven umfaßte, die Schönheit und Kraft dieser Töne waren nicht minder überraschend als die wunderbar poetische Auffassung der angehenden Sängerin. Das kleine Lied von den Rosen sang Alexandra bei der Prüfung fast ohne Fehler und mit dem rührendsten

Ausdruck. Die schöne Frau machte nun die Kaiserin zuerst mit dem entdeckten Schatz bekannt. Alexandra Feodorowna war entzückt und gewährte mit Freuden die Bitte der Gräfin Rossi, ihr für die Dauer ihrer Anwesenheit in Petersburg zu gestatten, die Großfürstin im Gesang zu unterrichten. Mit dem höchsten Interesse wurde der Unterricht sowohl von der Lehrerin als von der Schülerin begonnen, beide sahen den Lehrstunden stets mit Ungeduld entgegen. Alexandra in ihrer erregbaren Natur hing an der großen Künstlerin bald mit der leidenschaftlichsten Zärtlichkeit und die Ausbildung ihrer Stimme wurde für sie die höchste Lebensfreude. Wie eifrig übte sie, wie emsig studierte sie dazwischen die Lebensbeschreibungen der großen Musiker, wie überließ sie sich so voll und ganz dem Zauber, den die Musik auf ihre junge Seele ausübte. Wie leuchteten ihre Augen, wie glühten ihre Wangen, als sie später an jenen Sonntagabenden als Zuhörerin im Salon der Kaiserin erscheinen durfte. Endlich kam ein Tag, wo in diesem kleinen, glänzenden Kreise der jugendliche Liebling des Kaisers selber als Sängerin auftrat. Schlank und lieblich, mit jenem unbeschreiblichen Zug, der an die singenden Engel des Fiesole erinnerte, stand sie neben ihrer berühmten Lehrmeisterin am Flügel und sang jenes wehmütig liebe Lied:

„Ihr verblühet, süße Rosen —"

Da sah man bei den Tönen dieser reinen Stimme die Augen des mächtigen Herrschers in feuchter Rührung glänzen, und er schloß seine Tochter mit der innigsten Zärtlichkeit in seine Arme. „Du singst? Welch eine frohe Überraschung!“ rief er.

Der Kaiser bereitete seinem Liebling ebenfalls eine Überraschung. An einem der nächsten Musikabende, als Alexandra eben wieder gesungen, winkte Nikolaus dem Minister Wolkonsky, der nähertretend auf einem seidenen Kissen einen goldgestickten, grünen Sammetüberwurf trug und ein zierliches Käppi. „Ich ernenne unsere vielgeliebte Tochter Alexandra Nikolajewna hiermit zu unserer Hofsängerin,“ sagte der Kaiser mit feierlichem Ernst, hing das Mäntelchen um die zarten Schultern und drückte das Barett auf das schöne Haar seines Kindes. Man drängte sich glückwünschend herbei, Mutter und Schwestern küßten die neue Hofsängerin, es war eine Scene nicht in den Gemächern eines Kaisers und einer Kaiserin, nein, in der glücklichsten Familie.

Seit jenem Debut hörte man die süße Stimme der jungen Großfürstin öfter in den intimen Abendgesellschaften der Kaiserin, und nicht selten begleitete Elisabeth ihre Cousine, oder der Kaiser selbst sang ein Trio mit seiner Hofsängerin und „Madame Rossignol“.

So kam der Sommer des Jahres 1841 und mit ihm und den Rosen schied Henriette Sonntag für immer von dem glänzenden Petersburg. Noch einmal erschien sie dort vor einem auserlesenen Kreise in ihrem vollsten Zauber. Auf den Wunsch der Kaiserin sang sie noch einmal jenes Lied:

„Ihr verblühet, süße Rosen —"

Im Winkel, halb verborgen von den seidenen Fenstervorhängen, saß währenddem ein junges Mädchen, das Antlitz in einen Rosenstrauch gedrückt, regungslos da. Als sie nachher der Scheidenden die Blumen überreichte, schimmerten sie wie mit Brillanten bestreut. Es waren die Thränen Alexandras, der Abschiedsgruß der Schülerin für die geliebte Lehrerin. Später vertraute man die Stimme der jungen Großfürstin der früheren Gesanglehrerin der Sonntag an und ließ Madame Cecca aus Prag nach Petersburg kommen zu diesem Zweck, bis sich die Schleier einer beginnenden tötlichen Brustkrankheit auf jene süßen Töne legten und die kaiserlichen Eltern den Unterricht einstellen ließen. Der Kaiser stellte mit heimlichem, bitteren Weh, und doch noch sich zum Scherze zwingend, seine Hofsängerin bis auf weiteres „zur Disposition".

Das letzte Lied, das die Großfürstin sang, ehe die Todeskrankheit ihr ewiges Schweigen auferlegte, war jenes Lied der Sonntag:

„Ihr verblühet, süße Rosen —"

Ein Glücklicher war damals unter den Zuhörern, ihr Verlobter und nachmaliger Gemahl, Prinz Friedrich Wilhelm von Hessen.

Als die Rosen im Juni des Jahres 1844 blühten, verwelkte die schönste Frauenrose: Alexandra Nikolajewna starb nach der Geburt eines Kindes, das dem Lichte dieser Erde nur eine kurze Stunde die Augen öffnete, und sechs Monate später war auch die vermählte, junge Herzogin von Nassau, die strahlende Elisabeth, verblüht für diese Erde.

Und die Rose Henriette Sonntag? — Wie oft hat sie noch jenes Lied von den Rosen gesungen in Erinnerung an jene beiden reizenden Gestalten Alexandra und Elisabeth und die goldenen Tage in Petersburg, und zuletzt noch fern von der Heimat, unter dem glühenden Himmel Mexicos, jener Stadt, die ihr Grab werden sollte. —

Verblüht! Verblüht!

Die alte Lehrmethode.

Der alte Quanz, der berühmte Flötenspieler und Kammervirtuose des großen Königs, hatte zu Anfang des Jahres 1771 einen schweren Krankheitsfall zu bestehen. Die kräftige Natur des Hufschmiedssohnes aus Oberschaden brach endlich einmal zusammen, und es kamen Tage, wo der heftige und ungeduldige Mann vom Morgen bis zum Abend im Bette bleiben und mit dem ingrimmigsten Gesicht von der Welt jene Mixturen verschlucken mußte, die sein hoher Herr und Schüler ihm eigenhändig verschrieb. In diesem für ihn so peinlichen Zustande war er nur zu sehr zu allerlei Unvorsichtigkeiten geneigt. Allen dienstfertigen Ratgebern lieh er ein williges Ohr, aß und trank nach Lust und Laune, legte bald dieses, bald jenes vermeintliche Wunderpflaster auf, bis endlich der König ein Machtwort sprach, seine Diät genau bestimmte und eine Krankenwärterin verschrieb, die über den Kranken zu wachen, ihm pünktlich die Arznei zu reichen und für jeden verbotenen Trank oder Bissen einzustehen hatte. Nur mit Seufzen fügte sich Quanz in den königlichen Willen und überlieferte sich der riesenhaften Leibgrenadierwitwe, die einem verkleideten Korporal zum Erschrecken ähnlich sah. Man konnte sie eine menschliche Uhr nennen, denn mit einer Pünktlichkeit ohnegleichen und ohne jedes Erbarmen rüttelte sie ihn aus dem Schlafe, wenn es galt, ihm eine Medizin beizubringen, oder ihn einzureiben. Ihre Hand war zwar nicht die sanfteste, und ihre Stimme keineswegs Musik, aber Quanz mußte doch wohl oder übel einsehen, daß sie eine pflichttreue Person war, die sich weder durch List noch durch Gewalt dahin bringen ließ, ihren Posten aufzugeben. Tag und Nacht hütete sie ihren Pflegling, des Schlafes schien sie gar nicht zu bedürfen, wenigstens behauptete der berühmte Flötist, daß sie nur immer mit einem Auge schlummere, während das andere groß und starr auf ihn gerichtet blieb. — Er fing denn auch allgemach an, sich etwas vor ihr zu fürchten, wie vor einem Wesen, an dem sich keine menschliche Schwäche entdecken läßt, und freute sich wirklich wie ein Kind, als er entdeckte, daß auch diese unerschütterliche Gestalt eine Achillesferse besaß. Die brave Frau hatte nämlich eine unüberwindliche Antipathie vor dem Ton einer Flöte, schlimmer und heftiger, als andere Menschen sie etwa einer Spinne, einem Frosch, einer Maus oder einem Maikäfer gegenüber empfinden. Sie konnte nicht im Zimmer bleiben, wenn eine Flöte erklang, diese Musik verursachte ihr Schwindel und Herzweh. Zum Glück durfte Quanz selber nicht daran denken, zu spielen, auch hatte der König, der für das Leben seines alten Lehrmeisters sich viel besorgter zeigte, als für sein eigenes, schon in den ersten Krankheitstagen, trotz aller Bitten, die geliebte Flöte bis auf weiteres zu sich genommen. Damit aber Quanz die gewohnten und geliebten Klänge nicht entbehre, erschien sein königlicher Schüler regelmäßig zu bestimmten Stunden, um ihm allerlei vorzuspielen. So eifrig nun der Hofmusiker zum Zwecke der Übung seine eigenen, berühmten Flötenkonzerte empfahl, und bald um dieses, bald um jenes Andante, diesen oder jenen Satz daraus bat, so zog es doch der König meistens vor, selbstkomponierte Soli mitzubringen und vorzutragen. Ach, wenn nur nicht so viele falsche Quinten darin vorgekommen wären! — Und doch hätte ja der Lehrmeister seinem hohen Schüler nicht zu sagen vermocht, wie er durch diese Fehler Ohren und Herz zerreiße. „Ich bin nicht streng genug gegen ihn gewesen," seufzte er oft, „kein anderer Schüler könnte je solches wagen." Endlich half sich der ungeduldige, alte Musiker durch ein dermaßen heftiges Niesen und

Räuspern, daß der königliche Flötist aufmerksam werden mußte, und geradezu fragte, ob er einen Fehler gemacht habe. „Fehler nicht eigentlich, Majestät, aber im Grunde noch etwas Schlimmeres: nämlich falsche Quinten!“ antwortete Quanz tiefaufatmend. Der König änderte nun lächelnd mit Hilfe des Meisters die bedenklichen Stellen und sagte dann heiter: „Ich will Ihm keinen schlimmeren Katarrh zuziehen, Quanz, denn bei seinem jetzigen Zustande könnte das üble Folgen haben!“

Die königliche Flöte war aber nicht die einzige, die in dem Krankenzimmer des Hofmusikus ertönte und die Wärterin vertrieb, noch eine andere sang und klang dort stundenlang, nämlich die des glänzendsten seiner Schüler: die Flöte des jungen Johann Prinz.

Die eigentliche Entdeckung dieses großen Talents fiel noch in die gesunden Tage des berühmten Lehrmeisters. Ein allerliebstes Mädchen von etwa dreizehn Jahren erschien nämlich eines Morgens in seinem Zimmer und fragte ihn ganz treuherzig, ob er ihrem Bruder Johann wohl zeigen wolle, wie man's machen müsse, um so schön Flöte spielen zu lernen, wie der Herr Hofmusikus. „Die Mutter ist immer krank,“ sagte sie, mit wunderschönen Augen zu ihm aufblickend, „und der Vater schon lange tot. Wir hören so gern Flöte spielen, aber der Johann bläst so viel tolles Zeug durcheinander, daß einem angst und bange dabei werden möchte, und zu etwas Anderem ist er auch nicht zu gebrauchen, er will eben durchaus nur Musikant werden. Nun haben die Leute ihm aber allerlei Schlimmes von Euch erzählt, von Eurer gewaltigen Strenge nämlich, und da will er nicht zu Euch. Da habe ich mir denn ein Herz gefaßt und komme, Euch zu bitten, ob Ihr mir erlaubt, den Bruder einmal mit seiner Flöte herzubringen, damit Ihr ihn ins Examen nehmt. Wenn Ihr ihn gebrauchen könntet, würde es ein Glück für uns alle, und daß Ihr strenge seid, könnte dem Johann gar nichts schaden: er ist nämlich ein wenig faul und störrisch, aber er hat doch das beste Herz."

„Gegen dergleichen habe ich ein unfehlbares Mittel, und meine Lehrmethode treibt solche Dinge schon aus," lachte Quanz, „wenn irgend sonst was in dem Jungen steckt, werde ich's schon herauslocken, schicke oder bringe ihn einmal her, Kleine!"

„Aber ich sollte auch gleich wegen der Bezahlung fragen," fuhr das Mädchen schüchtern fort, „und ob ich's wohl mit Strümpfestricken abmachen dürfte, ich stricke sehr schnell und will für Euch, ach wie gern, fleißig sein, Strümpfe braucht Ihr doch auch wie jeder andere Mensch, und da Ihr keine Frau mehr habt, so seid Ihr gewiß nicht sonderlich versorgt."

„Nun, das wollen wir später schon miteinander

abrechnen, das laß Deine geringste Sorge sein, zuerst kommt das Examen!“

Diese Prüfung nun, welche noch an demselben Tage stattfand, fiel so befriedigend aus, daß Quanz den hochaufgeschossenen Knaben wirklich zum Schüler annahm und heimlich nicht wenig über dies wahrhaft wunderbare Musiktalent staunte. Die Kleine hatte aber den älteren Bruder sehr richtig gezeichnet, er war, wie so manches Genie in der Jugendzeit, der „faulste Schlingel“, der je die Flöte an die Lippen gesetzt. Es lebte in ihm jene Ruhelosigkeit, wie sie die Zugvögel zur Herbstzeit zu ergreifen pflegt, das eigentliche Studieren und Standhalten fiel ihm grenzenlos schwer; Johann Prinz war eine echte Spielmannsnatur, am liebsten wäre er mit seiner Flöte, die ihn der tote Vater spielen gelehrt, planlos umhergezogen und geblieben, wo es ihm gerade behagte. Mehr als einmal überkam ihn die brennendste Lust, seinem jetzigen gestrengen Lehrmeister davonzulaufen, aber eine einzige Passage, ein einziges Adagio, das ihm Quanz vorspielte, wenn sie beide wieder einmal heftig aneinander geraten waren, bannte ihn mit Zaubergewalt. Ja, sie war seltsam, die Lehrmethode des berühmten Flötisten, aber man kam dabei mit wunderbarer Schnelligkeit vorwärts, das konnte niemand leugnen. In kurzer Zeit war jede Spur von Trägheit und Unstetigkeit verschwunden. Die hübsche Marie holte den Bruder immer aus der Stunde ab, wobei sie stets nach der Censur fragte, und nichts war reizender, als ihr glückseliges Lächeln und Erröten, wenn diese gut lautete. „Er spielt jetzt auch ganz anders zu Hause, und die Mutter sagt: er spiele bald so gut, wie der liebe Vater," versicherte sie dann. Die Strümpfe für den Hofmusikus wuchsen dabei wie Pilze aus der Erde, so daß die Grenadierwitwe, als sie den Vorrat musterte, laut aufschrie vor Verwunderung über diesen Reichtum. Übrigens war ihr die junge Strickerin doch ein Dorn im Auge, sie benahm sich fast mit dem Vorrechte einer Tochter und hatte ihr sogar einmal die Medizinflasche abzunehmen versucht, um selber den Kranken zu bedienen; da hatte sie sich aber zur Wehr gesetzt, wie eine gereizte Löwin.

Der Hofmusikus hatte nicht das Geringste dagegen einzuwenden, wenn die hübsche Marie hin und wieder der Lektion beiwohnte, es war ihm immer, wenn das Mädchen eintrat, als trüge man ihm einen frischen Blumenstrauß ins Zimmer, und nun gar seit er krank war, konnte er ihr süßes Gesicht, ihr heiteres Lachen gar nicht mehr missen. Die Lehrstunde war seine fröhlichste Zeit am ganzen Tage; er dehnte sie deshalb auch so lange wie nur möglich aus, denn sie befreite ihn ja auch von dem Anblick seiner Wärterin.

Diese dagegen fing an, die Nebenbuhlerin in der

Gunst ihres Herrn bitter zu hassen. O, wie sie sich selber ob der Unmöglichkeit, den Ton der verhaßten Flöte zu ertragen, zürnte, wie sie sich Mühe gab, das entsetzliche „Gequiek“ auszuhalten! Vergebens, die tapfere Frau war während jener Stunden fast wie im Fieber, und gab nachher ihrem Pflegebefohlenen stets ein „vollgerüttelt Maß“ seiner Mixtur, aber der Kranke schien es gar nicht zu beachten. Nach dem Besuche des Geschwisterpaares war er merkwürdig geduldig, ganz gegen seine Natur. Gab es denn gar kein Mittel, diese beiden zu vertreiben? Wie oft hatten alte, kranke Männer solch jungen Dingern ihr Hab und Gut vermacht, ja, es waren sogar Fälle vorgekommen, wo man derartige armselige, kleine Geschöpfe den musterhaftesten und stattlichsten Witwen vorgezogen und sie geheiratet hatte! Wenn sie nur begriffen hätte, welch ein Reiz für die Männer in solcher Zerbrechlichkeit liegen könne! Kecke Augen, rote Wangen und blondes Haar machten solche Schwächlichkeit doch nicht wieder gut! Wunderliches Geschlecht diese Männer! Wenn man nur mit dem König hätte ein Wort reden dürfen, wie mit einem gewöhnlichen Menschen, sie würde es ihm schon begreiflich gemacht haben, daß der Herr Kammermusikus in steter Todesgefahr schwebe, solange man schwatzhaften, siebzehnjährigen Mädchen den Zutritt zu ihm täglich gestatte. Aber leider durfte man ungefragt nicht reden, und so oft auch der hohe Herr seinen alten Lehrmeister besuchte, und so geschickt sie es auch einzurichten wußte, ihm mit der Medizinflasche in den Weg zu laufen, keine Frage war an sie gerichtet worden. Also da war eben vor der Hand nichts zu thun, als so geduldig wie möglich zu warten.

Eines Tages nun kündigte plötzlich der Kammermusikus seinem Schüler an, daß er ihn vor dem Könige spielen zu lassen und ihn seinem Schutze zu empfehlen beabsichtige, und diese Vorstellung und Empfehlung solle hier im Krankenzimmer stattfinden.

„Der König hat mir zu morgen seinen Besuch angekündigt," sagte Quanz zu Johann Prinz, „Ihr habt Euch also um elf Uhr morgens einzufinden mit Eurer Flöte, und werdet mir hoffentlich keine Schande machen."

In welche Aufregung diese Nachricht das Geschwisterpaar versetzte, sagen keine Worte, besonders ergriffen zeigte sich die blonde Marie. In der Seele des Schülers, der später als Meister allbewundert die Welt durchzog, lebte ja damals schon das stolze, freudige Selbstbewußtsein des echten Künstlers, jenes beglückende Gefühl der eigenen Kraft, der es gelingen soll und muß, das höchste Ziel zu erreichen. Johann Prinz freute sich, vor einem Kunstverständigen spielen zu dürfen, zeigen zu können, was er bis zur Stunde gelernt, daß eben dieser Künstler ein König sei, kümmerte ihn wenig. Das Frauenherz dagegen empfand anders, der Nimbus der irdischen Majestät verwirrte und blendete sie. Sie fürchtete zwar nicht, daß der Bruder weniger gut spielen werde als sonst, sein Talent und seine Sicherheit erschienen ihr zweifellos, aber sie zitterte bei dem Gedanken, daß es ein einziger sei, von dessen Ausspruch die ganze Zukunft des Geliebten abhing. Vor allen Künstlern der Welt hätte sie ihn ohne Zagen auftreten sehen, aber vor dem Mächtigsten des Landes, der in ihren Augen zugleich der Mächtigste der Welt war, zu spielen, mußte ja doch ihrem Johann notwendig den Atem rauben. Dazu war der König ja selber ein großer Künstler, und der erste aller Schüler des Hofmusikus, wie Quanz ihn immer lächelnd nannte! Mit einem Ausdruck der Entschlossenheit, wie ihn noch niemand auf diesem sanften Mädchengesicht erblickt, und zugleich totenbleich vor Bewegung, trat sie vor den Lehrmeister ihres Bruders hin. „Ich muß dabei sein!" sagte sie bittend. „Um alles in der Welt schlagt mir diese Bitte nicht ab! Versteckt mich, wo Ihr wollt, aber laßt mich hier im Zimmer, wenn der König kommt, ich muß sonst sterben vor Angst. Und dem Johann ist's auch lieber, ich weiß es!" — „Aber das ist diesmal unmöglich, mein Kind!" rief Quanz. „Wie sollte ich Eure Gegenwart rechtfertigen, da ich keinerlei fremde Personen bei einem Besuch meines hohen Herrn zulassen darf. Zudem giebt es auch kein ordentliches Versteck im Zimmer; wie Ihr seht, ist nicht einmal ein Kleiderschrank da, in den Ihr hineinschlüpfen könntet, selbst wenn ich wagen wollte, Euch hier zu behalten.“

„Erlaubt mir, daß ich mich in den großen Lehnstuhl dort hinter Eurem Bett setze, wo immer die Alte nickt, und laßt mich für diese Stunde Eure Wärterin spielen!“ bat das Mädchen mit gefalteten Händen.

„Aber um Gotteswillen, was sollte mein hoher Zögling von solcher neuen Wärterin denken?“

„O sorgt nicht, ich verstecke mich hinter dem Vorhang, so daß er nichts als die Dormeuse sehen soll, die borge ich mir von Eurer ingrimmigen Pflegerin. Ich will mich gewiß gut verkleiden und die Haube mir so tief ins Gesicht ziehen, daß nicht viel mehr übrig bleiben soll als meine Nasenspitze, verlaßt Euch darauf, es wird alles gut gehen! Es ist ja keine Sünde weder vor dem lieben Gott, noch vor dem König, wenn eine Schwester einmal um ihres Bruders willen ein klein wenig Komödie spielt!“

„Ich kann nun einmal nicht »nein« sagen, wenn Ihr um etwas ernstlich bittet, kleine Marie, das wißt Ihr leider nur gar zu gut!“ seufzte Quanz und zupfte gedankenvoll an einer langen Locke, die hinter dem kleinen Ohr des Mädchens auf die Schulter herabfiel. Wie Gold schimmerte das blonde Haar durch den

Puderstaub. „Der Himmel schütze uns, Ihr habt recht, es ist eigentlich keine Sünde!"

Als die verhängnisvolle Stunde kam, wo der große König in das schlichte Musikantenstübchen trat, da lag der alte Quanz wie immer zierlich aufgebettet, mit sauber frisierter Perücke in seinem Bette, und zu seinen Häupten, halb vom Vorhang versteckt, stand wie gewöhnlich eine tief knixende Wärterin, die der König diesmal kaum beachtete. Prüfend flogen die Blicke Friedrichs zu dem jungen Schüler herüber. Dann aber fragte der hohe Herr mit herzgewinnender Freundlichkeit nach dem Befinden des Kranken und lobte sein munteres Aussehen. Eine halb über die Schulter geworfene Frage: „Ich hoffe, daß die Frauensperson dort pünktlich ihre Pflicht gethan," wurde mit einem dumpfen Gemurmel hinter dem Bettvorhange beantwortet und mit der hastigen Rede des Kammervirtuosen: „Majestät, ich bin zufrieden mit ihr." Dann schob Johann Prinz sein Pultchen etwas näher heran und begann zu spielen. Der junge Mann, der kaum ein paar Jahre später der König der Flötisten genannt wurde, bestand in jener ihm zeitlebens unvergeßlichen Stunde ohne Zagen die Feuerprobe. Mit heimlichem Behagen lauschte Quanz selber den prachtvollen, sichern Läufern, den langatmigen Trillern, dem schmelzenden Portamento, den wunderbar süßen und reinen Tönen und mit unbeschreiblicher Genugthuung beobachtete er zugleich den Ausdruck steigenden und lebhaften Interesses in den Zügen des Königs. Aber allmählich verschwand dieses Leuchten, das Gesicht des Hörers verfinsterte sich und als der junge Flötenspieler geendet, hafteten die Blicke des hohen Herrn am Boden. Endlich sagte er aufschauend ganz langsam und fast hart: „Ich bin zufrieden mit dem da, aber ich bin unzufrieden mit ihm, Quanz!“

„Majestät!“

„Nun, Er braucht nicht so zu erschrecken, Er wird deshalb nicht in Ungnade fallen, aber es ist, wie ich Ihm sage! Bei dem Spiel seines jungen Schülers ist mir erst klar geworden, daß Er mich offenbar gröblich vernachlässigt hat bei seinem Unterricht, sonst hätte ich's doch weiter bringen müssen, als ich's gebracht habe. Der Bursche da übertrifft mich ja in allen Stücken. Gestehe Er nur grade heraus, was für eine neue Lehrmethode Er bei dem da angewendet hat!“

Der Hofmusikus atmete auf.

„Eine neue ist's eben nicht, sondern eine sehr alte,“ antwortete Quanz mit einem schalkhaften Zucken der Mundwinkel, „die aber bei Eurer Majestät nicht wohl angewendet werden konnte, so vielfach sich ihre Vortrefflichkeit auch bewährte.“

„Warum nicht?“ fuhr der König auf. „Wie heißt

sie, ich will sie kennen lernen, zeigt sie mir! Ich gäbe gleich hundert Friedrichsdor, wenn ich das leisten könnte, was Er dem jungen Menschen da beigebracht!"

Da legte plötzlich eine zierliche Frauenhand einen ganz einfachen Korporalstock auf die Decke des Bettes und verschwand.

Der König sah erstaunt bald den Stock, bald seinen Lehrmeister an.

„Das ist, mit Verlaub, jene alte, bewährte Lehrmethode Eures ergebenen Dieners, Majestät," flüsterte der Musiker. „Geruhen Eure Majestät, nur meinen jungen Schüler da zu fragen, wie oft und nachdrücklich ich sie angewendet!"

„Wenn's so ist, Quanz, dann verlange ich freilich nicht danach, sie kennen zu lernen, und will mich zufrieden geben, ein Stümper geblieben zu sein," lachte Friedrich. „Und meine hundert Friedrichsdor behalte ich auch!"

„Aber ein König Friedrich gebraucht sie doch nicht so nötig, der Johann Prinz könnte sie so gut gebrauchen," rief in diesem Augenblick eine silberhelle Stimme flehend, und das süßeste Antlitz, das je unter der Haube des alten Weibes hervorgeschaut, tauchte plötzlich hinter dem Vorhang auf. Marie warf mit einer ungeduldigen Handbewegung die tief niedergehenden Spitzen zurück, ihre Wangen glühten, ihre strahlenden Augen schimmerten feucht, die ganze Gestalt, deren Reiz und Grazie die seltsame Verkleidung nicht zu verstecken vermochte, bebte vor Erregung, die Lippen waren halb geöffnet zu einem zaghaften und doch zugleich glücklichen Lächeln, es war ein seltsames, aber liebliches Bild.

Fast in demselben Augenblick öffnete sich langsam die Thür, und die Riesengestalt der Leibgardistenwitwe erschien knixend auf der Schwelle, eine Medizinflasche in der Hand. Mit dem Löffel, wie mit dem Gewehr salutierend, sagte sie feierlich im tiefsten Baß: „Majestät, es schlägt eben sieben Uhr, der Herr Hofmusikus müssen einnehmen!“

Einen Moment nur irrten die großen, blauen Herrscheraugen blitzend von einer Wärterin zur andern, dann spielte ein sonniges Lächeln um die Lippen des Königs und er sagte halblaut, sich zu seinem alten Lehrmeister neigend: „Ei, ei, Quanz, ich hätte Ihnen keinen so feinen Geschmack zugetraut!“

Eine Scene voll komischer Verwirrung folgte diesen Worten. Die kleine, reizende Wärterin, die Haube von sich werfend, lag plötzlich zu den Füßen des Königs. Johann Prinz neigte sich angstvoll über die Schwester, Quanz streckte erregt die Hände aus, und die alte Garde rückte langsam mit wütender Miene näher und näher.

Nach und nach löste sich alles wie ein Traum: Erklärungen wurden gegeben und entgegengenommen. Freundlich blickte der König auf die Geschwister. „Die hundert Friedrichsdor soll Er haben,“ sagte er endlich, „aber unter der Bedingung, daß Er in alle Welt gehe und den Leuten begreiflich mache, daß ein Korporalstock unter Umständen ein ganz vortrefflicher Lehrmeister ist, der die Leute nicht bloß exerzieren, sondern sogar musizieren lehrt!“

Nach dem Tode des alten Quanz hat die hübsche Marie den wunderbaren Stock in ihr Stübchen genommen, und viel später, als sie längst eine glückliche Frau und Mutter geworden, und Johann Prinz sich den Ehrennamen: „Flötenkönig“ erworben, hing er unter dem Spiegel, von Lorbeerzweigen und Trauerflor umwunden, und sie zeigte ihn ihren wilden Buben als den *besten aller Lehrmeister.*

Die Erfinder der Barcarole.

„La biondina in Gondoletta
L'altra serà gò mena —"

Gondellied.

Wie Musik klingt doch das Wort Barcarole. — An Lautenklänge denkt man, an plätschernde Wellen, an Hillers reizendes Ständchen: „Zur Guitarre" — und als Beleuchtung den Mond am Himmel, als Staffage den Canale grande, düstere Paläste mit matterleuchteten Fenstern und roten Seidenvorhängen, Balkone mit Orangenbäumen und Oleander, — niederwallender, berauschender Duft, das Aufleuchten eines weißen Gewandes, leise Ruderschläge im Wasser — das ist die Scenerie für die Barkarole. Eine Wasserrose ist die Barcarole, ein Liebeslied der Schiffer, bald zärtlich fröhlich, zum Preise irgend einer Biondina oder

Ninetta, bald verzweifelnd und totestraurig wie jene Klage des Gondoliers unter den Fenstern der armen Desdemona:

Nessun maggior dolore
Che ricordarsi del tempo felice
Nella miseria — —

Wer mag wohl die erste Barcarole gesungen haben? Jede musikalische Form hat ihren Erfinder, so auch die Barcarole, und wenn die Musikgelehrten ihren Entdecker nicht aufzuspüren vermögen, so gelingt's vielleicht dem Dichter. —

— In der **bella Venetia** lebte einst, etwa um das Jahr 1693, ein schlichter Bartscherer, Apolini mit Namen, mit seinem einzigen Sohne Salvator, der das einträgliche Geschäft seines Vaters fortführen sollte zum Ruhme der Familie, die seit undenklichen Zeiten Bärte und Haare verschnitten. Nun war aber der junge Salvator der schönste Figaro, der jemals die Hände in den Seifenschaum getaucht, und der gewandteste, leichtherzigste obendrein. Man nannte ihn in der ganzen Stadt nur den „Apollino" und die Frauen hätten sich am liebsten einen Bart wachsen lassen, um nur einen Grund zu haben, von ihm bedient zu werden. Die vornehmsten Senatoren vertrauten sich dem jungen Salvator, er war in den stolzesten Palästen bekannter als in seinem eigenen Hause, erlebte alle Tage die wunderbarsten Abenteuer und hätte hundert Hände haben müssen, um alle die einträglichen Bestellungen auszuführen, die ihm wurden. —

Leider vollbrachte er zum Kummer seines Vaters mit seinen beiden hübschen Händen auffallend wenig von all jenen Dingen, die zu dem Geschäft des Bartscherens gehören — eine unbezwingliche Leidenschaft hielt ihn nämlich in einem Grade gefangen, daß er alles darüber vergaß und seine vornehmsten Kunden sitzen ließ, wenn die Geliebte in seinem Arme ruhte. Es war nämlich Musiker mit Leib und Seele und spielte die Geige, daß den Nachbarn Hören und Sehen verging. Mehr wunderlich als schön waren eben diese Töne, und mit der Reinheit nahm es der Spieler durchaus nicht genau. Wie so oft die Menschen auf jene Eigenschaften und Kunstfertigkeiten am stolzesten sind, die, bei Lichte besehen, es am wenigsten verdienen, während sie ein wirkliches Talent, das Licht eines wirklichen Vorzuges unbeachtet lassen und unter den Scheffel stellen, — so ging es auch dem jungen Apolini in Bezug auf sein unglückseliges Geigenspiel, während er die reizendste Tenorstimme, die je in einer Menschenbrust gewohnt, so gering achtete wie eine Feldblume, die man in Massen tagtäglich am Wege findet. — Es war ein Glück, daß seine Freunde ihn oft geradezu zwangen, ein Lied anzustimmen, das köstliche Gut wäre sonst vergessen und verrostet. Mit Begeisterung nahm man allezeit seinen Gesang auf — er selber erfand ja auch die Melodieen zu den Versen, die man ihm gab, — während bei seinen wilden Phantasieen auf seiner geliebten Geige sich niemals eine Hand rührte und höchstens die Tauben erschreckt davonflogen, und die Katzen sich aus dem Staube machten. Es war aber vergebens, daß man seine schöne Stimme auf Kosten der Geige lobte, — der schöne Salvator schwur, seine Hörer verständen nicht mehr von der Musik als die Tauben und Katzen, und die braune Geliebte sollte seine einzige bleiben, solange er atme.

Es hatte in der That den Anschein, als ob er Wort halten wollte, denn die feurigsten Augen blickten umsonst verlangend nach ihm hin, die süßesten Lippen lächelten ihm zu, ohne daß dies Lächeln sein Herz erwärmte, und wenn er auch in seiner Schmetterlingsnatur wohl einmal den Arm um eine schöne, warme Gestalt schlang, so erschien doch diese Umarmung wahrhaft eisig im Vergleich zu der Zärtlichkeit, mit der er seine hölzerne Angebetete an seine Brust drückte.

Aber eines Tages sollte doch seine Stunde schlagen und jene Frauenerscheinung vor ihm aufgehen, die dazu bestimmt war, ihn seinem wahren Berufe, der Musik, in die Arme zu führen. —

Eine junge Sängerin sollte im Teatro San Samuele zum erstenmal auftreten, die beste Schülerin des Conservatorio della Pietà, nämlich Eleonora Ambrosine, von deren süßer Altstimme man sagte, sie habe den Klang einer Viola di Gamba. Ein neidisches Geschick rollte aber am Abend vor dem Debüt einen Pfirsichkern vor die kleinen Mädchenfüße, Eleonore fiel und verrenkte sich den Arm. — Der entsetzten alten Dienerin, die nach einem Wundarzt auf die Straße stürzte, lief der junge Salvator zufällig in den Weg und wenige Minuten später stand er mit ernstester Miene vor dem Sessel des jungen Mädchens, die wie ein totkrankes Kind geängstigt zu ihm aufschaute und dennoch sich, ohne einen Schrei auszustoßen, den Arm wieder einrichten ließ. Voll Bewunderung und Mitleid schaute Apolini in dies sanfte, unschuldige Gesicht. So hatte ihn noch keine jemals angeblickt. Die Augen schwammen zwar in Thränen, die Wangen waren bleich, die kleinen Zähne gruben sich fest in die vollen Lippen, aber kein Laut entschlüpfte ihnen, die zarte Gestalt zuckte nicht.

Der hübsche Wundarzt behielt wohl etwas länger als nötig war den kranken Arm in seinen Händen und wagte endlich, selber ganz verwirrt und schüchtern wie nie in seinem Leben, die Frage: ob sie viel Schmerzen empfände.

„Nur den einen — nicht singen zu dürfen!“

„Wenn Ihr Euch ruhig haltet, so werdet Ihr in wenigen Wochen auftreten.“

„Wären sie nur vorüber! — Könnte ich sie verschlafen!“

Sie verschlief sie aber nicht, sie war auch nicht ruhig, die kleine, ungeduldige Patientin, der Puls verriet ein steigendes Fieber. Bei Tage gab ihr Befinden zu keinen besonderen Besorgnissen Veranlassung, da trug man ihren Sessel in das Nebenzimmer des Musiksaals, und sie lauschte den Übungen ihrer jungen Gefährtinnen; die frischen Stimmen, der melodische Gesang schien sie sichtlich zu stärken und zu erheitern. Am Abend aber geriet sie in Aufregung und während der ganzen Nacht schloß sie kein Auge. „Wenn sie Musik hörte, würde sie einschlafen wie ein Kind, dem die Mutter ein Wiegenlied singt,“ sagte die alte Wärterin zu dem traurig dareinschauenden Salvator, „aber sie hat weder eine Mutter mehr, die Arme, noch einen Geliebten, — und wer sonst würde für sie die Augen offen halten und singen. Ich fürchte, sie wird sterben, das kleine schwache Ding, und es wäre schade um ihre süße Stimme.“ —

„Wie hübsch er ist,“ sagte die Kranke eines Tages zu ihrer Vertrauten, als der „Barbiere“, denn so wurde er doch genannt, weggegangen. „Es war doch gut, daß Du ihn fandest und daß der alte, mürrische Dottore zu spät kam. Aber das Fieber kann er mir doch nicht vertreiben, denn wenn er da ist, glühn mir immer die Wangen und das Herz schlägt so toll, daß ich immer meine, er müsse es hören. Sie wissen eben alle nichts, die alten wie die jungen, und es ist nicht der Mühe wert, sich um sie zu kümmern."

Und sie kümmerte sich doch im Grunde um sie, die Kleine, wenigstens um den einen. Das Geplauder mit dem „Apollino" wurde allmählich immer länger — und wenn die Lippen schwiegen, so fragten die Augen nach allerlei, worauf eben auch nur Augen Antwort zu geben vermögen, — aber dabei schwand das Fieber der reizenden Sängerin nicht, und die Nächte wurden immer schlafloser.

Es war seltsam, daß Salvator in dieser ganzen Zeit nicht an seine Geige dachte. Sie lag, zur heimlichen Freude seines Hauses und der Nachbarn, still im Kasten und durfte schlafen. Dagegen hörte man ihn oft ein Liedchen summen, eine Melodie leise intonieren. Und allabendlich fand er sich mit seiner kleinen Gondel unter den Fenstern seiner Kranken ein. Da lag er ausgestreckt am Boden und schaute nach dem matten Lichtschimmer. „Wenn sie schläft, werde ich das Licht verlöschen," hatte die Alte ihm gelobt. Wie sehnsüchtig er darauf wartete und darüber selber die Nacht ver=

wachte. — Es geschah nur aus Sorge für seine Patientin, wie er versicherte, und er würde genau so wachen, wenn die Kranke eine steinalte Frau sei. —

Da geschah es einst bei solchem Wachen, daß ihm zu einem süßen Liebesliede eine Melodie auf die Lippen trat, und plötzlich richtete Apolini sich im Kahne auf und sang sie zuerst leise, dann laut und immer lauter und schlug mit dem Ruder in ermutigter Weise den Takt dazu. Und ringsum klirrten gar bald Fenster um Fenster, es rauschte auf den Balkonen, und mancher Blumenstrauß fiel auf den Sänger. So schön hatte seine Stimme nie geklungen, und solch eigentümlichen Gesang hatte noch niemand vernommen. Die Wogen plätscherten die Begleitung, dann und wann fiel der Baß eines fernen Glockentones dazwischen, — die schöne Menschenstimme schwebte wie auf Flügeln darüber und gaukelte dahin wie auf Schmetterlingsschwingen, schmeichelnd, bezaubernd, einschläfernd, traumhaft. —

Wie viele Verse Salvator sang — niemand hatte sie gezählt — aber von dem Balkon der schönsten Frau Venedigs fiel eine Rose an das Herz des Sängers in demselben Augenblick, als in dem Krankenzimmer Eleonoras das Licht erlosch. —

Wenn jene vornehme Lauscherin, deren weiße Hand die Rose hinabgleiten ließ, geahnt hätte, daß jener halberstickte Jubelruf, der sich auf die Lippen Salvators drängte, nicht ihrer Gabe galt, um die ihn Tausende beneidet hätten, sondern einer armen, kleinen Schülerin des Conservatorio della Pietà, um die sich niemand kümmerte! —

Seitdem sang Apolini jeden Abend die Geliebte in den Schlummer, und bald drängten sich die Gondeln um diese Stunde um sein kleines Boot, und es wurde Mode, diesen eigentümlichen Weisen des schönen Sängers zu lauschen. Und jeden Abend tauchte ein neues Lied auf, bald süß und wiegend wie singende Wellen, bald keck und fröhlich, bald todestraurig und klagend, aber immer mit jenem wunderbaren Accompagnement von Ruderschlägen und Wogenrauschen. —

Als die kleine Schülerin des Conservatorio della Pietà längst wieder gesund und die glückliche Braut des glücklichen Sängers geworden war, da hörte man die Schiffer allabendlich in den Gondeln leise jene Lieder nachsingen und mit den Rudern dazu schlagen, — und der Volksmund nannte sie sofort Barcaroli, „in den Barken zu singen". Da hat denn der Salvator die Noten zu den Versen aufgeschrieben, und ihnen auch wohl eine neue Weise gemacht, die sich allezeit köstlich leicht nachsingen ließ. Die gelehrten Musiker schüttelten die Köpfe vor Verwunderung, wie geschickt das Kind des Volkes ihre Kunst ausübte. — Nachher ging er in die Schule bei seiner jungen Frau, und sie muß wohl eine ebenso geschickte Lehrmeisterin gewesen sein, als der Ehemann ein gewandter Schüler war, denn es steht fest, daß Salvator Apolini sich mit großem Glück in der Komposition von Opern versuchte, in denen Eleonora, deren Stimme immer noch wie eine Viola di Gamba klang, auftrat.

Aber so lebhaft man ihn auch fortan bis an das Ende seines Lebens als Musiker feierte, die liebste Erinnerung war und blieb ihm doch der Triumph jenes Abends, als er in seiner kleinen Barke lag — und das Licht in dem kleinen Fenster der Kranken erlosch — als die Rose der schönsten Frau an sein Herz fiel, und er seine erste Barcarole sang.

Porpora in Dresden 1744.

Der gefeierte Singmeister der **bella Italia**, der Venezianer Nicolo Porpora, hatte in einem Anfall leidenschaftlichen Grolls über die kühle Aufnahme einer seiner Opern in Neapel, seiner gesegneten Heimat, dem Lande des ewig blauen Himmels und des Gesanges den Rücken gekehrt und war in die sächsische Residenzstadt Dresden übergesiedelt. Ohne ein Wort des Abschieds verließ er seine Singschule in Neapel und trug sein gekränktes Herz in die kalte Fremde. Freilich nannte er den Hof Augusts III. schon seit Jahren seine zweite Heimat, denn als der Kurfürst, damals noch ein junger Prinz, in Venedig weilte, wo er so viele Musiker für die Dresdener Kapelle engagierte, hatte er dem Komponisten der Oper „Sinface", die man gerade da zum erstenmal unter Porporas Leitung aufführte, sofort den Titel Kurfürstlich sächsischer Kapell=

meister verliehen. Zugleich nahm der hohe Herr ihm das Versprechen ab, Dresden, das deutsche Florenz, so oft als möglich zu besuchen. Bereits im Jahre 1729 war auch Porpora von Venedig aus dieser Einladung gefolgt, und jene schöne Stadt an der Elbe erschien ihm jetzt in der Erinnerung reizend genug, um selbst das zauberhafte Neapel und alle erlittene Kränkung zu vergessen.

Aber das Vergessen ist allezeit schwer gewesen für ein Menschenherz, diese Kunst erlernt sich eben nun und nimmermehr durch den Willen allein. Das sollte denn auch Nicolo Porpora erfahren. —

Das musikalische Leben Dresdens stand damals noch in vollster Blüte. Adolf Hasse, der ehemalige Schüler Scarlattis, den die Italiener während seiner Studienzeit il caro Sassone nannten, und dessen brillante Opern auf den italienischen Bühnen mit demselben Enthusiasmus begrüßt wurden als auf den deutschen, war in der sächsischen Residenz unumschränkter Herrscher. Seine schöne Gefährtin Faustina, die glänzendste Sängerin ihrer Zeit, strahlte noch immer als die prima donna assoluta, sie trug mit dem Stolz einer Königin den Namen la divina. — Der Kurfürst lag ihr noch immer zu Füßen und mit ihm die ganze vornehme Männerwelt. Wollten auch gar manche bereits einen Zug von Ermattung auf der weißen Stirn entdecken, redete man auch davon, daß die dunkeln Augen weniger siegesbewußt blickten als früher, daß die prachtvolle Stimme von ihrer Kraft und Weichheit bereits viel verloren, — untrügliche Zeichen des Verwelkens dieser herrlichen Menschenblume, so gab es doch wieder Abende, wenn sie in den Opern ihres Gatten auftrat, wo die Schar der Ankläger verstummte, wo sie in einer so überwältigenden Majestät erschien, so hinreißend sang, daß selbst ihre Feinde, — ach und wie zahllos waren sie! — zugestehen mußten, es schwebe ein Hauch ewiger Jugend und unvergänglicher Frische über dieser prächtigen Gestalt. Keine Sängerin, und wie viele .waren während der Regentschaft der Faustina Hasse aufgetaucht, hatte sich zu ihrer Nebenbuhlerin aufzuschwingen vermocht, sie waren immer wieder versunken vor ihrem Glanz wie die Sterne versinken, wenn die Sonne emporsteigt. — Aber unaufhörlich und unermüdlich mühte sich trotz alledem eine kleine, doch starke Partei, eine Sängerin herbeizuschaffen, die durch ihre Erscheinung auf der Bühne und durch den Zauber der Schönheit und des Genies, im stande sein könnte, diese stolzeste aller Herrscherinnen zu stürzen und sie zugleich aus dem Herzen und den Gedanken des Kurfürsten für immer zu verdrängen. Konnte es denn so namenlos schwer sein, für Faustina einen Ersatz zu finden? Waren denn die großen Sängerinnen und die schönen Frauen ausgestorben? An der Spitze jener Verbündeten, der unversöhnlichsten Feinde der divina, stand, wie man sich in die Ohren flüsterte, die Kurfürstin selber, und neben ihr die mächtige Gegnerin der Prima Donna, die junge Kurprinzessin, Gemahlin des Prinzen Friedrich Christian, Maria Antonia, geborene Prinzessin von Bayern.

Diese letztere war es hauptsächlich, welche die fürstlichen Frauen des Hofes, die so lange im Schatten gestanden, plötzlich wieder in den hellen Vordergrund geführt hatte, man gruppierte sich dankbar und gleichsam aufatmend um dies junge, hochbegabte Wesen und fing endlich an wieder eine Art Macht zu bilden, gleichsam unter dem Schutze der ebenso energischen wie anmutigen Prinzessin.

Noch nie war eine Frau von solcher geistigen Bedeutung und zugleich echten Weiblichkeit am sächsischen Hofe aufgetaucht. Mitglied der berühmten Gesellschaft der Arkadier in Rom, dieser glänzenden Vereinigung von Gelehrten, Dichtern und Dichterinnen, bewunderte und vielbesungene Freundin des Hofpoeten und gefeierten Komponisten Metastasio in Wien, war sie eine ebenso ausgezeichnete Malerin als Meisterin im Klavier- und Lautenspiel. Mit Glück versuchte sie sich in der Komposition und ihre süße und kraftvolle Sopranstimme, wenn sie selbst komponierte Weisen sang, entzückte alle Hörer. Alles, was in den Hofkreisen irgend einen Anspruch auf musikalische Bildung machen zu können glaubte, drängte sich plötzlich um die hohe Schützerin der Künste, aber zum höchsten Mißvergnügen der Aristokratie wählte Maria Antonia ihren Musikantenhofstaat, wie sie ihn scherzend nannte, nur nach dem Range des Talents, und so geschah es, daß plötzlich Männer und Frauen in den Gemächern der Kurprinzessin aus- und eingingen, deren Fuß früher niemals würdig befunden worden war, diese Räume zu betreten.

An bestimmten Tagen wurde bei der Kurprinzessin aber auch in größerem Kreise musiziert und eine Art von Konzert veranstaltet, und bei solcher Gelegenheit sah man denn mitten unter den schönen Hoffräuleins in ihren bauschigen Roben und den eleganten Kavalieren die schlichten Gestalten des berühmten Orgelbauers Silbermann und seines genialen Schülers Hildebrandt, den Organisten an der Sophienkirche, Friedemann Bach, ältesten Sohnes des großen Leipziger Kantors, den Geigenspieler Hebenstreit, Erfinder des Pantaleon, jenes wunderlichen Cimbals, das sogar in dem Musiksaal der Kurprinzessin einen Platz gefunden, den Flötisten Quanz, nachherigen Lehrmeister Friedrichs des Großen, den gefeierten Gambenspieler Abel und den liebenswürdigen Kapellmeister und Geigenvirtuosen

Pisendel. Außerdem fand sich Adolf Hasse zuweilen ein, meist ohne seine Gemahlin, die berühmte Malerin Rosalba Carriera mit ihrem jungen Kollegen Canaletto und Rafael Mengs mit seinem idealen Künstlergesicht. — Da wurde denn musiziert bis tief in die Nacht hinein; — die jungen Hoffräulein verbargen freilich dabei oft ihre reizenden Gesichter hinter den kunstvoll bemalten Fächern, um ein leises Gähnen zu verstecken, die galanten Hofherren seufzten und suchten sich durch kühnes Augenspiel zu entschädigen für die stumme Rolle, die ihnen zuerteilt war, denn Maria Antonia gestattete während der Musik auch nicht das leiseste Wort, und ein Zeichen der Unaufmerksamkeit genügte, sich ihre Ungunst und die Verweisung aus ihren Musikgemächern zuzuziehen.

Der Kurprinz Friedrich erschien immer nur auf kurze Zeit an solchen Abenden, gewöhnlich während des Soupers, zeigte sich dann aber in der heitersten Liebenswürdigkeit. Er war eben von allem und jedem entzückt, was seine holde Gemahlin that und gestattete ihr unumschränkte Freiheit. Er hatte nur Augen für seine Gefährtin und betete sie an. Und wie gerechtfertigt erschien seine Bewunderung für diese Frau! — wie königlich erschien ihre Gestalt, wie anmutig jede Bewegung, wie zart und echt weiblich das Antlitz mit den großen, leuchtenden Augen, der feinen Nase und dem bezaubernden Munde! — Sie trug stets einen kleinen Strauß frischer Blumen an der Brust, denn sie liebte die Blumen über alles, und man nannte sie deshalb am Hofe Prinzessin Flora.

Ihr Spiel auf dem damals noch so mangelhaften Instrument des Klaviers erregte allgemeines Erstaunen und die Musiker konnten nicht genug ihre hohe Präzision und Klarheit, die Weichheit und die Kraft des Anschlags rühmen, und dabei hatte ihr Spiel einen Ausdruck, der die Hörer oft bis zu Thränen rührte. So häufig sie nun an jenen Musikabenden als Spielerin auftrat, so selten ließ sie sich dagegen bewegen zu singen.

„Ich bin noch nicht zufrieden mit mir," sagte sie, „ich fühle, daß ich noch der Anleitung eines tüchtigen Lehrmeisters bedarf, ich will und muß noch viel lernen, wer aber verschafft mir einen Meister, der in mir nur eine Schülerin, nie die Prinzessin sieht?!"

Es war an einem jener bekannten Musikabende der Kurprinzessin, als das Gerücht von der Ankunft Porporas das Ohr Maria Antonias zuerst erreichte. Mit dem lebhaftesten Interesse wandte sie sich an Adolf Hasse und bat ihn, den vielgerühmten fremden Maëstro so bald als möglich zu ihr zu führen.

„Das dürfte leider eine Unmöglichkeit sein, hohe Frau," lautete die Antwort, „Nicolo Porpora ist eigen=

sinniger als ein Kind und augenblicklich in der schlechtesten Laune der Welt. Zu seinen Seltsamkeiten gehört, daß er sich stets geweigert, vornehme Schülerinnen zu unterrichten, — und er nie eine Deutsche unterrichten will. Er hat sich in ein kleines Haus in dem italienischen Dörfchen an der Elbe versteckt, wo alle die fremden Künstler wohnen, verschließt aber seine Thür vor jedermann und hat sogar mich nur ein einzig Mal vorgelassen. Sein Vaterland schilt er ohne Erbarmen, noch mehr aber Deutschland, und schwört sogar jeden Augenblick hoch und teuer, daß er in diesem Lande der Bären und Wölfe untergehen werde. Im fernsten Winkel verborgen, hat er gestern meine Oper aufführen sehen, Alessandro nelle Indie, aber selbst der Gesang Faustinas rief nur bittern Tadel in seiner Seele wach. „Sie hat schon zu lange in nordischer Schneeluft unter nordischem Trauerhimmel gelebt," klagte er, „die Prachtstimme ist kühler und blässer geworden, wie alles hier kühl und blaß ist." — Beim Kurfürsten hat er sich krank melden lassen. Alle Bitten, ihn herauszulocken aus seinem Versteck, sind bis zur Stunde vergeblich gewesen. Er kämpft dabei täglich mit dem Entschluß, heimzukehren, mit stetem Zorn gegen die Undankbaren, die ihn hergetrieben. Trotz der Sonnenwärme kauert er, tagaus, tagein, in Decken gehüllt in einem tiefen Sessel, ein Notenblatt auf den Knieen, schreibt Solfeggien und fiebert vor Heimweh. Nur einige schöne Stimmen, Italienerinnen, könnten ihn retten. Aber woher sollten sie geflogen kommen?" So schloß il caro Sassone seinen melancholischen Bericht.

Maria Antonia erwiderte kein Wort — den Kopf auf die Hand gestützt, die Augen gesenkt, saß sie wie in tiefes Sinnen verloren da, und erst Pisendels Zaubergeige, die jetzt leise klagend ihre süße Stimme erhob, vermochte sie ihren Gedanken zu entreißen.

Adolf Hasse hatte die Wahrheit gesprochen; Nicolo Porpora war wirklich krank: die Sehnsucht nach der zauberischen Heimat wuchs von Stunde zu Stunde und überwucherte den alten Groll wie ein Rosenstrauch einen Grabhügel. — Neapel und Venedig, diese Circen, riefen und lockten den Einsamen, der sich selbst verbannt, Tag und Nacht. Wenn er das Fenster öffnete und die Düfte der blühenden Orangen vom Zwingergarten herüberwehten, da seufzte er laut, — waren so nicht die Duftwellen der Orangenhaine in Sorrent nach Neapel herübergeströmt, hatten sie ihn nicht daheim erreicht und berauscht? — Und das ferne Murmeln des Flusses, erinnerte es ihn nicht an das Plätschern der Gewässer des canale grande in Venedig? Jene

Tauben, denen er an jedem Morgen in der fremden deutschen Stadt mit eigener Hand Futter streute, glichen sie nicht den Tauben von San Marco, deren Schwärme auf der Piazetta oft die Luft verfinsterten? Sie waren qualvoll süß, alle diese Erinnerungen, aber auch zugleich so marternd, daß jenes seltsame Fieber, Heimweh genannt, immer brennender seine Adern durchrieselte. — Eine Sehnsucht nach dem Klange junger, frischer Stimmen, die daheim an jedem Morgen sein Ohr berührt, erfüllte ihn wie Verlangen nach Musik, und dennoch vermochte er sich nicht zu überwinden, die Oper wieder zu besuchen, nachdem ihn Hasse damals erkannt, als er der Aufführung Alessandro nelle Indie beigewohnt, und ihn aus seinem Versteck hervorgezogen. Selbst den Besuch der einst von ihm bewunderten Faustina hatte er abgelehnt, unter dem Vorwand heftigen Unwohlseins, und der Kurfürst war nachsichtig genug, diese seine Entschuldigung gelten zu lassen, mit der Porpora alle Einladungen an den Hof zurückwies.

„Aber wie soll das enden, Nicolo Porpora?" hatte Hasse gefragt, „Ihr könnt doch so unmöglich fortleben?"

„Verschafft mir ein paar schöne italienische Stimmen, bringt mir Schülerinnen oder Schüler, dann werde ich wieder gesund," seufzte der Maëstro. Nur bringt mir keine deutschen Singvögel ins Haus, — ich hasse sie — der kühle Klang schon läßt mich beben vor Frost. — Wie viel Italiener wohnen hier! Haben sie denn schon ihre Stimmen verloren in dieser Eisluft, daß niemand mehr den Nicolo Porpora braucht?"

„Seid noch eine Weile geduldig, ich will für Euch suchen, caro mio!" lautete die Antwort.

Viele Tage waren nach jenem Zwiegespräch vergangen und Nicolo Porpora war nicht geduldiger geworden in seiner selbstgewählten Einsamkeit. Es kamen Momente über ihn, wo er sein Bündel zu schnüren und so eilig wie möglich zurückzukehren gedachte in sein undankbares Vaterland, wo er aus Verzweiflung selber sang, daß die Wände zitterten, nur um eine Menschenstimme zu hören.

Und mitten in solchem Paroxismus des Heimwehs unterbrach ihn eines Abends ein Klopfen an der Hausthür. Es war schon still geworden auf den Wegen und Straßen und der Mond hatte dichte Schleier vor sein Gesicht gezogen, fast so dicht, wie jene beiden Frauen, die nun, nachdem Porpora geöffnet, die Schwelle seines kleinen Gemaches überschritten. — Im reinsten Italienisch begrüßte ihn die Größere und Schlankste, „Adolfo Hasse sendet mich," setzte sie hinzu, „und läßt Euch bitten, meine Stimme zu prüfen!" — Sie warf bei diesen Worten den Zendaletto zurück, den sie nach Art der Venezianerinnen trug, eine schwarze kleine

Samtmaske verhüllte aber vor dem forschenden Auge Porporas ihr Gesicht bis auf einen Mund von ausnehmender Lieblichkeit, der sich jetzt zu einem reizenden Lächeln öffnete. „Ihr müßt mir aber erlauben, mit der Maske zu singen — ich mußte heimlich mit meiner Freundin zu Euch schlüpfen, meine Familie würde es vielleicht nicht gestattet haben — ich bin beschränkt in meinem Thun und Lassen. Aber bitte, bitte, prüft mich und sagt mir die volle Wahrheit, ob Ihr meint, daß diese meine Stimme verdiene, von einem Nicolo Porpora ausgebildet zu werden!"

Porporas Augen ruhten voll Wohlgefallen auf der stolzen Frauengestalt, und sein Ohr vernahm voll Entzücken die tadellosen Klänge seiner geliebten Muttersprache.

„Ihr sollt die volle Wahrheit hören, figlia mia," antwortete der berühmte Gesangmeister, „es wäre aber traurig, wenn die Töne, die diesen Lippen entströmten, minder schön wären als die Lippen selber!"

Er schlug den Deckel des Spinetts zurück und setzte sich. „Singt eine einfache Skala: do re mi fa sol la —." Und eine wundervolle Frauenstimme setzte ein, anfangs ein wenig bebend, zaghaft — bald aber ruhig, mächtig, weich und rein bis zur höchsten Höhe. Der Meister ließ die Hände noch nicht von den Tasten, er ging zu den Solfeggien, von diesen zu kleinen Rouladen und Fiorituren über und endlich in den Triller — die köstliche Stimme folgte ihm überall auf glänzenden Schwingen. Als sie nach einem langatmigen Triller die Flügel sinken ließ, sprang Nicolo Porpora auf und rief erregt: „angelo mio — Ihr werdet, wenn Ihr mir folgt, die erste Sängerin Italiens werden. Aber fort, fort von hier — noch diese Nacht. In diesem Lande der kalten Winde muß solche Stimme sterben. Laßt uns sofort reisen, ich führe Euch nach Neapel — in sechs Monaten sollen sie Euch alle anbeten — wie Euch Nicolo Porpora anbeten wird!“

„Wollt Ihr zunächst mitgehen und den Meinigen diesen Euren Wunsch ans Herz legen?“ bat die Sängerin. „Giebt man mich frei, so geschehe nach Eurem Verlangen!“

„Kommt! Ich gehe in die Höhle des Löwen, wenn es gilt, Euch für die Kunst zu gewinnen!“

„So gestattet, daß wir Euch die Augen verbinden, Maëstro, und überlaßt Euch blindlings meiner Führung. Es muß so sein!“

Porpora hatte zu lange in der **bella Venezia** gelebt, um vor solchem reizenden Abenteuer zurückzuschrecken. Er verbeugte sich schweigend, und die Gefährtin der jungen Sängerin verband ihm so geschickt die Augen, daß ihn die dichteste Finsternis umfing. Aber ein Trost war da, eine kleine, weiche Hand, die jetzt die seine umschloß — und diese Hand führte ihn weiter, über die Schwelle seines Hauses, über Straßen und Plätze. „Redet nicht,“ hatte die Unbekannte ihm zugeflüstert. Stumm gingen sie weiter — zuweilen war es, als ob er leise reden hörte, zuweilen zitterte die zarte Hand in der seinen — endlich stieß sein Fuß an die Stufen einer Treppe. Steigt jetzt zwanzig Stufen hinauf, und verzählt Euch nicht,“ hörte er eine süße Stimme sagen, „ich bleibe bei Euch!“

Nicolo Porpora zählte freilich nach besten Kräften — aber jene Hand war der seinen entschlüpft, und nur das Rauschen ihres Gewandes vor ihm verkündete ihm ihre Nähe, dagegen hatten sich andere, harte Finger um die seinen gelegt, sie mit festem Griffe haltend. So ging es weiter über endlose Gänge, Thüren öffneten und schlossen sich, sein Fuß wandelte über teppichbelegten Boden und marmorne Fliesen — immer rauschte das seidene Gewand der holden Sängerin vor ihm her, und der süße Veilchenduft umwallte ihn; auch ihre Begleiterin blieb dicht neben ihm, ihn rasch mit sich fortziehend, aber alle seine leisen Fragen blieben ohne Antwort.

Plötzlich ließen die harten Finger von ihm, und die süße, wohlbekannte Stimme sagte: „Ihr seid jetzt frei, Maëstro!“

Die Hülle fiel, wie geblendet schaute Porpora um

sich. — Er fand sich in einem kleinen, prunkvoll ausgestatteten Gemach. An der Seite neben dem mit rotseidenen Vorhängen verhüllten Fenster stand eine Staffelei, nicht weit davon ein geöffnetes Klavier mit Perlmutter ausgelegt, dessen Deckel mit den kunstvollsten Malereien verziert war. Dem Verwirrten entgegen trat jetzt eine jugendliche Männergestalt in einfacher Kleidung, ein Paar helle, freundliche Augen trafen die seinen. Auf den Arm dieses Mannes aber stützte sich die Sängerin. In ihrer Hand trug sie noch die Venezianermaske, der Zendaletto war zurückgesunken, der zierliche Kopf mit der lieblichen Profillinie hob sich wundervoll klar von dem Grunde des roten Seidenstoffs ab, der die Wände des Zimmers bedeckte. Und die schönen Lippen sagten jetzt: „Seht her, mein Gemahl, das ist er, der böse, vielgerühmte italienische Singmeister, der keiner principessa Unterricht geben will und an den hellen Klang keiner deutschen Stimme glaubt. Wir haben ihn mit großer List und Mühe eingefangen und nun kommt er, um Euch zu bitten, ob Ihr Eurer Maria Antonia erlauben wollt, als seine Schülerin mit ihm nach Italien auf und davon zu laufen. Ich aber flehe Euch an, mir zu helfen, den Maëstro zu bewegen, daß er in Dresden bleibe um einer Schülerin willen, die — eine principessa und zugleich eine Deutsche ist."

„Und Ihr müßt bleiben, Nicolo Porpora," sagte nun der Kurprinz mit heiterm Lächeln, „wenn Ihr nicht wollt, daß die Kurprinzessin Maria Antonia ihrem Eheherrn davon laufe und so dem Lande ein schlimmes Beispiel gebe! Um der Musik willen wäre sie's im stande!"

„Wenn sie's nicht um meinetwillen im stande ist, hoher Herr," antwortete Nicolo Porpora schalkhaft, „dann wollen wir lieber hier bleiben!"

Seit jenem Tage wurde die Kurprinzessin Maria Antonia die Schülerin des berühmtesten Singlehrers der bella Italia, und nicht nur ihre Stimme, sondern auch ihr Kompositionstalent und ihr bezauberndes Wesen hielten ihn wirklich in der deutschen Residenz den Winter über fest, und ließen ihn sein Heimweh überwinden. Sie studierte bei ihm mit einem Eifer ohnegleichen, komponierte unter seiner Leitung und machte die überraschendsten Fortschritte. Ihre Stimme entfaltete sich zu einer hinreißenden Fülle und Schönheit und Porpora behauptete, daß diese seine hohe Schülerin in kurzem die gefeierte Faustina in den Schatten zu stellen vermöchte, wenn sie auf der Bühne erscheinen dürfte. — Welch ein Triumph, eine Sängerin zu besiegen, von der man in Dresden das stolze Wort erzählte: „Eine Italienerin soll und eine Deutsche kann nie die Nebenbuhlerin einer Faustina werden!"

Dies Wort verzieh Maria Antonia der divina nie, und es war ein schwermütiges Lächeln, mit dem sie das Lob Porporas annahm. „Wenn es auch durch mich nicht geschehen kann, die Stolzeste der Stolzen zu demütigen," sagte sie, „so hoffe ich es doch noch zu erleben, daß es dennoch durch — eine Deutsche geschieht."

Eines Tages erschien ein kleiner, alter Mann, der Impresario Mignotti, bei dem berühmten Singmeister und brachte ein reizendes Wesen, das er Catarina Mignotti nannte, zu ihm, mit der Bitte, dies wilde Ding in seine strenge Schule zu nehmen, — sie wolle eben durchaus noch besser singen lernen als die Faustina, erzählte er, und keinen andern Singmeister haben, als Nicolo Porpora. — „Ich fürchte aber, es wird nicht viel aus ihr werden," setzte er mürrisch hinzu, „denn sie ist das ungehorsamste und eigensinnigste Frauenzimmer der Erde, aber ich bitte Euch, es mit ihr zu versuchen, damit ich eine Weile Ruhe vor ihr habe."

Während dieser Rede nun stand ein verführerisches Geschöpf regungslos neben dem Sprecher und zwei große, blaue Augen mit schwarzen Wimpern blickten halb bittend, halb trotzig zu dem gefeierten Maëstro empor. Über das junge Antlitz flog Röte und Blässe in raschem Wechsel, die vollen Lippen waren zusammengepreßt, der rasche, unruhige Atem hob die Spitzengarnitur, die den schönsten Hals, die vollsten Schultern umsäumte.

Ehe sie sich anschickte vor Porpora zu singen, verließ ihr Begleiter auf einen befehlenden Blick Catarinas das Zimmer.

„Sie liebt es nicht, vor mir zu singen, die kleine Katze,“ sagte er achselzuckend, „ich werde sie nachher bei Euch abholen und hören, was Ihr von ihr haltet!“

Porpora erschrak fast, als diese rosigen Lippen sich teilten, vor der Gewalt und Schönheit der Stimme, die sich da vor ihm entfaltete, und dennoch sagte er ruhig: „Bel angelo, Ihr könnt alles, nur nicht singen! Ihr habt kein Staccato und kein Portamento!“

„Porpora mio,“ schmeichelte sie leidenschaftlich mit Thränen in den Augen, „macht eine Prima donna assoluta aus mir, und ich will Euch lieben, so lange ich kann!“

Das Gerücht einer unbekannten, neuen Schülerin des Porpora durchlief bald ganz Dresden. Man erfuhr zwar ihren Namen und wußte, daß sie in Begleitung des alten Impresario vor kurzem aus Wien gekommen, aber das war auch alles, — keiner kannte ihre Verhältnisse, keiner hörte oder sah sie, aber man erzählte trotz alledem Wunderdinge von ihrer Stimme.

Porpora selber hatte sie der Kurprinzessin zugeführt, und die hohe Frau hatte die junge Fremde sofort unter ihren besonderen Schutz genommen. Sie ließ sogar die Singstunden Catarinas oft zu ihrem Vergnügen in ihrem eigenen Musikzimmer abhalten und übte nicht selten Duette mit ihr ein.

Faustina in ihrer königlichen Sorglosigkeit lächelte, als man ihr von diesem neuen Sterne sprach. — „Er wird untergehen wie so viele andere," sagte sie nur, Hasse aber zeigte sich besorgt. — Er ruhte nicht eher, als bis er sich von dem berühmten Singmeister die Erlaubnis ausgewirkt, in einem Nebenzimmer zuhören zu dürfen, während Catarina Mignotti sang. Die wunderbare Frische, Gewalt und Süßigkeit der Stimme hatten ihn zugleich entzückt und bekümmert. — Es war freilich immerhin kein Gesang „con granito" wie der Faustinas, aber es war ohne Zweifel das regellose, bestrickende Girren und Locken einer jungen Nachtigall.

Liebte er doch noch immer seine strahlende Gefährtin mit jener schmerzlich brennenden Leidenschaft, mit der man diejenigen liebt, die man verloren hat oder verlieren muß, und der Gedanke, daß eine andere Hand nach jenem goldenen Diadem des Ruhmes greifen könnte, das Faustinas Stirn schmückte, marterte ihn. Daß Catarina Mignotti keine Cantilene und kein Staccato zu singen verstand und nur durch ihre lang=

atmigen Triller und Fiorituren blendete, war ihm der einzige Trost, und er nahm sich vor, seiner Königin vor der Hand den mächtigen Eindruck zu verschweigen, den das schöne Geschöpf auf ihn gemacht, und die Gedanken, die ihr Gesang in ihm erweckt.

Als aber kurze Zeit darauf Nicolo Porpora ihn bat, für seine neue Schülerin eine Arie zu komponieren, mit deren Vortrag er sie in einem großen Hofkonzert einzuführen wünsche, da schrieb er ohne Besinnen ein kunstvolles Gewebe von Läufern, Trillern und Staccatopassagen, die jedoch mit einem schmelzenden Adagio schlossen. — „Er hat sich Eure Fehler genau gemerkt, Carina," sagte der Maëstro, als er seiner Schülerin die Arie vorlegte. „Nun gilt es zu zeigen, ob Ihr bei mir etwas gelernt habt! Ihr würdet verloren gewesen sein, wenn Ihr vor einigen Monaten diese Arie gesungen."

Wenige Wochen später erhielten der Kapellmeister Hasse und seine Gemahlin eine Einladung zu einem großen Konzert im Schlosse, und der Kurfürst ließ zugleich den Wunsch ausdrücken, Faustina an diesem Abend zu hören.

„Die kleine Mignotti wird dort singen," sagte Hasse, „und ich bitte Dich, eine Deiner glänzendsten Arien zu wählen." — „Wähle Du für mich — ich singe, was Du mir vorlegst," antwortete sie stolz.

Der Konzertabend brach an. — Welch eine glänzende Gesellschaft aus den höchsten Kreisen drängte sich in den Musiksaal des Schlosses! Es war ein Rauschen und ein Flimmern, ein Wogen und Blitzen, ein Flüstern und Lächeln ohne Ende, Schönheit, Rang und Macht waren versammelt, und ein Lichtmeer sandte von der Decke herab seine Strahlen nach allen Seiten. Als die Heldinnen des Abends aber bezeichnete man die Sonne Faustina Hasse und — die neue Schülerin Porporas: Catarina Mignotti.

Die Divina nahm in einer strahlenden Toilette, in einem roten Samtkleide mit goldenen Säumen, funkelnde Agraffen von Edelsteinen in dem Haar, alle Blicke gefangen. Sie wollte schön sein und — war es.

Nur nach und nach richteten sich die Augen auch auf jenes junge Geschöpf, das in blaßroter, bauschiger Seide, einen Rosenkranz auf der linken Seite des zierlichen Köpfchens, hinter dem Sessel der Kurprinzessin stand, die heut' in ihrem weißen, schleppenden Atlasgewand mit Silberbouquets wunderbar reizend erschien. — Nur mit einer kaum merklichen Neigung des Kopfes erwiderte Maria Antonia die tiefe Verbeugung Faustinas, dann wandte sie sich an Hasse und sagte: „Ihr begleitet wohl Eure Gemahlin selber? Porpora wird dann später seine Schülerin singen lassen. Ich höre, daß sie Eure Arie fleißig studiert! Ihr habt freilich der armen Kleinen keine leichte Aufgabe gegeben!“

Das Konzert nahm seinen Anfang. Faustinas mächtige Stimme flutete durch den Saal. Hasses Unruhe verschwand nach den ersten Takten, — seine Stirn erhellte sich. Das war noch immer jener edle Gesang aus der strengen Schule des Pistoja, jene prachtvolle Wunderstimme, die einst alle Lande berauscht, wo sie erklungen, — wenn auch die unbarmherzige Hand der Zeit den süßesten Schmelz schon verwischt und die eigentliche Frische gelitten hatte. — Sie sang eine große Arie aus Hasses Alessandro nelle Indie, feuriger und siegesbewußter denn je, und dabei blitzten die dunklen Augen über die stolze Versammlung hin, als wollten sie fragen: „Wer will es wagen, mich in den Schatten zu drängen?!“

Und dennoch waren diese Töne und selbst diese Blicke vergessen, als die Mignotti an Porporas Hand bebend vor Erregung, lächelnd und glühend ans Klavier trat und die goldene Kette ihrer süßen Fiorituren und Triller um die Herzen der Hörer schlang. — Adolf Hasse glaubte zu träumen. Spielend bewältigte die Sängerin jene Schwierigkeiten, die er aufgehäuft; mit einer Sicherheit ohnegleichen zuckten die Staccatoläufer auf, und wie ein funkelnder Sprühregen fielen die feinen Perlen der Koloraturen, mezza di voce hin=

gehaucht, auf die Hörer herab. Und dabei das liebliche Antlitz, die lächelnden, rosigen Lippen, die flehenden Augen, — wer hätte solchem Zauber zu widerstehen vermocht? — Über das braune, faltige Gesicht Porporas flog ein Schimmer triumphierender Freude, der den sonst so ernsten Singmeister um zehn Jahre verjüngte. Nur Hasse war bleich geworden und blickte auf Faustina. Sie hatte sich ein wenig zurückgelehnt und ihre schöne Hand über die Augen gedeckt. Was sie wohl empfinden mag? fragte er sich unruhig.

Das Allegro war vorüber — ein unaufhaltsamer Ruf der Bewunderung brach aus. Man drängte sich zu der jungen Sängerin und überschüttete sie mit Schmeicheleien, die Kurprinzessin streifte lächelnd mit ihrem Fächer die Wange Catarinas.

Einen Augenblick nur verließ das schöne Geschöpf den Kreis, um sich Faustina Hasse zu nähern und leise zu fragen: „Es liegt mir nur daran zu wissen, was Ihr von der Mignotti denkt!"

Die stolzen Augen der Faustina leuchteten auf — forschend blickte sie in das rosige Gesicht der jungen Sängerin, dann antwortete sie sanft: „Singt erst das Adagio, die Cantilene — eher kann ich Euch nichts sagen!"

Catarina sang mit einer Vollendung ohnegleichen

das Adagio des Adolf Hasse, das geschrieben worden war, sie zu verderben, — die seelenvolle Innigkeit des Tons, das tadellose Portamento und die Fülle und Weichheit der Stimme wirkten berauschend. Der vollständige Sieg der Schülerin des Porpora war mit diesen vierzig Takten entschieden. — Mitten in dem Gewirr ringsumher, in all' den Acclamationen und Huldigungen fühlte die Mignotti, wie sich eine weiche Hand leise auf ihren Arm legte, und als sie ihr Köpfchen wendete, begegnete sie den magischen Augen der Faustina.

„Wollt Ihr jetzt noch hören, was ich von Euch denke?" Die Mignotti beugte sich und küßte statt aller Antwort die Hand, die noch auf ihrem Arme ruhte.

„Ich denke, daß Ihr die Glücklichste seid von uns beiden."

An jenem Abend sollte die reizende Sängerin noch etwas anderes, kaum minder Wunderbares erfahren: Nicolo Porpora war es, der sie beiseite zog und ihr bleich und bebend zuflüsterte:

„Wißt Ihr noch, bel angelo, was Ihr mir an jenem Tage gesagt, als ich Euch als Schülerin annahm?"

„Ich versprach, Euch zu lieben so lange wie möglich, Maëstro!"

„Nun, so fangt an mich zu lieben, Catarina Mignotti, aber — als Euren Verlobten. Ich biete Euch Herz und Hand und Leib und Seele an, und will nicht nur die erste Sängerin der Welt, sondern auch ein glückliches Weib aus Euch machen!"

„Aber — Nicolo Porpora — wie könnte ich —"

„Still, still, ich werde zu dem häßlichen Alten gehen, der Euch zu mir gebracht, — wenn er Euch liebt, wie ein braver Vater, so darf er —"

Die Mignotti stieß einen Schrei des Schreckens aus und doch zuckte es wie der Schatten eines Lächelns über ihr Gesicht.

„Unseliger! Er liebt mich aber nicht wie ein Vater — denn er ist — mein Eheherr. — Ich vergaß ihn Euch vorzustellen, man vergißt ihn so leicht — ganz Dresden glaubt mit Euch, ich sei seine Tochter! Und dann wagte ich auch nicht, Euch zu gestehen, daß ich eine Deutsche bin. Nur die Kurprinzessin wußte um mein Geheimnis. Mein Vater lebte als österreichischer Oberst in Glatz, ich entlief aus dem Ursulinerkloster, um — Sängerin zu werden und geriet in Mignottis Hände, der mich nach Italien zu bringen versprach, um Euch zu suchen. Ihr seht, ich bin Euch schon lange nachgelaufen! O verzeiht mir, Maëstro. Ewig dankbar werde ich Euch bleiben. Ach, es ist ja traurig genug, daß ich Catarina Mignotti heiße! Wollt

Ihr mir diesen doppelten Fehler verzeihen? — Mein Versprechen halte ich dennoch — Euch zu lieben so lange ich kann!"

Wer hätte zürnen können diesen Augen, diesen Lippen und diesem Versprechen gegenüber?! —

Armer Nicolo Porpora! Er hatte Glück mit den Schülerinnen, doch keines mit den Frauen! —

Die Mignotti war es, die später wirklich Faustina Hasse verdrängte. Die Divina mußte es also erleben, daß keine italienische Nebenbuhlerin sie stürzte, sondern — eine Deutsche.

Die Katzenfuge.

Denkt Euch ein kleines Haus, halb versteckt im dunkelgrünen Myrtengebüsch, umrankt von Weinlaub, umgeben und beschattet von wilden Rosen und Orangenbäumen, im Hintergrunde, auf prächtigem Lager ruhend, Neapel, die Königin aller Städte und darüber ausgespannt den ewig lachenden, italienischen Himmel. Ein solches farbenreiches Bildchen ist gar entzückend anzusehen für Augen, halb geblendet vom Winterschnee und Eis, und wir träumen uns hinein mit unserem sehnsuchtsvollen Herzen in all diese üppige Lieblichkeit, so daß wir endlich von dem dunkelblau leuchtenden Himmel reden, als ob wir selbst den belebenden, berauschenden Sonnenkuß empfunden und die fremde, zauberische Herrlichkeit des Südens geschaut.

Habt Ihr Euch ein Weilchen gelabt an dem

kleinen Bilde, so wendet Eure Augen auch einem alten, nachlässig gekleideten Manne zu, welcher vor der Thür des Hauses sitzt und gedankenvoll hinausstarrt in die Ferne. Ein Orangenbaum streut zuweilen einzelne Duftblüten auf ihn herab: er achtet nicht darauf; Rosen küssen neckend seinen Scheitel, bunte Schmetterlinge flattern spielend um ihn her; vergebens, das rege, reizende Leben und Treiben berührt ihn nicht. Und doch war Leidenschaft und Bewegung in seinem dunkeln, edelgeschnittenen Antlitz, und die brennenden italienischen Augen kontrastierten seltsam mit dem nordischen Schnee seines Hauptes. Es war der Meister Alessandro Scarlatti. Eine Harfe lehnte an seinem Sessel, und vor ihr hatte mit unbeschreiblich ernster Miene und unnachahmlicher Würde ein großer, schwarzer Kater Platz genommen. Er beschäftigte sich damit, die Spitze seines Schwanzes, welche, wie sein linkes Ohr, in blendender Weiße leuchtete, ganz leise über die Saiten tanzen zu lassen, bei welchem seltsamen Experimente denn natürlich allerlei fremde Töne zum Vorschein kamen. Er pflegte sich überhaupt, da sein hoher Gebieter niemals mißfällig diese musikalischen Studieen bemerkte, jeden Morgen ganz rücksichtslos seinem Genius zu überlassen, fuhr unter den possierlichsten Gebärden und Sprüngen mit der Schwanzspitze auf der Harfe hin und her und sang zuweilen im Übermaße des Gefühls eine jener alten, schwermütigen Weisen seines Stammes, welche, wie man behauptet, im stande sind, Steine zu erweichen und Menschen rasend zu machen.

Das alles störte den Meister Scarlatti nie, im Gegenteil, er lachte wie ein gutmütiger Teufel, wenn sein Kater in seine musikalischen Verzückungen verfiel. Des Abends aber saß der Kater stets mit einem Gesicht, wie ein gerührter Ratsherr, im Winkel in der Stube seines geliebten Herrn, und der Meister selbst spielte dann die Harfe. Das mochte wohl auch in der That herrlich anzuhören sein, denn alle Vögelein, die in den Orangenbäumen und Myrtenzweigen sangen, kamen an das offene Fenster geflogen, um zu horchen, und die Rosen steckten ihre Köpfchen hinein, eins über das andere in solcher Hast und Ungeduld, daß gar oft ein zartes Knöspchen dabei sein süßes Leben verlor. Der Meister aber war anzuschauen, wie der wundersame, alte Barde Ossian, nur nicht so schmerzerfüllt und gramgebeugt. Was Wunder, wenn bei solchen Zauberklängen die empfindsame Seele eines unverdorbenen Katers, der noch obendrein eine tote Liebste beweinte, in Wehmut zerfloß und seine grünen Augen ihm übergingen, wie dem König von Thule. Bemerkte Scarlatti dieses köstliche Naß, so zog er seinen treuen, vierbeinigen Gefährten zu sich und streichelte, herzte und küßte ihn so lange, bis er seine tolle Katerlaune wieder bekam. Überhaupt führte der Kater ein ganz reizendes Leben bei seinem milden Herrn, dem er ja alles war, Freund, Weib und Kind, den er nie verließ, weder bei Tag noch bei Nacht. Komponierte der alte Meister, so mußte ihm Ponto leise, leise mit der berühmten, weißen Schwanzspitze über den Scheitel gleiten, wobei er ihm regungslos auf der linken Schulter saß. Zuweilen wurde auch Scarlatti heftig, ungeduldig, wenn ein Gedanke ihm nicht klar wurde, wenn seine Hand ermattete, oder die boshafte Tinte sich zu einer formlosen Masse verdichtete; dann flog der Kater durch ein plötzliches, unwilliges Achselzucken seines Herrn oft herab von seinem hohen Sitze mitten in die Stube hinein. Das nahm er aber auch nicht übel, sondern blieb bei dergleichen Unzartheiten freundlich, wie eine kluge Frau ihrem scheltenden Manne gegenüber, kam immer wieder sanftmütig zurück und bestieg dann nach einigen Minuten schmerzlicher Verbannung mit dem behaglichsten Schnurren von neuem den verlassenen Thron. Dafür erhielt er aber auch, wenn sein Gebieter endlich Feder und Papier beiseite geschoben, tausend liebe Schmeichelworte und noch andere Dinge, die seinen Magen in grenzenlose Entzückung versetzten.

Das alles war recht schön und gut, wenn nur der Sonntag nicht gewesen wäre, der einzige trübe Tag für den Kater Ponto. Des Sonntags pflegte nämlich ein gar sonderbarer, toller Gesell Quartier bei dem Meister Scarlatti aufzuschlagen und bei ihm zu verweilen, bis die stille Nacht die von Glanz und Glut ermattete Erde in ihren Sternenmantel hüllte. Der junge Sonntagsgast war ein Lieblingsschüler des Meisters, weit aus dem fernen Deutschland gekommen und nannte sich Hasse; dies hatte sich der Kater gemerkt, auch sein weiß und rotes Angesicht und seine braunen Locken. Nun konnte es aber keinen fröhlicheren, keckeren Burschen geben auf der weiten Welt, als eben ihn, diesen jungen Deutschen, der den ehrlichen Ponto auf alle nur erdenkliche Weise quälte und beleidigte; bald band er ihm eine Klingel an den Schwanz, bald zog er ihm kleine Kinderschuhe an die Füße, bald bekränzte er ihn mit Rosen oder bestreute ihn mit Orangenblüten, deren starken Duft die Katernase durchaus nicht vertragen konnte und wogegen selbige sich stets mit krampfhaftem, wiederholtem Niesen sträubte. Dazu besaß der junge Deutsche auch noch zum Überfluß einen kleinen, boshaften Hund, von dem jedoch sogar Ponto, sein geschworener Feind, eingestehen mußte, daß er reizend war, blendend weiß, behend und graziös, mit klugen, braunen Augen. Dieser verzogene Liebling war fast noch toller, ausgelassener, rücksichtsloser, als sein Herr, und der Kater ärgerte sich ganz mager über seine Keckheit.

Und es war Sonntag, als der Kater wild phantasierend an der Harfe auf- und niedersprang, sein Gebieter aber so gedankenvoll in die Ferne blickte, wie ich Euch beschrieben. Und siehe, der gefürchtete Gast erschien auch wirklich schon während des ersten Präludiums. Leicht und fröhlich schritt er daher, der Jüngling mit den schönen Locken und den frischen Wangen, und neben ihm hüpfte und sprang sein allerliebster Gefährte. „Guten Morgen, Meister Scarlatti!" rief der Ankömmling mit herzlichem Tone und Blicke, „wie habe ich mich auf Euch gefreut!" Scarlatti nickte und lächelte halb freundlich über den lieben Gruß, halb spöttisch über den sonderbaren deutschen Accent des Sprechers und erwiderte: „Bin heute ein schlechter Gesellschafter und Freund, Hasse! habe sehr, sehr viel im Kopfe; allerlei Töne schwirren mir vor den Ohren herum, bunt durcheinander, und ich kann doch keine Melodie daraus formen; ich suche etwas ganz absonderlich Originelles; daß ich es nicht finde, bringt mich zur Verzweiflung. Ich bitt' Euch, laßt mich in Ruhe mit Euren Possen, sonst drehe ich Eurem kleinen, verzogenen Hunde den Hals um." — „Halt, halt, Meister Scarlatti!" rief der Gast, „das geht nicht so rasch; Ihr seid schlechter Laune, das seh' ich wohl, aber meinen kleinen Treulieb dürft Ihr mir nicht anrühren. Ihr wißt ja auch, daß er die Abschiedsgabe meines süßen, blonden, deutschen Liebchens war und mich begleiten soll, wie ihre Liebe und Treue mich begleiten."

Der Meister wandte sich zu dem jungen Manne mit gütigem Lächeln und schaute in sein helles, fast noch kindliches Antlitz. Da stand der jugendliche Schwärmer an den Orangenbaum gelehnt, umgeben von südlicher Pracht, die Augen gen Himmel gerichtet, und schien zu träumen von seiner fernen, geliebten Heimat, von dem schönen Deutschland mit dem lichten Himmel, den hellgrünen Bäumen, bunten Blumen und schneegekrönten Bergen. Oder flogen seine Sehnsuchtsgedanken vielleicht zu der lieblichsten aller Blumen, zu der treuen, fernen Liebsten? Bald aber verschwanden die Wolken, die sich auf seine jugendliche Stirn gelagert; Treulieb sprang an ihm empor und küßte seine Hände. Der Meister verlor sich wieder in tiefes Sinnen und überließ es dem Schüler, für die Aufrechterhaltung der Ruhe und Ordnung seines kleinen Staates zu wachen. Das that der junge Mann wohl auch ein Weilchen lang, indem er beiden Tieren eine ausgezeichnete Vernunftpredigt hielt, am Schlusse derselben aber eine kleine Perücke und Brille aus seiner Tasche zog, um trotz allen Widerstrebens den still ergrimmten Ponto damit zu schmücken. Das schien denn besonders dem tollen Treulieb zu gefallen, er bellte laut und tanzte vor dem verzweifelten Dulder mit der Behendigkeit und Zierlichkeit einer Tänzerin hin und her. Scarlatti sah sich um nach der Gruppe und mußte verstohlen lächeln, hütete sich aber wohl, seinem unsinnigen Schüler diese Schwäche zu zeigen, sondern brummte im Gegenteil ziemlich unfreundlich vor sich hin, so daß Hasse, einen Vulkanausbruch fürchtend, seine Zöglinge in des Meisters Stübchen lockte. Das alte Klavier stand geöffnet, des jungen Mannes Hände glitten über die Tasten, er spielte einen wütenden Hexentanz. Treulieb sprang wie besessen und schwang sich endlich im höchsten Übermut mit einem Freudengeschrei auf den Rücken des unseligen Ponto, zärtlich mit den Vorderpfoten seinen Hals umschlingend. Da zerriß endlich der zähe Geduldsfaden der edlen Katerseele. Mit dem Gedanken „Sein oder Nichtsein" fing er an mit seiner kleinen Last auf dem Rücken herumzurasen, ja fast zu fliegen; an allen Wänden suchte er emporzulaufen, über Stühle und Tische sprang er sprudelnd und kreischend, daß des Meisters Papiere umherflogen wie Spreu, und eine Staubwolke das Stübchen einhüllte. Hasse lief herbei: vergebens, kein Rufen, kein Schelten half. Endlich ermattete Ponto; Scham über die ihm angethane Schmach, Zorn über seine eigene Schwäche erzeugten in seiner Brust eine großartige Idee. Er wollte seinen Gebieter herbeirufen zu Hilfe und Rettung. Ohne Verweilen sprang er auf die Tasten des Klaviers, trat darauf herum, rannte wild zweimal auf und ab, wobei er denn das Mark und Bein durchdringende Hilfsgeschrei seines Stammes erschallen ließ. Bei den ersten seltsamen Tönen sank schon Treulieb halb bewußtlos von des Begeisterten Rücken. Ein dumpfer Accord verkündete diesen Fall. Des Katers Brille folgte, nur die Perücke blieb. Die wirren Töne wurden zur Melodie: Hasse lauschte, durch das geöffnete Fenster aber schaute zwischen all den Weinblättern und wilden Rosen das Gesicht des alten Meisters herein, übergossen von dem Sonnenschein der leidenschaftlichsten Freude, und rief: „An mein Herz, Kater! Du hast's gefunden!" und Ponto stürzte sich, einer Ohnmacht nahe, in die Arme seines Herrn. Den tollen Schüler aber schickte Scarlatti sogleich fort bis zum nächsten Tage.

Als nun der junge Mann am andern Morgen vor seinen Meister trat, zeigte ihm dieser leuchtenden und triumphierenden Blickes ein Blatt, dicht besäet mit Noten, über welchen mit großen Lettern der Titel prangte: „Katzenfuge". Meister Scarlatti setzte sich an das Klavier und spielte; der Jüngling aber erkannte in dem wundersamen, künstlich verwebten und überbauten Thema augenblicklich mit frohem Staunen die seltsamen Notsignale und höllischen Melodieen der wilden Jagd, welche über die Tasten gezogen war in Gestalt eines verzweifelten Katers. Meister und Schüler lachten am Schlusse um die Wette; der gekrönte Kater aber saß auf der linken Schulter seines Gebieters, und dieser behauptete bis zu seinem Tode, Ponto habe ganz menschlich mitgelacht.

Übrigens teile ich Euch noch zum Schlusse die wichtige Nachricht mit, daß Ponto ein Ur-Ur-Ur-Groß-onkel der Schwägerin der Nichte der Mutter des berühmten Hoffmannschen Kater Murr gewesen sein soll.

Schneeglöcklein.

Glöcklein im Thale,
Rieseln im Bach,
Säuseln in Lüften
Schmelzendes Ach?

H. v. Chezy.

In einem kleinen, gar stillen Eilande, dem katholischen Friedhofe der stolzen Königsstadt Dresden, liegt ein versteckter, aber heiliger Wallfahrtsort für gläubige Seelen, und ganz besonders für jene Herzen, denen sich die wunderreiche, geheimnisvolle Tonwelt offenbarte und die sich in kindlicher Demut beugen lernten vor der Allgewalt der hocherhabenen Musika. Die Kuppel der Kapelle für die frommen Beter ist der unendliche Himmel, ihr Betschemel ein einfacher, grauer Stein, ihr Heiligenbild eine sternenbekränzte

Lyra, und in ihrem Gebetbüchlein stehen nur die Worte:

Carl Maria von Weber.

Ja, in einem solchen Friedensasyl ruht die Hülle des Ruhmgekrönten! Dort schlummert er, der Vielbeweinte, den langen, traumlosen Schlaf nach manchem harten Kampfe, nach manchem glänzenden Siege. Verwundet von den Dornen des Lebens sang er seinen Schwanengesang einsam, fern von der geliebten Heimat — und verstummte dann auf ewig. Die Welt schmückte die entseelte Hülle mit Lorbeer, bettete sie in die heimatliche Erde und überschüttete den Toten mit allen den Ehren, die sie dem Lebenden versagt. Wohl mag manche bittere Reuethräne heimlich in die tausend Wehmuts- und Dankestropfen gefallen sein, die dem Entschlummerten flossen!

Es dünkt uns oft schon ein Traum, aber ein süßer, lieber, daß der große Meister mit uns, unter uns, neben uns gelebt, gesungen, gelitten; und doch ist die Zahl der Jahre, die sich zwischen jene schöne Zeit und den heutigen Tag drängten, so gering! — In einer engen, dunklen Straße Dresdens stand sein stilles Haus; aus einem kleinen, blumengeschmückten Fensterlein drangen jene Zauberklänge und Melodieen, die seine Seele erfüllten, und die noch die späteste Nachwelt preisen wird. Wie oft ergoß sich der goldene

Strom seiner liederreichen Brust in den Schoß der verschwiegenen Nacht! Und in der engen Straße drängten sich dann Lauscher, Schlaf und Ermattung vergessend, und ließen den erquickenden Tonregen niederströmen auf ihre durstigen Seelen, dem Spender heimlich inbrünstig dankend für solche himmlische Labung. Die sorgende Liebe eines treuen Weibes beglückte den großen Meister, unbegrenzte Zärtlichkeit leuchtete ihm entgegen aus den frohen Augen seiner Kinder; aber all diese rührende, aufopfernde Hingebung vermochte nicht den rauhen Pfad zu ebnen, den der Geliebte wandeln sollte, noch jene scharfen Stacheln abzuwehren, die der Neid und die Bosheit hohnlachend an sein Herz warfen. Wie blutete es oft, dies edle, weiche Herz! Aber vergessen, begraben war stets alles Leid und Weh, wenn der Frühling kam und die liebliche Umgegend der düstern Stadt mit zahllosen Reizen schmückte: wenn die Blumen erstanden aus ihren kleinen Gräbern und die Bäume mit tausend Blütenaugen ungeblendet in das strahlende Sonnenantlitz schauten; wenn jedes Geschöpf jubelte und die Wonne des Daseins empfand. Ein einfacher Maiblumen- oder Veilchenstrauß entzückte und erhob dann von neuem wieder die Seele des Meisters, und der süße Blumenduft verkörperte sich auf seiner goldnen Leier zu zauberischen Frühlingsmelodieen, Blumenliedchen und Elfengesängen.

Vor allen Blumen aber liebte er die Schneeglöckchen, jene zarten Blüten, so silberrein und unbefleckt wie die Seele eines Kindes. Ein Kind brachte ihm auch alljährlich in den ersten Tagen des Lenzes einen vollen Strauß dieser blendendweißen Lieblinge; ein zierliches, freundliches Mädchen, das Töchterlein eines Müllers, dessen Mühle einsam und versteckt im schönen Plauenschen Grunde lag und oft das Ziel der stillen Wanderungen des Meisters gewesen war. Die Kleine wollte aber nie einen Lohn annehmen für ihr Sträußchen: „Ach, spielt mir etwas!" bat sie stets leise und zagend. Und das that auch der Beschenkte mit dem freundlichsten Lächeln, heimlich sich ergötzend an der lautlosen Seligkeit des lauschenden Kindes.

So vergingen die Jahre, bis denn eines Tages der Meister bemerkte, daß das Mägdlein gar groß, schlank und stattlich geworden sei, und das Kind sich verwandelte in eine blühende Jungfrau. Als sie aber wiederkehrte im nächsten Frühjahr, war sie bleich, o, unbeschreiblich bleich, und der Tod schaute aus ihren tiefliegenden Augen. Und wie weinte sie so bitterlich, als sie dem Verehrten die weißen Blumen brachte, und er ihr in gewohnter Weise süße, holde Tonmärchen erzählte!

„Ich werde nicht wiederkommen im nächsten Frühling," sagte sie scheidend, „lebt wohl! Morgen flechten sie mir das Brautkränzlein ins Haar, und dann bin ich eine Frau!“

„Und darüber willst Du traurig sein, liebes Kind!“ fragte der Meister und versuchte zu scherzen. „Ich glaube, mein lieb' Mägdlein fängt an, mir auch Märchen zu erzählen; denn über den schönen, grünen Jungfernkranz hat doch wohl selten ein Bräutchen geweint!“

„Sie trauen mich ja nicht mit meinem Schatze!“ schluchzte die Bleiche jetzt plötzlich. „Ach! ein fremder Mann führt mich in sein Haus. Mein Liebster aber ist fortgezogen am letzten Weihnachtstage, fort in die weite Welt ohne Abschied und Scheidegruß; kann ich da wohl fröhlich sein?“ Und sie schlug die schlanken Hände in einander, mit dem Ausdrucke herzzerschneidenden Wehs in den reizenden Zügen. — — — — —

Und als der ersehnte Lenz erschien und die Glöckchen im Thale läuteten, fragte ein alter, kummervoll blickender Mann in schlichter Kleidung nach der Wohnung des „Tonmeister Weber“. In das traute Stübchen Webers geführt, begrüßte er ihn mit traurigem Lächeln und überreichte ihm einen vollen Strauß zarter Schneeglöckchen. „Ich bringe Euch hier den letzten Gruß meines Kindes!“ — zitterte der Alte mühsam hervor — „gestern haben wir unsere Margaret begraben. Sie starb wie ein Blümchen, das der Frost getroffen, — ach, — und starb so gern! Die Liebe hatte ihr das Herz gebrochen, — und wir armen Eltern sind schuld daran. O, hätten wir es geahnt, daß sie ihn so sehr geliebt, den schmucken Knappen Konrad, wahrlich, wir hätten ihn nicht in die Fremde getrieben! Er war uns zu arm, der wackere Bursche, mit seinem treuen, liebenden Herzen; der reiche Müller, der um unser schönes Kind freite, gefiel uns besser; und da Konrads Liebe so schüchtern war und Margaret still, freundlich und ahnungslos in die Welt blickte wie eine aufbrechende Rosenknospe, so wagten wir es, dem Verzagten zu sagen, daß unser Kind ihn verschmähte und dem reichen Freier Herz und Hand gelobt habe. Und als nun Konrad heimlich fortgezogen, so stolz und doch so elend, da kam endloser Jammer in unser Haus; da begann unsere Margaret zu welken, da erkannten wir ihr Herz!

Wie sehr sie den Fortgezogenen geliebt, gestand sie aber erst auf ihrem Totenbette. Und trotz ihres heimlichen, schweren Leides ist sie ihrem Manne doch ein braves, frommes, pflichtgetreues Weib gewesen; nie hat sie des Geliebten Namen genannt; aber dies kleine Blättchen fanden wir in ihrem Gebetbuche. Da, behaltet es zu ihrem Angedenken! Denn Ihr habt meinem armen Kinde viel Freude geschenkt: es konnte nimmer die Zeit erwarten, wo die ersten Schneeglöckchen aufwachten. Vergeßt sie nicht, die arme Margaret!" Die heißen Thränen des unglücklichen, reuevollen Vaters erstickten fast die letzten Worte.

Als der bewegte Meister sich wieder allein befand, entfaltete er gedankenvoll das kleine Blatt Papier und las mit Anstrengung, denn die Schrift war undeutlich, schwankend und halb verlöscht von Thränen:

Mein Schatz, der ist auf die Wanderschaft hin,
Drum kommt's, daß ich jetzt so traurig bin:
Vielleicht ist er tot und liegt in guter Ruh,
Drum bring' ich meine Zeit so traurig zu.

Als ich mit meinem Schatz zur Kirche wollte gehn,
Viel falsche, falsche Zungen an der Thüre stehn;
Die einen sagten dies, die andern sagten das,
Das macht mir noch jetzt die Augen naß.

Die Disteln und die Dornen, die stechen gar zu sehr,
Die falschen, falschen Zungen aber noch viel mehr;
Kein Feuer, keine Kohle brennt doch so heiß,
Als heimliche Liebe, die niemand nicht weiß.

Ach Gott! was hat mein Vater und mein' Mutter gethan,
Sie haben mich gezwungen zu 'nem andern Mann!
Zu 'nem ehrlichen Mann, den ich nimmermehr lieb';
Das macht mir das arme Herz ja so trüb'.

Ach herzliebster Schatz, ich bitte Dich gar fein,
Du wollest bei meinem Begräbnis sein!
Bei meinem Begräbnis ins tiefe, kühle Grab,
Weil ich Dich so sehr geliebet hab'.

Und der Meister vergaß sie nicht, die arme Margaret; das Liedchen vom treuen Schatz auf der Wanderschaft schwebte ihm durch Herz und Gedanken immer und immerfort; und eines Abends ließ er seine Finger leise über die Tasten gleiten, und eine Melodie entstand, tauchte auf zu den traurigen Worten, wunderbar, wehmütig, herzergreifend und doch so kindlich einfach anzuhören. Langgehaltene Accorde bildeten die ernste Begleitung: aber es war, als ob tausend Thränentropfen in den Tönen zitterten und bange Liebesseufzer gequälter Menschenherzen sich gewaltsam in die Harmonieen drängten.

So war eine neue, unverwelkliche Frühlingsblume hervorgesproßt aus der unerschöpflich reichen Seele des Meisters, und er legte sie nieder auf den einsamen Hügel der Frühverstorbenen.

Singt es nur, das kleine, traurig süße Lied, wenn Euch eine bange Sehnsucht überfällt, oder eine erinnerungsvolle Traurigkeit! Alte, längst entschlafene Schmerzen werden dann erwachen und die Augen aufschlagen, leise bittend: „Gebt uns noch einmal einen Seufzer, opfert uns noch einmal eine Thräne! willig wollen wir dann wieder einschlummern und nur aufwachen, wenn Ihr uns von neuem ruft.“ Aber endlich werden, bei den Klängen der seltsam weichen Accorde des einfachen Liedchens, Wehmut, Sehnsucht und Schmerzen dahinschmelzen und ausströmen in lindernde Thränenflut. Wenn Eure Seelenaugen bewundernd auf dem ewig frischen Blumenkranze unsterblicher Tonschöpfungen ruhen, der des verklärten Meisters Bild strahlend umzieht, wenn die stolzen Wunderblumen „Euryanthe", „Oberon", die ewig junge Rose „Freischütz", die hold lächelnde Maiblume „Preziosa", die zahllosen Liederblüten und andere reizende Knöspchen Euch blenden und entzücken: dann vergeßt das kleine, bleiche Schneeglöcklein nicht, das so lieblich läutet und so scheu hinter den anderen üppigen Blumengestalten sich verbirgt! Grüßt es mit Herz und Lippe, und dankt dem lieben Meister für solch reizendes Geschenk! Denn wahrlich, dies Schneeglöckchen, dies zarte, traurige Liedchen vom lieben Schatz auf der Wanderschaft, ist ein leuchtendes Tautröpflein auf dem schönsten Blatte der goldnen Lorbeerkrone des Unvergeßlichen.

Die Spielgefährten.

Ein Maitag unter dem leuchtenden, entzückenden Himmel Italiens hat einen Zauber, den wir Kinder des Nordens nicht zu fassen vermögen und nur zuweilen ahnen in unseren Träumen. Die Erde lacht und strahlt im buntesten Schmucke, das Sonnenauge blickt auf die Reizende voll heißer, verzehrender Sehnsucht, und die ganze Luft ist Balsamduft. Das Herz in der Menschenbrust blüht schöner auf in dieser Herrlichkeit und jauchzt und glüht, wie alles ringsumher, und die Menschenaugen blicken alle so brennend und verlangend wie das Sonnenauge. Ein kaltes, lebensmüdes Angesicht wird dort so selten gesehen, wie eine Eisblume.

Desto auffallender war wohl deshalb die Erscheinung eines Knaben, der an einem Maitage des Jahres

1793 einsam am Meeresufer saß und der schönen Stadt Genua, die wie eine glückstrahlende Braut an der Brust des stolzen Meeres ruht, den Rücken gewandt hatte, hinausstarrend auf die blitzende, unabsehbare Wasserfläche. Er war ein Kind von etwa zehn Jahren, zarter Gestalt, mit einem feinen, aber bleichen Gesichte, dunkeln Haaren, finstern Augenbrauen und den wunderbarsten, schwärzesten Augen in der Welt. Der Ausdruck dieser Augen war fast unheimlich durch seinen schnellen Wechsel; bald blitzend feurig, siegend und stolz, bald traurig bis zum Tode.

Eine helle, liebe Kinderstimme unterbrach das düstere Sinnen des jugendlichen Träumers: ein reizendes, kleines Mädchen lief herbei und stürzte sich an seine Brust mit dem Ausruf: „Böser Nicolo, wo bist Du den ganzen langen Nachmittag gewesen? wie hab' ich Dich überall gesucht!“ und dabei küßte sie ihn feurig, sah ihn mit den großen, braunen Augen aufgeregt an und schüttete endlich aus ihrem weißen Schürzchen eine Menge Blumen vor ihm aus: wilde Rosen, Myrtenzweige und Orangenblüten.

Nicolo umfaßte die kleine Sprecherin, lächelte fast freudig, streichelte ihre schwarzen, wilden Locken und sagte leise: „Dem Vater bin ich entschlüpft, Gianetta! ich wollte ein wenig still träumen und glücklich sein hier am schönen, hellen Meeresspiegel; Du kennst ja diesen Lieblingsplatz Deines Spielgefährten!“

Gianetta begann aber anstatt aller Antwort eifrig den bösen Vater ihres jungen Freundes zu schelten. „Er gönnt Dir nicht Ruhe bei Tag und Nacht," eiferte sie; „er bringt Dich noch beizeiten ins Grab; »Dein Nicolo ist nicht stark und kräftig,« sagt immer die Mutter; »seine tolle Geige zehrt ihm die Seele auf, und der Vater zerstört seinen Körper.« — Gewiß hat sie recht," schloß Gianetta betrübt.

„Glaube das nicht!" entgegnete Nicolo ernst, „ich sterbe nicht; ich kann nicht sterben, ich muß ja erst ein großer Mann werden; und schwach bin ich nicht, sieh her!" Und dabei richtete er sich hoch auf, seine Gestalt schien zu wachsen, seine Augen brannten im wildesten Feuer, um den Mund zuckte ein seltsames Lächeln; er hob Gianetta plötzlich von der Erde empor und hielt sie mit kräftigen Armen über die Wasserfläche zu seinen Füßen. Das Mädchen erbleichte nicht, sie seufzte nur leise, als Nicolo sie wieder auf den Boden niederließ, sagte aber kein Sterbenswörtchen, sondern betrachtete ihn schüchtern von der Seite. Bald fand sie jedoch ihre ganze reizvolle Unbefangenheit wieder, plauderte, sang, und Nicolo ließ sich geduldig erzählen von allen ihren tausend kindischen Plänen, von ihren Blumen und Lachtauben; und versank er während ihres süßen Geschwätzes zuweilen in trübes Sinnen, so weckte ihn ein Kuß des Kindes oder ein kleines

Streicheln von Gianettas Händchen wieder auf; dabei strahlte und glühte sie und war unbeschreiblich lieblich.

So saßen sie bei einander am Meeresufer, über ihnen wölbte sich der tiefblaue Himmel; auf beiden jugendlichen Häuptern lag Glanz und Sonnenschein, die Stirn des Knaben aber war ernst und sorgenvoll, des Mädchens Antlitz dem Frühlinge gleich. Später, als es dunkelte, gingen sie nach Hause Arm in Arm, wanderten durch viele breite Straßen, bis sie endlich in eine kleine Seitenstraße bogen, an deren Ende zwei Häuser standen, dicht mit Wein bewachsen: in dem einen wohnte Gianetta, Nicolo ihr gegenüber. Den Knaben erwartete das finstere Antlitz eines harten, strengen Vaters: Gianettas Mutter stand ängstlich lauschend an ihrer Thüre und küßte zärtlich ihr wildes Mädchen. Die Kinder sagten „gute Nacht!" und schieden.

Als Nicolo mit einem tiefen Seufzer in sein einsames Kämmerlein trat, öffnete er hastig das niedere Fenster, damit die wunderschöne Nachtluft hereinströme, nahm aus einem kleinen, sargähnlichen Kasten eine alte Violine, betrachtete sie mit einem Blicke der leidenschaftlichsten Zärtlichkeit und fing an zu phantasieren. Die reinen, seltsam ergreifenden Töne zogen hinaus in die schweigende Nacht oder wogten und schwebten auf und nieder in dem engen Zimmer, daß die Wände zu zittern und zu beben schienen ob der mächtigen Klänge. Kaum aber tauchte der erste Ton auf, als eine ungewöhnlich große, prächtig gezeichnete Kreuzspinne aus dem dichten Weinlaube am Fenster ins Stübchen schlüpfte. „Silberkreuzchen, willkommen!“ sagte Nicolo leise und legte seine Hand auf das Gesims des Fensters; die Spinne lief eilig herbei, und der Knabe setzte sie auf die Schnecke seiner Geige, wo sie sich mit ihren kleinen Füßchen fest anklammerte und starr und regungslos verblieb, dem Tonmeer lauschend, welches unaufhaltsam über sie herein stürzte. Der Knabe spielte, bis ihm der Arm ermattete, die Augenlider zu sinken begannen und der Morgen, in lichte Rosenschleier gehüllt, ins Stübchen schaute. Dann legte er seine geliebte Geige nieder, die Spinne belebte sich wieder und schlich, als wollte sie danken, durch die bleiche Hand Nicolos, der sie ans Fenster trug, wo sie eilig in den Weinblättern verschwand. Der Knabe verfolgte sie lange mit seinen Augen; das Gefühl trostloser Einsamkeit kam über ihn, ein Gefühl, welches ihn übermannte jede Nacht, wenn Silberkreuzchen, diese seltsame Zuhörerin und Gefährtin seiner dunkeln Kinderjahre, weggeeilt war.

Nicolo hing an diesem kleinen, treuen Geschöpfe mit inniger Liebe: der erste Ton seiner Geige rief sie herbei und erst, wenn der letzte Ton verhallte, erwachte sie aus der süßen Betäubung, aus dem wundervollen, berauschenden Traume, in welchen sie diese Zaubermelodieen versetzten. Oft, wenn Nicolo, in düsteres Sinnen verloren, von der Erfüllung ehrgeiziger, kühner Wünsche, stolzer Hoffnungen träumte, und mechanisch dabei die Saiten berührte, kam Silberkreuzchen leise, leise herbeigehuscht, und der Knabe fühlte ihre Berührung wie einen flüchtigen Kuß, schloß dann die Augen, vergaß seine Einsamkeit und daß ihn niemand liebte. Der Vater war sein strenger Herr; die sanfte Mutter war ihm gestorben, die Knaben seines Alters mieden ihn mit einer sonderbaren Scheu; nur die kleine Gianetta spielte mit ihm und küßte ihn; Nicolos Herz aber war geteilt zwischen dem herzigen Mädchen und der seltsamen Fensterfreundin. Gianetta jedoch konnte die Spinnen nicht leiden: „Es sind Hexen," sagte sie furchtsam. Nicolo setzte Silberkreuzchen auch nie auf die Schnecke seiner Geige, wenn das Kind bei ihm war und atemlos, seinem wundersamen Spiele lauschend, sich in ein Winkelchen der Kammer gedrückt hatte. Die Spinne schien das auch gar bald zu fühlen, sie kam nie herein, wenn Gianetta zuhörte; näherte sich aber Nicolo dem Fenster mit seiner Geige und schaute verstohlen forschend hinaus: da sah er immer, wie die stumme Zuhörerin regungslos an einem Weinblatte hing. Gianetta aber war nie zufrieden, wenn sein Arm ermattet herabgesunken war und die Töne verstummten; Nicolo mußte ihr auch noch erzählen, und das that er gern. Aber nicht allein wilde, schauerliche Märchen erzählte er dem horchenden Kinde, nein, auch alle Träume seines eigenen, brennenden Herzens, alle Pläne seiner hochstrebenden Seele legte er in die verschwiegene, treue Brust des reizenden Mädchens nieder. Und sie entgegnete kein Wörtchen, sondern drückte seine fiebrisch heiße Hand immer fester und fester, und dabei sahen ihn ihre Augen gar wunderbar klar und verständig an. Wenn er ihr von dem deutschen, berühmten Meister Mozart erzählte, wie er in seinem sechsten Jahre schon große Konzerte geschrieben und als ein Stern am Himmel der Tonkunst geleuchtet, da brannten seine Wangen, er zitterte vor Aufregung, und glühende Thränen des Unmuts stürzten aus seinen Augen. „Sieh, Gianetta!“ sagte er dann mit bitterem Lächeln, „welch armseliger Stümper bin ich gegen ihn?“ — Und das Mädchen vermochte ihn nicht zu trösten.

Eines Tages hatte Nicolo unter der Aufsicht seines Vaters und unter den bittersten inneren Qualen die einförmigsten Übungen gespielt; die Hände waren ihm ganz matt, seine Stirn glühte, alle Kraft, alles Leben seines ganzen Körpers aber hatte sich in seine Augen gedrängt; sie leuchteten wunderbar. Da hörte er plötzlich die Stimme von Gianettas Mutter: sie rief recht hastig und angstvoll seinen Namen. Nicolo eilte zu ihr: Gianetta war plötzlich erkrankt, ein hitziges Fieber hatte sie ergriffen. Sie sah ihn lange an, ihren liebsten Spielgefährten, ihren Freund; er verstand den Blick und holte die Geige. In seinem Herzen tobte und stürmte es. „Gianetta, ein Schlummerlied für Dich!" rief er wild. — Sie lächelte. — Da sang die zaubervolle Geige des Knaben das entzückendste, seltsamste und süßeste aller Schlummerlieder. Als er geendet, richtete sich Gianetta auf ihrem Lager in die Höhe und nannte Nicolos Namen; er stürzte in ihre Arme. „Dank Dir, mein Liebster!" flüsterte sie leise, „Nicolo, ich werde süß schlafen! Du aber darfst noch nicht ruhen, Du mußt leuchten auf der Erde, ein heller, alles überstrahlender Stern. Ziehe fort, weit, weit fort von hier! Denke mein und dieser Worte!" — Das schöne Kind neigte leise seufzend das Köpfchen und starb.

Nicolo wich die ganze Nacht nicht von der geliebten Leiche; in halbem Wahnsinn lief er den andern Tag zwecklos umher. Als er spät am Abend heimkehrte, flößte ihm seine dunkle, stille Kammer Entsetzen ein; aus dem Fenster blickte er gerade in das Stübchen Gianettas: Kerzen waren dort angezündet, das Kind lag auf der Totenbahre, geschmückt und fast begraben in Blumen, engelhaft lieblich. Neben dem Sarge kniete ein Mönch und betete für die junge, reine Seele, die diese schöne Hülle so früh verlassen hatte. — „Leb wohl, Du süßes Herz!“ sagte leise der trauernde Knabe, und die heißen Thränen stürzten über seine bleichen Wangen; „ich ziehe fort, so weit, ach so weit ich kann! hält mich ja doch nichts, nichts mehr zurück, mich den Einsamen, Ungeliebten!“ — Und dabei fiel er auf die Kniee und schluchzte krampfhaft.

In demselben Augenblicke fühlte er eine sanfte, sonderbare Berührung auf seiner Hand; er zuckte auf; Silberkreuzchen schlich herbei. „Du bist es, stumme, ach nun einzige Gefährtin meines Lebens!“ rief Nicolo, und über sein Angesicht glitt es wie ein Freudenstrahl. Er betrachtete sinnend das treue Geschöpf. Endlich fuhr er auf: „Noch einen Scheidegruß für Gianetta, dann hinaus in die Welt mit Dir, alleinige, mächtige, himmlische Geliebte meines Herzens!“ — Bei diesen Worten drückte er stürmisch seine Geige an die Brust; dann sangen die Saiten wunderbarer, geheimnisvoller denn je: schmerzbebende, doch entzückend schöne Töne schwebten hinüber zur schlummernden Gianetta; die Tote schien zu lächeln, alle süßen Blumen bebten, die Kerzenflammen zitterten, der betende Mönch ließ die gefalteten Hände sinken, und zauberische, fremde Träume kamen über ihn.

Als die Morgensonne mit ihren Glutaugen hineinblickte in das kleine Stübchen, fand sie einen halb ohnmächtigen Knaben am Boden liegen, seine Geige im Arme; auf den Saiten der Geige aber hing, fest angeklammert, Silberkreuzchen und war tot.

Ob wohl die Prophezeiung der lieblichen Gianetta in Erfüllung gegangen? — Der Knabe hieß Nicolo Paganini. — Habt Ihr je etwas von ihm gehört?

Nur ein stilles Künstlerleben.

Wer hätte nicht von jener ausgezeichneten Kunstschule reden gehört oder gelesen, die der Herzog Karl von Württemberg in der zweiten Hälfte des achtzehnten Jahrhunderts auf Solitüde errichtete, unfern seiner reizenden Residenz Stuttgart? Die gefeiertsten Namen trugen den Ruhm dieser Anstalt in alle Welt und weit über ihre Zeit hinaus: Namen, bei deren Klang noch heute viele Herzen rascher schlagen. Aber auch minder glanzvolle Erscheinungen gingen daraus hervor, in ihrem Sein und Wesen jenen sanft schimmernden Sternen vergleichbar, welche wir lieben, wenn unsere Seele voll milder Schwermut und Sehnsucht ist, welche wir aber nur gar zu bald vergessen im Geräusche des sonnenhellen, fröhlichen Tages.

Eines solchen stillen Sternes will ich eben gedenken; er leuchtet schon längst aus einer andern Welt zu uns herüber; die Menschen haben ihn einst viel bewundert und geliebt; jetzt gehört er auch schon zu den Vergessenen! — Es ist ein unbeschreiblich trauriges Ding um das Gedächtnis der Welt!

Am 15. September des Jahres 1782 saß ein junger, schlanker Mann in einem jener kleineren Zimmer der Kunstakademie, die den Musikschülern zu ihren Privatübungen angewiesen waren. Er hatte ein Violoncell zwischen seinen Knieen, auf das er mit einer Art von Zärtlichkeit herabsah. Es war Johann Rudolf Zumsteeg, einer der ausgezeichnetsten Schüler der Anstalt, sowohl durch Talent wie durch Fleiß und persönliche Liebenswürdigkeit, und ein Cellospieler ersten Ranges. Sein Vater, ein Lieblingsdiener des Herzogs, hatte durch inständige Bitten dem Sohne Aufnahme auf Solitüde verschafft. Rudolf sollte zuerst Bildhauer werden — so bestimmte es sein Vater — und hatte bereits fleißig in Thon modelliert unter der Aufsicht eines tüchtigen Lehrers, allein die Anlagen zur Musik traten so entschieden hervor, daß der strebsame Knabe gar bald diesem seinem eigentlichen Berufe mit Leib und Seele folgen durfte. Der Kapellmeister Poli unterrichtete ihn in der Kunst der Komposition, und der unermüdlich strebende junge Musiker half diesem Unterrichte nach durch das eifrige Studieren Mathesons und Marpurgs, sowie durch unausgesetzte Beschäftigung mit den Werken Bachs, Bendas und Jomellis.

Trug irgend ein menschliches Antlitz das Gepräge eines Künstlers von „Gottes Gnaden", so war es das Angesicht des jungen Rudolf: Jene sanfte Melancholie, ohne die nun einmal kein echter Künstlerkopf denkbar, lag auf seiner reinen Stirn, mischte sich in das anmutige Lächeln des feinen Mundes und milderte den feurigen Blick der großen, schwarzen Augen. Eben schüttelte er die Fülle seines dunklen Haares zurück, neigte sich und setzte den Bogen an, als die Thür sich öffnete und ein hochgewachsener, junger Mann eintrat, der ein kleines, allerliebstes Mädchen von fünf oder sechs Jahren an der Hand nach sich zog. Eine helle Freude überflog bei diesem Anblick das Gesicht des Musikers, er sprang auf, lehnte sein Cello an den Stuhl und drückte den Eingetretenen mit einem Gemisch von Leidenschaft und Scheu an sich. „Was willst Du von mir, mein Friedrich! Welch glücklicher Gedanke führt Dich zu so ungewöhnlicher Stunde hierher?" fragte er aufgeregt und bückte sich, um das Kind zu küssen, das mit blauen, köstlichen Augen stumm, aber furchtlos zu ihm aufsah.

„Vater und Mutter kamen diesen Morgen von Ludwigsburg hier an," lautete die Antwort; „sie wollen einen Tag in Stuttgart bleiben, und da ich einen halben

Tag Freiheit habe, bettelte ich ihnen mein jüngstes Schwesterchen Nanette ab. Sie ist ganz närrisch vor Glück, wenn sie Musik hört! Rudolf, spiele mir doch etwas; ich habe heut so ganz absonderliche Sehnsucht nach den weichen Tönen Deines Cello."

Nach diesen Worten warf er sich auf einen Stuhl, zog das Kind auf seine Kniee und richtete seine Augen erwartungsvoll auf den Freund.

Das waren wunderbare Augen! Die Ränder und Lider zeigten zwar eine leichte krampfhafte Röte, im Blick aber leuchtete mit überzeugender Klarheit jener frappierende Strahl vom Jenseits, das Genie. Es waren Augen, wie sie nur einem ungewöhnlichen Menschen angehören konnten. Rötliches, dichtes Haar, kunstlos zurückgestrichen, die prächtigste Stirn, eine blendende Gesichtsfarbe, ein edles Profil, eine hohe, aber schlecht getragene Gestalt: so war der Freund Zumsteegs, so war Friedrich Schiller, unser herrlicher, ewig unvergeßlicher Dichter, damals Zögling der Karlsschule.

Rudolf nahm, als sei ein Widerstreben ganz undenkbar, ohne irgend eine Gegenrede sein Instrument und fing an zu phantasieren. Er kam, ohne daß er wußte wie, in eine tiefe Wehmut hinein, und die Trauer wurde zu einer unendlich rührenden, kunstlosen Melodie, die durch alle Passagen, Ausweichungen und

Phantasieen immer wieder durchklang und sich nicht verscheuchen lassen wollte.

Vielleicht hat nie wieder ein Cellist der späteren Zeit solch eine wundervolle Weichheit, solch eine hinreißende Poesie im Vortrag entwickelt, wie Zumsteeg. Die Berichte aller seiner Zeitgenossen, die ihn hörten, stimmen überein in dem wahrhaft enthusiastischen Lobe der süßen Melancholie, ergreifenden Kraft und seelenvollen Zartheit seines Spiels. Hinsichtlich der Bravour mag ihn mancher übertroffen haben, in dem Gesange seines Instruments aber gewiß keiner.

Diesmal mochte er wohl ungewöhnlich schön singen auf seinem geliebten Cello, denn die Zuhörer vergaßen die Zeit und regten sich nicht. Als er endlich den Bogen ermüdet sinken ließ, stand Schiller auf, stellte die kleine Nanette sanft auf den Boden, faßte seinen Freund heftig bei beiden Schultern, bog ihn zurück, sah ihm tief in die Augen und rief: „Mensch! Du bist ganz Herz — wer sollte Dich nicht lieben! Dank Dir für Dein Dichten in Tönen — es war schön, glühender, als ich's in Worten vermag. Vergiß diese Stunde nicht, treue Seele, ich werde sie auch nie vergessen!"

Und dann wandte er sich hastig, um zu gehen.

„Das klang ja fast wie ein Abschied!" sagte Zumsteeg erstaunt, „wohin denn so unaufhaltsam, Du

Himmelsstürmer? Du vergißt ja Dein lieblich Schwesterchen!"

„Dein Spiel klang auch wie ein Abschied," antwortete Schiller und kehrte zurück; „Nanette, komm mit mir!"

„Nein, ich will bei Dir bleiben," sagte das Mädchen heftig und wandte sich zu dem jungen Musiker. „Bitte, bitte, laß mich noch mehr hören, wie die Engelchen singen." Und sie streckte die vollen, runden Kinderarme nach dem Gerührten aus, und als Rudolf sie aufhob, klammerte sie sich fest an seinen Hals, drückte ihr blasses Gesichtchen an das seine und küßte ihn wiederholt auf die Wangen. Nur mit heißen Thränen und auf langes, ernstes Zureden trennte sie sich endlich von ihrem neuen Freunde.

Zwei Tage nach jener kleinen Scene war Stuttgart in der lebhaftesten Bewegung. Eine ungeheure Hirschjagd, die der Herzog seinem Gaste, dem Großfürsten von Rußland, nachmaligem Kaiser Paul, zu Ehren veranstaltet hatte, beschäftigte die Köpfe von jung und alt, hoch und niedrig. Man bekümmerte sich um nichts, als um die fremden Herrschaften, um die prachtvolle Toilette der Großfürstin und das prunkende Gefolge. An eben diesem Tage, am 17. September, geschah das weltbekannte Ereignis: Friedrich Schillers Flucht von der Karlsschule. Er verließ Stuttgart in der Abenddämmerung, sein kaum zur Hälfte vollendetes Trauerspiel „Fiesco" in der Tasche.

Rudolf Zumsteeg hatte also wirklich ein Abschiedslied gespielt!

Wie selten sind doch in unserm kühlen Norden jene Herzen, die eine solche Fülle von Wärme in sich tragen, daß alle ihre Gefühle zu Tropenpflanzen werden, die uns durch ihre Pracht und Farbenglut blenden und fast erschrecken, Herzen, die, wenn sie lieben, hinreißende Leidenschaft mit ewiger Treue zu einen wissen.

Rudolf Zumsteeg hatte ein solches Herz. Seitdem er auf der Solitüde aufgenommen, hatte er sich geteilt zwischen der Musik und Friedrich Schiller, an dem er mit einem Enthusiasmus hing, der ohne Grenzen war. Schiller hätte zu jeder Stunde sein Leben verlangen können, er würde mit Lächeln für ihn gestorben sein. Er war einer der ersten, die jene Strahlenkrone auf dem Haupte des Geweihten wahrnahmen, vor deren Glanz sich ganz Europa beugte. Jedes Blättchen, von Schillers Hand geschrieben, sammelte er mit rührender Gewissenhaftigkeit, und seine größte Wonne waren Kompositionsversuche, die sich an dessen Gedichte lehnten. Jede, auch die flüchtigste Zusammenkunft mit ihm war ein Lichtblick für sein Dasein. Deshalb trauerte er auch so über alle Beschreibung tief und lange über die

Flucht seines Geliebten; er entbehrte ihn wahrhaft schmerzlich, und keine Stunde verging ohne einen Seufzer nach dem Entschwundenen. Heiße Thränen weinte er ihm nach und glaubte das Leid der Trennung von der Sonne seines Lebens nicht ertragen zu können.

Er vermochte nicht sich zu überwinden, die Schiller-sche tiefbetrübte Familie in Ludwigsburg zu besuchen; er mied mit einer wahren Ängstlichkeit jeden, der mit dem Geschiedenen in irgend einer näheren Beziehung gestanden, und war in der That auf dem Wege, in Trübsinn zu versinken. Der heimliche Briefwechsel mit dem Freunde gewährte ihm keinen Ersatz: Schiller schrieb nicht viel in dieser bewegten Lebensepoche. Zumsteeg ließ zwar in seinem Eifer und seiner Liebe für seine Kunst keinen Augenblick nach, aber er genoß nur mit halber Freude Erfolge, die ihn früher in einen Himmel von Entzückungen versetzt haben würden. Es erschienen Konzerte und Phantasieen für Cello von ihm; in eins der ersteren hatte er jenen Abschiedsgesang verwebt, den er seinem Schiller gespielt. Er hatte auf diese Weise die Melodie gleichsam von sich geworfen; er wollte sie los sein um jeden Preis; niemand wäre im stande gewesen, ihn zu bewegen, das Lied wieder zu spielen. Ferner erschienen in eben derselben Periode seines künstlerischen Schaffens die Gesänge zu Schillers Räubern, eine Messe und einige Singspiele, die großes Glück machten. Seine Kompositionen wurden auffallend rasch beliebt, sie zeichneten sich indes damals mehr durch große Klarheit und Weichheit, als durch Schwung und Reichtum der Gedanken aus. Da drang plötzlich, aber mit der vollen Gewalt eines Blitzstrahls, ein helles Licht in die Dämmerung der Melancholie des jungen Musikers: Mozarts Name, Mozarts Musik. Rudolf Zumsteeg wandte sich dieser hehren Erscheinung zu mit all der Glut, mit all der unbegrenzten Hingebung, deren solche Naturen fähig. Der Augenblick seiner Bekanntschaft mit dem Genius Mozarts war zugleich der Anfang einer neuen Lebensepoche für den Künstler, jetzt erst entfalteten sich seine Flügel zum schönen, stolzen Fluge. Er wühlte mit unendlicher Wonne in den Mozartschen Schätzen, er sah und dachte nichts, als Mozart. Jetzt erst wurden ihm die eigenen Ideen klar, jetzt erst begriff er, was er gewollt und doch nie erreicht. Er prüfte und beurteilte seine eigenen Arbeiten nun mit wahrhaft asketischer Strenge. „Gründlichkeit und Klarheit der Darstellung mangelt mir nicht," sagte er sich, „aber was ist sie wert ohne den Reiz frischer Anmut? Nachgemachte Blumen sind meine Werke, die Form ist da, aber jener Duft und Schmelz fehlt, der die einfachste frische Blume zum Gegenstand unserer Bewunderung macht. Ich war nur sentimental, wo ich glaubte, warm zu sein, deklamatorisch statt dramatisch, pathetisch statt feurig!“

Wie Schuppen fiel es von seinen Augen; mit frischem Mute fing er an, auf gänzlich veränderte Weise zu arbeiten. Schon längst hatte ihn die Karlsschule mit den ehrenvollsten Zeugnissen entlassen. Rudolf Zumsteeg lebte als Musiklehrer in Stuttgart. In eben dieser Periode eifrigster Thätigkeit und flammendster Begeisterung erzählte ihm eines Tages einer seiner Freunde, daß der große Mozart in nächster Woche auf einer größeren Reise Mannheim passieren werde und sich, wie man sagte, einen Tag dort aufzuhalten gedenke.

Diese hingeworfenen Worte brachten in Zumsteeg eine ungeheure Aufregung hervor. Ohne irgend einem Menschen seinen rasch gefaßten Plan anzuvertrauen, verschloß er sein Zimmer und brach zu Fuß nach Mannheim auf. Drei Tage lief er im rauhesten Herbstwetter, ohne Mantel, nach Mannheim, um den Herrlichen, der seine ganze Seele gefangen genommen, von Angesicht zu Angesicht zu sehen. Erschöpft, kotbespritzt, mit windzerwühlten Haaren kam er endlich dort an und eilte durch die Straßen bis vor das Gasthaus, in welchem dem Gerüchte zufolge Mozart wohnen sollte. Eben fuhr ein Reisewagen recht langsam und schwerfällig an ihm vorüber, ein noch junger Mann bog sich heraus, seine hellen, strahlenden Augen trafen die des erschöpften Musikers. Da rang sich ein fast wilder Schrei aus der Brust Zumsteegs, seine Augen hingen sich mit leidenschaftlicher Freude an dieses liebe Antlitz: „Das muß mein Mozart sein!" rief es in ihm. Und der Mann im Wagen lächelte etwas verwundert, aber unendlich innig und neigte sich wie zum Gruße: — dann aber war auch der Wagen vorüber gefahren — Zumsteeg sah ihm nach, ohne sich zu regen, und als der unförmliche Kasten seinen Blicken entschwunden war, kehrte er, ohne sich aufzuhalten, ohne irgend eine Frage zu thun, wieder um und wanderte voll stiller Seligkeit zu demselben Thore wieder hinaus, zu welchem er vor einer Stunde hereingekommen. — Ob er nun wirklich seinen Mozart gesehen, hat er nie erfahren, weil er nie danach gefragt; er hielt diese süße Täuschung fest bis ans Ende seines Lebens.

Am Morgen des 10. Dezembers 1796 traf ein Brief von Ludwigsburg ein im Hause des Kapellmeisters, einige Zeilen von Schillers ältester, verheirateter Schwester, die sich damals zum Besuch bei ihren Angehörigen befand. Zumsteeg war eben so recht von Herzen froh und dankbar: am vorhergehenden Tage hatte ihm sein liebes Weib ein Töchterchen geboren, das vierte Kind. Dieser Brief mit seinem trüben

Inhalte verwandelte aber sofort seine heitere Stimmung. Man meldete ihm, daß Nanette, die jüngste Schwester seines unvergeßlichen Freundes, jenes liebliche Kind, das damals mit heißen Thränen in seinen Armen gehangen, plötzlich und heftig erkrankt sei und unaufhörlich mit dem Ausdruck tiefster, unauslöschlicher Sehnsucht nach ihm und seinem Cello verlange; man bat ihn dringend zu kommen. Er hatte das Mädchen selten wiedergesehen und das stille, schüchterne Wesen, das sich bei seinem Erscheinen immer so heiß errötend zurückzog, wenig beachtet. Jetzt mit einem Male trat das reizende Kind mit den seelenvollen Augen wieder vor seine Seele und damit der ganze Zauber der damaligen kurzen Scene; er hörte wieder die süße Stimme, die ihn innig bittend anrief: „Ach, ließest Du mich doch noch einmal die Engelchen singen hören!"

Ohne zu zögern packte er sein Cello ein, nahm für einen Tag Abschied von Weib und Kindern und fuhr nach Ludwigsburg. Es war schon Abend, als er dort anlangte und vor dem kleinen Hause der Schillerschen Familie abstieg. Man führte den Kapellmeister sogleich in das Krankenzimmer, wo alle Angehörigen der Leidenden versammelt waren; Zumsteeg erkannte aber kein Gesicht, weil nur eine einzige Lampe brannte; die stand auf einem kleinen Tisch am Lager des jungen Mädchens und warf ihren vollen Schein auf das Bett. Nanette lag ganz ruhig, ihr weißes Nachtkleid erschien kaum weißer als ihr Antlitz. Sie sah ihrem gefeierten Bruder ähnlich, Zumsteeg bemerkte diese Ähnlichkeit aber zum erstenmal und konnte sich kaum der Thränen enthalten. Ihre Züge waren nur feiner, als die Friedrichs und ihr Haar braun, die Stirn kindlicher und weniger hoch; der unbeschreibliche Schmelz der neunzehn Jahre lag auf dem ganzen Gesicht, in den wunderbar schönen Augen stand aber schon deutlich der bitter-süße Abschiedsgruß für die Erde. Sie lächelte dem Nahenden so ruhig und zuversichtlich entgegen, als wollte sie sagen: „Ich wußte, daß Du kamst." Als er dicht vor ihr stand, flüsterte sie mit kaum hörbarer Stimme: „Ach! ich möchte ja so gern wieder die Engel singen hören! So schön wie damals!" Und nach diesen Worten stimmte sie leise, fast nur für sein Ohr erkennbar, jene Melodie an, die sie einst als fünfjähriges Kind von ihm gehört und die sie seitdem im Herzen getragen, ohne einen Ton zu verlieren, als ihr heiligstes, liebstes Geheimnis.

Da zog er sich mit seinem Cello in den fernsten Winkel des Zimmers zurück und leise, leise spielte er, zuerst mit Widerstreben, dann selbst mit fortgezogen durch die Macht der Gegenwart und durch die Erinnerung an die Vergangenheit, und er spielte zaubervoller als je. Seine ganze Seele sang mit, bat, weinte;

er spielte weiter und weiter — das Zimmer war erfüllt von Seufzern und Schluchzen.

Die Töne verhallten endlich; — das Lied war wieder ein Abschiedsgruß geworden, aber ein ewiger, für ein liebliches, blumenhaftes Geschöpf, das nun erlöst von seinem schweren Leiden mit einem seligen Lächeln von der Erde geschieden war.

Eine Begegnung.

„Sah ein Knab' ein Röslein stehn,
Röslein auf der Heiden,
War so jung und morgenschön,
Lief er schnell es nah zu sehn,
Sah's mit vielen Freuden.
Röslein, Röslein, Röslein rot,
Röslein auf der Heiden."

Goethe.

Einen so reichen Blütenstrauß als am 12. Mai des Jahres 1767 hatte sich das alte, schöne Straßburg wohl lange nicht an die Brust gesteckt. Die Gärten lagen wie ein voller Kranz um die Stadt, überall Knospen und junges, unberührtes Grün. Die hohe Kathedrale sah stolzer als sonst in das gesegnete Land hinaus, die Wogen des Rheins hoben sich wie eine von Thatkraft und Lebenslust geschwellte Riesenbrust, die helle Ill stürzte mit wilder Hast in diese rauschenden, majestätischen Wellen, und die von weißen Kirschblüten fast verschütteten Dörfer schickten von allen Seiten ihr einfaches Sonntagsgeläute herüber, das halb wie Andacht, halb wie Jubel klang.

An eben diesem Morgen schlenderte ein junger Mann von etwa zwanzig Jahren, planlos wie es schien, zu einem der Thore der Stadt hinaus, und trällerte munter die Melodie eines alten, französischen Liedchens, jenes zärtlichen Liebesgesanges Heinrichs IV.:

„Oh, charmante Gabriële.“

Das Gesicht des Sängers war fein und rosig, seine zierliche Gestalt, die Grazie seiner Haltung und der Ausdruck einer höchst anmutigen Sorglosigkeit machten den jungen Mann zu einer sehr liebenswürdigen Erscheinung. Stirn und Augen waren aber bedeutend, erstere edel und gedankenvoll, letztere frappierend durch ein Gemisch von Feuer und Schwärmerei. Der fröhliche Wanderer war am Abend zuvor mit einem Freunde von Basel in Straßburg angekommen und wollte in zwölf Stunden weiter nach Paris. Er nannte sich André Modeste Ernest Gretry. Sein Gefährte wünschte einen halben Tag bei seiner alten Tante in Straßburg auszuruhen, ehe er den Weg nach Paris fortsetzte, und da der lebhafte Gretry ein tête-à-tête mit der frischen, jungen Natur unterhaltender fand, als mit einer bejahrten, ziemlich trocknen Dame, so nahm er sich vor, den Sonntag in der Umgegend der alten Stadt zu verträumen. Gretry war nämlich ein Musiker, und solchen wunderlichen Gesellen erlaubte man zu allen Zeiten das Träumen.

Geboren zu Lüttich in Belgien, zärtlich geliebt von seinen Eltern, umgaben ihn Sang und Klang von frühester Jugend an. Sein Vater, erster Geiger an St. Martin, spielte schon dem halbjährigen Kinde allerlei Weisen vor, die es vor Freude zappeln und jauchzen ließen, und die liebliche Stimme der Mutter sang es in den Schlaf. Bereits vom sechsten Jahre an gab man den Bitten des Knaben nach und ließ ihn in der Musik unterrichten, die nun einmal seines jungen Lebens Seligkeit war. Als er größer wurde, genügte ihm der einseitige Unterricht nicht mehr; er strebte weiter, er wollte komponieren lernen. Man brachte ihn zu einem trefflichen Musiker, Reinke, unter dessen Leitung sich das Talent des Knaben glänzend entwickelte. André Gretry zeigte so viel Fleiß, faßte so leicht, war so dankbar, daß sein Lehrer die Stunden, die er mit diesem Schüler verlebte, seine Erholungszeit nannte. Reinke sorgte auch dafür, daß André so viel als möglich hörte, besuchte fleißig die musikalischen Messen und weltlichen Konzerte mit ihm und machte ihn auf die Schönheiten oder Mängel der Vorträge aufmerksam. Zu eben jener Zeit waren italienische Kirchensänger in Lüttich, deren Leistungen tiefen Eindruck machten auf den empfänglichen Knaben. Von ihnen lernte er zuerst die erschütternden Schöpfungen eines Pergolese, Galuppi, Palestrina, Lotti kennen, und beim Hören dieser Meisterwerke glühte immer heller das Verlangen in ihm auf, selbst zu schaffen. Tag und Nacht erfüllte ihn nur der Gedanke, ein guter Musiker zu werden, und er vergaß in keinem seiner kindlichen Dankgebete Gott und die heilige Jungfrau um die Erfüllung dieses heißen Wunsches zu bitten.

An seinem ersten Kommunionstage, als er am Morgen zu seinen Eltern trat, sagte seine sanfte Mutter, ihn umarmend: „Hast Du irgend einen recht innigen Wunsch, mein Sohn, so sage ihn vertrauensvoll der hohen Himmelskönigin, heute erfüllt sie die Wünsche aller guten Kinder, die recht demütig bitten.“ — Und der blasse, schöne Knabe kniete in der Kirche nieder, seine dunklen Augen suchten in brünstiger Andacht das Bildnis der Gebenedeiten, und Mund und Herz riefen: „O laß mich ein echter Musiker werden!“ Da tönte das volle Glockengeläut, und Engelstimmen mischten sich darein, Gewährung verheißend; das Herz des Kindes bebte vor Wonne, in heftiger Erregung drängte es sich dichter, fester an das Bild der Himmelskönigin, — da krachte es dumpf — — ein Schreckensschrei wurde laut: ein schwerer, morscher Balken stürzte vom Glockenstuhl herab in die Kirche und fiel dicht neben dem betäubten Knaben nieder. Ohnmächtig stürzte André zusammen. Man brachte ihn wehklagend in das Elternhaus, heiße Thränen fielen aus Vater- und Mutteraugen auf seine Stirn: man glaubte ihn tot. Da öffnete er plötzlich die Augen, lächelte unendlich heiter seinen Lieben zu und sagte: „Habt Ihr's gesehen, wie Madonna mich schützte vor dem Tode? Ihr blauer Mantel löste sich, trat aus dem Bilde und wehte mir um die Schultern! Das ist das Zeichen, daß sie meine Bitte gehört. Habt nur Geduld mit mir: ich werde ein guter Musiker!"

Im achtzehnten Jahre zog Gretry, unterstützt von vielen Freunden seines Talents, fröhlich und hoffnungsreich über die Alpen in das Land des Gesanges, in das herrliche Italien, und dort schlug die Blume seines Genies langsam die glänzenden Blätter auseinander. Das heilige, ernste Rom wurde seine zweite Heimat; Casali unterrichtete ihn in der Komposition; Gretry arbeitete mit wahrem Feuereifer; durch seinen berühmten Lehrer in die Kreise der Musiker und Musikfreunde eingeführt, erwarb er sich, im Fluge fast, aller Herzen durch seine unwiderstehliche Liebenswürdigkeit.

Mehr als eine reizende Frau versuchte es, durch allerlei Zauberkünste den interessanten Fremden dauernd zu fesseln; sein unbefangenes Herz, sein reiner Sinn und eine gewisse Flatterhaftigkeit seines ganzen Wesens bewahrten ihn jedoch glücklich vor allen engen Banden, vor allen Gefahren, die seiner Jugend und Zukunft drohten. Wohl begeisterten den erregbaren Jüngling hier und da ein Paar schöner Augen, wohl küßte er dann und wann einmal einen roten, lieblichen Mund, aber alles dies glich nur dem Tändeln eines Schmetterlings: er war zu unruhig und vielbeschäftigt, als daß irgend eine tiefere Neigung Wurzel zu schlagen vermochte in seiner Seele. In dieser reichen, poetischen Zeit entstanden seine ersten bedeutenden Kompositionen: zwei reizvolle Intermezzos, die sowohl Musiker als Laien zugleich entzückten. Nun aber zog es ihn mächtig nach Paris, an dies wild klopfende Herz, zu dieser lebensvollsten aller Städte, die er sich zum Schauplatze seines Wirkens und Schaffens erkoren; er nahm Abschied von der bella Italia und reiste in Begleitung eines französischen Malers durch die Schweiz nach Straßburg, wo wir ihn eben im Vollgenusse der lieblichsten Frühlingslandschaft gefunden. Er genoß den schönen Tag auch recht mit Bedacht, wie es schien, und beeilte sich durchaus nicht auf seinem einsamen Spaziergange. Bald warf er sich ins Gras unter irgend einen blühenden Baum und schaute nach Art aller närrischen Leute ins Blaue und lächelte dabei, bald blickte er durch die hohle Hand in die Ferne oder bückte sich und sah den Himmel verkehrt an, nickte auch allen Kirchengängern, unaufhörlich aber summte und sang er dabei. Sein Inneres mochte wohl einer Äolsharfe gleichen, auf der jeder Gedankenhauch eine Melodie hervorrief. — Plötzlich hörte er das Rauschen eines Kleides und hastige Schritte:

„leicht — wie Feentritt nur geht —"

— ein junges Mädchen lief an ihm vorüber einem bunten, auffallend schönen Schmetterlinge nach. — Sie war kaum fünfzehn Jahre alt, die Gestalt zeigte mehr noch das Kind als die Jungfrau. Das kurze, weiße Kleid flatterte um die zierlichsten Füße, der runde Strohhut war ihr entfallen und schlang sich nur noch mit den blauen Bändern um den Hals, dichtes, braunes Haar hing in schweren Flechten über den Nacken, das liebliche Gesicht glühte, die Augen leuchteten, ein Veilchenstrauß blühte an ihrer Brust. Sie jauchzte, als sie dem flatternden Schmetterlinge näher kam, sie sprang, sie flog fast, ihn wieder zu erreichen, wenn er sich entfernte. Den jungen Mann hatte sie kaum mit einem Blicke gestreift. — Der aber stand und schaute und meinte noch nie ein so hinreißend frisches Wesen gesehen zu haben. Mechanisch fast folgte er ihr — mit den Füßen, mit den Augen und sogar mit dem Herzen. Plötzlich aber stieß er einen Schreckensschrei aus: das

Mädchen fiel. Im Nu war er an ihrer Seite. Sie lag auf den Knieen, hatte sich den linken Fuß beschädigt und konnte ohne Hilfe sich nicht erheben oder gehen, aber sie zeigte keine Betrübnis, keinen Schmerz, sondern hob den Kopf und sah ihren unerwarteten Helfer mit so freudigen Augen an, als ob ihr das größte Glück begegnet. „Ich habe ihn gefangen, den Schelm!“ rief sie lebhaft aus und hielt die geschlossene rechte Hand in die Höhe. In demselben Augenblicke aber lösten sich, infolge eines heftigen Schmerzes am Fuße, die feinen Finger ein wenig, der Schmetterling drängte sich durch — flatterte fort — war frei. Der junge Mann machte mit Hilfe seines breitgeränderten Hutes einen Versuch, den Entflohenen von neuem in Haft zu bringen, das Mädchen hielt ihn aber ab.

„Laßt ihn fliegen; er will nicht mehr bei mir sein — so mag ich ihn auch nicht! War er doch mein, einen Augenblick lang, damit bin ich zufrieden!“

„Bitte, steh' auf; Dein Fuß ist malade!“ sagte André Gretry. Er sprach nur langsam und gebrochen deutsch, seine reizende Gefährtin aber verstand ihn, stützte sich auf seinen Arm und ließ sich langsam von ihm geleiten, indem sie ihm mit den Fingern ein nahe liegendes Dörfchen als ihren Wohnort bezeichnete.

„Wie heißt der village, wo Dein Haus ist?“

„Sesenheim.“

„Und wie ist Dein Name?“

„Friederike.“

„Wie nah ist doch Sesenheim! Laßt uns langsam gehen — oder erst ruhen, daß Dein Fuß gesund wird!“

Und sie setzten sich neben einander auf den grünen Rasen, unter einer mächtigen Buche, die eben ihre Blätter aus der Knospenhülle in die Welt hinausgeschickt hatte.

Der Sonnenschein, der auf dem jungen Grün lag, fiel durch die zitternden Zweige auf ihre beiden jugendlichen Häupter, sie sahen so schön, so gut aus, wer hätte ihnen nicht eine Zukunft prophezeit, lieblich wie der Lenztag, dessen milde Entzückungen sie jetzt genossen. Vertrauensvoll wie Kinder plauderten sie mit einander, als ob sie sich schon jahrelang gekannt. André erzählte, daß er ein Musiker sei, nach Paris reise und eben aus der herrlichen Schweiz nach Straßburg gekommen. Mit dem vollen Enthusiasmus der Jugend schilderte er sein frohes, freies Leben und redete von seinen hochfliegenden Plänen, so mühsam auch die Zunge die fremden, deutschen Worte aussprach. Das Mädchen dagegen zeigte ihm das rote Dach des Pfarrhauses, wo sie geboren, fragte nach den Schweizer Bergen, von denen sie viel gelesen, nach den rotwangigen Schweizermädchen mit den hellen Stimmen und nach den lustigen Jodelliedchen. Er wußte alles klar und anmutig zu beschreiben, wenn auch das Mädchen zuweilen herzlich über seine Wortstellungen und Satzbildungen lachte. Mit den Jodelliedern ging's am allerbesten; er kannte mehre, hatte sie richtig aussprechen gelernt und sang sie mit seinem weichen Tenor allerliebst. Friederike war besonders entzückt von folgendem Gesange:

„Uf'm Bergli
Bin i gesässe,
Ha de Vögle
Zugeschaut;
Händ gesunge,
Händ gesprunge,
Händ's Nestli
Gebaut.

In ä Garte
Bin i gestande
Ha de Imbli
Zugeschaut!
Händ gebrummet,
Händ gesummet
Händ Zelli
Gebaut.

Uf d' Wiese
Bin i gange,
Lugt'i Summer-
Vögle a;
Händ gesoge,
Händ gefloge,
Gar z'schön händ's
Gethan.

Und da kummt nu
Der Hansel,
Und da zeig' i
Em froh,
Wie sie's mache,
Und mer lache
Und mache's
Au so."

Und Bienen summten und fielen frühlingstrunken ins Gras, die Vögel sangen, die Luft wehte süß daher, das junge Mädchen lächelte den Sänger an, André schwamm in Seligkeit. Sie versuchte das Lied zu wiederholen, er half nach, — ihre Stimme klang so lieblich, — dazwischen scherzten und lachten sie; endlich war das Lied erlernt.

„Das soll mein Andenken sein an Euch," sagte nun Friederike und wollte sich erheben. „Ich muß nach Hause gehen, mein Fuß ist ganz gesund!"

„Ach, warte noch einen Augenblick! Wer kann sagen, ob wir jemals wieder mit einander reden!" bat er so innig, daß sie sich lachend wieder niedersetzte.

„Hoffentlich höre ich bald von einem gewissen Gretry reden, der vielerlei wunderschöne Musik erfindet und den ganz Paris, oder ganz Frankreich, oder die ganze Welt kennt und preiset! — und da denke ich: das war der lustige Sänger, der einst neben dir unter der Buche saß und das liebliche Liedchen sang."

„Und ich werde einst eine große Oper aufführen in Paris, und die Hörer werden laut »Bravo« rufen am Ende, aber mitten in dem Lärme wird eine Hand ein Bouquet zu mir herüber werfen, ein Bouquet von violettes. Und ich werde mich umschauen und in der letzten Loge bei der Bühne eine schöne Frau sehen (sie ist auf der Hochzeitsreise), eine Frau mit braunem Haar und schwarzen Augen — sie grüßt und lächelt — und ihr cher mari grüßt. Wer ist's doch? Das junge, deutsche Mädchen aus Sesenheim."

„O wie hübsch wäre es doch! Ja ich möchte Euch gern den zeigen, den ich einmal lieb habe, so recht lieb, er würde wohl prächtig und glänzend sein, schöner als der Schmetterling, den ich heute gefangen!"

„Aber wenn er auch davon fliegt, wie Dein Gefangener, und Dir Schmerz zurück läßt?"

„So war er doch einen Augenblick mein, — dann ist's schon gut. Den Schmerz will ich ertragen!"

Diesen Worten folgte eine Pause. Friederike zerpflückte zerstreut ihren Veilchenstrauß, den Kopf etwas erhoben, die wunderschönen Rehaugen voll heißer Fragen in die Ferne gerichtet. Gretry nahm dieses süße Bild für ewige Zeiten in sein Herz auf.

Dann zog er seine Schreibtafel hervor, reichte sie dem Mädchen hin, schob den Stift in ihre Hand und bat:

„Für das Liedchen schreibe mir zum Dank Deinen lieben Namen ein und den heutigen Tag.“

Sie that es.

„Gieb mir nun auch das halbzerpflückte Bouquet!“

Lieblich lächelnd erfüllte sie auch diese Bitte, erhob sich und reichte ihm zum Abschiede die Hand. Der frohe, heitere Jüngling fühlte sich zum erstenmal in seinem Leben tief bewegt, als er dem Mädchen nachsah, wie sie den schmalen Fußpfad einschlug, der zum Dorfe führte. Leicht und sorgenlos schritt sie dahin, oft noch zurückschauend und grüßend, und dabei trällerte sie mit lerchenhafter Stimme die Melodie des Schweizerliedes:

„Uf'm Bergli
Bin i gesässe“.

Als sie hinter den Hecken endlich verschwand, da war es dem jungen Musiker, als hätte er eben ihren Sarg forttragen sehen; eine bange, schwere Traurigkeit legte sich wie ein Alp auf seine Brust, und André Gretry, der seit seiner Kindheit keine Schmerzensthräne mehr vergossen, schlug die Hände vor sein Gesicht und weinte bitterlich.

Das Kloster der heiligen Lucia.

Es war am Festtage der Himmelfahrt Christi im Jahre 1794, als die Glocken des schönen Klosters der heiligen Lucia, unweit Rom, zur Morgenandacht riefen. Scharen frommer Beter wallten der Pforte zu. Gar anmutig waren sie anzuschauen, die malerischen Trachten der Wanderer, die weißen Schleier der reizenden Frauen, geschmückt mit Blumen, und die stolzen, schlanken Männer, an deren Brust kleine Zweige duftiger Orangenblüten prangten. In aller Augen blitzte fröhlichste Lebenslust und Frühlingsjubel. Der glühende Sonnenball küßte recht inbrünstig alle diese bräunlichen, warmgefärbten Wangen und umfing mit seinen Strahlenarmen innig diese köstlichen, kraftvollen Gestalten.

Die Fenster des Kirchleins flammten in Licht.

Drinnen aber stiegen Weihrauchwolken empor und der matte Schimmer der geweihten Kerzen vermochte kaum diese wallenden Nebel zu durchbrechen. Eine süße Dämmerung herrschte, das Standbild der heiligen Lucia war von den köstlichsten Kränzen und Blumen fast bedeckt und sah aus wie eine Frühlingskönigin; der Priester streckte segnend seine Arme aus, die gläubige Menge stürzte auf die Kniee; da ertönte vom hohen, verhüllten Chore das „Kyrie eleison" der frommen Nonnen. Wie flossen sie so sanft hernieder, diese weichen Stimmen, wie herrlich und erhebend war die ernste Weise des Maëstro Palestrina! Klar und hehr schritt die bedeutungsvolle Grundmelodie durch das anmutige Gewinde lieblich verflochtener Stimmen, die oft sie zu bedecken, zu verhüllen, unterzutauchen strebten, aber immer überwunden von der Siegerin, demütig zurückweichend, sich endlich vereinigten zur sanften Begleitung und zum herrlichsten Ganzen. Die bebenden Seelen der Hörer erhoben sich auf mächtigen Schwingen bald jauchzend zum Himmel, bald sanken sie, wie von zarten, unsichtbaren Blumenketten gehalten, wieder selig weinend nieder auf die geliebte Erde.

Da erschallte plötzlich im „Gloria" eine Sopranstimme, deren überraschender Klang die Menge gewaltsam aus der süßen Versunkenheit riß. Die Stimme war von einer durchdringenden Klarheit, fast schneidend in ihrer Reinheit, überwältigend in ihrer Fülle. Der Ton hatte nichts Verwandtes mit dem der anderen Sängerinnen, der Klang vermischte sich nicht mit den anderen Klängen; einsam, ohne verschmelzende Weichheit, voll und hoch, schwebte er auf und ab im Raume der Kirche.

Im „Credo“ verstummte die Wunderstimme; ein anderer, milder Sopran trat an ihre Stelle; am Schlusse jedoch, im ergreifenden „Agnus Dei“ und „Dona nobis pacem“ durchschnitt sie wieder, wie ein glänzender, scharfgeschliffener, sieggewohnter Speer, die tief herniederhängenden Weihrauchschleier. Es zitterte keine Erregtheit in ihr, es leuchtete kein Jugendschmelz in diesen Klängen, es war gleichsam eine Stimme ohne Alter und Geschlecht, eine Stimme, die den Eindruck machte, als sei sie ewig so gewesen und müsse ewig so bleiben.

Das Volk war mächtig erschüttert. „Heilige Maria,“ murmelte eine alte Frau, „das war nicht der Gesang eines Weibes!“ und heftig sich bekreuzend betete sie leise. Die erschreckte schwarzlockige Nachbarin nickte Beifall und flüsterte den Ausruf einem neben ihr knieenden Manne zu, dessen brennende Blicke freilich vergebens das Gitter des Chores zu durchdringen strebten.

Die Messe war beendet. Die Frauen verließen

in heftiger Bewegung die Kirche, die Männer schüttelten die Köpfe; jedermann sprach von dem Zaubersange, aber niemand wußte den Namen der verborgenen Sängerin. Die Kerzen erlöschten, und das überreiche Leben eines italienischen Frühlingstages verschlang alle die tausend Fragen, Zweifel, Schauer und Erwartungen.

Als am andern Tage der Morgen, der lachende, strahlende Morgen Italiens mit seinen Liebesaugen in das Kirchlein blickte, staunte er, schon wieder eine harrende Menge versammelt zu sehen. Jedes Angesicht wandte sich mit dem Ausdruck gespanntester Erwartung dem Chore zu, von welchem die Hora ertönte. Und wieder tauchte jene rätselhafte Stimme auf, und wieder durchbebte sie die Herzen mit einem Gemische von Freude und Bangen, und wieder staunten die Hörer. Da rief plötzlich ein junges, blühendes Weib, zitternd und glühend: „Heilige Himmelskönigin, ich sehe das Wunder! Maria hilf, es ist ein singendes Kind!" — Und wirklich unterschied man hinter dem Gitter die zarte Gestalt eines Mädchens von etwa zehn Jahren, aus dessen geöffneten Lippen die wunderbaren Töne strömten. Das Antlitz des Kindes erschien von strenger Regelmäßigkeit, aber die schönen Formen waren noch unbelebt und eine durchsichtige Blässe bedeckte die jugendlichen Wangen. Von dem

Momente dieser Entdeckung an steigerte sich die Aufregung der Menge von Stunde zu Stunde. Tagtäglich wallfahrtete man früh und spät in großen Zügen nach dem Kloster, um die seltsame kleine Sängerin zu hören, deren Stimme man selbst im vollsten Chore deutlich unterschied, und die Kunde von den mächtigen Klängen in einer Kinderbrust durchdrang die ganze Gegend, wanderte selbst nach Rom, und der Zudrang zu den Messen des Klosters der heiligen Lucia wurde immer gewaltiger und unaufhaltsamer.

Aber die Schar von Gläubigen, die ohne zu grübeln dankbar das vermeinte Wunder hinnahm, war klein im Vergleich zu der Menge derer, die, Köpfe und Herzen erfüllt von tausendfachen Vermutungen und Zweifeln über die Person der Sängerin, in rastloser Unruhe hin und her wogten. — „Eine Kostgängerin des Klosters ist's, welche singt, so sagt man im Kloster!" behaupteten einige. — „Aber jedenfalls ist sie verwachsen, sicherlich achtzehn oder neunzehn Jahre alt, und hat vielleicht die Gestalt eines Kindes wegen ihres Gebrechens. So singt kein Kind!" — „Nein, nein!" riefen andere, „man hat Euch ein Märchen aufgebunden; es ist eine von den jüngeren Nonnen, die Schwester Barbara, wir wissen es ganz genau, jenes Kind hat nur still zugehört!" — „Nimmermehr!" fielen einige Frauen ein, „es ist ein

Wunder geschehen, die heilige Lucia hat der frommen Äbtissin Theresa einen Engel vom Himmel gesandt." — „Was schwatzt Ihr da für kindisches Zeug?" schrie jetzt ein kräftiger Mann mit klugem, entschlossenem Antlitz, „die ganze Sache ist ein schmählicher Betrug! wir werden hintergangen, man lockt uns die Silbermünzen aus den Taschen!" — Das Volk drängte sich mit fieberischer Hast um ihn her; der Redner fuhr fort: „Ja, hört mich nur an, die Wahrheit meiner Worte wird Euch klar werden wie der Tag! Merkt auf, nur wenig ist's, was ich zu sagen habe! Das Kloster ist arm, die heilige Lucia verlangt ein neues Sammetkleid und ein goldenes Behänge, man braucht reiche Spenden und sann auf ein Mittel, das leichtgläubige Volk herbeizuziehen! Sie haben eine Maschine bauen lassen in Rom, eine Uhr in Menschengestalt, welche singt, so eine Wachspuppe mit Flötenwerk; ich sage Euch, es ist kein Kind und keine Nonne, die dort oben trillert, so fremd und so überlaut: es ist eine bloße Marionette!"

Die aufgeregte Menge stutzte, schauderte, bekreuzte sich, horchte, stritt, fanatisierte sich selbst und glaubte zuletzt. „Gewiß, beim heiligen Giovanni, Matteo hat recht!" donnerte ein Herkules mit wilden Mienen und ballte seine Fäuste, „der Singsang ist Pfaffenbetrug und weiter nichts! Wer hat denn jemals von einem singenden Kinde gehört, von einem Kinde mit solcher Riesenkraft? Täuscht Euch ferner nicht! Die Wundersängerin ist nichts als eine hölzerne Puppe mit einer Wachslarve. Das Ding wird aufgezogen wie eine Uhr, und singt allerlei Weisen. Ich sah solche seltsame Figuren mehr als einmal bei einem alten, berühmten Professor in Rom." — „Ja, und nicht umsonst fühlten wir kalte Schauer, wenn die klaren, hellen Flötentöne unser Ohr berührten; das war die Ahnung des höllischen Blendwerks," fügte ein anderer Aufgeregter mit flammenden Blicken hinzu. — „Dieser nichtswürdige Betrug schändet die Kirche der heiligen Lucia, wir dürfen ihn nicht länger dulden; wir müssen ihn enthüllen, vernichten, und alle Heiligen werden uns beistehen bei solchem Werke!" tobte ein dritter.

Wilde Bewegung wogte in der erhitzten Menge. Die Weiber beschrieben sich mit ängstlichen Mienen das starre Wachsgesicht der Marionette und ihre toten Glasaugen, und wollten nie eine Silbe des frommen Textes verstanden haben. Viele hatten auch ein seltsam schnurrendes Geräusch deutlich vernommen am Schlusse des Gloria. „Da war das Uhrwerk abgelaufen!" sagten sie leise zu einander. Die Männer entflammten sich mehr und mehr durch ihre eigenen heftigen Reden, und die sanftesten Frauen glühten auf an den lodernden

Blicken ihrer Gatten, Geliebten, Brüder; eine allgemeine Wallfahrt ins Kloster ward beschlossen, um die Auslieferung der Flötenuhr, der trügerischen singenden Puppe zu verlangen.

So zogen denn beim herannahenden Abend die aufgeregten Menschenscharen lärmend nach dem stillen Kloster, donnerten an die epheuumrankte Pforte, und begehrten heftig Einlaß. Die erschrockene Priorin gebot zu öffnen und trat den Eindringenden entgegen; mit einem Angstrufe flüchteten die Nonnen in ihre Zellen.

Das ehrwürdige Antlitz der frommen Frau, ihre hohe Gestalt und das emporgehaltene Crucifix imponierten der Menge; das wüste Geschrei verstummte, einzelne Frauen sanken auf die Kniee, die Männer wichen zurück, und nur ein Sprecher näherte sich ehrfurchtsvoll der Priorin und erklärte ihr die Vermutungen, Wünsche und Forderungen seiner Begleiter.

Staunen und Unglaube malte sich in den Zügen der ernsten Frau. „Meine Kinder!“ rief sie, „ist es möglich, daß Ihr Eure Mutter Theresa solchen Betruges anklagt? Ist es möglich, daß Ihr Euch so tief erniedrigt durch solchen Verdacht und mich so unaussprechlich betrübt? Ziehet hin, bereuet und büßet Eure Sünden! denn jene Stimme, die Euch zu diesem beklagenswerten Irrtume verleitete, jene Stimme, die Euch so mächtig ergriffen und erschüttert, sie drang aus der Brust eines gottgesegneten Kindes, schwebte nieder von den unschuldigen Lippen eines zehnjährigen Mädchens aus Sinigaglia, das hier im Kloster erzogen wird.“ — „Wir wollen das Kind sehen!“ riefen hier einige wilde Stimmen. Das Volk erhitzte sich von neuem an ihrem Klange. „Ja, ja, sehen wollen wir die Zauberin, sie reden hören, ihr Angesicht berühren und ihre Hände, und ihren warmen Lebensodem fühlen!“ — Und immer drohender wurden die Mienen, immer lauter das verwirrte Geschrei. Die Ermahnungen der Vorsteherin verhallten ungehört, und der sonst so stille Klosterhof war erfüllt von rauhen Tönen.

Da verschwand die Mutter Theresa; — sie kehrte zurück und drängte ein zartes, bleiches, zitterndes Mädchen der unruhigen Masse entgegen. Wie aus gelblichem Wachs geformt leuchtete das regelmäßige, farblose Antlitz des Kindes unter dem schwarzen, gescheitelten Haare hervor, und ängstlich starrten die weit geöffneten, dunkeln Augen die fremden, ausdrucksvollen Gesichter an. „Angelika,“ sagte die Priorin sanft, „zage nicht! Sei mutig; hilf Deiner Mutter Theresa und diesem verblendeten Volke! erhebe Deine Stimme und grüße die Himmelskönigin!“

Angelika öffnete die Lippen und begann ein altes, einfaches „Salve Regina“, aber mit einer Kraft,

Reinheit und Erhebung, mit einer Sicherheit und Ruhe, daß die lautlose Versammlung unwillkürlich die Kniee beugte. Ein so tiefer Friede, eine so unberührte Unschuld, wie sie aus diesen Tönen sprach, konnte auch wahrlich nur einer Brust entströmen, der des Lebens süßes Weh und bittre Lust, Rosen und Dornen noch nicht genaht. Die krystallklaren, hellen Klänge zogen weit, weit hinaus in die schöne Dämmerung und das blühende Land. Verklärend und weich lag der Schimmer des sichelförmigen Mondes auf allen Häuptern, auf der jugendlichen Stirn der Sängerin und auf dem ernsten Angesicht der bewegten Äbtissin.

Als Angelika geendet, erhoben sich alle die niedergesunkenen Männer und Frauen und stürzten mit jenem überwallenden, aufrichtigen Enthusiasmus, der das herzerhebende Eigentum aller Völker des Südens ist, zu dem Kinde hin. Schluchzend küßten sie die kleinen Hände der Lächelnden, den Saum des Gewandes, die leicht erglühten Kinderwangen, die Füße, priesen es mit Thränen des Entzückens, segneten es und ein einstimmiger Jubelschrei durchschnitt die Luft:

„Evviva Angelica Catalani!“

Mutter Theresa hat aber doch gar bald nachher die kindliche Wundersängerin aus dem Kloster entfernt; sie konnte die gewaltsame Störung ihres stillen Asyls nicht verschmerzen. Allein sie hat es gewiß später bitter bereut, denn aus der kleinen Angelika wurde, das weiß die ganze Welt, in kürzester Frist die große Catalani. Europa lag vor ihr auf den Knieen; — und welche Auswahl prächtiger Gewänder, Halsketten und blitzender Krönlein hätte die heilige Lucia wohl erhalten von solcher Anbetung!

Maria.

Die volle Zauberpracht eines südlichen Abendhimmels im Monat Mai hing über *** und dessen reizender Umgebung. Die ganze Landschaft lächelte verklärt unter den Wechselküssen des üppigsten Frühlings und des mildesten Abends. Unweit der romantischen Stadt lag ein Landhaus, des eine spanische Familie für einige Wochen gastlich aufgenommen; es war dicht umschlossen von den blühenden Armen eines Gartens. „Ein Garten in Italien!" — Dieser Gedanke bringt unsere nordische Phantasie in die anmutigste Aufregung: Pinien rauschen, Cypressen werfen ihre Schattenschleier über lachende Blumen, um ihre brennenden Farben zu mildern, Zitronen- und Orangenbäume tropfen ihre köstlichen Blüten tändelnd auf den Boden, der hohe Lorbeer schaut ernst dem Spiele zu, die liebliche Myrte breitet still verlangend die zarten Arme nach ihm aus, und in ihrem dunklen Laube blitzt es wie Silbersternchen. Zahllose Vogelstimmen beleben das duftige Paradies, und schimmernde Schmetterlinge flattern, frei und fessellos wie die Liebesgedanken, in seliger Trunkenheit von Blume zu Blume.

In solchem Garten, bestrahlt vom Mondlichte, das in diesen gesegneten Landen ein silberner Sonnenschein ist, lag ein spielendes Kind, zart und traumhaft lieblich wie eine Elfe. Erst sechs Frühlinge hatten diese reine Kinderstirn geküßt, aber das Wesen des lieblichen Geschöpfs war ungewöhnlich sinnend, und aus den großen, braunen Augen leuchtete ein wunderbar erhöhtes Leben.

Lächelnd häufte die einsame Kleine mit den reizenden Händchen einen Hügel von Blüten auf, begrub das Lockenköpfchen in das weiche Duftkissen, ruhte so still eine Weile und schien zu träumen; dann begann sie von neuem und wurde nicht müde des anmutigen Spiels. Halb atemlos vor Freude lauschte das Kind, wenn die neugierigen Schmetterlinge kamen und kosend von den jungen Lippen naschen wollten, die so frisch glühten, wie die stolzeste Rose. Die Vögelchen kannten wohl auch das holde Mägdelein: denn sie hüpften herbei und zupften vertraulich mit den feinen Schnäbeln an den langen, braunen Locken. Und das Kind ließ sie gewähren, wehrte es ja selbst der durstigen Mücke nicht, die mit entzücktem Gesumme ihren Stachel in den vollen, weißen Kinderarm senkte.

Vögel und Blumen, Käfer und Schmetterlinge, die bunte Fliege und die kecke Mücke waren aber auch des Mädchens Gespielinnen; es hatte noch kein Schwesterlein, und Vater und Mutter waren zu ernst, um mit der kleinen, träumerischen Else zu tändeln. So wurde denn die ewig schöne Blütenwelt, die freie, üppige Natur die weise und geliebte Lehrerin des aufhorchenden, empfänglichen Kindes.

Als nun die letzten Seufzer des heißen Tages verwehten und erstarben und die Nacht mit leisen Schritten nahte, die Blumen anzuhauchen mit ihrem süßen, kühlen Odem und die Thränenperlen ihrer Augen auf die schmachtenden Blätter zu träufeln, da ertönte aus den dichtbelaubten Zweigen eines Zitronenbaumes ein wundersüßer Gesang. Eine Nachtigall war's im einfach grauen Federkleidchen.

O! wohl uns, daß wir sie auch kennen, diese holde, kleine Sängerin! sie ist ein tönender Strahl aus dem glühenden Süden, den uns Gottes Hand liebend in unsern nordischen Frühling wirft! Wer träumt sich nicht bei dem Namen „Nachtigall" hin an eine versteckte, sanfte, rieselnde Quelle, dicht beschattet von hängenden Weiden, die ihre feinen, grünen Fingerspitzen sehnsüchtig in das kühle Naß tauchen? Mondlicht zittert durch die Zweige und der Wundersang des Vögleins durch die Luft. Da öffnet sich auch das festverschlossenste Herz und zieht durstig die zauberhaften Silbertöne ein, und sie legen sich wie Balsam auf jede Wunde und erhöhen jede Lust; süße, namenlose Schmerzen und entzückende Sehnsucht bringen sie den Glücklichen dieser Erde, Himmelsträume den Unglücklichen, denen jede Hoffnung und Freude starb.

Auch das spielende Kind bebte vor Wonne bei diesen noch nie gehörten Klängen. Das Vöglein sang und sang, und des Mädchens ganze Seele hing an diesen Tönen und schwebte und zog mit ihnen auf und nieder, weit, weit fort, hoch über die Erde.

Ringsumher tiefe Stille; — Vögel und Blumen schlürften selig die köstlichen Klangtropfen.

Wißt Ihr aber auch, woher der Nachtigall, vor allen anderen Vögeln, diese Zauberstimme geworden? „Die Nachtigall hat einst," so erzählte mir der Geliebte des Vögleins, ein schlanker, reizender Rosenelf, „im herrlichen Paradiese mit den Flügeln und der kleinen Brust die mächtige goldene Riesenharfe des großen Weltenschöpfers berührt. Die Saiten rauschten, die ewigen Harmonieen ertönten, wogten und wallten, überströmten das schwache Geschöpf; daher wurde ihm die himmlisch schöne Stimme. Aber die Sängerin erfreute sich nimmer des köstlichen Gutes, denn der liebe Gott bestrafte die Neugierige, und mit der Stimme zog der Tod in ihre Brust; denn sie mußte singen und immer singen, und doch faßte der zarte Körper nicht die gewaltige Fülle dieses Klanges, ertrug nicht die Macht dieses Tones, und so ging sie unter, plötzlich, erlosch inmitten des vollsten Lebens, starb inmitten des lieblichsten Gesanges. Und das strahlende Kleinod erbte zwar fort von Nachtigall zu Nachtigall, durch alle Zeiten hindurch; aber alle sangen und starben wie diese erste bestrafte Sängerin des Paradieses.

Doch hat der Allgütige in seiner unendlichen Barmherzigkeit auch dem Nachtigallengeschlechte einen Trost mitgegeben: sie dürfen den gefährlichen geraubten Schatz ihrer Stimme verschenken an ein reines, bittendes Menschenkind. Dann leben sie fort in ungestörtem Frieden und können sich ihres Lebens freuen, denn der Tod zieht mit der Zaubergabe als unzertrennlicher Gefährte.

Solches Verschenken geschieht aber gar selten," fügte der Rosenelf schäkernd zum Schlusse hinzu, „denn wir lieben nur die singende Nachtigall, und das wissen die Schlauen gar wohl, und ziehen ein kurzes, aber berauschendes Liebesleben einem langen, klanglosen, ungeschmückten Dasein vor." Mit diesen Worten schlüpfte der anmutige Erzähler etwas ermattet in den Kelch einer halbverschlossenen Moosrose, um auszuruhen.

Von diesem Märlein nun wußte freilich die Seele des horchenden Kindes nichts, aber die geheime Zaubermacht des Nachtigallengesanges bewährte sich an diesem jungen Herzen: es klopfte hoch auf vor Seligkeit; Ahnungen, die die Kinderbrust noch nicht zu fassen vermochte, Träume und Wünsche, die die halberwachte Kinderseele noch nicht verstand, überfluteten die Lauscherin. Die kleinen Hände falteten sich zum unbewußten Gebete und süße Thränen entrollten den glänzenden Augen. „O, wäre ich solch ein Singvöglein!“ seufzte leise das Kind.

Immer langgezogener wurden die herzerschütternden Klänge, immer lockender der Wundersang, fester und fester zog die Sirene der Luft ihre unzerreißbaren Fesseln um alle, die ihr Ohr den entzückenden Weisen liehen. Aber plötzlich verstummte die Sängerin: ein melodischer Seufzer, ein ängstliches Flattern, und das Vöglein stürzte sterbend zu den Füßen des erschreckten Kindes. Weinend und staunend beugte sich die liebliche Elfengestalt über das vergehende Geschöpf und bettete den kleinen, bebenden Körper des Vogels auf duftende Rosenblätter. Da zuckte es wie ein Dankesstrahl aus den halbgeschlossenen Nachtigallenaugen, das Kind legte mitleidsvoll die blühende Wange an das erstarrende Leben und drückte leise den vollen Rosenmund auf das Köpfchen des Vögleins. Da traf ein Hauch die Lippen des Mädchens, und das mußte ihn einziehen tief, tief in die Brust, es war ein wunderbarer, duftiger, betäubender Hauch! Es wurde dem Kinde gar seltsam zu Mute! es schloß die Augen und sank auf den Rasen, es war ihm, als flöge die kranke Nachtigall mit fremdklingendem Gezwitscher genesen und lustig davon. Dann kamen reizende Gestalten und bestreuten die Ruhende mit Blumen, und warfen goldene Lorbeerkränze an ihr Herz. Und es war ihr, als ob ihr Flügel gewachsen, und sie begann zu schweben und zu singen wie jener graue Wundervogel, den sie geküßt. Endlich breitete sich der Schleier der Bewußtlosigkeit über das fieberisch erregte, holde Wesen, und so fanden die angstvoll suchenden Eltern das vermißte Kind.

— ———

Viele Jahre waren vergangen seit jener Maiennacht; des Winters Hand lag eisig auf dem warmen Herzen der Erde, da füllte sich das italienische Opernhaus in Paris mit dem glänzendsten Publikum. Die Strahlen der blendenden Kronleuchter fielen schmeichelnd auf manches reizende Angesicht, auf manchen schneeigen Nacken, spiegelten sich wohlgefällig in schönen Augen und blitzten keck in den zahllosen Tautropfen von Diamanten, Rubinen und Smaragden, die eine Feenhand verschwenderisch über alle diese Frauenblumen gestreut zu haben schien. Eine frohe Ungeduld gab sich kund in leisem Gemurmel, und die Blicke aller wandten sich mit dem Ausdrucke gespannter Erwartung dem Vorhange zu, als die rauschende Ouvertüre zu Rossinis „Othello" ertönte. Die Oper begann; Gestalten und Töne tauchten auf und verschwammen; die versammelte Menge lauschte und harrte noch immer. Endlich erschien Desdemona. Da schallte einstimmiger Jubelruf durch die schimmernden Hallen des Kunsttempels, da flogen zahllose Blumen und Kränze auf die Bühne, da zuckte ein Freudenblitz aus jedem Auge und ein Lächeln des Entzückens erblühte auf jeder Lippe.

Wer war denn jene zarte, ätherische Gestalt mit dem bleichen Angesichte, dem seelenvollen Blicke und der hinreißenden Zauberstimme, deren Klang wie Frühlingsruf in die Menschenbrust drang und sie mit himmlischer Wonne wie mit tausend Blüten überschüttete? Wer war jenes holde Weib, deren Sang verwelkte Herzen wieder neu belebte und ihnen Träume brachte von den süßen Tagen ihrer längst entschwundenen Kindheit und den noch süßeren ihrer längst verstorbenen Liebe?

Es war jenes spielende Kind im Garten, es war die gesegnete Erbin der Nachtigall, es war die Königin des Gesanges:

Maria Malibran-Garcia.

Sie ist dahin, die Gefeierte, sie starb, Ihr wißt es ja alle, wie eben eine Nachtigall sterben muß: der Stern ihres Daseins erlosch inmitten des strahlendsten Leuchtens. Klagen wir nicht! ihr ward das schönste Loos, ein Nachtigallentod in der Fülle des blühendsten Lebens; uns blieb die süße Erinnerung.

Die Memnonssäule.

„Aus alten Märchen winkt es
Hervor mit weißer Hand;
Da singt es und da klingt es
Von einem Zauberland."

Heine.

Vor vielen hundert Jahren thronte in dem stolzen Theben, der prächtigsten Stadt des alten Wunderlandes Ägypten, ein gütiger und weiser König. Das seltsame, düstre Volk seiner Unterthanen verehrte ihn gleich einer Gottheit, die Götter selbst aber liebten den jungen König, und wen die Götter lieben, den schmücken sie mit Schönheit und allerlei seltenen Gütern; und so hatten sie dem gekrönten Liebling, außer vielen andern schönen Gaben, auch eine der schönsten, eine herrliche, entzückende Stimme verliehen.

Allein trotz der berauschenden Fülle des Glücks

und der Liebe lag ein dichter Schleier der tiefsten Schwermut auf den Zügen des Herrschers, und eine brennende Sehnsucht, ein verhüllter großer Schmerz, ein verborgenes, unnennbares Weh lebte in seinen Liedern. Wenn er sang, ruhend im Schatten schlanker Palmen, und die Männer und Frauen seines Volkes lauschend in ehrfurchtsvoller Entfernung sich um ihn her gelagert, erbebten oft ihre Seelen in wonnigem Leide, und glühende Thränen stahlen sich, halb unbewußt, aus den Augen der Lauschenden. Traurige, reizende Märchen von süßen Blumen, die vergangen und gestorben in heißem Liebesweh zu den glänzenden, unerreichbaren Sternen, und wilde, flammende Lieder zum Lobe der mächtigen, segenspendenden Feuerkönigin, der Sonne, strömten von den begeisterten Lippen des königlichen Sängers. Am Abende jedoch verstummten die Gesänge, um am Morgen wieder herrlicher, entzückender denn zuvor zu erwachen. Mit dem letzten Sonnenstrahl erlosch auch das Feuer in den Augen des Königs; in düsteres Sinnen verloren durchwachte er einsam die Nächte.

Das Volk trauerte mit dem geliebten Herrscher, aber kein menschliches Wesen vermochte die Ursache seines Grames zu ergründen. Viele Lippen flüsterten: „Des Königs Herz erliegt dem Übermaße des Glücks; deshalb durchzittern Angst und Sorge um die Dauer desselben die Töne seiner Brust." Die Priester der Isis und des Osiris aber sagten finster: „In des Königs Sang bebt Liebesschmerz." Doch der König hatte ja nie ein Weib geliebt; nie hatte seine Hand die duftenden Locken eines Mädchens berührt, seine schönen Lippen hatten nie ein Geschöpf der Erde geküßt. Und dennoch liebte er, die Priester hatten recht; aber seine ätherreine Liebe flog hoch, unerreichbar hoch über den kleinen Erdball hinauf in das azurne Gewölbe des Himmels; er liebte die lebenspendende Göttin, die glühende Sonne. Seine reine Brust war ein unergründlich tiefes Liebesmeer, darin die hohe Geliebte sich spiegelte, und seine bezaubernde Stimme pries in geheimnisvollen Weisen, unverstanden von allen, die ihn hören durften, die ewig flammende Schönheit der strahlenden Göttin.

Doch nimmer liebt ein armer Sterblicher ungestraft die erhabenen Göttergestalten; so auch der edle, königliche Sänger. Die stolze Strahlenkönigin neigte sich zwar endlich herab zu dem flehenden Jüngling mit den süßtönenden Lippen; sie neigte sich, sie hauchte ihn an mit brennender Liebesglut; er aber ertrug ihre flammende Liebe nicht, eine Liebe zu allgewaltig selbst für Götter, und starb dahin wie die Lotosblume, getroffen vom sengenden Sonnenstrahl. Als seine blühende Gestalt zusammensank in ihrer heißen Umarmung, seine Augen erblindeten in dem Glanze der Geliebten, da sprach die trauernde Himmelskönigin ein leises, seltsames Zauberwort, küßte ihn noch einmal, und mit ihrem letzten Strahlenkusse verwehte auch der letzte Hauch von den Lippen des jugendlichen Herrschers, ein Hauch, zart und rein wie Rosenduft.

Der Morgen stieg empor, lächelnd und lieblich die Sonne verkündend: da schlug die Kunde von dem Tode des Königs an die Herzen des erschütterten Volkes, und es zog hinaus nach dem Palaste des geliebten Gestorbenen, seinen Leichnam zu sehen, über ihn zu weinen und ihn durch köstliche Specereien und wunderbare Kräuter dem drohenden Gespenste der Verwesung zu entreißen. Allein verschwunden, spurlos verschwunden war der Palast, und an seiner statt erhob sich — o Wunder! — in Riesengröße das ernste, graue Steinbild des toten Königs. Er saß auf dem Throne, hoch aufgerichtet, das starre Antlitz nach Sonnenaufgang gewendet. Mit lauten Klagen drängte sich das staunende Volk um das wundersame Abbild des angebeteten Herrschers und zog Blumenketten um den kalten Stein; die Priester aber riefen mit finsteren Blicken: „Laßt ab von ihm, er ist für uns dahin für immer! Isis hat ihn gerichtet: er hat die Sonnenkönigin geliebt!“ — Da lichtete sich plötzlich der Wolkenschleier, und die Sonne erschien herrlicher, siegender denn je. Ihr erster

Strahl küßte das Steinbild; und die Bildsäule begann zu tönen wundervoll, zauberisch bestrickend, keinem irdischen Klange vergleichbar: es war ein seliger Liebesgruß, eine sehnsuchtsvolle Liebesklage, eine süße Liebesandacht des steinernen Königs für die himmlische Geliebte. Mit glühender Inbrunst umfing die Sonne den kalten Stein; das starre Bild leuchtete hell auf, die Glieder badeten sich in Rosenlicht, und die Augen glühten und schienen Flammenblitze zu schleudern auf die Pygmäen zu seinen Füßen. Da stürzte das bebende Volk auf den Boden nieder, die Angesichter verhüllend; die düstern Stirnen der ernsten Priester aber erheiterten sich, und sie riefen: „Danket der mächtigen Gottheit, denn das war des Königs Stimme! Richtet Euch auf! König Memnon wacht noch über seine Kinder!"

Geheimnisvoll rauscht der Nil; das alte Ägypten liegt wie eine vergessene Mumie in graue Schleier gehüllt vor unsern Blicken; versunken sind die stolzen Geschlechter, die dort wandelten, und mit ihnen unendliche Geistesschätze; das prächtige Theben ist zerstört; aber mitten unter den mächtigen, zerfallenen Säulen und Trümmern ehemaliger Herrlichkeit erhebt sich stolz und einsam ein riesiges Steinbild, „die Memnonssäule" genannt. In der Nacht, wenn ringsumher die fabelhafte Pracht des Ägypterlandes wieder aufblüht, Blumen seltsame Märchen flüstern und die Sterne feurige Küsse neckisch herunterschicken auf die duftenden Lippen der reizenden Erzählerinnen, steht das hohe Steinbild allein starr und unheimlich zwischen all den berauschenden Düften und Klängen. Steigt aber die Morgenröte empor, so verschwinden vor dem siegreichen Lichte die gespenstischen, nächtlichen Schönheiten; hebt endlich die Sonne ihr glanzvolles Angesicht, dann scheint das Bild des alten Königs zu leben, der Stein bebt leise, und bei der ersten Berührung des liebenden Sonnenstrahls singt er in überirdisch süßen Tönen. Nur in der heißen Umarmung der Sonnenkönigin verstummt er allgemach.

Einsame Wanderer, die voll scheuer Ehrfurcht das alte, rätselhafte Fabelland durchzogen, vernahmen zitternd, mit lautschlagenden Herzen und mit Schauern des Entzückens jenen zauberischen Liebesgruß des toten Steinkönigs, und in mancher jungen Seele entzündeten ihre begeisterten Schilderungen das glühendste Verlangen, hinauszupilgern weit, weit in die großartigste Einsamkeit der Welt, zu den Ruinen Thebens, zur tönenden Memnonssäule.

Die Engelsstimme.

„Si Deus pro nobis, quis contra nos?“
Händels Messias.

Es war wiederum Frühling geworden auf der schönen Erde; Herzen und Blumen wachten lächelnd auf, frisches, jubelndes Leben schwebte in den Lüften, tiefblau leuchtete das Himmelszelt und golden die Sonne, als ein hoher, ernster Mann sinnend durch einen kleinen Garten schritt. Unsichtbar flatterten leichtgeflügelte Frühlingsgeister um ihn her, neckend schwirrten rosige Zephyre an dem königlichen Haupte vorüber und wehten weiße Kirschblüten in das stolze, schöne Menschenangesicht! Es lag eine unbeschreibliche Erhabenheit in der hochaufgerichteten, kraftvollen Gestalt des Sinnenden, und wer ihm begegnet wäre, der hätte sich wohl gar demütig vor ihm neigen und jener Heldengestalten des Altertums gedenken müssen, jener mächtigen und weisen Könige längst versunkener, glücklicher Völker. Eine heilige Ruhe thronte auf der Götterstirn und edles Selbstbewußtsein, hellfunkelndes Licht brach aus den großen Augen; aber eine tiefe Wehmut hatte sich um den schönen Mund gelagert, eine Trauer, die selbst dem holdesten Lächeln des jungen Frühlings nicht wich. Langsam erstieg jetzt der ernste Mann einen niederen Rasenhügel, dessen Krone ein knospender, wie mit einem Purpurschleier bedeckter Apfelbaum bildete, und vertiefte sich hier mit Innigkeit in den Anblick der blühenden Landschaft. Unfern des Gartens, von grünen Wiesen und üppigen Gärten lebensvoll eingerahmt, lag eine große, freundliche Stadt, mit dampfenden Essen und glänzenden Dächern; es war Dublin, die Hauptstadt Irlands. Am fernen Horizonte stiegen, den Blick begrenzend, blaue, mächtige Berge empor.

„O du grünes, kindliches Irland!" rief jetzt der Einsame in heftiger Bewegung und breitete die Arme aus, „du frommes, einfaches Land voll Sitte und Demut, voll Genügsamkeit und Glauben, wirst du mich denn verstehen, mich, der mit so hoffendem Herzen zu dir kommt? Wirst du denn achtungsvoll und freudig der heiligen Kunde lauschen, die ich dir bringen will in ernsten Klängen, der Kunde von der Geburt des göttlichsten Kindleins? Wirst du denn anbeten reinen Herzens mit den schlichten Hirten auf dem Felde? Wirst du denn gläubig staunen mit ihnen ob des hehren Wunders und selig einstimmen in den Lobgesang der himmlischen Heerscharen? Werden die Seelen deines Volkes empfänglicher sein für die Offenbarungen des Herrn, für die Wunder der heiligen Bücher, als drüben in dem nebelvollen England mit seinen ewig geschäftigen, kalten Menschen? Es zog mich ja so übermächtig zu dir, mein Irland, als ich dort meine hochheilige Botschaft verkündete in den leeren Hallen der schönsten Kirche Londons, als sie es in dem Geräusche der Weltstadt verschmäht und vergessen hatten, mich zu hören! Ich glaubte von diesem Schmerze nur bei dir genesen zu können, nur in deinen grünen Thälern meinen Kummer auszulöschen. Eine leise, aber unendlich süße Stimme säuselte mir in einer schlaflosen Nacht wie Harfenton zu: »Auf! erhebe Dich! ziehe hin nach Irland! sei mutig, frommer Sänger, Du wirst siegen, und dieser Sieg wird das erste Glied der goldenen Kette ewiger Triumphe sein!« und ich bin der Wunderstimme gefolgt: ich entfloh den Mauern des düstern Londons, und nun bin ich hier! Hat die geheimnisvolle Stimme Wahres verkündet? Werde ich wirklich, nach so vielen und so langen Kämpfen meines bewegten Lebens, die strahlende Sonne des Triumphes aufsteigen sehen über meinem Haupte? O Herr alles Geschaffenen, dessen Lob ich verkünde, dessen Diener ich geworden nach langem Irren, gönne mir einen glanzvollen Sieg, stähle durch ihn meine Kräfte, denn ich bin müde geworden, Allmächtigster! Mein Vaterland, das gesegnete Deutschland, verschmäht, verkennt mich; die Zahl meiner Feinde wächst riesenhaft, und ich bin verzagt und gebeugt; mein streitender Arm ist endlich ermattet! Willst Du für mich kämpfen, mein Gott?"

Da rauschte es seltsam in allen Zweigen; da war es, als ob die Sonnenstrahlen blendender hernieder blitzten und alle Blumen sich neigten, und die Balsamluft tönte und wallte so wunderbar, daß der ernste Mann, der soeben gesprochen, selig lächelnd die Augen schloß und die Hände auf sein Angesicht drückte, wähnend, ein zaubervoller Traum sei über ihn gekommen. Eilige Schritte nahten sich vom Garten her; ein kleiner, schwarzgekleideter, häßlicher Mann kletterte den Hügel hinan und rief keuchend in schlechtem Englisch: „Meister Händel! wertester Herr Musikdirektor! wo steckt Ihr denn? Habe ich Euch doch schon zwei Stunden lang in allen Winkeln Eures Hauses und bei Euren Freunden gesucht und habe fast keinen Atem mehr, so hastig bin ich gelaufen: und da sitzt Ihr und schlummert! 's ist keine Zeit dazu, Herr Musikmeister!" fuhr er mit wichtiger Miene fort und focht gewaltig mit den dürren Armen, schüttelte auch heftig das widerliche Haupt mit der schiefen, kleinen Perücke, „ich habe Euch eine fatale Nachricht zu bringen: Signora Lucia, die berühmte prima Donna, hat sich krank gemeldet, und aus der für morgen bestimmten Aufführung Eures Oratoriums kann also nichts werden. Soll ich nun laufen, den Musikern und Sängern aufzusagen und dann —"

Der Angeredete erhob sich majestätisch, doch gereizt wie ein verwundeter Löwe: „Aus der Aufführung nichts werden?" unterbrach er mit donnernder Stimme den Schwätzer und warf auf die lächerliche Zwerggestalt einen Blick, vor dessen Gewalt diese ganz unwillkürlich einige Schritte zurückwich. „Wer wagt es, solche Worte zu sagen? — Nichts werden!! — Hört doch! Und das nur wegen der boshaften Laune einer italienischen Donna? Giebt es etwa nicht schöne Stimmen genug in dem musikreichen Dublin, und unschuldigere, weichere, die diesen schimmernden, trillernden Wundervogel genügend zu ersetzen vermögen? So wahr ich Händel bin, ich will, ich werde Rat schaffen! Die Aufführung findet morgen Abend bestimmt statt und nun geh' Er!"

„Beim St. Patrick, der deutsche, hergeflogene Musikmeister ist schlimmer als der wütendste Engländer!

Man möchte sich vor ihm verstecken. Nun, ich möchte nicht in dem Bärenlande wohnen, wo der zu Hause ist, so wahr ich O'Reilly heiße und Orchesterdiener bin!" brummte der kleine Mann, vorsichtig in gemessener Entfernung dem Davoneilenden nachhuschend.

Die warmen und neugierigen Blicke der Maisonne vermochten trotz aller Mühe, die sie sich zu geben schienen, durchaus nicht, die dunkelroten, fest zugezogenen Seidenvorhänge des reizenden Gemachs zu durchdringen, welches die gefeierte Schönheit des Tages, die gepriesene, italienische Sängerin Lucia, der Liebling der vornehmen Welt Dublins, eben bewohnte. Prunkend war die Einrichtung des großen Zimmers: frische, seltene Blumen standen in goldenen und silbernen Vasen in allen Winkeln, und Marmorbecken, mit duftenden Wassern gefüllt, verbreiteten eine anmutige und berauschende Kühle, und der Glanz und die unbeschreibliche Weichheit der Teppiche, Sessel und Diwans verrieten Liebe zur Üppigkeit und italienische Bequemlichkeit. Die Signora lag, ein Bild des dolce far niente, in einem weißen, faltigen Kleide, auf dem rotsamtnen Ruhebette, den Kopf hatte sie mit einem kostbaren Schleier malerisch umwunden, der wohlberechnet einige duftige Locken ihres schwarzen Haares ungefesselt gelassen. Mehrere ihrer Kunstgenossen und Freunde, elegante Männer des verschiedensten Alters und zugleich die Repräsentanten verschiedener Völker, hatten in ihrer Nähe Platz genommen. Hier lehnte ein reicher, blasser, englischer Lord, mit der Miene trostlosester Blasiertheit und in lächerlich stutzerhafter Kleidung in einem Diwan, die ellenlangen Füße nebst Zubehör über die Lehne streckend; dort rückte ein schlanker, feuriger Franzose unruhig auf seinem Sessel hin und her, neben ihm wiegte sich ein schöner, brauner Italiener leise singend; auch einige vornehme Irländer waren da, und der primo tenore und primo basso des Theaters. Die Signora wandte bald dem einen, bald dem andern lachend und anteilvoll das Antlitz zu. Die sorgfältig vertilgte Schminke hatte ihren Wangen eine fahle, graugelbe Farbe gegeben, doch mußten die vollen, roten Lippen gar bald diesen ungünstigen Eindruck verwischen; auch übergoß das rosige Licht der Vorhänge alle Formen sanft und täuschend mit einer schimmernden Glut. Die schwarzen Augen der Sängerin zeigten übrigens nicht die leiseste Spur einer Krankheit, weder fieberische Lebendigkeit, noch Ermattung, sie schauten vielmehr schalkhaft und herausfordernd in die Welt hinaus wie immer.

„Wie wird er wüten, il barbaro tedesco!“ sagte sie jetzt in gebrochenem Englisch zu einem jungen, auffallend schönen Irländer, der zu ihren Füßen saß, „nun kann er ja sein abscheulich schweres Oratorio nicht aufführen lassen. Wie mich das freut! Und mit meiner Hilfe soll er auch nie! das beschloß ich in mir, als ich die ersten drei Takte der großen Arie mit den schrecklichen, lateinischen Worten: »Redemptor meus vivit« sang, die der Maëstro mir vor allen Nummern zuerst einstudierte. Dabei war er noch obendrein so ungalant, mir öffentlich in den Proben gebieterisch zuzurufen, ich solle fromm singen! es sei keine Heiligkeit in meinem Tone. Und das sollte ich mir ungestraft sagen lassen? Nimmermehr! Ich erkrankte, und zwar gefährlich, — und so seht Ihr mich hier!" schloß sie mit kokettem Lächeln. Lebhafte Schmeichelreden folgten diesem Geplauder; einstimmig gab man der Signora recht in ihrem Betragen gegen den deutschen, stolzen Musiker, und jeder beeiferte sich, den Meister Händel von neuem anzuklagen, jeder wußte eine neue pikante Erzählung von seiner Strenge und Anmaßung, und keiner sparte die Farben, in der Hoffnung, der gefeierten Schönen ein beifälliges Lachen zu entlocken.

„Ich gestehe aber doch, daß ich mich vor ihm heimlich fürchte," sagte endlich die schöne Lucia; „es ist etwas seltsam Überwältigendes in seinem Wesen, und seinen Blick vermag ich nicht auszuhalten. Wenn er mit dem Taktstabe meinen Arm berührte, zitterte mein ganzer Körper, als solle er vernichtet werden. Santa madre! Wenn er käme, mir Vorwürfe zu machen, ich glaube, ich würde das Bewußtsein verlieren vom Schreck."

„Reizende Signora, Ihr vergeßt, daß Eure treuen Ritter um Euch versammelt sind, bereit, Gut und Blut dahin zu geben für einen Blick Eurer Augen!" rief der Chorus der Schmeichler.

Lucia winkte huldvoll lächelnd und fuhr dann fort: „Ich erinnere mich oft einer Erzählung meiner Mutter, die eine innige Freundin der vor etwa neunzehn Jahren so berühmten Sängerin Cuzzoni war. Nun, damals komponierte der Händel noch Opern, die wohl tausendmal mehr wert waren, als seine neuen Oratoria, und da sollte denn die verwöhnte Cuzzoni, die damals in London ihre beispiellosen Triumphe feierte, auch eine Rolle in der Oper »Nero« oder »Mucius Scävola« einstudieren. Als ihr in der Probe aber die steife und schmucklose Melodie ihrer ersten Arie nicht über die Lippen wollte, warf sie in einem Anfalle heftiger Ungeduld das Notenblatt auf die Erde, trat mit ihren kleinen Füßchen darauf herum und schrie: »Barbaro, das singe ich nimmermehr!« Da sprang der empörte Meister auf sie zu, faßte ihre kleine, luftige Gestalt mit seinen Riesenarmen, hob sie in die Höhe wie ein Kind und hielt sie aus dem geöffneten Fenster weit hinaus in die blaue Luft, hoch über der Erde. »Wollen Sie die Rolle singen?« fragte er. Das halb ohnmächtige junge Weib, vom betäubendsten Schwindel ergriffen, gelobte zitternd bei allen Heiligen, seinen Willen zu thun, und bat nur angstvoll um ihr blühendes Leben. Händel gab nach und die Cuzzoni hielt ihr Versprechen und sang."

Die Zuhörer hatten kaum Zeit, ihrem Zorne und Staunen in exaltierten Ausrufungen Luft zu machen, als die zierliche Cameriera der Signora schreckensbleich hereinstürzte und rief: „Santa Virgine — il Maestro!" Lucia bebte zusammen. „Fort mit Euch!" rief sie ihren bestürzten Freunden angstvoll zu, „er darf mich nicht in Eurer Gesellschaft sehn!" und dabei hob sie mit der schönen Hand rasch einen Vorhang auf hinter ihrem Lager. „Schnell, schnell, dort ins Kabinett! Wenn ich Eurer bedarf, ruft Euch der silberne Ton meiner Handglocke!" Die Elegants verschwanden hastig und ohne das mindeste Sträuben, und noch bebten die schweren, goldenen Fransen des Vorhangs von dem heftigen Luftzuge, als die Thür aufsprang und Händel in das Gemach trat.

Die Sängerin hatte sich schmachtend zurückgeworfen und die Augen geschlossen. Sie blieb eine kleine Weile in ihrer Stellung; als aber der eherne Schritt des Meisters näher kam, und die leichten, kostbaren Zierlichkeiten auf dem Marmortischchen, das vor ihr stand, anfingen zu wanken und zu beben vor dem Schalle, da richtete sie sich scheinbar verwundert auf und fragte mit matter Stimme, wer ihren Schlummer zu stören wage. „Madame!“ sagte der Angekommene laut und eifrig, und der gebietende Klang des kraftvollsten Organs schlug an das Herz der heimlich zagenden Heuchlerin, „erinnert Euch doch gefälligst, daß Ihr augenblicklich nicht auf den Brettern steht! mir gegenüber braucht Ihr Euch nicht zu bemühen; denn ich kam wahrlich nicht her, um Euch Komödie spielen zu sehen, sondern ich verlange Eure Singstimme. Wo sind die Noten? gebt mir Eure Partie zurück, aber rasch! ich habe keine überflüssige Minute wegzuwerfen. Nebenbei bemerke ich Euch, daß mir Euer Kranksein ganz lieb und recht ist, ich konnte Euer italienisches Girren doch nun einmal schlecht vertragen; das gehört auf die Bühne, nicht in die Kirche; es hätte mir mein ernstes Werk vielleicht ganz verdorben.“

Eine glühende Zornesröte überflog das Gesicht der Signora; sie vergaß ihre Rolle, sprang auf und rief wütend: „Mein Herr, ich lasse mich nicht ungestraft beleidigen in meiner Wohnung durch einen eingedrungenen Fremden!“ Und dabei griff sie nach der kleinen, silbernen Handklingel und schellte heftig. Händel, mit königlicher Würde ihr gegenüberstehend, wiederholte einfach und fest: „Ich verlange die Singstimme und weiter nichts! dann könnt Ihr wieder krank sein, so lange Ihr irgend Lust dazu verspürt.“ Eine bängliche Pause entstand. „Eure tapfern, unsichtbaren Freunde zögern, zu Eurer Hilfe herbeizueilen; ich werde sie wohl selbst einladen müssen!“ fuhr endlich Händel mit nachdrücklicher Betonung fort, und eine Wolke des Unwillens überflog sein edles Antlitz. Er schritt vor, und ehe die erschrockene Sängerin es verhindern konnte, hatte er den Vorhang hinter dem Ruhebette aufgehoben und betrachtete mit einem ironischen Lächeln die Gruppe verlegener Männer, die dort sich zusammengedrängt, und von welchen einzelne einen schwachen Versuch wagten, ihn zu grüßen. Lucia riß indessen, fast vernichtet vor Scham, eine Notenrolle von dem Piano und warf sie auf den Tisch. Ohne die Sängerin auch nur eines Blickes, geschweige eines Wortes zu würdigen, ergriff Händel die Rolle und verließ das Gemach.

Es war am späten Abend des selbigen Tages, als Meister Georg Händel wieder einsam in seinem Garten auf- und niederschritt, Kopf und Herz erfüllt von schweren Gedanken und bangen Sorgen, denn den ganzen Nachmittag hatte er sich unablässig gemüht und gequält, eine Sängerin aufzufinden, die ihm am morgenden Abende die Sopranpartie in seinem neuen Oratorium „der Messias" singen könnte; vergebens! er hatte keine Seele gefunden. Krankheit, Laune, Empfindlichkeit oder mangelnder Musiksinn standen vor jeder Thür, an die er voll froher Hoffnung anklopfte. Matt, erschöpft, unendlich mutlos und traurig war er eben zurückgekehrt! Ach! und wie hing seine ganze Seele an dem völligen Gelingen dieser Aufführung in der Hauptstadt Irlands, einer Aufführung, die endlich, nachdem sie durch die mannigfaltigsten Ränke bereits dreimal verschoben und verhindert worden, nun nach den riesenhaften Anstrengungen des Meisters und nach den sorgfältigsten Vorbereitungen wirklich stattfinden sollte. Die verletzende Kälte und Teilnahmslosigkeit, mit welcher London das erste Erscheinen des Messias aufgenommen, hatte den Schöpfer des herrlichsten Werkes schmerzgebeugt aus der lärmenden Weltstadt getrieben, er flüchtete in das stille, schuldlose Irland, hoffend, hier einen weicheren Boden zu finden für seine so kostbare Saat. Und nun sollte auch dieser Trostgedanke, an den er sich mit der Verzweiflung eines Schiffbrüchigen klammerte, ihm durch neue Täuschungen vereitelt werden? Der kraftvolle Körper des edlen Meisters beugte sich unter den Qualen seiner verzagenden Seele; er faltete die Hände und ließ das stolze Haupt auf die Brust sinken mit dem Ausdrucke des tiefsten Kummers.

„Gott mein Herr!“ flüsterte er aus beklommener Brust, „thust Du keine Wunder an Deinen Gläubigen mehr? Hast Du auch mich ganz verlassen?“

Da leuchtete ein weißes Gewand durch das Grün der frühlingsfrischen Gebüsche, und eine zarte Frauengestalt schwebte herein, eine blendend weiße, durchsichtige Hand berührte den Arm Händels. Seltsam erschreckt blickte er auf und sah ein junges Angesicht von wunderbarer, rosiger Schönheit: lange, blonde Locken flossen wie schweres, feuchtes Gold auf die lieblichsten Schultern. Die blumenduftigen Kinderlippen der holden Fremden hauchten wie Äolsharfenton: „Betrübe Dich nicht länger, frommer Meister! Schau gläubig auf! Gott hat Dich nicht verlassen; darum sei freudig und getrost! Erwarte den Abend des morgenden Tages mit Ruhe; ich will Deinen Messias singen. Es bedarf keiner Prüfung, großer Meister! Vertraue mir, ich singe ohne Zagen mit Gottes Hilfe. Erhebe Dich nur, Du edler, gottgeliebter Sänger! Der Sieg ist Dein! Lebe wohl! morgen in den Hallen der Kirche siehst Du mich wieder!“ Und die zauberische Erscheinung wehte grüßend dahin wie eine flatternde Blüte und verschwand am Ende des Gartens. Die Sterne flammten auf wie glückselige Augen; das süße

Duften in den Lüften wallte stärker daher, und die Seele des Meisters richtete sich auf, wie eine Blume im Kusse des Tauengels. Seine trunkenen Blicke suchten das strahlende, schweigende Himmelszelt, und seine Brust hob sich in heißem, stummen Danke und wundersamen Schauern. Bebend, gläubig, begeistert verträumte er wachend in seliger Erwartung die laue, entzückende Frühlingsnacht.

Die großartige, heilige, ernste Ouvertüre des Oratoriums „der Messias" schwebte durch die weiten Hallen der Kirche wie ein hehrer Genius. Zahllose Kerzen beleuchteten eine unabsehbare, dicht aneinander gedrängte, lautlose Menge andachterfüllter Zuhörer und den vollen Chor der aufmerksamen Sänger und Sängerinnen. Eine schlanke, weißgekleidete Gestalt, ein zauberschönes Mädchen, stand neben dem erhöhten Platze Händels, ein verklärtes Antlitz, das niemand je gesehen zu haben sich erinnerte.

Der Meister beherrschte das brausende Orchester, wie ein König sein Reich. Hoch aufgerichtet, in der Stellung eines stolzen Helden, eines Gebieters, auf der Stirn das helle Licht froher Siegeshoffnung, überflogen seine blitzenden Augen das Gebiet seines Herrschens, und die Blicke aller hingen ehrfurchtsvoll und gespannt an seinen ausdrucksvollen Mienen oder an den festen Bewegungen des leitenden Taktstabes. Da war wohl keiner, der nicht bei dem Anblicke dieser erhabenen Erscheinung sich im Herzen sagte: „Was dieser Mächtige schafft, muß ja wohl groß, herrlich und gewaltig sein!“

Das süße, zu Thränen rührende Larghetto trat ein; eine frische, weiche Tenorstimme sang: „Consolamini populum meum“; die gläubige, schöne Arie folgte: „Omnis vallis“, und dann stimmte der volle Chor rein und fromm das „Et revelabitur gloria domini“ an. Jedem Satze, sowie der bedeutungsvollen Baßarie: „Quis poterit cogitare diem“, den köstlichen, sich daran reihenden Chören, und der erhabenen, innigen, ahnungsvollen Bitte einer schönen Altstimme: „O tu, qui evangelizas in Sion, ascende super montem!“ folgte das stumme, hohe Entzücken der lauschenden Hörer. Der jubelvolle Chor: „Parvulus enim nobis natus“ war verhallt, und die sinnige Pastorale leitete sanft die höchste, heiligste Verkündung ein. Als der vorbereitende Accord des Recitativs niedersank, bebte der geschwungene Taktstab einen Augenblick in des Meisters Hand: ein furchtbarer Zweifel beschlich gespenstisch sein Herz; Totenblässe bedeckte sein Angesicht, kalte, schwere Tropfen traten auf die Stirn, Grabesstille herrschte ringsumher und atemlose Erwartung. — Einen Moment zögerte die unbekannte Sängerin: dann aber entschwebten ihren halbgeöffneten Lippen silberrein und heiligernst die bedeutungsvollen Worte der biblischen Erzählung: „Erant pastores in illa regione." Der Taktstab ruhte, Händel strahlte; eine Stimme von solchem Klange hatte sein Ohr noch nie berührt. Das war die Stimme, die er in seinen heiligen Entzückungen vernommen, als er seinen Engel zu den Hirten des Feldes reden ließ; das waren die seligen Laute, die ihm vorgeschwebt, als seine große Seele den Himmel offen sah, und die Herrlichkeit Gottes leuchtend ihm erschien. So hatte er den erschütternden, überzeugenden, himmlisch frohen Ruf sich gedacht in den Worten des verkündigenden Engels: „qui est Christus — Salvator Christus!" O wie diese eine Stelle sein Inneres durchbebte und erhob! Er kam erst wieder zu sich, als die himmlischen Heerscharen schon längst jauchzten: „Gloria in excelsis Deo!"

Der dritte und letzte Teil des Oratoriums war vorüber, der letzte Ton des Agnus Dei verweht wie ein süßer Dufthauch, verklungen das großartige Wunderwerk. Händels Haupt ruhte, niedergebeugt von heiligster Freude, auf dem Notenpulte, seine Augen hatten sich geschlossen, er lebte nur noch in den eben verhallten Tönen. Er gedachte des Himmelsgesanges, den er, unter Schauern nie gefühlter Wonne, von den Lippen der Unbekannten vernommen, an die hochheilige Stimme, die ihm seine Arie gesungen. Er gedachte ihres kindlich süßen, unschuldvollen, glaubensfesten Ausdrucks in der lieblich milden Weise: „et pascet suum gregem!“ des erschütternden Recitativs, das die Schmach und Erniedrigung des Heilands, des großen Dulders, erzählt und von seinen qualvollen Leiden redet, „die niemand jammerten,“ an die hohe, wahrhaft göttliche Trauer in den Tönen der Sängerin, als sie den Tod des Erlösers verkündigte, an das frohe, herrliche Vertrauen in den Worten und Klängen, die von der Auferstehung des Begrabenen sprachen. Er gedachte ferner der mächtigen Begeisterung, die diese Wunderstimme in allen entzündet, die da sangen, und wie sie alle so lächelnd und staunend gelauscht, als die Liebliche den leichten Schritt der himmlischen Friedensboten pries; er dachte an die Freude und Rührung und das lange Schweigen des Chores nach der siegend himmelanfliegenden Arie des dritten Teiles: „Redemptor meus vivit!“ Welche jubelvolle, felsenfeste Zuversicht lag in diesen Tönen! In dieser Seele lebte der Erlöser, und so mußte er ja auch ihm und allen, allen leben, allen erstanden sein! Und endlich, endlich tauchten noch die letzten tröstenden, überirdisch reinen Klänge der Schlußarie in seinem tieferschütterten

Herzen wieder auf mit unbeschreiblicher Gewalt, und dieser letzte Gruß schien ihm ein Trost- und Kraftlaut bleiben zu müssen für alle Zeiten, er meinte, dieser himmlische Ruf: „Si Deus pro nobis, quis contra nos,“ so frisch, so freudig, so zauberschön, wie diese Stimme ihn gejauchzt, müsse ja ewig in seinem Herzen wiederklingen; und dann könne nie und nimmer eine Mutlosigkeit aufwallen in seiner Brust. „O du Kleingläubiger!“ sagte er sich leise, „o du Verzagter! Si Deus pro nobis, quis contra nos,“ und dabei hüpfte sein überfrohes Herz vor Seligkeit, und seine gestärkte, dankerfüllte Seele badete sich in Wonne und Zuversicht.

Als er aber endlich, gewaltsam sich aufrichtend, sehnsuchtsvoll die thränenfeuchten Augen nach der Perle der Sängerinnen richten wollte, da begegneten seine suchenden Blicke nur den erbleichten Gesichtern der Chorsänger und Sängerinnen, erschütterten Zügen, auf denen der sanfte Tau inniger Rührung lag. Die Kerzen waren halb verlöscht: doch tief unten in der Kirche bannte die Entzückung, der Nachklang des eben gehörten, unsterblichen Werkes noch immer die Hörer regungslos an ihren Platz, und nur wie dumpfes und gebrochenes Schluchzen wallte von tausend Lippen der begeistert ausgesprochene Name „Händel“ empor und schlug an das Ohr des Meisters.

Die Stelle jedoch, auf der die holde Gestalt geweilt, war leer, das fremde, schöne Mädchen längst verschwunden; wann und wohin? das wußte niemand; an ihrem Platze aber lag der bedeutungsvolle Gruß der Engel: eine wunderschöne, berauschend duftende, weiße Lilie.

Eine erste Liebe.

„Im stillen Klostergarten
Eine bleiche Jungfrau ging,
Der Mond beschien sie trübe.
An ihrer Wimper hing
Die Thräne zarter Liebe."

Uhland.

Ein furchtbares Gewitter entlud sich in den späten Nachmittagsstunden eines heißen Junitages über Wien und dessen reizvoller Umgebung. Die schwarzen Wolkenmassen hingen tief und drohend hernieder, Blitz auf Blitz zuckte herab und der Donner rollte mit erschütternder Gewalt. Endlich nach langem Wüten schien der Zorn des unsichtbaren Riesen sich zu sänftigen, seine Stimme wurde matter, und aus den Flammenaugen fielen die schweren Thränentropfen eines erquickenden

Regens. Allmählich lichtete sich der Himmel, funkelnde Sternlein wagten sich hervor, und zuletzt kam Vater Mond siegreich dahergeschritten in seinem hellen Lichtmantel, als wollte er den Menschen verkündigen: „Seid ruhig! Ich bin da! es ist alles vorüber.“

In einem schmalen, hohen Häuschen aber, das ganz versteckt in einer engen Gasse lag, waren noch die Fenster und selbst die Läden dicht geschlossen. Drinnen im kleinen Stübchen brannte Licht, und zwei weibliche Gestalten saßen, angstvoll an einander geschmiegt, im dunkelsten Winkel. Es waren Schwestern, Mädchen von achtzehn und neunzehn Jahren, die einzigen Kinder eines fleißigen, stillen Bürgers, dessen Aushängeschild mit dem prunkenden, farbenreichen Bilde ihn als zur ehrsamen Zunft der Haarkräusler gehörig bezeichnete. Die größere der beiden Gestalten erhob sich jetzt, öffnete die Läden und Fenster, löschte die Kerze aus und sagte beruhigend: „Komm, Doretta! keine kindische Furcht mehr! das Unwetter ist, der heiligen Mutter sei Dank! gnädig vorübergegangen. Komm nur ans Fenster und zögere nicht! es ist gar zu süß jetzt draußen.“ Und Doretta kam, und das Mondlicht erhellte die jungen Gesichter, und freute sich ihrer und wollte gar nicht weiter gehen. Doretta, die jüngste, trug ein krauses, dunkles Lockenköpfchen zur Schau; ein volles, bräunliches, rundes Gesicht, brennende Augen und einen kirschroten, kleinen Mund. Ihre etwas üppige Figur war unter mittlerer Größe, und ihre Bewegung heftig und voll versteckter Leidenschaftlichkeit. Johanna, die älteste Schwester, war anzusehen wie Maienglöcklein und Kornblumen, so zart und weiß war die Farbe ihres Angesichts, ihres Halses und ihrer Hände, so dunkelblau die großen, klaren Augen. Sie trug das schneeweiße Häubchen der Wiener Bürgermädchen damaliger Zeit, denn man schrieb die Jahreszahl 1759, und der Puderstaub, der eben in diesen Jahren üblich war, hatte nur leicht das Goldblond ihrer reichen Locken berührt.

Nach einer Pause ertönte wiederum die sanfte Stimme der schlanken Johanna: „Wo nur der Haydn bleiben mag? Er ist doch sonst um diese Stunde längst zu Hause: die gnadenreiche Mutter möge ihn zur rechten Zeit in ein schützendes Asyl geleitet haben, als das Unwetter heranzog." Doretta erwiderte nichts; ihre Brust hob sich unruhig und die dunklen Augen schienen die weiteste Ferne durchbohren zu wollen. Da trat der ehrsame Bürger und Friseur Keller herein, ein kleines, behendes Männlein mit scharfen Zügen und ruhelosen, aber freundlichen, grauen Augen. In der Hand hielt er eine tüchtige Lockenperücke, welche er eifrig mit Puder stäubte, und rief dabei: „Nun, Kinderchen! ist unser Hausgenosse, der junge Bursch noch nicht da? In seinem

Dachstübel ist er nicht; bin schon einmal hinaufgeklettert; dacht', er wär bei Euch; 's ist doch seltsam, wie der lose Springinsfeld, der lustige Musikant, mir ans alte Herz gewachsen ist! Kann ich mich doch um den Fant sorgen, wenn er einmal ein Stündlein länger ausbleibt, wie ein Vater um seinen Sohn. Und wenn ich mich nicht sorgte, thäten's meine Mädel. Weiß der Himmel, er hat's uns allen angethan! — Ist's etwa nicht so? he?" schloß er lachend. Ein reizendes Erröten war Johannas Antwort; Doretta murmelte einige unverständliche Worte, warf hochmütig den Kopf zurück und ging zornig vom Fenster weg.

„Wer weiß, wo er wieder einmal hängen geblieben sein mag, der sonderbare Junge!" fuhr der Vater nach einem Weilchen nachdenklich fort. „Vielleicht hat ihn der alte, häßliche, italienische Singmeister, wie heißt er doch? Porpel" — „Porpora, Papa," verbesserte Johanna sanft — „nun meinetwegen, Porpora wieder mitgeschleppt und läßt sich Noten abschreiben von ihm. Beim heiligen Joseph! was der Haydn alles thut für dies Musikantenvolk und für seine eigenen Schüler, es ist nicht zu glauben! Wie ein gejagtes Reh hüpft er ja den ganzen Tag herum, von einem zum andern, zu jedem Dienste um Gotteswillen bereit; ich glaube, er putzte dem Meister Gluck, von dem sie jetzt so viel Geschrei machen, die Stiefel, wenn dieser ihm ein Stückchen vorspielen wollte. »Um der herzlieben Musika willen thut Joseph Haydn alles!« sagte er mir einmal. Aber all seine Dienste, all' sein Eifer, sein Spielen in den Singstunden Porpels, sein Komponieren, nichts, nichts bringt ihm auch nur einen Kreuzer ein! Kein Mensch bezahlt ihn, weil er von keinem etwas verlangt! Ich habe, so lange er bei uns wohnt, und das ist doch schon eine lange Weile, noch keinen Pfennig Miete oder Kostgeld von ihm eingenommen; ich kann's auch, Gott sei Dank! abwarten; aber seht Ihr nur, daß der junge Mensch sich je deshalb kümmerte und sich etwas Klingendes zu verdienen suchte? Habt Ihr je ein sorgenvolles Gesicht an ihm erblickt, oder auch nur eine schwermütige Miene? Da tritt er stets zur Thüre herein mit einem Gesichte, daß man denken sollte, soeben habe unser allergnädigster Kaiser ihm sein ganzes Reich geschenkt. Und fragt man erstaunt: »Nun, Haydn, was ist denn geschehen?« da lacht er, daß einem das Herz aufgeht, und sagt: »Porpora hat mich gelobt«; oder: »Gluck hat mir über die Wangen gestreichelt«; oder: »Ich habe eine schöne Blume gefunden«; oder: »Der Himmel war heut so herrlich blau und die Sonne schien so hell!« Sitzt er nicht oben in seiner Dachstube an seinem alten wurmstichigen Spielkasten, als ob er auf einem Königsthrone säße, und vergißt über seinen drolligen Sonaten von dem Kantor Bach, von dem er so oft spricht, Essen und Trinken? Und dabei diese ewig frohen Augen! 's ist mir wahrlich oft, wenn der junge Mensch so vor mich hintritt und mir guten Morgen sagt, als ob er mir einen Blumenstrauß ans Herz würfe; und ich muß an mich halten, daß ich ihm nicht um den Hals falle. Kinder, ich sage Euch, auf diesen Joseph Haydn hat der liebe Herrgott ganz besondere Gnade geworfen; der wird entweder noch wunderbare Dinge auf Erden vollbringen, oder er stirbt bald; eins von beiden geht aber sicherlich in Erfüllung!"

Kaum waren diese prophetischen Worte den schmalen Lippen des eifrigen Redners entflohen, als ein leises Klopfen an der Thür ertönte und auf des Hausherrn hastiges „Herein!" Joseph Haydn auf der Schwelle erschien. Seine leichten Kleider trieften, wie seine schönen, hellbraunen Haare; er zitterte sichtlich vor Nässe und Kälte an allen Gliedern; doch trug er die schlanke Gestalt wie triumphierend hoch aufgerichtet, und auf seinem lieben, kindlichen Angesichte lag solch ein Glanz, solch eine fieberische Freude, daß Johanna ängstlich aufsprang, zu ihm hinlief und mit wankender Stimme sagte: „Haydn, was habt Ihr? — Was ist Euch begegnet?" — „O, etwas Wunderbares, liebste Johanna," antwortete der Jüngling begeistert, „etwas gar Seliges! Hört nur, hört! und Ihr müßt mich hören, Vater Keller, und Dorette auch!" Und dabei zog er die Widerstrebenden mit sanfter Gewalt in die Mitte des Zimmers und erzählte nun hastig und aufgeregt:

„Ich hatte mich diesen Nachmittag bei einem meiner Schüler, dem die liebe Musik nicht recht in Finger, Kopf und Herz hinein will, ein wenig lange verweilt, dem Meister Porpora aber gestern versprochen, am heutigen Abende sieben Uhr bei ihm einzusprechen und einige neue Arien abzuholen, die ich gern ein wenig studieren wollte, um sie in der nächsten Singestunde des Meisters recht wacker zu begleiten. Die Wohnung Porporas liegt von dem Hause meines Schülers gar weit entfernt; ich eilte flüchtigen Fußes dahin, traf aber den Meister nicht zu Hause. Nachdem ich ein Stündlein geduldig auf seine Rückkunft vergebens gewartet, entfernte ich mich, um später noch einmal nachzufragen, und schlenderte ein wenig vor den Thoren umher. Da war es recht bang und glühend; kein Lüftchen regte sich, die Blumen senkten tief die Köpfchen, die Bäume atmeten kaum und kein Vöglein ließ sich blicken. Zum Himmel aufschauend, gewahrte ich, wie schon die segnende Hand des Herrn herannahte und hörte von fern das leise Murmeln seines Donners. Da beschleunigte ich meine Schritte, gedachte Eurer Sorge, und flog fast, Euer liebes Haus zu erreichen. Durch eine Seitengasse eilend, hörte ich plötzlich die vollen Töne eines gar schönen Klaviers. Ihr könnt Euch denken, daß ich stehen bleiben mußte, zumal da mir einfiel, wer da in dem großen, grauen Hause wohnte. Ich drängte mich dicht an die Mauer gerade unter das geöffnete Fenster, aus welchem die Klänge niederwallten. Was ich da hörte, Ihr Lieben, das läßt sich nicht beschreiben in Rede und Worten, das trage ich still in der tiefsten Tiefe meiner Brust! Eine riesengroße, wunderherrliche Seele offenbarte sich da unter Donner, Sturm und Blitz dem überseligen Lauscher, und drang ringend, strebend, kämpfend, unaufhaltsam und siegend durch alle Schrecken der Natur, durch all den wilden Aufruhr der Elemente in den hochheiligen, klaren Himmel. Es war der hehre Meister Gluck, der da spielte. Als er geendet, war es still und klar geworden ringsumher; ich sah, daß sich die hohe Gestalt aus dem Fenster neigte; ich kannte das edle, ernste Angesicht, die tiefdenkenden Augen schweiften fragend weit, weit hinaus. Großartige Schöpfergedanken künftiger Wunderwerke erfüllten wohl in diesem stillen Augenblicke seine Brust. Ich aber segnete mit Thränen des Dankes und der Wonne den Herrlichen, und schlich langsam zu Euch, Seele und Herz voll Entzücken! — — — Aber nun muß ich mich wohl ein wenig niederlegen! Die Regengüsse haben mich vielleicht zu sehr abgekühlt; mich fröstelt, und meine Hände brennen doch wie im Fieber."

„Ja, liebes Kind, eilt Euch! wechselt sofort Eure

Kleider," sagte der alte Keller besorgt, „und schnell ins Bett! Johanna muß für ein Glas glühenden Weines sorgen!" Das Mädchen, zu tief bewegt von Haydns Erzählung, vermochte keine Silbe zu erwidern; sie stand auf, nickte dem Vater beistimmend zu und warf auf den scheidenden Jüngling einen innigen thränenfeuchten Blick; Doretta sagte kühl: „Gute Ruh, Unbesonnener!" — und der junge Mann verließ das Stübchen.

Am andern Tage war große Sorge und Trauer im Hause des ehrsamen Bürgers und Haarkräuslers Keller: Joseph Haydn lag an einem hitzigen Fieber besinnungslos darnieder. Der herbeigerufene weise Doktor mit der verschobenen Perücke und großen, grünen Brille erklärte zwar die Krankheit anfänglich nur für eine Erkältung; am dritten Tage schüttelte er jedoch schon bedenklich das Haupt und meinte, der neunte Tag dürfte eine sehr schlimme Entscheidung bringen. Ganze Krüge voll Medizin von jeglicher Farbe, ellenlange Pflaster und dicke Pillen wurden nun dem armen Kranken eingeflößt, aufgelegt und beigebracht; vergebens! Joseph Haydn wollte nicht genesen oder erwachen, sondern lag, ohne sich zu regen, fort und fort mit heißflammenden Wangen und fliegendem Atem da und phantasierte selig lächelnd von himmlischen Harmonieen und singenden Engeln. Oft mußte er wohl zaubervolle Melodieen vernehmen, denn zuweilen riefen seine fieberzuckenden Lippen begeistert: „O, wie wunderbar süß sind diese Klänge! o, wie selig froh ist diese Weise!“ und er brach bei solchen Worten in Thränen des Entzückens aus.

Die schöne Johanna saß stundenlang heiß weinend an dem Lager des Besinnungslosen und rang die feinen Hände in tödlicher Angst. Auch Doretta schlich zuweilen ins Kämmerlein, sagte aber nie ein mitleidiges Wörtchen, warf einen verzehrenden Blick auf den Kranken, zog die Stirn finster zusammen, kehrte sich um und ging hastig wieder hinaus. Vater Keller wankte trostlos umher, puderte alle Perücken schlecht, und vergaß seine besten Kunden zu bedienen. „Denkst Du wohl an meine Prophezeiung?“ sagte er dann und wann mit dumpfer Stimme zu seiner ältesten Tochter, „siehst Du, er muß sterben!“ — So kam der gefürchtete neunte Tag heran, und wirklich änderte sich sofort das Aussehen des Kranken: die Röte der Wangen und Lippen verschwand und machte einer Leichenfarbe Platz; der Atem wurde leise und stockend; näher und näher rauschte der Flügelschlag des Todes. „Noch diese Nacht beschließt der Arme sein junges Leben, oder ich verdiene nicht des hochgelahrten Äskulaps Jünger zu heißen!“ hatte der weise Doktor mit zuversichtlicher Miene gesagt. Johanna hörte diese Worte: kaltes Entsetzen durchbebte sie. Aufgeregt, halb besinnungslos vor Verzweiflung, zitternd vor Schmerz, eilte sie in ihre abgelegene Kammer und warf sich dort vor dem kleinen Marienbilde auf die Kniee. Lange rang sie wortlos vor dem Angesichte der gnadenreichen Mutter; endlich aber rief sie laut: „Heilige Himmelskönigin, o, laß den Geliebten genesen! Bedarf es eines Opfers, so nimm mich an! nimm mein blühendes Leben! Heilige Maria, sieh, ich gelobe Dir, mich Deinem Dienste zu weihen für ewig, eine fromme Klosterjungfrau zu werden, den Schleier zu nehmen als Braut Deines Sohnes! Gesegnete Jungfrau, erhöre mich, nimm mein Gelübde an! ach, erbarme Dich meines Jammers, schenke Genesung dem Leidenden, rette, o, rette den Sterbenden!“

Und als sie so gebetet im namenlosen Weh ihres gequälten Herzens, erhob sie wieder die Augen: und da war es ihr, als ob die Blumen in dem glänzenden Krüglein vor dem Marienbilde, die soeben noch verwelkt die Köpfchen gesenkt hatten, wieder frisch erblüht sie strahlend anlächelten. Süße Freude durchströmte ihr kindlich gläubiges Herz. „Maria nimmt mein heiliges Gelübde an!“ jauchzte sie.

„Liebster Vater!“ sagte sie am Abende heimlich und aufgeregt, als sie mit ihm allein war, „wird unser Haydn gesund, dann erfülle ich der seligen Mutter Lieblingswunsch und nehme den Schleier im Kloster der heiligen Ursula. Ich habe es heute vor Gott und der heiligen Jungfrau gelobt!“ Der Angeredete seufzte und lächelte zu gleicher Zeit: „Herzliebstes Töchterlein, Deine Nachgiebigkeit kommt zu spät! Sein Leben ist dahin! der Doktor hat es ja gesagt."

Aber Joseph Haydn genas, trotz des Doktors, und zwar eben so rasch, als er erkrankt; sein Kinderlächeln und seine glücklichen Augen kamen wieder, und auch allmählich die entschwundenen Kräfte. Wer war wohl glücklicher, als die schöne Johanna? Saß nun der Heimlichgeliebte nicht ganze Tage lang bei ihnen im trauten Stübchen? Durfte sie ihn nicht schwesterlich pflegen und seinen Sessel ans Fenster rücken in den warmen Sonnenschein, oder frische Rosen in seine matten Hände legen? Gehörte ihr nicht jeder Dankesblick der teueren Augen, jedes Freudelächeln des geliebtesten Mundes? Und wie lauschte sie so stolz, wenn die vielen Boten kamen von all den vornehmen Männern und Frauen und sorgliche Nachfrage hielten nach dem Wohlbefinden des jungen Haydn? Kam doch der alte Porpora mit dem faltigen, dunkelbraunen Antlitze und den großen Glutaugen in eigener Person, um seinen „Birbante" (so nannte er zuweilen in einem Gemisch von Scherz und Ärger den dienstfertigen, jugendlichen Musiker) zu besuchen. Recht weich und mild war er aber, als er den schwachen, bleichen Jüngling sah, der ihm nur mit Mühe die Hand zum Gruße entgegenzustrecken vermochte. Wie liebevoll war sein bedauerndes „poveretto!" oder gar das innige „mio caro figlio!" Das fühlte auch der Kranke und erglühte vor Glück, wie ein Lilienblatt im Abendrot.

War er dann mit Johanna allein, so sprach er selig von der hohen Freude seines Herzens, mit solchen Meistern Umgang pflegen zu dürfen, und von seiner geliebten, hochheiligen Musika und von seinen himmelan fliegenden Plänen und Hoffnungen. Dann und wann versuchte er auch wieder zu komponieren, und manche reizvolle Sonate, manch frisches, frohes Quartett, manch liebliches Liedchen blühte auf in der stillen Krankenstube, unter den blauen Augen der schönen Johanna. Diese aber kämpfte im tiefsten Herzen gar schweren Kampf: der Geliebte zeigte ihr jetzt so klar und deutlich die reine Zärtlichkeit seiner ganzen Seele; seine Liebe brach hervor aus seinen hellen Augen, schwebte auf dem Hauche seines Mundes, durchbebte alle seine Worte. O wie wand sie da oft im stillen die Hände! und es war ihr, als müsse sie vernichtet zusammenbrechen unter der Doppellast ihres Glückes und ihres schweren Gelübdes. Sie gedachte der düstern Klostermauern und weinte brennende Thränen ganze Nächte lang. Schmerzlich fühlte sie, wie weit sich allmählich Doretta von ihr entfernte, obgleich sie keinen Grund für diese Entfremdung zu erraten vermochte. Doretta aber sah bleich und finster aus, vermied sichtlich die Schwester, den jungen Hausgenossen, ja selbst ihren Vater, und verschloß sich oft halbe Tage lang in ihr Kämmerlein.

Eines Morgens, als eben die ganze Familie versammelt war, kam ein großes Schreiben an den „Musiker Joseph Haydn“ von einem seiner vornehmsten Gönner, vom edlen Grafen Morzin. Es war eine förmliche Ernennung zum Musikdirektor der ausgezeichneten Kapelle des Grafen.*) „Diese Anstellung soll nur ein Dankesbeweis sein,“ schrieb Morzin, „für die schöne Sinfonie in D-dur, die mein lieber und geschickter Haydn vor kurzem für meine Kapelle komponierte.“

Haydn faltete die Hände und sagte langsam und tief ergriffen: „o du grundgütiger Gott, wie liebe ich Dich! Wie will ich Dir danken und Dein Lob singen mein Leben lang!“ Und dann sanken seine verklärten Augen auf die in Thränen schwimmende Geliebte, und sein Mund hauchte überselig: „Johanna, herzliebes Mädchen, jetzt darf ich Dir alles sagen, jetzt dürfen wir glücklich sein!“ — Doretta verließ plötzlich das Zimmer, Johanna aber stürzte vor dem Hochgeliebten nieder, streckte ihre zarten Arme verzweifelnd zum Himmel und rief mit herzzerreißendem Ton: „Joseph! Joseph! wirf Deine süßen Träume von Dir! für uns blüht kein Liebesglück hienieden! wir müssen scheiden, scheiden für diese Erde! Ich habe es der heiligen Mutter gelobt: Ende dieses

*) Es war dies die erste vorübergehende Anstellung Haydns; schon im folgenden Jahre 1760 wurde er Kapellmeister des Fürsten Esterhazy.

Jahres nehme ich den Schleier!" Nach diesen Worten sprang sie auf und eilte hinaus; Vater Keller aber umfaßte den halb ohnmächtigen Haydn, drückte ihn mitleidig an seine Brust und erzählte ihm schluchzend das unwiderrufliche Gelübde des zärtlichsten Herzens.

Als Johanna matten Schrittes in ihr Schlafkämmerlein schlich, um sich neue Kraft zu erringen im stillen Gebete zum furchtbar schweren Werke der Entsagung, hörte sie ein schwaches Geräusch in der Bodenkammer ihres Freundes. Eine seltsame Ahnung durchzuckte sie: ihre ganze Stärke kehrte wieder: sie flog fast unhörbar die Stiegen hinauf und erblickte durch die halboffene Thür ihre Schwester, die eben ein Fenster aufgerissen und sich auf die niedere Brüstung geschwungen, sichtlich in der Absicht, sich hinabzustürzen auf die Straße. Ein Schrei entfloh den Lippen Johannas, aber in demselben Augenblicke war sie auch mit der Schnelligkeit des Blitzes am Fenster und riß die erschrockene Frevlerin herab. —

Wenige Monden später wurde im Kloster der heiligen Ursula eine junge, schöne Nonne eingekleidet, die den Namen Maria erhielt, und zwei Tage darauf feierte der Musikdirektor Joseph Haydn seine stille Hochzeit mit Doretta Keller.

Der Abschied Haydns von seiner so innig Geliebten war ein heilig rührender gewesen: als der erschütterte junge Mann der scheidenden frommen Schwärmerin gelobte, aus Liebe zu ihr und um der Liebe willen, die Doretta für ihn fühle, dieser die treue Hand zu reichen; als er auch mit bewegtem Herzen von der Schuld gesprochen, die er durch dieses Bündnis seinem väterlichen Freunde und Hausherrn wenigstens zum Teil abzutragen im stande sei, küßten sich die Liebenden zum ersten- und letztenmal. „Sei treu Deiner hochheiligen Musika!“ schluchzte dann das reizende Mädchen mit brechendem Herzen, aber vergiß auch meiner nicht, und habe Geduld mit Doretta! Heut über ein Jahr, nicht eher, mein Lieb, komm zu mir an das Sprachgitter! Sage mir kein Wort, sieh mich nur still an, und wenn Du glücklich bist mit Deinem Weibe, so trage ein frisches Sträußlein in der Hand! bist Du's aber nicht, Joseph, lieber, lieber Joseph! nun dann zeige mir die welken Reste dieser weißen, jetzt so schönen Rosenknospe, die ich Dir hier scheidend reiche. Und nun leb wohl, Du Herzgeliebter! Gott und alle Heiligen mögen mit Dir sein!“

Nach Ablauf eines Jahres erschien ein schlanker, jugendlicher Mann vor dem Sprachgitter der Ursulinerinnen, leise nach der Schwester Maria fragend. Da wankte eine geknickte, zarte Gestalt herbei, da schaute ihn ein marmorbleiches, ach, unendlich müdes, verweintes Antlitz an aus dem wallenden Nonnenschleier; Haydn erkannte nur mit Mühe und unter heißen Thränen seine einst so blühende Johanna. Still zog er ein verdorrtes Knösplein hervor, hob es empor und küßte es inbrünstig; da seufzte die kranke Nonne schmerzlich, drückte ihre Stirn an das Gitter und schaute dem Geliebten forschend und tief in die Augen. Da war wohl noch das heitere, herrliche Blau, aber die lachende Kinderfreude war verschwunden, und feine Linien geheimer Sorgen, freilich nur dem Blicke der Liebe bemerkbar, waren um den lieblichen Mund gezeichnet. Und die Schwester Maria schaute lange und unverwandt in das Angesicht des teuren Mannes, und seine Augen gruben sich so fest in ihre Züge, als wollte er nimmer, nimmer von ihnen lassen. Dann aber grüßten sich die beiden liebinnig, lautlos, und haben sich auf Erden nie wieder gesehen. — Eine Woche später begruben sie die junge Nonne.

Ob wohl Haydn, der ewig junge, sternenklare, herrliche Haydn, dessen selige Melodieen für unsere Herzen geworden, was die duftenden, lachenden Blumen und das Grün des Waldes und Sonnenstrahlen und Frühlingsluft unseren Augen und unserem Leben sind, ob wohl dieser frohe, personificierte Preisgesang auf den gütigen Vater dort oben und seine wunderschöne Welt hier unten, bis an das Ende seines Segens- und Lichtlebens ein Andenken an diese seine Jugendliebe bewahrte? Ob wohl sein Herz, mitten in der unerquickten Öde einer unglücklichen, kinderlosen Ehe, noch gern von Liebe und Geliebtsein träumte?*) — Nehmt die zaubervollen, reizenden „Jahreszeiten“ in die Hand; erinnert Euch, daß Joseph Haydn neunundsechzig Jahre alt geworden, als diese strahlende Wunderblüte seinem Schöpfergeiste entsproß; und labt Eure zweifelnden Seelen an dem morgenfrischen Bilde der süßen, unschuldigen Liebe von Hannchen und Lukas.

*) Im Jahre 1800 starb Doretta.

Eine Melodie.

„Hör ich' das Liedchen klingen,
Das einst die Liebste sang."

Heine.

In der vormaligen Hauptstadt der Normandie, in dem alten, ernsten Rouen, das mit seiner imposanten Kathedrale, seinen stolzen Kirchen und schmalen, dunklen Straßen den Eindruck macht, als dulde es keine weltlichen Freuden in seinen Mauern, hatte sich im Spätherbst des Jahres 1792 eine muntere Schauspielertruppe niedergelassen. Der Direktor übernahm das große, unheimliche Theatergebäude der Stadt gegen einen ziemlich hohen Preis und gab dort mit seiner Gesellschaft fünfmal in der Woche Vorstellungen, und zwar führte man ausschließlich Opern auf. Das Orchester war leidlich, die Truppe mittelmäßig, und so hatten die guten Bewohner Rouens die Freude, gegen ein geringes

Eintrittsgeld die Schöpfungen ihrer berühmten Landsleute Mehul, Lully, d'Alayrac und des großen Belgiers Gretry zu bewundern. Wie viel Thränen flossen aus schönen Augen bei des treuen Blondels Lied:

„Oh Richard, oh mon roi,
L'univers t'abandonne!"

wie seufzte man bei dem rührenden Gesange Josephs, wie entzückte die seltsam naturwahre Malerei des Sturmwindes im dritten Akte von Lullys Isis! Und das Duo der beiden Savoyarden in d'Alayracs Gulistan wurde bald zum entschiedenen Lieblingsstück des damals sehr dankbaren Publikums.

An einem regnerischen Oktoberabend, dessen kalte Schauer an den nicht allzufernen Winter mahnten, stand ein junger Mann von etwa achtzehn Jahren mit der Miene eines eifrig Lauschenden auf einer kleinen, schmalen Treppe, die von den Schauspielern als Eingang benutzt wurde, und an deren Ende sich eine niedrige Thür befand, die in das Zimmer hinter der Bühne führte. Seine Kleidung war leicht, fast ärmlich, doch die Gestalt vornehm, schlank und von eleganter Haltung. Die schlechte Laterne, die man neben der Thür befestigt hatte, warf ihr unsicheres Licht auf ein junges, frisches Gesicht und spiegelte sich in glänzend braunen, heiteren Augen wieder. Auf der Stirn des Jünglings aber lag mehr als Jugend und Heiterkeit;

da lag eine morgenrötliche Verkündigung des herrlichsten Sonnenscheins, jene unbeschreibliche Verklärung des Genies; auffallend licht und frei war diese Stirn, von der das braune Haar weit zurückgestrichen war. Man gab d'Alayracs Gulistan, und vernehmlich, wenn auch gedämpft, drang jeder Ton zu dem einsamen Lauscher.

„Jetzt muß das Duett der beiden Savoyarden sich einleiten," murmelte er vor sich hin, richtig, da ist schon die Introduktion, noch zwei Takte und die Stimmen setzen ein! Ach! wer doch Geld, viel Geld hätte, um dergleichen allabendlich so recht in der Nähe hören und sehen zu können."

Und ein leiser Seufzer entschlüpfte den hübschen, frischen Lippen, aber er lauschte weiter, denn sanfte, anmutige Stimmen schwebten zu ihm hin. Plötzlich hörte er einen Fall und Schrei, und gleich darauf stieß man die Thür so heftig auf, daß der junge Mann vor Schreck und Schmerz einige Stufen zurücktaumelte.

„Was wollen Sie hier?" herrschte ihn eine unfreundliche Stimme an, „holen Sie lieber einen starken Träger, der uns die kleine Marion nach Hause schleppt; sie ist eben in eine Versenkung gefallen und hat sich den Fuß verletzt. Die Oper muß aber zu Ende gespielt werden, auch ohne den zweiten Savoyarden; von uns hat keiner Zeit, sich um das Mädchen zu bekümmern."

„Ich will sie sebst tragen,“ sagte der junge Mensch.

„Nun, dann rasch hinein!“ lautete die mürrische Antwort. Der Jüngling folgte der Aufforderung und befand sich bald in einem großen, düstern, matt erleuchteten Zimmer dicht hinter der Bühne, wo auf einem schlechten, gebrechlichen Sessel ein junges Mädchen in der Kleidung eines Savoyardenknaben lag. Vor ihr kniete eine verwachsene alte Frau, die eben einen Kinderfuß von merkwürdiger Weiße und Zartheit verband.

„Mademoiselle Marion, nehmen Sie sich zusammen, da ist jemand, der Sie nach Hause tragen wird, und die alte Luison soll ihm den Weg zeigen und mitgehen,“ sagte der Unfreundliche.

Der junge Mann näherte sich nun dem Sessel mit fast ritterlicher Galanterie und verbeugte sich wie vor einer Prinzessin. Als er aufsah, hatte sich ein von kurzen dunklen Locken eingefaßtes Antlitz ihm zugewandt, ein Antlitz von so bezaubernder, wenngleich noch kindlicher Schönheit, Augen von so süßem Ausdruck und reinem Blau, daß er unwillkürlich diese Reize mit einem vollen Lächeln des Entzückens begrüßte. Sein Lächeln leuchtete wieder: die lieblichsten Lippen gaben es zurück.

„Sie hat sich nicht weh gethan,“ sagte die alte Frau, „nur den Fuß versprungen. Morgen wird alles wieder gut sein, aber jetzt rasch nach Hause.“

Sie warf nach diesen Worten einen schwarzen, verhüllenden Mantel um die zierliche Gestalt Marions, und Adrian, so hieß der junge Mann, nahm das Mädchen in seine Arme, so leicht und sorglich wie ein Vater sein Kind, die alte Frau trippelte hustend mit einer Laterne voraus, und so zog die kleine Karawane durch einige Straßen Rouens.

Es hatte aufgehört zu regnen, aber es war kalt. Marion sprach nicht, sie schmiegte sich vertrauensvoll an ihren Schützer und ihr reiner Atem säuselte ruhig und gleichmäßig an der Wange Adrians vorüber, und ihre Locken wehten über seine Stirn. Er ging dahin wie im Traume, so langsam, daß die Alte oft fragte: „Sie wird Euch wohl zu schwer?" — „O nein!" antwortete er dann rasch und feurig.

Bald blieb die Frau vor einem schmalen Häuschen stehen und sagte: „Hier wohnt Marions Muhme." Adrian schreckte zusammen, aber die Treppe hinauf durfte er sie noch tragen. Ein ältliches, gutmütig blickendes Frauenzimmer stürzte mit allen Zeichen einer schmerzlichen Überraschung herbei und nahm schluchzend und küssend das junge Mädchen aus Adrians Armen.

„Darf ich morgen fragen, ob Mademoiselle sich wohler befindet?" fragte der Jüngling und zögerte zu gehen.

„Gewiß!“ lachte schelmisch Marion. „Ich danke Euch herzlich für Eure Dienste und bitte mir Euren Namen zu sagen.“

„Adrian Boieldieu, ältester Sohn des Sekretärs seiner Eminenz des Kardinals de Larochefoucauld.“

„Boieldieu! seltsamer Name!“

„Desto weniger werdet Ihr ihn vergessen!“

„Kann sein!“

„Gute Nacht!“

„Gute Nacht!“

Dieser eigentümlichen Scene folgte eine kleine Idylle von fast rührender Art. Die beiden frischen, heitern, schönen Kinder sahen sich wieder, sahen sich oft und liebten sich. Ihre Zärtlichkeit war so tief und innig, daß beide den Gedanken an eine Trennung bald nicht mehr zu fassen vermochten. Marion war ein elternloses, verlassenes Geschöpf von kaum sechzehn Jahren, deren einziger Reichtum eine seltsame Anmut und Grazie und eine wunderliebliche Stimme war. Durch welchen Zufall sie in die Hände des Schauspieldirektors geraten, wußte sie nicht, überhaupt hatte sie von ihrer Kindheit nur eine Erinnerung, ein kleines, wehmütig süßes Lied, eine alte, schottische Melodie, die ihr einst, wie sie behauptete, eine schöne, blonde, blasse Frau, die sie Mutter genannt, vorgesungen. Adrian konnte die Melodie nicht oft genug hören, sie hatte einen ganz unbeschreiblichen Reiz für ihn, und er bat sie bei jeder Zusammenkunft um das liebe, liebe:

denn Worte wußte sie nicht dazu. Dann schloß er die Augen oder legte sein hübsches Gesicht in die Hand und sah aus, als träume er von allerlei herrlichen Dingen, und zuweilen summte er leise mit. Sie sahen sich aber nur in den Proben, Marion und Adrian: dort unter gemalten Bäumen und ölgetränktem Monde, auf hölzernen Rosenbänken zwischen Stricken, Laternen, zerrissenen Coulissen und altem Gerüll, erwuchs die holde Blume ihrer schuldlosen Liebe, und ihr Glanz verklärte die ganze armselige und wirre Umgebung. Sie brauchten keinen Nachtigallengesang und kein Quellengeriesel, um ihre Zärtlichkeit poetisch zu finden; in ihren eigenen, jungen Herzen rieselte die Quelle frischester Poesie und ihre glückliche, sorglose Liebe sang nur Lerchenlieder und verstand nicht Schwermut und sanfte Klage.

Man hatte dem jungen Manne auf Marions Bitten den Zutritt zu den Proben gestattet; „er weiß so viel von der Musik," sagte sie zu dem Direktor, dessen Liebling sie war, „und hat jeden Abend Stunde bei dem Organisten Broche. Alle meine Rollen kann er mir vorsingen und merkt sofort, wenn der unausstehliche Monsieur Careaux einen falschen Ton auf seiner Geige spielt, oder der alte Martin zu früh mit seinem Fagott einsetzt. Gewiß wird er einst ein großer Musiker!"

Infolge dieser Lobreden erlaubte der Direktor, der zugleich der Musikdirigent seiner Truppe war, daß der junge Boieldieu in den Proben zuweilen eine Ouverture dirigierte, oder einen Akt, und das ging dann immer wunderbar feurig, und die alten Musiker lachten vor Freude und erstaunten über ihre eigenen Leistungen. Adrian war glückselig bei solchen Versuchen. „Siehst Du," sagte er zu Marion, die stolz und strahlend unter seiner Leitung ihre kleinen Partieen sang, „ich fange jetzt an, die Flügel zu regen zu höherm Fluge, ich versuche mich; aber ich muß auch ein rechter Musiker werden und nicht bloß ein Musikant, nein, ich muß auch schaffen und viel schaffen. Ich will Opern schreiben, und die mußt Du singen, und dann fliegen unsere Namen vereint durch die Welt!"

„Und dann werden wir reich sein und schöne Kleider tragen und immer fahren und ein prächtiges Haus haben," malte Marion weiter.

„Und wir leben in Paris und Mehul kommt zu

uns und der herrliche Gretry. Sie werden mir die Hand drücken und freundlich zu mir sprechen!"

„Aber sie werden auch die kleine, niedliche Frau bewundern und aller Welt erzählen, wie sehr wir uns lieben und wie glücklich Adrian und Marion mit einander sind."

Und Adrian küßte lachend die zierlichen Hände der reizenden Prophetin.

Der liebliche Traum verflog bald genug, das fröhliche Spiel nahm ein trauriges Ende. Der alte, mürrische Organist Broche, der Musiklehrer des jungen Boieldien, erfuhr durch einen Zufall die Nebenbeschäftigungen und Studien seines Schülers. Wütend stürzte er zum Vater Adrians und entdeckte ihm die „saubern Streiche" seines Sohnes. „Ich habe von jeher behauptet, daß aus ihm nichts würde, da sehet nun die Erfüllung meiner Worte! Der Junge ist ein eitler, talentloser Taugenichts!"

Adrian wurde nun inmitten seiner Dirigententhätigkeit überrascht, davongeführt, streng bewacht, und als man ihm nach acht Tagen die Freiheit schenkte, war die Truppe „höherem Befehle" zufolge abgereist und spurlos verschwunden. Tief fühlte Boieldieu den Schmerz des Verlustes seiner lieben Marion, aber er erkrankte nicht an diesem Leide, seine Natur war eine zu kräftige, üppig treibende, sie besiegte das Weh. Mit einer Art von froher Verzweiflung warf er sich wieder ganz seiner geliebten Musik in die Arme, spielte, komponierte, studierte mit einem ungeheuren Eifer und las oft bis tief in die Nacht hinein ausgezeichnete theoretische Werke über Opernkomposition. Sein Hauptgedanke war nun einmal, eine Oper zu komponieren und mit ihr nach Paris zu wandern. Paris war das Ziel seiner Sehnsucht, in dies brausende Meer des reichsten Lebens versenkten sich alle seine Wünsche. Ein alter, in Rouen lebender Gelegenheitsdichter schenkte dem jungen Manne, dessen liebenswürdigen Bitten er nicht widerstand, einen sehr mittelmäßigen, flüchtig gearbeiteten Operntext, den Adrian aber bezaubernd fand und sofort in Musik setzte.

Unter diesen Studien, Arbeiten und Hoffnungen waren zwei Jahre verflossen, da wanderte eines Morgens im September Adrian Boieldieu, die Partitur seines Werkes unter dem Arme und 30 Francs in der Tasche, dem Ziele seiner Gedanken entgegen: er ging nach Paris.

Angekommen in der zauberhaften Riesenstadt, schlugen aber alsbald die Wellen des gewaltigen Lebens über dem Haupte des jungen, unerfahrenen Mannes zusammen und raubten ihm fast die Besinnung. Glücklicherweise trug ihn eine mitleidige Woge in das Haus des alten, berühmten Instrumentenbauers Erard. Hier in dem Salon des kunstsinnigen, gastfreien Hauses durfte Adrian auf den kostbaren Pianos spielen und, was noch mehr beseligte, spielen hören, denn Erard sah alle Künstler von Bedeutung bei sich. Boieldieus Spiel erregte aber gar bald die Aufmerksamkeit aller Hörer, weniger durch die Bravour, als durch die bezaubernde Art seines Vortrags, und unter diesen Hörern waren Kenner, wie Rode und Garat.

Trotzdem fühlte der junge Mann allzugut, daß ihm noch sehr viel fehle, um aus seinem Talente eine Erwerbsquelle machen zu können in diesem an Künstlern so reichen und durch sie so sehr verwöhnten Paris. Er wandte sich also zu seiner Lieblingsbeschäftigung, zur Komposition zurück, und versuchte nebenbei seinen Unterhalt durch Klavierstimmen zu erwerben. Das war freilich ein hartes, trockenes Brod, er aß es auch wohl mit Thränen, aber seine unüberwindliche Heiterkeit, dieser Grundzug seines Charakters, und die seltene Elastizität seines ganzen Wesens richteten ihn immer wieder auf.

An einem trüben und rauhen Februarnachmittage — Boieldieu war fast sechs Monate schon in Paris — kam er müde und erfroren in sein kaltes Dachkämmerchen zurück, als er daselbst eine Notiz von Erard vorfand, in welcher dieser ihn sofort in die Rue Richelieu beschied, woselbst man in dem Hause Nr. 30 im zweiten Stock einen geschickten Stimmer verlangt hatte. Der junge Mann machte sich augenblicklich auf den Weg. Er fand das Haus, man führte ihn in einen kleinen, aber äußerst reich und geschmackvoll dekorierten Salon, in dessen Mitte ein schönes Piano stand. Das Feuer flackerte lustig im Kamin, die Vorhänge waren geschlossen, eine Lampe leuchtete von der Decke herab, ein Blumenflor der mannigfaltigsten Art zog sich, reizend arrangiert, an den Wänden hin. Adrian fühlte ein unbeschreibliches Wohlbehagen und eine süße Wärme sein ganzes Wesen durchdringen, es war ihm als müsse er hier ruhen und träumen. Und er vergaß auch warum er hergekommen, setzte sich an das Piano und spielte, zuerst voll und rauschend, dann leiser, und endlich kam er, er wußte selbst nicht wie, in den warmen, kurzen Traum seiner ersten rosigen Liebe: das alte, schottische Liedchen schlich langsam und weich über die Tasten. Da hob sich eine Portière von violettem Sammet: ein junges Weib erschien auf der Schwelle und eine wunderschöne Stimme wiederholte zitternd, zweifelnd, ahnend den Refrain: „la — à — la à — la — la!" — Marion stürzte dem Träumer in die Arme. Ja, ja, dies bezaubernd hübsche Geschöpf im rosa Seidenkleide, mit den üppigen Formen und blitzenden Augen war das kleine Mädchen der Schauspielertruppe von Rouen.

„Ach, sei nur nicht böse, Adrian," sagte sie nach

einer Pause mit hinreißender Naivetät, „ich bin verheiratet und heiße jetzt Madame St. Aubin. Alle sagten, daß ich auf Dich doch nicht warten könne, nicht warten dürfe, ich würde alt und häßlich darüber werden. Ich habe viel deshalb geweint, aber es half nichts. Nun bin ich schon seit einem Jahre engagierte Sängerin der Opéra comique, gefalle den Parisern und sie gefallen mir auch. St. Aubin ist gut, ich sehe ihn oft wochenlang nicht, er reist viel."

Adrian sah schmerzlich lächelnd der jungen Frau ins Gesicht und schwieg. „Glaube mir nur," fuhr sie anmutig schmeichelnd fort, „ich habe viel, ach sehr viel an Dich gedacht, und weiß gar gut, daß es tausendmal schöner sein würde, wenn ich Dir angehörte. Weißt Du noch, wie herrlich wir oft träumten?"

Und Adrian schien sich dessen zu erinnern, denn er zog die Geliebte heftig an sich und verbarg sein erblaßtes Gesicht an ihrem Halse.

Etwa vier Monate später führte man in der Opéra comique eine Operette auf, von einem gewissen Adrian Boieldieu: „la dot de Suzette". Die gefeierte, unendlich beliebte Madame St. Aubin hatte die Hauptrolle übernommen. Die kleine Oper hatte einen außerordentlichen Erfolg, die blasierten Pariser waren elektrisiert von dieser frischen, lieblichen Musik, von diesem Reichtum origineller Gedanken. Aber wie spielte, wie sang auch die St. Aubin! Ihr Name vereint mit dem des Komponisten, schwebte von tausend Lippen; beide wurden stürmisch gerufen.

Nach der Oper war ein kleines Souper bei Marion. „Siehst Du," sagte sie mit ausgelassener Fröhlichkeit, als Adrian strahlend bei ihr eintrat, „einer Deiner ehemaligen Wünsche fand schon Erfüllung: ich habe Deine Melodieen gesungen und laut und freudig nannte man unsere Namen. Ob aber Gretry und Mehul infolge dessen zu uns kommen werden, bezweifle ich, armer Freund. Da ist aber einer, der sich sehr auf Dich freut und mich eben um die Erlaubnis bat, Dir die Hand drücken zu dürfen; er nennt sich Monsieur Cherubini."

Und ein schlanker, schöner Mann von 32 Jahren trat heran und schloß mit der liebenswürdigsten Herzlichkeit den freudetrunkenen Komponisten in die Arme.

Viele Jahre waren vorübergerollt; der Name Boieldieu gehörte schon zu den glänzenden Sternen am musikalischen Himmel Frankreichs. Der graziöse, geistreiche „Chalif von Bagdad", der „neue Gutsherr", das „Rotkäppchen" und andere Werke hatten seinen unsterblichen Ruhm gegründet. Der geniale Komponist wurde zuerst an dem Pariser Konservatorium als Professor des Pianofortespiels angestellt, folgte aber später einem ehrenvollen Rufe als kaiserlicher Kapellmeister nach Petersburg. Im Jahre 1811 kehrte er jedoch nach Paris zurück; seine Gesundheit ertrug das rauhe Klima des Nordens nicht. Er brachte viele neue Schöpfungen mit, zum Entzücken seiner Freunde, prächtige Militärmusiken und die Chöre zu Racines „Athalia", und in der Freude seines Herzens nun, wieder in der Heimat zu sein, begann und vollendete er gleich nach seiner Rückkehr den köstlich frohen „Jean de Paris".

Trotzdem trübte sich der Himmel über ihm. Der Name des jungen Rossini wurde in Frankreich immer lauter und enthusiastischer genannt und seine Opern mit Jubel aufgenommen. Boieldieu sah sich in den Hintergrund gedrängt, selbst „Jean de Paris" hatte nicht den erwarteten Erfolg. Sein Herz wurde mutlos, sein Körper krank; verzweifelte Anstrengungen zu neuen Arbeiten brachten nur geringe Resultate hervor. Adrian Boieldieu brauchte jetzt Sonnenschein, vollen, heißen Sonnenschein, sonst verkümmerte die Knospe seines Schaffens. Aber woher sollte ihm die Sonne leuchten? Marion war schon vor seiner Abreise nach Petersburg verschwunden; man erzählte sich lachend, daß ihr eigener Mann sie entführt; und Adrians Freunde konnten augenblicklich nichts Erhebliches für ihn thun. So verlebte er ohne eine eigentliche Anstellung vier schwere Jahre; Körper und Geist ermatteten immer mehr; eine tiefe Schwermut bemächtigte sich des sonst so lebensfrohen Mannes. Die Ärzte schickten ihn nach Italien; zärtliche Freundessorge bahnte ihm den Weg dahin: aus eigenen Mitteln hätte er diese kostspielige Reise nicht zu bestreiten vermocht. Lange hielt er es aber nicht aus fern von seinem Paris, fern von seinem schwärmerisch geliebten Cherubini; er raffte seine letzten Kräfte zusammen und trat den Rückweg an. Allein in Brüssel erlag der erschöpfte Körper, Adrian Boieldieu erkrankte schwer. Man brachte ihn aus dem geräuschvollen Gasthofe in ein einsames Nebengebäude, und alle Kunstnotabilitäten der Stadt interessierten sich auf das lebhafteste für den leidenden Musiker; des Nachfragens und Bedauerns war kein Ende und jeder wollte zu seiner Unterstützung, Erquickung und Bequemlichkeit seinen Teil beitragen. Davon wußte freilich der Kranke nichts; er lag in lachenden Fieberphantasieen und träumte von Lorbeerkränzen und ewigem Ruhm.

Da — es war die neunte Nacht seiner Krankheit und der Wärter eben fest eingeschlafen, das Nachtlicht brannte trübe und unruhig — richtete sich der Kranke plötzlich auf und blickte um sich. Es war ihm, als tönte eine alte Erinnerung in sein Traumsein: er horchte. Nein, es war keine Täuschung: es sang jemand, dicht in der Nebenstube, die Stimme klang müde, gebrochen, aber dennoch lieb, o so lieb und bekannt.

Und das Lied? Nun, es war die alte, süße, schottische Melodie der kleinen, reizenden Marion. Und er sah sie ja deutlich, diese Marion, sie gaukelte vor ihm auf und nieder in all ihrer Schönheit, im vollsten Glanze ihrer Jugend, Liebe und Anmut. Sie lächelte, winkte ihm und sang, und da mußte er, er konnte nicht anders, leise einstimmen in den Refrain: „la à — la à — la la!“ Aber da drang ein schwacher Schrei aus dem Nebenzimmer, ein Schrei voll Jubel und Leid: dann wurde es still, schauerlich still drüben. — Als der Wärter gegen Morgen erwachte, fand er seinen Kranken in tiefer Ohnmacht.

So lag er viele Stunden; er hörte nicht, wie der Arzt kam, wie man sich um ihn beschäftigte und sorgte und nebenbei erzählte, daß in dieser Nacht im Nebenstübchen die berühmte ehemalige Sängerin der Opéra comique, Madame St. Aubin, gestorben sei.

„Das ist eine Wohlthat für dies arme Wesen,“ sagte der Arzt; „seitdem sie ihre Stimme verloren, infolgedessen ihr Mann sie ja verließ, führte sie doch ein elendes Leben und wurde bloß aus Mitleid von der Theaterdirektion zuweilen verwendet und erhalten. Sie lebte in ihren Erinnerungen, und war abgenutzt, völlig verbraucht und überflüssig.“ — So lautete die Leichenrede für eine der hochgefeiertsten, reizendsten Sängerinnen ihrer Zeit.

Acht Tage später war Adrian Boieldieu außer Gefahr, und mit diesem Gefühl der Genesung zugleich traf ein Brief aus Paris ein, der die Nachricht vom Tode Mehuls und zugleich den Antrag enthielt, dessen ehrenvolle und einträgliche Stellung am Pariser Konservatorium einzunehmen. Da war endlich der ersehnte Sonnenschein, und unter seinem belebenden Einflusse kräftigte sich Boieldieus Körper und Geist, es trieb und regte sich gewaltig in ihm.

Er reiste nach Paris, wurde mit Jubel empfangen von seinen Freunden, dem edlen Cherubini an der Spitze, und in seine neue Stellung feierlich eingeführt. Ob Adrian Boieldieu Marions Tod erfahren? Niemand weiß es, er hat ihren Namen nie mehr genannt. Aber ein Denkmal setzte er der Geliebten, ein kostbares Denkmal auf dem Grundsteine jenes einfachen, lieben Liedchens, das Marion so zierlich trällerte; das unvergängliche Monument heißt: „la dame blanche".

Welchen Enthusiasmus dies Meisterwerk nicht nur in Frankreich, sondern in der ganzen Musikwelt erregte, ist bekannt; Boieldieu ist durch dasselbe in die Reihe der g r ö ß t e n Meister getreten. Die reiche Schöpfung blieb auch der Herzensliebling des Komponisten selbst und sein letztes bedeutendes Werk. In seiner Todesstunde, am 9. Oktober 1834, schien er sich noch mit ihr zu beschäftigen, denn man hörte ihn ganz leise die alte, schottische Melodie anstimmen, die für sein Herz und seinen Ruhm so bedeutsam geworden, und seine Lippen lächelten dazu. Alle die Getreuen, die sein Sterbelager umstanden, hörten aber in demselben Augenblicke wie ein wundersüßes, fernes Echo den wunderlieblichen Refrain:

Eine Sylvesternacht.

„Auf Erden,
Wird mancher schon in seiner Jugend Greis
Und stirbt, eh' noch des Mannes Alter naht,
Nicht von der Wut des blut'gen Kriegs getötet.
. . . .
Dem einen welkt, dem andern bricht das Herz.
Und letzt'res ist ein Übel, das noch mehr
Dahinrafft, als im Buch des Schicksals stehen,
Weil's vielerlei Gestalt und Namen trägt."

Byron.

Für ein Herz, das irgend einen heimlichen Schmerz mit sich herumträgt, für eine Seele, die viel erlitten und erfolglos gekämpft, für einen Menschen, der einsam dasteht, gleichviel ob verschuldet oder nicht, ist gewiß der letzte Abend des Jahres der schwerste. Wir bringen die eigentümliche Sylvesterstimmug, die sich mit keiner andern vergleichen läßt, aus unserer

Kindheit mit herüber, und das Andenken an die lieben grauen Locken des Vaters, und die sanften Augen der Mutter ist unzertrennlich vom Schlage der bedeutsamen zwölften Stunde. Aber mit diesen rührenden Bildern steigen auch zugleich die Erinnerungen an das Weh unseres ganzen vergangenen Lebens auf; alle gestorbenen Hoffnungen regen sich schmerzhaft zuckend in ihrem Grabe, alle unerfüllten Wünsche fordern laut und ungestüm Gewährung, längst vertrocknete Thränen fließen, längst vernarbte Wunden bluten wieder. Ein unerklärlicher Schauer durchbebt uns an der Schwelle des neuen Jahres, ein Schauer, der nicht zögert, uns im strahlenden Ballsaal, wie im traulichsten Kreise zu berühren; ein Hauch aus jener verhüllten Welt der Geister, für deren Mahnungen wir empfänglicher sind am Sylvesterabend, als sonst in irgend einer Stunde des Jahres.

Vielleicht waren es ähnliche Gedanken, die einen armen, einsamen Musiker beschäftigten, der am letzten Abend des Jahres 1850 an seinem Schreibtisch saß; wenigstens schien jener Hauch, von dem wir eben redeten, erkaltend über seine Stirn und Wangen gezogen zu sein: sie waren so bleich und die Augen starrten wie erschreckt in die Leere. Arm nannte ich ihn, denn er war eben ein deutscher Opernkomponist, hatte keine reichen Verwandten und keine hohen Gönner, verstand es nicht, einem Theaterdirektor zu schmeicheln und zweifelte an der Notwendigkeit, gewissen musikalischen Rezensenten demütig den Hof zu machen. An dem Beifall des Publikums, so laut und herzlich er auch immer war, sättigte sich zwar sein Herz, damit mußte er sich aber auch begnügen. Wie vielen bereitete seine kunstlose, heitere, frische Musik wahrhaft frohe Stunden; noch keiner von den vielen aber hatte für eine frohe Stunde des Komponisten gesorgt, an ihn, an sein Leben dachte niemand; man rief seinen Namen nach Beendigung der Oper und wähnte, man habe genug gethan.

Er war jetzt recht ernst, der Einsame; die feinen Züge trugen den Ausdruck tiefer, aber geduldiger Schwermut. Die blauen Augen, denen man noch zuweilen ansah, daß sie gern und oft gelacht trotz aller Not, sie blickten noch jung, das Haar war noch schwarz, die vielen feinen Fältchen auf der Stirn und um den Mund hatte also nicht die sanfte Hand der Zeit dort eingegraben, sondern die harte, unbarmherzige des Kummers. Die schlanke, fast zierliche Gestalt war von mittlerer Größe und leicht und anmutig in ihren Bewegungen.

Das breite, altmodische Schreibpult, außer einem kleinen Piano das einzige bedeutende Möbel des großen ungemütlichen Arbeitszimmers, war besäet mit Notenblättern, angefangenen Briefen, Partituren, Klavierauszügen, und mitten darauf stand eine grüne Schirmlampe, die ein trübes, unruhiges Licht auf ein aufgeschlagenes Buch warf. Es waren T. A. Hoffmanns „Lichte Stunden eines wahnsinnigen Musikers".

Die kleine Wanduhr zeigte fast Mitternacht. Der Lesende erhob sich und schob das Buch von sich.

„Hoffmann! alter Kapellmeister! Du verstehst zwar das alte Leid Deiner Zunft, Du hast Dich gequält, gekränkt wie wir, aber zu trösten weißt Du nicht! Du wirbelst die Verzweiflungsgedanken und den Lebensüberdruß erst recht auf, Du zerdrückst das Herz und umschleierst den Blick! Dämonisch bist Du durch und durch in Deinen Büchern, wie in Deiner Musik, und doch wollte ich, daß ich Dich gekannt hätte!"

— „Luft! Luft! Clavigo! Wie mich das Zimmer drückt! Es graut mir vor allem, vor dem Tisch, vor der alten unruhigen Uhr, vor dem schwarzen, seltsamen Ofen, ja ich glaube, vor mir selber! Du allein trägst daran die Schuld, Theodor Amadeus! Ich muß die Erinnerung an Dich verscheuchen; ein Gang auf die Straße, ein Atemzug in frischer Winterluft wird allen Spuk verbannen. Hinaus also! In dem großen Berlin, wo ich als Kind so oft Fremden ein »Prosit Neujahr!« zugejubelt, will ich mir auch einmal von Fremden den ersten Gruß holen; — vielleicht bringt der

Glück!" seufzte er schmerzlich auf. „Meine Lieben und Freunde haben mir's bis jetzt vergeblich gewünscht, man muß es anders versuchen! Frau und Kinder schlummern, Gott segne sie!" Vorsichtig löschte er die Lampe, öffnete und schloß die Thür seines Zimmers leise, stieg langsam die Treppenstufen hinunter, fand die Hausthür offen und gelangte auf die Straße. Mechanisch schlenderte er vorwärts, unbekümmert um den Weg. Bald stand er auf dem Gendarmenmarkt; es war sehr still überall, nirgends die Vorzeichen eines ausbrechenden Neujahrsjubels. Er bog in eine benachbarte Straße ein. Aus dem Erdgeschosse eines gegenüberstehenden Eckhauses, als berühmte und vielbesuchte Weinstube ihm bekannt, blendete sein Auge ein schmaler, greller Lichtstreifen, der durch die zugezogenen Jalousieen auf das Pflaster fiel und von dem frohen Leben ahnen ließ, welches sich hinter denselben noch regen mochte. Eben kam, in Hast, wie es schien, ein kleines, mageres Männchen die steinernen Treppenstufen vor der Hausthür herunter und trat rasch dem Ankommenden in den Weg.

„Treten Sie gefälligst herein, lieber Musikdirektor!" sagte er in schneller und scharfer Sprechweise; „ich weiß, Sie wünschen mich kennen zu lernen; ich habe auch schon viel und gerne an Sie gedacht. Lassen Sie uns ein frohes Neujahr mit einander feiern, ich sitze da drinnen" — hier wies er auf das erleuchtete Fenster — „ganz ungestört und behaglich mit meinen Kindern und Lieblingen. Sie haben mir noch gefehlt; erlauben Sie, daß ich mich Ihnen als den Kapellmeister Kreisler oder Theodor Amadeus Hoffmann vorstelle, — wie Sie wollen."

Der Angeredete griff an seine Stirn, atmete tief und murmelte endlich: „Entweder bin ich wahnsinnig oder im Traume. Um Verzeihung, sind Sie denn nicht längst begraben?"

„Für manche nur, für manche, für Auserwählte aber nicht!" lachte das Männchen, und sie gingen durch die Hausflur und traten in ein Zimmer, das man durch eine niedrige, seltsam gezackte Wand in zwei Teile geteilt hatte; in dem ersten war ein reich besetztes Büffett aufgestellt. Das dritte Zimmer war voller Menschen. Auf den schweren, plumpen Holzstühlen mit hohen Lehnen saßen, nachlässig zurückgebogen, die reizendsten, üppigsten Frauenbilder mit wunderschönen Augen, und neben ihnen standen oder lehnten an den großen, mit grüner Wachsleinwand bezogenen Tischen die fratzenhaftesten Männer, scheußlich verzerrte Gesichter, krüppelhafte Leiber. Andere wunderliebliche Geschöpfe mit blendenden Nacken, altertümlichen Schleppen und Schleiern hingen an den Armen finsterblickender Männergestalten in fremden Trachten; ein bezauberndes

Mädchen wandelte, umschlungen von einem blondgelockten, altdeutsch gekleideten Jünglinge, lächelnd auf und nieder. Gewänder aus uralten Zeiten und moderne Atlaskleider, das Wams mit seidenen Puffen und der Frack gingen neben einander her, Gegenwart und Vergangenheit, alles wirbelte bunt durcheinander und verschmolz in eins.

Und mitten unter allen bewegte sich mit unglaublicher Lebendigkeit der sonderbare kleine Mann, der sich Kreisler genannt. Sein Kopf schien zu groß für den schmalen, kurzen Körper, weil eine Fülle dichter, dunkler Haare borstenartig emporgesträubt von allen Seiten abstand. Das Gesicht war häßlich, der Mund mit den schmalen Lippen fest zusammengekniffen, mit einem Zuge bittern Spottes in den Winkeln, die Augen bald stechend klug aufblitzend, bald eigentümlich abwesend, die Redeweise kurz, abgestoßen und doch nicht ohne Wärme. Alle die Männer und Frauen sprachen ihn an, nickten und lächelten ihm zu, bald vertraulich scherzend, bald ehrerbietig, bald leidenschaftlich zärtlich; man nannte ihn „Kapellmeister", „Kammergerichtsrat", „Freund", ja sogar „Geliebter". Er grüßte alle freundlich, zog den neuen Freund beiseite und sagte eigentümlich lächelnd: „Das sind nun meine Herzenslieblinge, Kinder, besten Bekannten, Diener; ich habe sie alle lieb, so schlimm auch einige von ihnen aussehen. Das prächtige Frauenbild dort im weißen Atlas ist meine »Julia«. Giebt es vollere Schultern, schönere Arme, weißere Hände? Können dunkle Augen feuriger glühen, zärtlicher schmachten? Gegen ihre Schönheit verschwindet sogar die Herrlichkeit der stolzen »Prinzessin Brambilla« da drüben im roten Sammetmantel und Federhütlein, und die verführerische »Serpentina«, die dort mit ihrem »Studenten Anselmus« lustwandelt, darf sich kaum mit ihr messen. Wie der düstere Mann, »der Magnetiseur«, sie mit brennenden Augen begehrlich anschaut, er will sie zu sich ziehen, allmählich, aber um so fester, doch widersteht sie seiner Gewalt; ich weiß es, er erringt das köstliche Weib nimmermehr! Sehen Sie wohl den »Daniel«, den armen Burschen? Er kann das Winseln und Scharren an der Wand selbst hier nicht lassen: wie er die abgenutzten, zerbrochenen Nägel verzweifelnd in die grüne Tapete setzt! Unseliger Schelm, er findet nirgends Ruhe! Da im Winkel, sehen Sie lieber gar nicht hin, sitzt der unheimlichste von allen, der »Sandmann«, vor dem sich nicht allein die Kinder fürchten möchten! Die schöne »Automatenjungfrau« steht vor ihm, das Uhrwerk schnarrt schon, ich wette, sie will ihn zum Tanze aufziehen; hu, welch' grausiges Paar!" Und er lachte wild und gellend auf; den Zuhörer aber durchfuhr es eisig, es war ihm, als rühre der Tod an sein Herz, und er wurde bleicher und wandte sich fast mechanisch dem Ausgange zu, um zu fliehen.

Da ergriff der wunderliche Mann fest seine Hand, und ihm fast liebevoll ins Gesicht sehend, sagte er weich: „Genug des tollen Geschwätzes, nun ein Wort aus dem Herzen zum Herzen. Kommt mit mir in das letzte Zimmer, da habe ich vor alten Zeiten so oft und fröhlich gesessen mit meinem Devrient, Hitzig und dem sanften Weisflog. Dort plaudert sich's am besten. Wir müssen trinken, reden, offen gegen einander sein. Keine Kunst auf Erden verbindet ja rascher, fester, heiliger als die Tonkunst. Wir Musikanten allein verstehen aus vollem, heißem Herzen zu singen:

Seid umschlungen, Millionen!
Diesen Kuß der ganzen Welt!

Wer denkt dabei nicht an die neunte Sinfonie? Schiller, der Begeisterte, hat nur die Lebenden umfaßt, Beethoven aber Lebende und Tote. Der erste Takt des Chorus: »Freude schöner Götterfunken«, pocht an die Pforten der Gräber. — Champagner her!“

Kaum war dieser Ruf verhallt, so standen auch schon zwei wunderlich geformte hohe Gläser vor den beiden Männern, die sich an den Tisch gesetzt hatten, und in ihnen perlte der köstlichste, ruheloseste aller Weine.

Noch hatte der Musiker aus dem stillen Stübchen kein Wort geredet, noch war ihm die Brust wie zusammengeschnürt und seine Augen brannten; kaum aber war der erste Zug aus dem Glase über seine Lippen geglitten, als der Bann von ihm genommen wurde und die bange Scheu einer sanften Freundlichkeit wich.

„Wißt Ihr, mein freundlicher Wirt, denn wirklich etwas von mir, daß Ihr mich so wohl aufnehmet?" fragte er.

„Verdient der Komponist des »Zar und Zimmermann«, der »Undine«, des »Wildschütz« und anderer allerliebster Sachen, verdient der brave, lebensmutige, gemütvolle Lortzing etwa eine schlechtere Aufnahme?" lautete die Antwort.

„Ah, Sie kennen also meine Werke? Nun dann kennen Sie mich auch ganz!" sagte der Musikdirektor und ein strahlendes Lächeln flog über seine Züge, und in diesem Augenblicke schienen die Schläfen nicht mehr eingesunken und die Wangen nicht mehr bleich. Und es brach das Eis der schüchternen Zurückhaltung vor der Wärme des Blicks und Händedrucks seines seltsamen Freundes, und während leise und berauschend, wie aus weiter Ferne eine Musik ertönte, wie sie das Ohr des Musikers noch nie gehört, glitt über die feinen Lippen eine Erzählung, schlicht und einfach wie sein ganzes Selbst, eine rührende Beichte, eine lange Dornenguirlande von Not, Kummer, Kränkungen und Thränen, eine jener alten und doch ewig neuen Mollvariationen auf das beliebte Thema: „res severa est verum gaudium“. Hier und da war wohl unter all den stechenden Schmerzen ein kleines blasses Blümchen der Freude mit eingeflochten, und es war ergreifend, wie die gedrückte Seele, die da beichtete, immer davor so lange verweilte, aber von den Qualen sprach, als ob sie rasch und längst vergangen. Es war der erschütternde Erguß eines verschwiegenen, kindlichen Herzens, das bei allen Stößen und Schlägen eines harten, ungerechten Geschicks fest an einem Troste gehalten: an Gott. Dies Herz hatte redlich gestrebt und gehofft, wo andere längst solchem schweren Leben erlagen, hatte an die Menschen geglaubt, wo andere in bitterer Verzweiflung gehöhnt, hatte seine Musika geliebt und ihr gedient, wo andere längst den Mut zum Lieben und Dienen verloren. Das Bildnis der heiligen Cäcilia hatte dies arme Lebensschiff nicht vor Klippen und Stürmen bewahrt, so inbrünstig die Gebete des Schiffers auch darum gefleht. Und so nach 38 Jahren war dem Kämpfenden ein Plätzchen geworden, eine traurige Sandbank, auf der er eben vor Hunger geschützt war mit seinen Lieben, mit Weib und Kindern, für die er sein Herzblut tausendmal zu opfern bereit gewesen.

„Man nennt mich jetzt auch Kapellmeister," schloß er mit wehmütigem Lächeln, „also darf ich wohl nicht mehr klagen!"

„Du gutmütige Seele!" rief der andere mit sonderbarem Gesichtszucken, das eine tiefe Rührung verbergen sollte, „Du hast viel Geduld gehabt, aber Du hast nun ferner keine mehr nötig! In dem Buche meines bunten Lebens standen auch mit großen Buchstaben die Worte: Not und Kränkung; ich habe mich aber mit Händen und Füßen gewehrt, diese Worte lesen zu lernen; freilich half's nichts, doch es erleichtert das Herz, wenn man um sich schlägt und sich nicht nur schlagen läßt. Bamberg, Leipzig, Dresden sind mir unvergeßlich; da habe ich wahrlich nicht auf Rosen gelegen, und meine Oper, meine Undine, auf die ich stolz war, ist unter tausend Schmerzen geboren. Jetzt bin ich in einer sehr sorgenlosen Lage," — hier kam wieder das unheimliche Lachen — „das gestehe ich gern. Da kann ich denn nicht lassen, zuweilen nachzusehen, ob irgend einer guten bedrängten Seele aus der weitverbreiteten Zunft der Musiker zu raten oder zu helfen sei, und in der Sylvesternacht komme ich am liebsten, da findet man die Herzen unverschleierter als sonst und die Lippen redseliger. Du, Bruderherz, hast mir schon lange herzinnig leid gethan; es macht mich recht froh, daß ich Dich einmal finden und sprechen durfte. Ich weiß eine bessere Stelle für Dich, nur darf ich noch nicht verraten, wo, allein Du wirst zufrieden sein. Du findest Kollegen da, die Dich und Dein redliches Schaffen nicht von oben herab betrachten, und Orchester, wie Du noch keines dirigiert, trotz Leipzig, Wien und Berlin. Hast Du aber auch Lust und Mut genug, den ganzen Kram hier über den Haufen zu werfen und bald einzutreten?"

„Wenn dadurch zugleich den Meinen geholfen wird, dann in Gottes Namen, je eher, je lieber!"

„Topp! die Hand darauf und angestoßen! Frohes Neujahr, Bruderherz!"

Der erste Schlag der Mitternachtsstunde dröhnte von den Türmen Berlins herab, die Gläser klangen hart aneinander; Lortzings Glas zersprang. — Er fuhr auf; da riefen liebevolle, bekannte Stimmen ihm zärtlich zu: „Glück zum neuen Jahr!" Gattin und Kind umringten ihn. Der Staunende rieb sich die Augen, er saß in seinem kalten Arbeitszimmer, die Lampe kämpfte zuckend und verlöschend. — Albert Lortzing hatte geträumt. Aber ein seltsam geformtes, zersprungenes hohes Glas stand neben den aufgeschlagenen „Lichten Stunden eines wahnsinnigen Musikers", ein Glas, das er auf dem Tische in der Weinstube diese Nacht gesehen zu haben sich erinnerte, und das er im Andenken an seinen Traum heftig bewegt verschloß.

Hat der Kapellmeister Kreisler Wort gehalten? Ja, denn zwanzig Tage nach jenem feierlichen Versprechen erfolgte eine noch feierlichere Berufung. Am 20. Januar 1851 ging Albert Lortzing lächelnd und ohne Klage in den Himmel ein, um Mozart, Haydn, Beethoven und unzähligen andern geliebten und gefeierten Musikern von der kleinen Welt zu erzählen, auf der noch immer bis zum heutigen Tage dem armen Musiker selten eine andere Verherrlichung zu teil wird, als jener pomphafte „Nachruf", von dem er nichts mehr hört; er ging, um ihnen von jener Erde zu erzählen, die noch immer ihren besten Söhnen nur ein sorgenloses, friedensvolles Asyl gewährt: das Grab!

Eine kleine Rache.

Ohne ihresgleichen, wirklich reizend, sehr pikant und sehr eigensinnig, war sie, die nachher so berühmte Clairon, als sie damals 1743 in Paris als Venus in der Oper Hesione aufgetreten war und einen Sturm von Beifall erregt hatte. Ein ziemlich abenteuerliches Leben lag bereits hinter dem kaum zwanzigjährigen Mädchen, das schon als kleiner Täufling in wunderlichster Weise in die Lebensmaskerade eingeführt worden war. Ein sehr lustiger geistlicher Herr nämlich, eben im Begriff sich auf einen Maskenball zu begeben, sah sich genötigt, dem schwachen Kinde eiligst den Namen Hippolyte zu erteilen, und verrichtete diese hastige Handlung im Kostüme eines Hellebardierers aus den Zeiten Ludwigs XIII. Die kriegerische Taufe that Wunder, aus dem kranken, kleinen Geschöpfchen wurde ein kräftiges Mädchen. Kaum hatte sie ihr elftes Jahr erreicht, als ihre Mutter sie dem Kapellmeister des italienischen Theaters übergab, froh, die Sorgenlast der sogenannten Erziehung abschütteln zu dürfen. Kaum ein Jahr später spielte sie zu allgemeiner Bewunderung eine kleine Rolle in der „Sklaveninsel"; als man ihr aber Rollen einstudieren wollte, die ihr nicht gefielen, entlief sie ohne weiteres und zog unter dem Schutze eines alten Schauspielers und seines jungen Sohnes im Lande umher. Sie trat in den verschiedensten Städten, bald als Schauspielerin, bald als Sängerin auf und erregte überall nicht geringes Aufsehen. — Nur wenige Jahre jedoch behagte ihr dies Wanderleben, dann sagte sie sich plötzlich von ihren Begleitern los und kehrte an das italienische Theater nach Paris zurück, wo man sie ohne alle Vorwürfe mit offenen Armen empfing. — Ihre Schönheit hatte sich in wunderbarer Weise entwickelt. Eine Gestalt, zwar nur von mittlerer Größe, aber von den edelsten Bewegungen und einer natürlichen Plastik der Stellungen, die jeden entzückte, erschien sie wie eine fremde, wilde Blume in dem Ziergarten der damaligen französischen Bühnenwelt. Ihr Gesicht war nicht regelmäßig, aber ausdrucksvoll und jeden Affekt der Seele treu wiederspiegelnd, ihre Augen voll Feuer und Leidenschaft, ihre Stimme wunderbar sympathisch und ihr Lächeln unwiderstehlich. Von ungezähmter Heftigkeit in allen Empfindungen, sah sie sich unter ihren Kolleginnen mehr gefürchtet als geliebt; man warf ihr ungemessenen Ehrgeiz, Stolz und Hochmut vor, und nannte sie heimlich spottend immer die Königin ohne Krone. Geriet aber irgend einer dieser Spötter in Not, gab es Differenzen zu schlichten zwischen einer Schauspielerin und einem Kapellmeister oder Theaterdirektor, Fürsprache zu leisten, war wirklich eine Hilfe nötig, gleichviel in welcher Weise, dann flüchteten sich alle zuerst zur Clairon, und sie allein war immer bereit beizustehen, sie fürchtete sich vor niemand, sie gab, was sie hatte, sie behielt nichts für sich, wenn es galt, einen anderen zu retten. Dieser Zug von Furchtlosigkeit und Großmut geht durch ihr ganzes Leben, bis ans Ende ihrer Tage, und der Schatz heimlicher Dankbarkeit vieler Herzen war der einzige, den sie hinterließ.

Nach der Aufführung der Hesione redete bald ganz Paris von der neuen Venus, von der man erzählte, daß ihr Schauspielertalent noch ungleich größer sei, als ihre Begabung als Sängerin. Man behauptete sogar, daß sie allein berufen sei, die unvergeßliche Adrienne Lecouvreur zu ersetzen, sobald sich die Clairon entschließen würde, zum Schauspiel und zur Tragödie überzugehen.

Voltaire selbst bestürmte sie mit Bitten, Alembert

redete ihr eifrig zu, und Lemierre und St. Foix beschworen sie wiederholt, ihnen zu erlauben, eine besondere Rolle für sie zu schreiben. Sie gab denn auch nach und studierte die Dorinde im Tartüffe, dann die Zenobia, Ariadne und Elektra, und endlich die Rolle der Zaïde, die Voltaire einst für die reizende Gaussin geschrieben. — Ihr erstes Auftreten in dieser berühmten Rolle ließ alle ihre vielbewunderten Vorgängerinnen erbleichen, — die Gestalten der Aurora, de Livry, der Gaussin und der hübschen de Hus erblaßten vor dem Schimmer des aufgehenden Gestirns.

Es wurde nun Mode in der Aristokratie von Paris, die Clairon zu beschützen, vornehme Frauen öffneten ihr bereitwillig ihre Salons, vornehme Männer erboten sich zu Sklavendiensten. Es war nur wunderbar, wie wenig schutzbedürftig sie sich zeigte, die junge Schauspielerin, und wie gleichgültig sie erschien all diesen offenen und versteckten Huldigungen gegenüber. Selbst die Aufmerksamkeit des Prinzen von Conti, des Schirmherrn aller Operntänzerinnen, der ihr aus seiner Loge einst ein lautes: „Bravo!" zurief, bewegte sie nicht. Und dies Erwachen aus seiner gewöhnlichen Apathie war doch ein Ereignis, das man in ganz Paris besprach! Seit Jahren hatte nämlich den hohen Herrn keine Frauenerscheinung mehr aufzurütteln vermocht aus seiner geistigen und körperlichen Erschlaffung; zum erstenmal äußerte er der Gestalt der Dorinde-Clairon gegenüber ein Interesse. „Welch ein Kopf!“ rief er aus, „welche echte Leidenschaft, welche frische Grazie!“ Die Tänzerin Petitpas und die schöne de Salle erschienen ihm plötzlich unerträglich langweilig; er beschloß sofort, den jungen Stern in eine Sonne zu verwandeln, indem er ihm die Erlaubnis gab, in seinem Palaste aufzugehen.

Die Feste des Prinzen Conti hatten einen Ruf in ganz Frankreich. Mit verschwenderischer Freigebigkeit, mit königlicher Pracht, trotz aller Zerrüttung seiner Finanzen, bewirtete er nach wie vor seine Freunde, aber die Gesellschaften, die er gab, waren streng von einander geschieden, und diese Verschiedenheit der Zusammenstellung seiner Gäste wurde schon durch die Art der Einladung bezeichnet. Versammelte der hohe Herr die Aristokratie von Paris in seinen prächtigen Räumen, sollten die schönen Prinzessinnen, die Herzoginnen und Marquisen mit ihren Angehörigen bei ihm erscheinen, so fuhr sein Hausmeister selber in einem Wagen von Palast zu Palast, und die auf Seide gedruckte Einladung wurde jeder Dame mit dem schönsten Blumenbouquet zugleich überreicht. Jene anderen viel häufigeren Aufforderungen aber, sich zu einem Souper bei ihm einzufinden, überbrachte ein einfacher Diener mündlich, gewöhnlich erst am Tage vorher. Da versammelten sich denn die Tänzerinnen, Sängerinnen und Schauspielerinnen der verschiedenen Theater von Paris, und im übrigen ein Kreis von ausgewählten männlichen Freunden des Prinzen.

Zwei Künstlerinnen nur waren auch in jenen anderen hocharistokratischen Gesellschaften allezeit gefeierte Gäste: die schöne Schülerin Rameaus, die Sängerin und Klavierspielerin Marie de Halley, und die Zauberin Anne Capis de Camargo, jene Tänzerin, deren Ruhm so groß war wie ihre Schönheit und Tugend.

Da an dem Tage nach der ersten Aufführung des Tartüffe geschah es denn, daß eine zwanglose Einladung aus dem Hotel Conti, die einem Befehle zum Verwechseln ähnlich sah, an Hippolyte Clairon gelangte, sich am nächsten Abend daselbst einzufinden, um eine Arie aus der Hesione und eine Scene aus dem Tartüffe vorzutragen.

Wie sich da eine finstere Falte zusammenzog zwischen den schön geschwungenen Augenbrauen der stolzen Schauspielerin, wie fest sich die feinen Lippen zusammenpreßten! Aber Hippolyte nahm die Einladung des neuen hohen Gönners nach einigem Zögern an.

Eine lustige und glänzende Gesellschaft war es, die sich am folgenden Abend in den Gemächern des Prinzen von Conti zusammengefunden hatte; aber nur die Männer erschienen heiter, über den Stirnen der älteren und jüngeren Bühnenheldinnen hing der Schleier einer gewissen Unruhe und eine leidenschaftliche Kampfslust blitzte aus all den schönen Augen. Mußten sie alle nicht immer und immer wieder hören, wie man ungeduldig und immer ungeduldiger fragte: „Wo bleibt Clairon?"

Der Name des aufgehenden Gestirns schwebte auf vielen Lippen, heimlich in aller Gedanken. Man war in lebhafter Spannung, die junge Schauspielerin nun zwanglos zu sehen und zu sprechen. Die Männer erschienen zerstreut, kein kokettes Geplauder half, kein Augenspiel, kein Fächerschlag; aller Blicke wandten sich wieder und wieder zur Thür, um die Verheißene, deren Erscheinung der Prinz fast mit einem gewissen Triumph verkündet, eintreten zu sehen.

Aber Stunde auf Stunde verrann: die Erwartete blieb aus. Das Fest mußte seinen Anfang nehmen ohne diejenige, die man als Königin zu krönen entschlossen gewesen war.

Der Prinz selbst wurde unruhig — eine so ungewöhnliche Erscheinung, daß sie fast Schrecken erregte, — über sein erschlafftes Gesicht glitt ein Schatten von Zorn, die zusammengebrochene Gestalt richtete sich auf und in den erloschenen Augen flammte es unheimlich. Er gab seinem vertrautesten Diener den Befehl, zur Stelle bei der Schauspielerin Clairon nachzufragen, weshalb sie nicht erscheine. — Eine halbe Stunde verging, ehe der Bote wieder eintrat. Man umringte ihn, als ob er Nachrichten über Krieg und Frieden, über das Heil oder das Verderben Frankreichs bringe, man rief ihn stürmisch an, man drängte ihn auf die Estrade, die Wogen allgemeiner Bewegung legten sich erst, als der Prinz ihm zurief, laut seine Botschaft mitzuteilen. — Es war freilich eine unerhörte Geschichte, die da der alte André im Hotel Conti vortrug. Nicht Krankheit hatte sie, die junge Schauspielerin, verhindert, der beneidenswerten Aufforderung zu folgen. Im reizendsten Morgenanzug lag sie auf dem Diwan ausgestreckt, in einem Buche blätternd. Mit der Miene einer Königin hatte sie den Abgesandten des Prinzen empfangen und ohne ein Zeichen des Schreckens seine Botschaft angehört. „Mein Freund," so hatten dann ihre kecken Worte gelautet, „sagt Eurem Herrn, wie lebhaft ich bedaure, nicht mehr erscheinen zu können. Ihr seht aber, ich bin nicht in Toilette. Ich habe leider die Einladung des Prinzen Conti — vergessen, da kein Blumenstrauß mich an dieselbe erinnerte. Eine Schauspielerin hat viel zu denken, mein Freund, wenn sie es ernst meint mit ihrer Kunst. Geht, sagt das alles Eurem Herrn, — jetzt ist es zu spät, noch seiner Aufforderung zu folgen, das Fest würde zu Ende sein, ehe ich fertig werden könnte mit meiner Toilette!"

Dieser Bericht rief eine Sensation ohnegleichen hervor. Man rief, sprach und lachte durcheinander. Welch ein Ehrgeiz! Die Zwanzigjährige hatte zu verstehen gegeben, daß sie sich auf gleicher Stufe fühle und sehen wolle mit der Halley und Camargo! Die Männer waren entzückt über solche Kühnheit, die Frauen empört — der Prinz spielte schweigend mit den kostbaren Spitzen seiner Manschetten, aber einige seiner schönen Freundinnen gewahrten, daß er sie zerriß. Ein häßliches Lächeln spielte um seinen Mund. „Sprechen wir nicht mehr von ihr, gehen wir zu Tische," sagte er endlich, indem er die Hand der Mademoiselle de Salle auf seinen Arm legte.

Kaum eine Woche nach jenem Vorfall erschien abermals eine Einladung für Hippolyte Clairon vom Prinzen Conti, aber diesmal war sie auf rosenfarbenen Atlas mit Gold gedruckt, und von einem Blumenstrauße begleitet, der an Schönheit seinesgleichen suchte, — man bat sie, dem hohen Gastgeber die „Ehre anzuthun", drei Tage später bei ihm zu speisen.

Lächelnd sagte Hippolyte zu. Mit welchem Triumph steckte sie das schöne Näschen in die Blumen! wie stolz warf sie den Kopf in den Nacken! Sie hatte mit dem ersten Zuge erreicht, was sie gewollt. Der vornehme Roué hatte die Lehre verstanden, die sie ihm gegeben, und begriffen, daß er eine Clairon nicht als eine ihm ergebene Sklavin zu betrachten habe. — Nun wollte sie ihm aber auch nicht mehr zürnen, nun wollte sie in frohester Laune und so hübsch wie möglich im Hotel Conti erscheinen. Er sollte es nicht bereuen, sie in seinen aristokratischen Freundeskreis einzuführen, ihr Benehmen sollte ihm zeigen, daß sie vollkommen würdig sei, in der Gesellschaft der vornehmsten Frauen sich zu behaupten. Sie hielt die ernsthaftesten Proben vor ihrem Spiegel: so wollte sie eintreten, so sich verbeugen, so sich wenden, so ihre schleppende Robe beiseite schieben, so den Kopf neigen: eine Prinzessin von Geburt hätte es nicht besser machen können; Hippolyte war mit sich zufrieden. Noch zufriedener war sie freilich am Tage des Festes selber, als sie sich in dem gelben Kleide sah, dessen tiefe Falten niederrauschten wie flüssiges Gold, und dessen Schleppe sie entzückte. Sie trug das gepuderte Köpfchen, mit einer dunkelroten Rose geschmückt, freilich ein wenig hoch, aber das stand ihr nun einmal unvergleichlich, und ebenso jene Miene lächelnden Siegesbewußtseins. Stolz und fest setzte sie den kleinen Fuß im Atlasschuh auf den Wagentritt, und rollte mit einbrechender Dunkelheit dem Hotel Conti zu. Der Wagen hielt. — Noch kein Gedränge am Thor — noch keine besonders blendende Erleuchtung. Ein Diener in einfachster Livree geleitete sie in ein notdürftig erhelltes Vorzimmer. —

Ist sie denn so früh gekommen? Aber es war doch genau die Stunde, die der Prinz selber bestimmt zur Ankunft seiner Gäste. Und wie hatte man trotzdem das Kaminfeuer vernachlässigt! — Der Raum war noch kalt — der arme Prinz Conti, man bediente ihn doch gar zu schlecht! — Rollte da nicht endlich ein Wagen heran? Ach nein, er fuhr vorüber.

Ungeduldig und fröstelnd wandert Hippolyte Clairon auf und nieder. Es war nur gut, daß man den Spiegel beleuchtet, so konnte man sich doch wenigstens auf Momente zerstreuen, an den langen Locken zupfen, die Spitzengarnitur zurechtschieben, und sich ein wenig bewundern. Aber seltsam, sie gefiel sich längst nicht mehr so gut wie noch vor wenigen Stunden, die Kälte im Zimmer hatte ihre Nasenspitze gerötet, zwischen den Brauen stand wieder die tiefe Falte, und um den Mund zuckte es wie Schmollen oder Weinen. Man mußte daheim ihre Uhr verrückt haben, oder die Uhren in ganz Paris gingen falsch! Die Zeit schlich dahin. Es war vergebens, daß sich die junge Schauspielerin, um die bleiernen Minuten zu kürzen, mit halblauter Stimme die schönsten Stellen ihrer Rollen hersagte, die sie eben studierte, — die Dämonen des Zornes erwachten in ihrer Seele. — Endlich hielt sie sich nicht länger. Mit einer raschen Bewegung griff sie nach der silbernen Klingel, die auf einem Seitentische stand und schüttelte sie. Ein Diener trat sofort ins Zimmer, die große Perücke tief in die Stirn gezogen, und näherte sich ihr in ziemlich kecker Haltung.

„Warum muß ich hier so lange warten?“ herrschte ihn die Clairon an, mit dem Stirnrunzeln einer Dido: „Wo bleiben die andern Gäste, wo bleibt der Prinz, der mich eingeladen?!“

Der Angeredete verbeugte sich ein wenig und antwortete: „Der Prinz speist heute bei Hofe — er hat also sicher die Einladung — vergessen!“

Kaum war dies Wort gesprochen, als die schöne Hand der jungen Schauspielerin auf der Wange des Redners brannte. Die Perücke flog auf die Schulter, eine Wolke von Puder wirbelte empor von der Gewalt des Schlages — als sie sich verzog, starrte Hippolyte in das verzerrte Gesicht des — Prinzen Conti!

Einen Augenblick nur wallte ein Etwas wie Schrecken in der Seele Clairons auf, dann aber faßte sie sich — sah noch einmal zu der kläglichen Gestalt dessen hinüber, der es sich hatte nicht versagen können, selber Zeuge ihrer Niederlage und Demütigung zu sein, und brach dann in ein Lachen aus, so köstlich frisch, so silberhell, so unaufhaltsam und unerschöpflich, daß allmählich das Antlitz des Bestraften sich wandelte. Die verzerrten Züge glätteten sich, um den Mund zuckte es und, wie sie weiter und weiter lachte, die reizende

Clairon, hinter ihrem Fächer, und ihr Köpfchen sich hin und her bog auf dem schlanken Halse wie das Köpfchen einer girrenden Taube, — da erlosch der Zorn des hohen Herrn und machte allerlei verworrenen Erinnerungen Platz. Gedanken an eine längst vergangene Zeit stiegen in seiner Seele auf, an versunkene Tage, wo er auch noch so kinderfroh lachen konnte und — lachen durfte, wo er noch jung und sorglos war wie dies übermütige, kecke Geschöpf vor ihm. Er sann nach: war es nicht schon viele hundert Jahre her, daß er einmal von Herzen gelacht? Konnte er wohl noch lachen in dieser schalen, eitlen Welt, wo er das Weinen wie das Lachen so gründlich vergessen und verlernt! Er versuchte zu lachen — und wirklich, das Lachen war noch da, wenn es auch anders klang wie das der Clairon. Und müde und erschöpft von der ungewohnten Anstrengung streckte er jetzt der jungen Schauspielerin die welke Hand entgegen und sagte: „Verzeiht mir, Hippolyte Clairon. Ihr sollt von nun an einen Freund an mir finden!"

„Wir haben beide unsere Strafe verdient," antwortete sie und reichte ihm nun die Spitzen ihrer rosigen Finger, „aber der beste Beweis der Verzeihung, den wir uns gegenseitig zu geben vermögen, ist, daß wir die kleine Geschichte vor der Hand verschweigen. Meint Ihr nicht, Prinz Conti?" setzte sie schelmisch hinzu.

Er hat wohl schwerlich sich jemals jenes kräftigen Handschlags gerühmt, der hohe Herr, dessen Leben so bald nachher plötzlich erlosch; aber auch Hippolyte Clairon hatte in ihren späteren Memoiren nur einige leise Andeutungen dieses petit rencontre gegeben. Am Hofe von Ansbach aber, wo sie bekanntlich später als unumschränkte Herrscherin jahrelang thronte, da soll die Gefeierte die lustige Geschichte einstmals ihrem hohen Freunde in einer heiteren Stunde ausgeplaudert haben.

In den Gemächern des Fürsten aber haben bekanntlich die Wände ganz besonders feine Ohren, und so ist denn die kleine Beichte nicht verloren gegangen, sondern wie ein leichtes Blättchen vom Winde getrieben weiter geflogen, jahrelang unbeachtet — bis es endlich in das Fenster eines Poetenstübchens hineinflatterte und festgehalten wurde.

Eine dekorierte Sängerin.

„— Ce que femme veut —.“

Alternd sogar war sie noch auffallend reizend, die Schülerin Redis und Bernacchis, (die in Italien nach dem Berichte eines Zeitgenossen mehr Anbeter hatte, als sie Schönpflästerchen verbrauchte,) wie sie im Jahre 1739 nach Wien kam und in Hasses Artaserſa mit einem Erfolg ohnegleichen auftrat. Zwar behauptete der berühmte Gesangmeister und Komponist Porpora, der eben damals sich dort aufhielt, es sei geradezu eine Sünde, daß solche Prachtstimme, die mit gleicher Wirkung eine Baßarie wie die Partieen einer Primadonna auszuführen vermöchte, so nachlässig mit der Koloratur umgehe. Im Portamento unübertrefflich, im mezza di voce bezaubernd, im Ausdruck der Leidenschaft hinreißend, im Triller tadellos, behandelte Vittoria Tesi die Läufer und Fiorituren genau wie ihre Liebhaber, nämlich mit einer Nachlässigkeit und einem Übermut ohnegleichen, je nach Laune. Von einem ernsthaften Studium war gar keine Rede, heute gelangen ihr die Passagen brillant, morgen hätte jede Schülerin einen besseren Staccatolauf gemacht als die berühmteste Sängerin Italiens. Sie lachte dem strengen Richter ins Gesicht, als er ihr Vorstellungen machte, aber sie verdarb nach wie vor zuweilen die glänzendsten Verzierungen, oder ließ sie ganz weg, um sie durch einen Tonstrom zu ersetzen, der wie eine goldene Flut die Hörer überstürzte. Und jeder jubelte ihr zu, und nur einer brummte — der grobe Porpora. —

„Porpora mio, es hilft Euch nichts, daß Ihr so wütend den Kopf schüttelt, wenn einmal die Töne nicht alle aus der Kehle kommen wollen oder einige mehr da sind, als auf den Notenblättern stehen! Ich bin zu alt geworden, um noch zu lernen, wenn ich es auch im Aussehen noch mit dem jüngsten Mädchen aufnehme! Lacht lieber mit mir, das steht Euch viel besser!"

Sie hatte die Wahrheit gesprochen, was das Aussehen betraf, — trotz ihrer neunundvierzig Jahre übersahen die Männer die frischeste Jugend neben Vittoria Tesi.

Ihre Augen, ihr Lachen, ihre Hände, ihr Füßchen, ihre graziöse, leichte Gestalt, ihre von dem feinsten Geschmack gewählte Toilette, und vor allem ihr lebendiger Geist, ihr sprühender Witz, ihre pikanten Launen, ihre genialen Capricen, im Vereine mit jenen leise geflüsterten Sagen ihrer großen und kleinen Abenteuer, machten sie zu einer unvergleichlichen Erscheinung. Wie einst in Florenz, Neapel und Dresden, so verwirrte sie auch in Wien die Köpfe des starken Geschlechts, wie wohl keine Sängerin vor ihr, und erregte die unbegrenzte Eifersucht der Frauen. Sie erzählte Porpora scherzend, wie sie das Feuer in ihrem Kamine einzig und allein durch Liebesbriefe unterhalte und alles Holz spare, trotz der bitteren Kälte, und daß sie noch immer bei ihrem Vorsatze verharre, nur einem Florentiner, einem Landsmanne, ihre Hand zu reichen, ein Bekenntnis, das schon so manchen ihrer Anbeter in Verzweiflung gebracht.

Zu den geduldigsten Bewunderern der Gefeierten gehörte der ehemalige Kammerherr des dänischen Hofes, Graf L., der seit Jahren in Wien sich niedergelassen. In seiner Jugend galt er für einen der schönsten Kavaliere, aber jene Zeit lag hinter den Nebeln einer grauen Vergangenheit begraben. Es waren kaum noch einige beaux restes übrig geblieben von dem ehemals Unwiderstehlichen. Ein eitler, eigensinniger Egoist, sträubte er sich mit aller Gewalt gegen das Alter, hielt sich in Gesellschaft mit oft übermenschlicher Anstrengung aufrecht, spielte den jungen Frauenritter, um es seinen jüngeren Freunden gleich zu thun, und schrumpfte abends unter den Händen seines Kammerdieners zu einem gebrechlichen alten Manne zusammen. Welchen Aufwand von Kraft und Zeit ihm der kleine verführerische Teufel, Vittoria Tesi genannt, kostete, war nicht zu beschreiben, und dennoch ließ er keinen Augenblick nach, als weißer Sklave sich ihrem Dienst zu weihen. Er hatte immer mit leidenschaftlicher Vorliebe Raritäten gesammelt, mit großen Summen sie erkauft, die letzte große Rarität seines Lebens sollte die Erwerbung einer gefeierten Frau sein. Es galt diesmal wirklich keiner vorübergehenden Huldigung, nein, der Erfüllung eines ernsten Wunsches.

Graf L. wünschte um jeden Preis die berühmteste Sängerin ihrer Zeit wie einen seltenen Vogel in den Käfig seines aristokratischen Hauses zu sperren, um sich von ihm Tag für Tag etwas vorzwitschern zu lassen. Beneiden sollte ihn die ganze junge Männerwelt um solchen Sieg. Vittoria Tesi sollte jene Zeit erheitern, die trotz aller Abwehr langsam und sicher heranschlich, die grauen Tage des Alters. Er legte ihr alle erdenklichen Aufmerksamkeiten zu Füßen — aber Vittoria Tesi gähnte nur, sie war der Aufmerksamkeiten ja längst überdrüssig. Er brachte Geschenke — sie schob sie beiseite — was waren ihr Geschenke? Er schickte Blumen. Sie steckte ihr feines Näschen einen Moment hinein, dann schenkte sie sie ihrer Kammerjungfer; er brachte das kostbarste Konfekt, sie naschte ein wenig davon und schenkte die Schachtel ihrem Friseur. Man sah die Sängerin oft in der prachtvollen Equipage des Grafen, aber sie sah dann immer so gelangweilt aus, — ihre Füßchen hatten schon den L.'schen Palast durchtrippelt, sie wurde bei den glänzenden Festen, die er gab, als Königin gefeiert, aber sie amüsierte sich nicht. „Ich werde alt, wenn ich bei ihm bin," hatte sie einmal voll Schrecken geklagt. Inzwischen erwartete ganz Wien täglich die Nachricht der Verlobung und freute sich schon im voraus auf die fürstliche Hochzeit, die ihr folgen würde. Warum verzögerte sich diese Bekanntmachung so lange? —

„Weshalb noch immer kein bestimmtes Jawort, böse Zauberin?" fragte eines Abends der Graf seine reizende Quälerin.

Sie saßen beide eben vor dem Kamin in dem Empfangszimmer der Sängerin. Es war trotz der vorgerückten Jahreszeit verschwenderisch mit Blumen geschmückt, ein kostbarer Teppich bedeckte den Boden, schwere Seidenvorhänge verhüllten die Fenster, an deren Scheiben die kalten Regentropfen niederrieselten. Ein

Kronleuchter brannte und warf einen hellen Schein auf die roten Sammetpolster der Sessel mit den hohen goldenen Lehnen, auf die reichen Möbel, die kunstvoll eingelegten Tische und auf eine Unzahl von kostbaren Spielereien ohne Namen, und auf das geöffnete Spinett mit dem Wirrwarr von Notenblättern auf seinem Deckel. In der flackernden Doppelbeleuchtung des Kaminfeuers und der Kerzen hoben sich die Gestalten Vittorias und ihres Bewunderers von dem Grunde der purpurnen Sammettapete ab. Es paßte zur Unbarmherzigkeit ihres Wesens, die Person des alternden Grafen in das hellste Licht zu stellen; sie wußte, wie sehr er ein certain clairobscur liebte! Auch jetzt hatte er sich möglichst in den Schatten des Kaminschirmes zurückgezogen, unter dem scherzenden Vorwande, daß die Augen seiner schönen Freundin ihn blendeten, und er begriff im stillen nicht, wie sie selber sich so über alle Maßen sorglos der grellsten Beleuchtung auszusetzen vermochte. War doch ihr Gesicht auch nicht mehr frei von all den Kreuz- und Querlinien, die jene kecke Hand hineinzeichnete, die man noch niemals zeichnen sah und die von niemand noch Erlaubnis dazu erhielt. Die Umrisse der Züge waren scharf geworden, die Hand überschlank, aber freilich, wer dachte an irgend dergleichen, wenn diese Augen redeten, diese Lippen plauderten und lachten, diese

Gestalt, von der hinreißendsten Grazie getragen, sich bewegte, oder wenn die süßeste aller Stimmen laut wurde. Es war kein Zweifel, sie blieb nun einmal die Unvergleichliche, Vittoria Tesi, wenn auch eine Frau von 50 Jahren! Eben schlug sie die bauschigen Falten ihres dunkelroten Atlaskleides mit der Hand ein wenig nieder, trillerte, drückte lässig die rote Aigrette etwas fester in die gepuderte Frisur, lockerte die Enden des schwarzen Spitzentuches, die sich unter ihrem vollen Kinn verschlangen, und stemmte die kleinen Füße in den roten Hackenschuhen etwas fester auf den Rand der Kamineinfassung, als der Graf die Frage lauter wiederholte: „Warum noch immer kein bestimmtes Jawort, böse Zauberin?"

„Weil ich noch nicht weiß, ob Ihr mich wirklich liebt!"

„Noch nicht?!" wiederholte der Graf mit dem Ausdruck des Entsetzens und ließ seine Augen über all die vielen Zeichen seiner Anbetung schweifen, die in Gestalt kostbarer Blumen und Spielereien das Zimmer füllten.

Sie bemerkte den Blick und ein spöttisches Lächeln zuckte um ihre Lippen.

„Ihr habt mir bis jetzt nur gezeigt, daß Ihr reich seid — und das thaten viele!" sagte sie. „Wenn ich nun anderes verlangte? Die Wünsche der Frauen sind oft unmöglich zu erfüllen!"

„Nicht für mich! Fordert, was Ihr wollt, außer Sonne, Mond und Sterne verspreche ich alles, was ein thörichtes Herz begehren kann, zu Euren kleinen Füßen niederzulegen: Diamanten, Shawls, Spitzen, Sammet, Seide — —."

„Pian' piano! — nichts von solchen langweiligen, alltäglichen Dingen, die alle hübschen Frauen haben können, wenn sie nur wollen. Es giebt ganz anderes Begehrenswerteres für mich, was eben nicht alle zu erlangen vermögen!"

„Sprecht, was ist's! Meine Liebe ist die eines Jünglings — ich kenne keine Hindernisse, es giebt keine Unmöglichkeit, sobald es gilt einen Wunsch von Vittoria Tesi zu erfüllen!" Die schönen Frauenaugen blitzten ihn mutwillig an.

„Nun so hört! — Auf dem letzten Balle in Eurem Hause trug die Frau des dänischen Gesandten einen Orden, den die Königin dort austeilt; ich will auch solchen Orden haben! Wenn Ihr ihn mir verschafft, so will ich meine Freiheit opfern —."

„Anima mia — wißt Ihr, welchen Namen dieser Orden, die Stiftung der Königin Mathilde, führt?!"

„Ja! Er heißt der Orden der Treue und Beständigkeit."

„Aber adorata, jede Krone der Welt verdient Vittoria Tesi, nur nicht, erlaubt es mir zu sagen, schöner Schmetterling, den Orden der Treue und Beständigkeit!“

„In Eurem Sinn würde ich ihn freilich nicht verdienen, aber es war unmöglich, caro mio, allen Anbetern treu zu bleiben, ich verdiene ihn nur in meinem Sinne: Vittoria Tesi bleibt sich nämlich selber treu. Wenn Ihr, als ehemaliger Liebling der Königin, der hohen Frau das recht auseinanderzusetzen versteht, so wird sie mir den Orden nicht versagen.“

„Ich will's, wenn Ihr mir eins versprecht, wirklich an den Altar zu treten, wenn man ihn Euch bewilligt.“

„Ich werde ihn an meinem Hochzeitstage zuerst anlegen.“

Der Graf vergaß das clairobscur und stürzte auf die Sängerin zu, um ihr feurig die kleinen Hände zu küssen. Freilich verzerrte sich sein Gesicht dabei wunderbar, denn das böse Podagra erinnerte ihn wieder sehr empfindlich, daß er kein Jüngling sei.

„Pian' — piano,“ lachte Vittoria Tesi wie ausgelassen.

Sie sollte dies Lachen einst büßen, schwor er heimlich, war sie nur erst seine Frau.

„Felice notte,“ sagte nun die Sängerin, „ich denke, Euer Wagen erwartet Euch! Ich muß Euch entlassen, denn mein kleiner Begleiter wird gleich hier sein, er ist sehr pünktlich. Ich fange wieder an zu studieren, der häßliche Porpora läßt mir keine Ruhe und der Kleine, den er mir schickt, ist zu hübsch und geschickt!"

„Darf ich nicht einmal zuhören?"

„Ich fürchte, Eure Pferde werden sich erkälten und Ihr werdet Euch langweilen. Aber es ist doch vielleicht gut, wenn Ihr bleibt — Ihr könnt dann später bei dem rauhen Wetter meinen Kleinen nach Hause fahren. Nicht war, Conte mio?"

Dieser mit der süßesten Stimme ausgesprochene Schlußsatz ließ den Vordersatz vergessen. — Graf L. seufzte und — blieb.

Er hatte sich kaum zurecht gerückt in seinem Sessel, als ein Diener den Vorhang vor der Thür zurückschlug und ein junger schlanker Mensch, fast noch ein Knabe, schüchtern eintrat. Seine braunen Augen leuchteten auf bei dem Anblick Vittorias, ein heiteres Lächeln trat auf seine Lippen.

„Buona sera, Giuseppe!" rief ihm die reizende Frau entgegen und reichte ihm die Hand hin, die er mit einer etwas linkischen Verbeugung küßte. „Komm her, hier sitzt jemand im Dunkeln, dem Du Deinen barbarischen Namen sagen mußt, den ich nie aussprechen kann. — Es ist der Graf L."

„Ich bin Joseph Haydn!"

„Wo mag sie diesen unbekannten Milchbart aufgefunden haben?" dachte der Graf, indem er vornehm ein klein wenig zum Gruß mit dem Kopfe nickte. Es war, als ob Vittoria diesen Gedanken erraten, denn sie sagte: „Porpora hat ihn mir empfohlen — er spielt so hübsch und ist so geduldig! — Nun komm, wir wollen uns nicht stören lassen!"

Sie trat an das Klavier: Die Tesi sang, Haydn spielte — sie hatte recht, es war merkwürdig, wie geschickt „der Kleine" sich zeigte. Eine Arie nach der andern wurde durchgenommen, es wogte und wallte auf und ab von süßen Tönen. Sie wiederholte, sie veränderte — immer wußte sich der junge Begleiter zurecht zu finden.

„Nun ist's genug!" sagte endlich die schöne Frau, „wir wollen uns jetzt stärken. Werdet Ihr uns die Ehre geben, mit uns zu speisen, Signor Conte?" fragte sie dann.

„Meint Ihr, ich würde Eurem Schützling da ein tête-à-tête gönnen mit Euch?" lautete die Antwort. „Und wenn Ihr mich vergiften würdet, ich bleibe! — Wann darf ich die Pferde wieder bestellen, Vittoria Tesi?!" —

„In einer Stunde, denn dann sind wir fertig! — Beppo! Drei Couverts. Komm, Giuseppe!"

Sie schritt an dem Grafen vorüber, ohne zu beachten, daß er ihr den Arm bot. Dann ergriff sie die Hand Haydns und zog ihn in das Speisezimmer. Eine reizende Tafel, funkelndes Krystall, glänzendes Silber, gedämpftes Licht, behaglichste Wärme. — „Aber wie Ihr den Knaben verwöhnt!" flüsterte der Graf der Sängerin zu. „Was sollen ihm diese Erinnerungen in seiner späteren Dunkelheit?"

„Er wird vielleicht der Vittoria auch einmal ein Souper geben, wenn er ein tüchtiger Musikant und sie — eine alte Frau geworden ist. Nicht war, Giuseppino?"

„O, Ihr werdet nie alt!"

„Hört den birbante! Er fängt an, trotz Porpora, galant zu werden," lachte die reizende Frau.

Sie nahm nun zwischen dem Grafen und dem jungen Joseph Platz und machte die Wirtin mit bezaubernder Grazie und Liebenswürdigkeit. Freilich bevorzugte sie den jungen Menschen bei jeder Gelegenheit, legte ihm wie eine zärtliche Schwester die besten Bissen auf den Teller und nötigte ihn neckisch, immer und immer wieder zu trinken. Der Graf sah das alles mit stillem Groll. Er schien sich völlig überflüssig den beiden gegenüber. Sie waren so heiter, plauderten, lachten und sangen sogar, — offenbar hatte dieser kleine, unbedeutende Mensch nicht zum erstenmal hier soupiert. Es war wirklich die höchste Zeit, solchem

Treiben ein Ende zu machen, — die künftige Gräfin L. zeigte sich doch gar zu ungebunden.

Endlich hob die Diva die Tafel auf. „Das Kind ist müde," sagte sie, „und Eure Pferde werden zum zweitenmal warten. Nun laß Dich nach Hause fahren, Giuseppe, in drei Tagen komme wieder. Du hast Deine Sache wie immer brav gemacht."

Nach diesen Worten nahm sie den Kopf des Knaben in ihre Hände, zog ihn an sich und drückte ihm einen Kuß auf die Stirn. „A rivederci, figlio mio, — geh, zieh Deinen Mantel an!"

Sie reichte dem Grafen die kleine Hand zum Kusse. „Vergeßt den Orden nicht!" lächelte sie schalkhaft.

„Ich muß ihn herbeischaffen, es ist keine Zeit zu verlieren," das war der Gedanke des Grafen, als er in seinen Wagen stieg und dem kleinen Haydn befahl — hinten aufzusitzen. —

Vittoria Tesi saß vor ihrem Toilettentisch und hinter ihr stand der Friseur Tramontani, beschäftigt, das üppige, dunkle Haar der schönen Frau kunstgerecht aufzustecken und zu pudern. Er gehörte zu den treuen und ergebenen Dienern, die ihr aus Italien gefolgt waren, und seit zehn Jahren hatte keine andere Hand das schöne Haar der Diva geordnet als die seine. Tramontani war ein Florentiner, ein kluger, gewandter Mann, verschwiegen und ehrlich, heiter und sorglos, und von der seltensten Geschicklichkeit in seiner sogenannten Kunst. So sehr sein Herz an seinem Vaterlande hing, so willig war er doch seiner Gebieterin in die „Verbannung“, wie er den Aufenthalt im Auslande nannte, gefolgt. Er war zugleich ihr treuester Diener, der glühendste Bewunderer ihrer Stimme, und der ehrlichste und strengste Kritiker ihrer Leistungen. Im Besitz eines Freibillets versäumte er keine Vorstellung, wenn Vittoria sang, und am nächsten Morgen, wenn er sie frisierte, erlaubte sie ihm, seine Meinung kund zu thun. Sie vertraute seinem natürlichen, gesunden Urteil unbedingt und unterwarf sich demselben in allen Fällen. Widersetzte er sich doch auch mit größter Bestimmtheit ihren Wünschen, wenn sie irgend eine neue Haartracht zu adoptieren begehrte: „Madame haben ein Gesicht, für das nur eine Frisur paßt,“ pflegte er zu sagen, „die Frisur à la Tesi, und es ist meine Sorge, sie immer neu und verführerisch herzustellen und Madame in den Stand zu setzen, nach wie vor alle Frauen der Welt zu besiegen.“

Heute nun, zum erstenmal seit zehn Jahren, plauderte die Sängerin nicht an ihrem Toilettentisch, und ihm war doch das Herz so voll von einer Nachricht, die er aus Italien erhalten, daß seine Hand zitterte, als er die schönen Locken auseinanderschlug. — Was fehlte nur der Diva? So hatte Tramontani seine Gebieterin noch nie gesehen! Still und zusammengesunken saß sie da und starrte mit dem Ausdruck des Schreckens auf ein kleines offenes Kästchen, das auf ihrem Schoße stand. Tramontani begriff gar nicht, wie man solch ein Ding so unverwandt anschauen könne, — es war ein goldenes, weiß emailliertes Kreuz an einem blauen Seidenbande, ein Adler und ein Löwe waren darauf gemalt und eine Krone mit goldener Chiffre. Gern hätte er gefragt, aber er wagte es nicht, der veränderte Ausdruck in dem Gesicht seiner Herrin beängstigte ihn wahrhaft. Seine Augen dagegen strahlten vor Glück und ein glückseliges Lächeln umspielte seine Lippen. — Vittoria Tesi blickte eben träumerisch in den Spiegel und sah es. „Was habt Ihr?" fragte sie überrascht.

„Ich muß nach Florenz zurück — der alte Oheim ist tot und hat mir das Haus geschenkt; freilich ist ein schlimmes Ding dabei — ich soll seine alte häßliche Tochter heiraten, sonst bekommt sie das Haus. Aber das würde mir leichter werden — denn was thut man nicht, um sein Vaterland wiederzusehen — als Euch zu verlassen!"

Sie wandte sich rasch nach ihm um — das Haar entglitt seinen Händen.

„Ihr wollt von mir fort?!" rief sie fast entsetzt. „Aber wer soll mich denn frisieren, Unglücklicher?!"

„Nun ich dachte, wenn Signora erst Gräfin sind, so wird Signora eine deutsche Kammerfrau haben müssen, — leben kann ich nicht hier in Deutschland — mit Euch reisen, ja — bis ans Ende der Welt, aber wenn Signora Gräfin ist, so muß sie hier bleiben und dann —"

„Würde sie sterben vor Heimweh! Wer sagt Euch denn, daß sie Gräfin wird?! Freilich ist der Orden da, den der alte Thor mir wirklich verschaffte, aber ich versprach ihm nur, das Ding an meinem Hochzeitstage zu tragen! — Das aber soll geschehen! — Hört, Tramontani, ich habe einen Gedanken, und wenn wir ihn ausführen, so wird uns beiden geholfen sein. Er klingt freilich ein wenig sonderbar, aber er ist dennoch weise. Ich weiß, Ihr seid mir ergeben, ich weiß, Ihr seid brav und arm, ich weiß, Ihr sehnt Euch zurück in Euer Vaterland. Ihr sollt es wiedersehen und ich werde Euch bald folgen. Ihr sollt Euch ein anderes, hübscheres Haus erwerben, ohne Eure häßliche Verwandte mit in den Kauf nehmen zu müssen — Ihr sollt ein freier Mann bleiben, aber: — Giulio Tramontani, Ihr müßt mich heiraten — und zwar in einer Stunde! Heut abend noch schick ich Euch dann in Eure Heimat!"

Sie hatte hastig und immer hastiger gesprochen — bei den letzten Worten war sie aufgesprungen und starrte ihn mit offenen Augen angstvoll an. — Ihre Wangen glühten, ihre Brust hob sich in wilder Bewegung.

Es fehlte nicht viel, so hätte der Friseur Tramontani zum erstenmal in seinem Leben eine Ohnmacht bekommen, — zum Tode erschrocken griff er nach der Lehne des Sessels, seine Kniee bebten unter ihm, jeder Blutstropfen war aus seinem Gesicht gewichen.

„Seht nicht so albern aus und sagt ja oder nein," fuhr Vittoria fort, „ich will Euch erzählen, wie ich auf diesen verzweifelten Gedanken geraten bin."

Er hörte ihr nun wie im Traume zu, wie sie ihm gestand, daß sie sich einst selber gelobt, nur die Frau eines Italieners werden zu wollen und zudem niemals die Hand eines reichen Mannes anzunehmen. Sie schilderte ihm, wie der Graf L. sie gequält und verfolgt mit seinen Bitten und wie eben ihr gutes Herz keinen Bittenden abzuweisen vermöge — hier spielte schon wieder ein neckisches Lächeln um ihre Lippen, — und wie sie, nur um ihn los zu werden, für die Erfüllung eines tollen Wunsches ihm versprochen, sich zu verheiraten, — zum Glück nicht gerade mit ihm. — Zu ihrem Entsetzen nun habe ihr der Graf wirklich jenen Wunsch erfüllt und ihr, der Vittoria Tesi, den dänischen Orden der Treue und Beständigkeit verschafft — nun müsse sie ihr Wort halten und mit diesem

Orden an den Altar treten. — „Mit wem ich an den Altar trete, ist gleichgültig, nur nicht mit ihm lasse ich mich trauen," fuhr sie fort, „ich würde alt werden und sterben an seiner Seite, eingeschlossen in seinen Steinkäfig, unter der Last des Namens einer Gräfin L. — So fiel meine Wahl denn auf Euch — da der kleine Giuseppe Haydn leider zu jung und keine Zeit zu verlieren ist; ich kenne Eure Ergebenheit. Sobald wir getraut sind, reist Ihr als ein wohlhabender Mann nach Florenz und kauft Euch an, wo es Euch beliebt. Sobald ich nach Italien komme, lasse ich Euch wieder rufen, um mich zu frisieren. — Nun sprecht: geht Ihr auf diesen Vorschlag ein, wollt Ihr Eurer Gebieterin diesen Dienst erweisen?"

Giulio Tramontani fiel seiner Herrin schluchzend zu Füßen, den Saum ihres Kleides an seine Lippen drückend.

Einige Stunden später war das Unerhörte geschehen, das die Kaiserstadt in eine Aufregung brachte, als seien die Türken vor den Thoren, — die Sängerin Vittoria Tesi hatte den Orden der Treue und Beständigkeit erhalten und hieß — Signora Tramontani.

Eine Leonore.

Über das Herz zu siegen ist groß —
ich verehre den Tapfern;
Aber wer durch sein Herz siegt,
der gilt mir noch mehr!

Schiller.

Die fröhlichen Bewohner der schönen Kaiserstadt Wien, so geschäftig und ruhelos sie auch immer von einem Tage in den andern eilen, so wechselnd sie sich oft zeigen in ihren Neigungen, so vergnügungsdurstig sie erscheinen, haben doch zu allen Zeiten in einer Empfindung einen tiefen Ernst und eine rührende Innigkeit an den Tag gelegt: in der Empfindung für ihre großen Musiker. Der Wiener war und ist auf solche Erscheinungen eben so stolz als auf seinen Kaiser und — auf seinen Prater. Daß sich die Wiener damals nicht gerade darum sorgten, ob ihr lieber Haydn,

Mozart und Beethoven auch tagtäglich „Backhahndel“ zu verzehren hatten, ob ihre Wohnungen behaglich, ihre Beutel gefüllt waren, das konnte und durfte man ihnen nicht übel nehmen, jedes echte Wiener Kind hat „halt“ gar zu viel mit sich selber zu thun. Jeder aber freute sich von Herzen und strahlte ordentlich, wenn er wieder ein neues Stück von seinen Lieblingen hörte, ließ sie dann auch hoch leben, d. h. mit dem Glase in der Hand, und zog gewiß den Hut bis zur Erde, wenn einer oder der andere jener berühmten Männer ihm einmal zufällig in den Weg kam. — Lächelt nicht! Das ist schon sehr viel! Wie mancher große Geist in schlichter Körperhülle ging an den Menschen vorüber, ohne daß ihn einer warm anschaute, ohne daß ihm einer dankte für das, was er geschaffen. Und doch trifft eben solch ein Anschauen und Danken die Seele wie ein Frühlingssonnenstrahl, und kein Mensch, so erhaben er auch sei, so hoch über allen er auch stehe, vermag solches ohne Schmerzen zu entbehren.

In dem ungewöhnlich schönen Monat Juni des Jahres 1822 konnte man täglich genau zu derselben Nachmittagsstunde auf dem sogenannten Wasserglacis einen hochgewachsenen Mann einsam auf- und abwandeln sehen, dem jeder Begegnende ehrerbietig auswich. Keine Minute früher noch später erschien dieser düstere Spaziergänger; weder Glut noch Regenschauer vermochten seine Schritte zu beschleunigen, keine Blume, keine Menschengestalt sein Auge zu fesseln; langsam, sicher und stolz schritt er daher, den Blick gesenkt, die Hände auf dem Rücken gekreuzt. Graues Haar drängte sich um die prächtige, gedankenschwere Stirn; er merkte es nicht, wenn der Frühlingswind es ihm neckend aufwirbelte oder in die Augen trieb. Niemand konnte an dieser Erscheinung achtlos vorüberstreifen, der Stempel des Außergewöhnlichen war ihr allzudeutlich aufgedrückt, die überwältigende Hoheit des Genius zog sich wie ein Nimbus um dies gebeugte Haupt. Jedes Kind wußte aber auch: „das ist Ludwig van Beethoven, der so viele wunderschöne Musik gemacht hat," hörte auf zu spielen, hielt rasch die Kugel an, die dem Meister vor die Füße rollen wollte, klatschte auch nicht mit der Peitsche und stieß schnell den Brummkreisel um, wenn der ernste Mann daherkam. Alt und jung, hoch und niedrig trat beiseite oder begnügte sich, ihn voll Ehrfurcht zu grüßen, ohne auf eine Erwiderung zu hoffen. Kohlenträger, mit schwerer Bürde belastet, hielten geduldig still, bis der wunderbare Träumer vorbei gegangen, jeder, aber auch jeder, ehrte ihn auf seine Weise.

Gerade damals zeigten freilich die Wiener ein erhöhtes Interesse an der finstern Erscheinung des Vielgepriesenen: Beethoven hatte nämlich vor einigen Monaten schon seine erste und einzige Oper „Leonore" (später nannte er sie „Fidelio") vollendet, weigerte sich aber hartnäckig, sie zur Aufführung bringen zu lassen. Eigensinnig, taub gegen alle Bitten, hielt er die kostbare Partitur in seinem Pulte verschlossen.

„Ich finde keine Leonore, wie ich sie brauche," sagte er zu seinen Freunden, die nicht müde wurden, ihn um die Aufführung zu bestürmen. „Sängerinnen giebt's freilich zur Genüge, aber keine für mich. Meine Leonore soll keine Triller schlagen, auch nicht über allerlei Rouladen den Hals brechen, sie braucht nicht zehnmal die Kleider zu wechseln, auch nicht sonderlich schön zu sein: aber eins muß sie haben außer ihrer Stimme, und dies eine verrate ich Euch nicht, Ihr würdet den »tollen« Beethoven doch nur auslachen. Laßt die Oper ruhig bei mir liegen und bekümmert Euch nicht um sie."

Aber die Ungeduldigen ließen nicht ab von ihm, quälten den großen Musiker Tag für Tag, schickten ihm eine Sängerin nach der anderen über den Hals und fingen endlich an, ihm ernstlich zu zürnen. — Beethoven blieb, wunderbarerweise, lange geduldig. Eines Abends jedoch drang man besonders heftig in ihn und erzählte ihm Wunderdinge von dem Debut einer jungen Sängerin, die damals ganz Wien von sich reden machte. — Sie war die Tochter der berühmten Schauspielerin Sophie Schröder, kaum siebzehn Jahre alt und mit ihren

Eltern seit kurzem von Hamburg nach der Kaiserstadt übergesiedelt. Als Mozarts Pamina hatte sie alle Herzen entzückt durch den Reiz ihrer Stimme und Gestalt, man prophezeite ihr einstimmig eine große Zukunft, und dies alles eben teilte man dem Meister mit und verhehlte ihm nicht, wie man hoffe, er werde dieser schönen Hand gestatten, den verborgenen Schatz seiner letzten Schöpfung zu heben.

Da fuhr Beethoven auf. „Was? einem Kinde, einem kaum der Schule entwachsenen Dinge soll ich mein heiliges Kleinod anvertrauen?" fragte er heftig. „Ich glaube, Ihr träumt oder Eure Neugierde macht Euch sinnlos. Nein, für ein siebzehnjähriges Mädchen hat Ludwig van Beethoven seine Leonore doch nicht komponiert! — Aber ich bin nun der Quälereien müde und erkläre Euch ein für allemal, daß ich meine Oper verbrennen werde, wenn einer von Euch es wagen sollte, wieder nach ihr zu fragen!"

Er war so imponierend in seinem Zorn, sein Auge blitzte so vernichtend, seine Stimme klang so grollend, auf seiner breiten Stirn standen noch so viele Wetterwolken, daß einer nach dem andern still hinausschlich; und fortan war von der „Leonore" vor den Ohren des Meisters nie wieder die Rede.

Seit einiger Zeit nun traf es sich, daß dem großen Musiker auf dem Rückwege von seinem täglichen Spaziergange regelmäßig kurz vor der Stadt ein junges, blondes Mädchen entgegentrat. Sie trug meist ein einfaches, weißes Kleid, einen kleinen, zierlichen Strohhut, und ein schmaler, dunkelroter Shawl fiel über ihre schönen Schultern. Wie alle anderen, die dem Sinnenden begegneten, wich auch sie ehrerbietig zur Seite, dies geschah aber, wenn auch langsam und zögernd, doch mit einer hinreißenden Grazie, sie heftete dabei ihre großen Augen fest auf das Antlitz des Meisters.

Das waren aber Augen, die wohl die Macht besaßen, zu binden und zu lösen, eine träumende Seele aufzurütteln, an sich zu ziehen, festzuhalten, Augen von wunderbar dunklem Blau mit den köstlichsten Wimpern und Brauen, leidenschaftlichem Aufschlag und unergründlicher Tiefe. Nur der Träumer Beethoven konnte diesem zauberisch-innigen Blicke so lange widerstehen, der ihn immer und immer wieder traf: er ging achtlos viele Tage an dem schlanken Mädchen vorüber, ohne sie zu bemerken. Ihre feinen Lippen bebten immer, wenn er an ihr hinstreifte; es war, als wolle sie reden, und doch schwieg sie, sah ihm nach mit einem Ausdruck von Bewunderung und Schmerz und wandte sich dann, um in die Stadt zurückzukehren.

Da zog denn eines Tages, eben in der fünften Nachmittagsstunde, ein Gewitter am Himmel auf. Der Donner rollte näher, einzelne Blitze zuckten durch die

Luft, ängstlich flatterten die Vögel, und die Menschen, die eben draußen waren, eilten, ihre schützenden Wohnungen zu erreichen. Einzelne Windstöße erhoben sich, aber kein Regentropfen milderte die drückende Schwüle, immer lauter tönte die Stimme des Donners, immer wilder jagten sich die Blitze. Da schritt Ludwig van Beethoven, von seinem Spaziergange zurückkehrend, wie ein Seher daher. — Das Haupt hoch emporgerichtet, die Stirn heller als sonst, schien er sich des ernsten Schauspiels zu freuen. Er allein schien jene großartige Sprache dort oben zu verstehen, denn er lächelte im Rollen des Donners und schaute kühn und ungeblendet in das Leuchten der Blitze. Für ihn war das Gewitterbrausen nur der mächtig anschwellende Posaunenton einer gewaltigen Natursymphonie, der Wind, der in seinen Haaren wühlte, schien ihn zu heben und zu tragen, und als der ernste Mann jetzt die Arme emporhob in seltsamer, stummer Begeisterung, da war es, als erwarte er, daß ein Engel niederfahre zu ihm auf den Flügeln der Blitze. O, daß er ihm eine Riesenharfe brächte, damit er sie ausstürme, jene seltsamen Melodieen, von denen die Seele des Begeisterten so übervoll! — Beethoven wähnte auch wirklich einen Engel zu sehen; eine weiße Gestalt stand vor ihm: er starrte auf sie hin, eines Wunders gewärtig. Aber der vermeintliche Engel zitterte, streckte ihm die Hände entgegen, murmelte hastig einige unverständliche Worte und sah ihn flehend an. Überrascht blickte der Meister in ein erblaßtes Mädchengesicht. Eine Erinnerung kam ihm an dies liebliche Antlitz, an die reizende Gestalt; hatte er sie nicht schon oft gesehen? war sie nicht an ihm vorübergegangen? — Im Traume vielleicht! — Er wußte es nicht.

„Kind!" sagte er endlich und beugte sich zu dem jungen Mädchen nieder, „in solchem Unwetter bist Du noch im Freien? Hast Du Dich verspätet? bist Du fehl-gegangen?"

„Ich wollte nur zu Euch!" antwortete fest und weich zugleich eine süße Stimme.

„Zu mir? Was kannst Du von mir wollen?"

„Eure — Leonore!"

Beethoven fuhr zurück.

„Wie heißt Du?"

„Wilhelmine Schröder. Ich stand schon viele Tage mit meiner heißen Bitte hier, erst heute wagte ich zu reden."

„Und sahst Du nicht, wie das Wetter heranzog? fürchtest Du Dich nicht?"

„Ich fürchte nur eins: daß Ihr meine Bitte abschlagen werdet!"

Der Meister antwortete nicht — unverwandt blickte er in die blauen Augen des Mädchens. Sie senkte sie nicht zu Boden, sie errötete heiß, aber sie sah ihn an. Da streckte Beethoven die Hand aus, faßte kräftig die kleinen Hände des lieblichsten Geschöpfes, atmete tief und erquickt auf und sagte mild:

„Komm morgen früh zu mir, mein Kind, und sei mutig; ich glaube, ich habe meine Leonore gefunden. — Jetzt aber fort von hier, ich will Dich nach Haus führen!"

Und sie hing sich an seinen Arm mit einem seligen Lächeln auf den Lippen, ihre Wange glühte, ihr Körper zitterte, ihr Herz klopfte ungestüm: die Erfüllung ihres brennendsten Wunsches war nahe. — Der Sturm hatte aufgehört, die Blitze zuckten schwächer, aber ein erfrischender Regen tropfte nieder. Am Thore der Stadt hob Beethoven das junge Mädchen mit väterlicher Sorgfalt in einen eben vorüberfahrenden Wagen, und Wilhelmine Schröder bezeichnete die Wohnung ihrer Mutter. In kindlich überströmender Begeisterung küßte sie zum Abschiede die Hand des Meisters; er wandte sich zu gehen. Noch einmal mußte er zurückblicken, und da sah er, über den Wagenschlag hinausgelehnt, das reizendste Mädchengesicht zu ihm hingewandt. Es war erblaßt vor innerer Bewegung, die junge, ernste Stirn, eingefaßt von goldenen Haaren, neigte sich vor ihm, sanft grüßten und lächelten die magischen Augen. Ludwig van Beethoven fühlte eine wundervolle Wärme an sein Herz strömen, eine selig=wehmütige Ahnung durchzuckte ihn, er sagte sich leise: „Dies Weib wird noch einen Sonnenstrahl auf deinen Weg werfen — den letzten!“

Und am folgenden Morgen stand Wilhelmine Schröder, die junge Sängerin, neben Beethoven am Klavier. Vor ihm aufgeschlagen lag die Partitur seiner Leonore. Er hatte dem blonden Mädchen kurz den Inhalt der Oper erklärt, der sie mächtig anzog, ging dann flüchtig über die ersten Nummern Jaquinos und Marcellinas hinweg und intonierte, leise summend, mit der einen Hand streng den Takt markierend, mit der andern die Accorde der Begleitung greifend, die Leonorenstimme des Quartetts:

„Mir ist so wunderbar.“

Das Mädchen folgte jedem Tone mit gespannter Aufmerksamkeit. Bei dem Terzett:

„Mut, Söhnchen, Mut,“

leuchteten die blauen Augen leidenschaftlich auf; als sich aber das Prachtgemälde der großen Arie:

„Abscheulicher, wo eilst Du hin!“

vor ihrer Seele entfaltete, da flog ein Beben tiefster Erschütterung durch den zarten Körper. Mit jeder Nummer wuchs die Erregung der halb atemlosen Zuhörerin, immer begeisterter spielte und intonierte der

Meister, sie hörte nicht, wie gebrochen und hart die Stimme klang, die ihr alle diese Herrlichkeiten ins Ohr und in die Seele trug. Sie wußte auch nicht, daß beim Duett des zweiten Aktes:

„Nur hurtig fort, nur frisch gegraben,“

die Thränen langsam und schwer über ihre Wangen rollten, sie wandte den Blick nicht ab von dem wunderbaren Manne, der da vor ihr saß und den sie so inbrünstig verehrte. — Welch ein eigentümlich fesselndes Bild in dem engen Rahmen des schlichten Zimmers waren sie, diese beiden Gestalten, der reiche, ernste Herbst und der lächelnde Frühling. Der Meister selbst im weiten, pelzverbrämten Hausgewand, mit blitzenden Augen und leuchtender Stirn ganz versunken in seine Schöpfung, dann und wann tief-ernst aufblickend zu dem Antlitz seiner Hörerin; Frühlingsfrische war ausgegossen über jene Mädchengestalt an seiner Seite, über jenes Angesicht mit seinen köstlich reinen Linien, und Sonnenlichter zitterten in den schweren, blonden Haaren, die sich an die zarten Wangen schmiegten und im stolzen Nacken einen goldenen Knoten bildeten.

An diesem jugendlichen Haupte hingen
So viele Hoffnungen, als in den Zweigen
Im wonnevollen Maimond hängen Blüten.

Beethoven ging rasch und immer rascher weiter, seine Hand eilte über die Tasten!

„Jetzt kommt die Stelle höchster Erhebung," sagte er; „in ihr sammeln sich die Lichtstrahlen der ganzen Oper. Gieb acht auf diesen Ruf! auf ihn kommt's an, mein Kind, hier wirst Du zeigen, ob ich mich in Dir getäuscht oder nicht!"

Und nun intonierte er mit erschütternder Begeisterung jenen berühmten Schrei:

„Töt' erst sein Weib!"

Wilhelmine Schröder erkannte nun erst die Riesenaufgabe, nach der sie selbst die Hand ausgestreckt, sie faltete bebend die Hände, Glück und Bangen zugleich erfüllten ihre Brust. „Töt' erst sein Weib!" dieser eine Ruf tönte ihr in den Ohren — sie hörte nichts weiter, das glänzende Finale ging an ihr vorüber wie ein Traum. Als aber Beethoven sich erhob und die Partitur zuschlug, näherte sie sich ihm mit wankendem Schritt.

„Segnet mich zur That, die ich wagen will, damit sie mir gelinge," sagte sie feierlich und neigte tief das Haupt.

Und der Meister legte seine Hand gedankenvoll auf den blonden Scheitel, und ein Lächeln der Befriedigung glitt wie ein herbstlicher Sonnenstrahl über sein ernstes Angesicht.

Ehe das junge Mädchen aber an diesem Abend einschlief, faltete sie die schönen Hände und schloß ihr Nachtgebet mit den Worten: „Gott, laß mich eine Leonore werden, wie er sie geträumt, damit ich seinem Herzen noch eine Freude bringe."

Wenige Wochen nach dieser Scene trat Wilhelmine Schröder in der Oper „Fidelio" in Wien auf und verkörperte jenes Ideal höchsten Liebesheroismus, das dem Geiste Beethovens vorgeschwebt. Der Komponist selbst saß in einer kleinen, dunklen Loge dicht bei der Bühne. Ach, die süßen und doch kraftvollen Töne, wie sie die Brust der jungen Sängerin ausströmen ließ, sie drangen ja nur schwach und gebrochen in sein schon damals fast ganz verschlossenes Ohr, aber er sah doch die von Glut und Hingebung getragene Erscheinung, er sah diese Augen voll Leidenschaft und Begeisterung, und der ausbrechende Jubel der hingerissenen Menge umbrauste ihn wie ein fernes Meer. — Und der zweite Akt entfaltete sich, das schöne Weib stieg hinab in den dunklen Kerker, reichte dem hungernden Gatten das Brot, durchlief alle Stadien der Seelenmartern, bis endlich jener wunderbare Lichtpunkt kam, jener mächtige Aufschrei:

„Töt' erst sein Weib!"

Beethoven richtete sich fieberisch erregt auf, als der Accord einsetzte, sein Atem stockte, die Riesengestalt zitterte, seine Blicke hefteten sich fest an die Lippen der Sängerin. Eine Sekunde lang war's, als ob sie zagte, plötzlich aber richtete sie sich auf in wahrhaft großartiger

…, und schmetterte das in höchster Leidenschaft …nde b in die Seelen der erschütterten Hörer. — … das Wunder geschah, dieser eine gewaltige, beseelte Ton durchdrang alle Schranken und drang wie eine lichte Verkündigung in das verschlossene Ohr des Meisters. Es wurde plötzlich so hell in ihm, goldne Tonwellen überströmten ihn, ein stiller Traum, seine Leonorenschöpfung sang und klang laut, in dem herrlichen, überwältigenden b, das er gehört, spiegelte sich das Ganze, wie das All sich in einem klaren Tropfen spiegelt. — Namenlose Freude, ungebändigtes Entzücken ergriffen ihn, er hatte sich in dieser Leonore nicht getäuscht! Er hätte dies junge Mädchen an sein Herz reißen, in seinen Thränen baden mögen, längst begrabene Wünsche, längst entschlafene Hoffnungen standen auf aus ihrer Todesruh' und sahen ihn lächelnd an. Aber Körper und Seele waren nur an Schmerzen gewöhnt, das unendliche plötzliche Glücksgefühl überwältigte den nur im Leiden und Entbehren starken Mann: Ludwig van Beethoven sank ohnmächtig zusammen.

Diese Darstellung des Fidelio war in der That der letzte, aber vielleicht auch der blendendste Sonnenstrahl, der auf den dunklen Weg des erhabenen Tonschöpfers fiel.

Aber was war es wohl, was Ludwig van Beethoven von der Darstellerin seiner Leonore verlangte, und was er in den blauen Augen eines jungen Mädchens gefunden?

Wilhelmine Schröder trug die Leonore hinaus in die Welt. — Wer hätte wohl je ohne die nachhaltigste Erschütterung den Fidelio von ihr gehört, wer könnte sie, gerade sie in dieser Erscheinung vergessen? Hunderte von Sängerinnen haben nach ihr uns auch die Leonore gesungen; vermochte je eine von allen so die Seele gefangen zu nehmen, wie sie? — Aber war denn keine so schön wie Wilhelmine Schröder-Devrient, hatte keine eine so mächtige Stimme, eine so entzückende Grazie? — O gewiß! Reizende Frauen hüllten sich in das schlichte Männerkleid Fidelios, großartige Stimmen sangen uns die Arie: „Abscheulicher, wo eilst Du hin!" Meisterinnen der Darstellungskunst erschöpften sich an dieser Erscheinung; aber schwebte je von einer Lippe der Ruf: „Töt' erst sein Weib!" großartiger, hinreißender als von den Lippen jener blonden Frau? — Und warum wohl? — Hier folgt die Lösung aller Fragen. Wilhelmine Schröder-Devrient besaß jenen seltenen Zauber, der die Welt überwindet, jenen rätselhaften Reichtum, der in unserer kühlen und matten Zeit immer mehr zur Sage wird, jenen kostbarsten Schatz der Erde, jene schönste Segnung des Himmels: ein heißes Herz!

Zwei Brüder.

„Einem ist sie die hohe, die himmlische Göttin,
dem andern
Eine tüchtige Kuh, die ihn mit Butter versorgt."
Schiller.

In der engen Gasse einer großen Handelsstadt lebte vor etwa dreißig Jahren eine arme Jüdin, die sich vom Ein- und Verkauf alter Kleider notdürftig ernährte. Sie hatte einst bessere Tage gesehen und in einer recht glücklichen Ehe gelebt; ihr Mann starb aber am Nervenfieber, als sie ihm kaum drei Monate vorher ein munteres Zwillingspaar geboren, kräftige Knaben, auf die beide Eltern nicht wenig stolz waren. Isaak hatte eben ein kleines Geschäft begonnen, und seine Unternehmungen wurden mit Erfolg gekrönt; er blickte froh hoffend in die Zukunft seiner Kinder: da kam der Tod und machte plötzlich allem Sorgen und

Schaffen ein ewiges Ende, und die fleißigen Hände, die sich so unermüdlich geregt, lagen nun starr und gelähmt auf der stillen Brust des Toten. Sarah nahm zerrissenen Herzens ihre beiden Kinder, ging mit ihnen zum Rabbi und fragte ihn um Rat, was sie beginnen sollte in ihrer großen Not und Verlassenheit. Und der Rabbi sprach mit den Ältesten der Gemeinde, und sie traten alle zusammen und halfen und rieten, so viel sie konnten, und nach vielen durchweinten Tagen und schlaflosen Nächten war die arme Frau im stande, durch mühselige Thätigkeit ihr und der Kinder Leben zu fristen.

Die Brüder wuchsen unter Mangel und Entbehrung auf, und hatten das sechste Jahr erreicht, als sich bei beiden eine Eigenschaft entwickelte, die gar bald die Aufmersamkeit aller, die mit den Kindern in Berührung kamen, in hohem Grade auf sich zog. Beide zeigten nämlich eine ungewöhnliche Vorliebe für Musik, eine auffallende Achtsamkeit für jeden Ton, der in ihrer Nähe laut wurde. Jakob lief jeder Trompete nach, trieb sich vor allen Gartenkonzerten herum, und ging oft stundenlang mit den Drehorgelspielern von Haus zu Haus, wußte genau ihre Einnahmen zu berechnen, sammelte auch zuweilen, um einige Pfennige, für den Musikanten ein. Sein Äußeres war unschön, seine Figur plump, die Haltung gebückt, der Gang hastig und ungeschickt, die Bewegungen eckig. Das Gesicht trug den Typus seiner Race; in den schmalen schwarzen Augen lag aber eine Welt voll Energie und Intelligenz, und in ihrem Aufblick eine frappierende Kälte und Schlauheit. David war ganz das Gegenbild seines Bruders: sehr groß für sein Alter, schlank, von leisem und scheuem Wesen, und von der vollen, schwermütigen Schönheit seines Volkes, von jener orientalischen Formenbildung, die, wenn sie in so reiner und ausdrucksvoller Weise erscheint, ganz unwiderstehlich anzieht und fesselt. Sein Blick war hinreißend in seinem melancholischen Feuer, die Gesichtsfarbe ein matter bräunlicher Ton, doch ohne Wangenrot, die Zähne wunderschön und das tiefschwarze Haar leicht gelockt. Wie oft blieben Frauen und Männer bewundernd stehen vor dem ärmlich gekleideten Judenknaben und schenkten ihm freiwillig eine Kleinigkeit, Geld, Blumen, Näschereien, die er alle sofort der Mutter brachte. Als ganz kleines Kind achtete er schon auf das Summen des Wasserkessels, auf das Zirpen eines Heimchens und das Gezwitscher der Schwalbe, und später konnte er stundenlang an einem kleinen Wasserfall sitzen, der die Promenaden der Stadt schmückte, um auf das Geräusch der fallenden Tropfen zu hören. Vor den Kirchthüren den Klängen der Orgel zu lauschen war die höchste seiner Freuden, und da achtete er weder Frost noch

Sonnenglut; geduldig harrte er auf den Steinen, bis die wunderbaren Töne heranzogen, um ihn anzuhauchen mit ihrer heiligen Glut. Einmal im strengsten Winter fand ihn der alte Domorganist halb erfroren an einer Seitenthür kauern, und als das Kind auf seine dringenden Fragen dem warmblickenden Musiker erzählte, was ihn so auf die Schwelle bannte, wies dieser ihm für jeden Gottesdienst ein verstecktes Plätzchen in der Nähe der Orgel an. Auch lud er ihn in sein Haus ein, und als der Knabe wirklich einmal freudezitternd kam, spielte er ihm Bachsche Fugen und alte Choräle vor. Leider währte dies Glück nur kurze Zeit: der alte Mann starb und sein Nachfolger war weniger herzenswarm gegen den armen Judenknaben. Im Sommer begleitete David seinen Bruder in jene öffentlichen Gärten, in denen Musikkorps spielten, zu welchem Genusse das Publikum sich zu drängen pflegte. Die Kinder durften natürlich nur draußen stehen, aber da ersann Jakob allerlei, um einen kleinen Gewinn zu erzielen. Bald trat er, die Schuhbürste in der Hand, dienstfertig den Ankommenden entgegen und säuberte geschickt die bestäubten Stiefeln der jungen und alten Herren; bald bot er selbstgeschnitzte Zahnstocher feil, bald sauber gedrehte Fidibusse, zuweilen auch Sträußchen einfacher Wiesen- und Waldblumen, denen er aber durch zierliche Anordnung ein gewisses Ansehen zu geben verstand. Er nahm auch immer einige Groschen ein, die er zu Hause in ein altes Tuch band und in sein Kopfkissen versteckte. David war zu alledem nicht zu gebrauchen. Er saß still hinter der Hecke, möglichst entfernt vom Orchester, damit die Töne recht gedämpft und verworren zu ihm drangen, und seine Phantasie sie sich zurechtlegen konnte zu Accorden und Melodieen, wie seine Seele sie träumte. Kam er nach Hause zurück, so sang er stundenlang leise vor sich hin und bürstete dabei die alten Kleider, die seine Mutter austragen wollte, mit einem fast strahlenden Gesichte. Jakob schalt ihn oft träg und ungeschickt; David gab ihm mit thränenvollen Augen recht, versuchte auch wohl mit Blumen an den Gärten sich aufzustellen, aber wenn der erste Ton die Luft durchzog, fing er an zu zittern, ließ die Blumen fallen oder schüttete sie dem ersten besten Kinde in den Schoß und kroch in sein Winkelchen.

„Mutter, wenn Du nur einmal dabei sein und hören könntest, was ich höre!" sagte er oft beim Schlafengehen zur armen Sarah, die am späten Abend die ärmliche Garderobe ihrer Kinder auszubessern pflegte, damit sie ordentlich einhergehen möchten. „Du würdest Deine ganze Plage vergessen und Dein schweres Leben und reich und froh werden wie ich! Versuch's einmal!"

„Da sollte es schlimm aussehen um uns, wenn die Mutter sich bei der Musik hinstellen und zuhören wollte!“ warf Jakob unfreundlich dazwischen. „Wer sollte uns denn zu essen und zu trinken schaffen? Du vielleicht?“

Und David wandte sich traurig ab; Sarah aber streichelte sanft und innig das weiche Haar ihres Lieblings und sagte: „Wenn Euer Vater noch lebte, hättet Ihr wohl ein Instrument lernen können, und wer weiß, ob nicht gerade David seine Eltern reich gemacht!“

Die Knaben waren etwa elf Jahre alt geworden, als ein unbedeutender Zufall über ihr ferneres Geschick entschied. Ein berühmter Klaviervirtuose besuchte auf seiner Reise nach Wien die Vaterstadt der beiden Brüder und kündigte daselbst ein Konzert an. Sein Ruf hatte die halbe Welt durchflogen, man drängte sich also zu den Billets, obgleich sie zu einem sehr hohen Preise verkauft wurden. Jakob und David standen schon lange vor Beginn des Konzerts am Eingange des Saales; ersterer hatte sich dicht an die Kasse gedrängt und zählte voller Staunen mit den Augen die Einnahme des Billetverkäufers. „Wer es auch so weit bringen könnte!“ sagte er halblaut zu seinem Bruder. — „Wir wollen bitten, vielleicht läßt man uns hinter der Thür lauschen,“ erwiderte dieser, den Ausruf anders deutend. Die

Knaben baten den Portier, der Wächter der Pforte wollte aber nichts davon hören und nichts erlauben. „Was versteht Ihr Judenjungen von Musik!“ sagte er roh, „was kann Euch daran gelegen sein, hier hinter der Thür zu frieren?“

„O, für die Musik könnte ich noch mehr als das,“ rief David.

„Nein, das ist wahr, hinter der Thür hilft mir's nichts,“ setzte Jakob hinzu, „da kann ich ihn nicht spielen sehen, und ich muß es ihm abgucken, ich muß reich werden wie er!“

„Hier sind zwei Karten für die Kinder,“ sagte ein feiner blasser Herr, der unbemerkt heraufgekommen und einen Teil des Gesprächs gehört hatte; „und nach dem Konzert wartet auf mich, ich will noch mit Euch reden!“

Der Kastellan verbeugte sich tief; „das war Er,“ sagte er nach einer Pause fast feierlich zu den erstaunten Knaben. „Er sieht aus wie andere Menschen auch,“ murmelte Jakob, „seine Kunst kann also kein Hexenwerk sein!“ David küßte die Karte und preßte sie fest zwischen seine beiden Hände, ängstlich um sich blickend, ob auch niemand den Schatz ihm zu entreißen trachte.

Das Konzert begann mit Mozarts Ouverture zum Don Juan. Jakob hatte dreist seinen Platz dicht am

Orchester gewählt; er wollte durchaus den Künstler spielen sehen, mehr verlangte er nicht. David war von ihm weggedrängt worden und saß hinter einer Säule am Ende des Saales. Als nun die großartige Musik dahergeschritten kam und wie ein Simson an der Säule rüttelte, die den bebenden Knaben verbarg, da zerriß der Schleier vor seinen Augen: „das ist wahre Musik," fühlte er, erkannte er. Seine Hände fielen zitternd in einander, sein erschütterter Körper lehnte sich gegen die Säule: so empfing er den Gruß des hehren Mozartgenius.

Es giebt bevorzugte Seelen, denen in einem Momente der Entzückung das Verständnis von Dingen aufgeht, über denen die meisten anderen ein Menschenleben lang vergebens brüten. So David. Er begriff die Herrlichkeit Mozarts, dessen Namen er mühsam auf dem Programm zu entziffern vermochte, Dank sei es seiner Judenschule. „Solche Wunder schaffen wie er!" dachte er immer und hörte nicht, wie der fremde Virtuose in kunstvollen Gängen auf dem Piano auf- und niederwogte, stürmte, säuselte und flog, er hörte nicht den Beifallssturm der Menge, er kam erst wieder zu sich in den warmen Wellen des blumengeschmückten Stromes der Pastoralsymphonie Beethovens. Träumend ließ er sich am Schlusse des Konzerts vom Bruder fortziehen, träumend hörte er die Frage des fremden

Künstlers: „Was wollt Ihr denn werden, Ihr armen Schelme?“ Da überflutete ihn plötzlich eine helle Begeisterung und er hob die wunderschönen Augen auf zu dem Frager und sagte fest: „Ich will ein Mozart werden!“ — „Und ich will spielen lernen und Geld verdienen wie Ihr!“ rief Jakob.

Und der reiche berühmte Virtuose lachte und erbot sich, beide Knaben nach Berlin zu bringen, dort einem tüchtigen Lehrer zu übergeben und auf seine Kosten sie zwei Jahre lang in der Musik unterrichten zu lassen. Man erstaune nicht allzusehr: es war kein Edelmut, der den Künstler zu dieser allerdings auffallenden Handlung trieb, auch kein wahres, tiefes Musikinteresse; es war eben nur eine Laune. Der große Herr wünschte auf eine recht pikante Weise ein stürmisches Interesse zu erregen und griff zu diesem ihm in den Weg tretenden Mittel. Dieser Zweck wurde auch zu seiner Befriedigung vollständig erreicht: die romantische Geschichte machte die Runde durch alle Zeitungen, begleitet von den pomphaftesten Zusätzen und Randglossen, die alle seiner erstaunenswerten Großmut galten. „In zwei Jahren komme ich selbst nach Berlin,“ hatte er zu den Knaben gesagt, „dann werde ich sehen, was Ihr gelernt; für den, der fleißig war, werde ich weiter sorgen!“

Nach der armen Sarah fragte natürlich niemand. „Das Judenweib wird froh sein, die Kinder los zu werden, dergleichen Gesindel verschachert ja alles!" hieß es. — Sie sträubte sich auch freilich nicht, die treue Mutter, als man sie von dem Plane des großmütigen Künstlers in Kenntnis setzte. „Ihr werdet's besser haben als bei mir," sagte sie beim Abschiede und weinte auch nicht. Ihr und unser Gott sah aber ihre heißen Thränen, sah ihr Händeringen, als sie nun einsam war, er hörte den Schrei des schmerzzuckenden Mutterherzens. Nachher ging sie wie sonst und verkaufte alte Kleider und lief hin und her, nur alterte sie rasch, und trug sich gebückter und ihre Augen waren immer rot. Es fragte sie aber kein Mensch weshalb. — „In zwei Jahren bin ich Mozart geworden und dann komme ich und hole Dich," hatte David beim Abschiede gesagt; daran dachte Sarah immer und immer.

Zwei Jahre waren vorbei, da brachte der Postbote der armen Jüdin in ihr enges, dunkles Kämmerchen einen Brief. Sie steckte zitternd über dies wunderbare Ereignis ein Lämpchen an, öffnete und erkannte an der mühsam zu entziffernden, unsicheren Unterschrift, daß ihr Liebling David den Brief geschrieben. Lange, lange konnte sie vor Thränen nicht lesen, endlich entwirrten sich die Buchstaben. Sarah las langsam, die halbe Nacht ging darüber hin, und als sie die letzte Zeile beendet, fiel sie ohnmächtig mit dem müden Haupte auf den harten Tisch. Hier ist der Brief:

„Man hat mir gesagt, liebe Mutter, daß ich bald weit, weit wegreisen soll, von der Rückkehr aber weiß ich nichts. Nur möchte ich Dich beruhigen über die neue Trennung, und daß ich kein Mozart geworden bin, arme Mutter, damit Du Dich nicht zu sehr um Dein Kind grämst. Solltest Du nun lange, lange nichts von David hören, so traure nicht; man wird Dir bald sagen, wohin er gegangen. — Wie viele, viele Tage sind gewesen, seit ich Dich zum letztenmal geküßt; wie gern möchte ich meine Wangen an Dein gutes Gesicht drücken. Ob Du wohl viel geweint hast über uns? Ich habe auch geweint um Dich und ich bin unglücklich gewesen, nun aber ist alles vorüber und ich bin glücklicher, als ich Dir beschreiben kann. Sieh, liebe Mutter, da wollten sie mich zwingen, allerlei sonderbare Dinge zu lernen; ich wollte ja ein Mozart werden, sagten sie. Die Noten sollte ich lernen, Generalbaß studieren, eine Schule durchmachen, und da schraubten sie meine Hände fest an die Tasten und da durfte ich nicht mehr spielen als fünf Töne und endlich acht u. s. w. Musik durfte ich nicht hören: das zerstreut nur, meinte unser Lehrer. Er ließ mich auch nicht hinausgehen ins Freie, und später nur dann und wann auf einige Minuten. Aber weine nicht deshalb, gute Mutter; ein Baum stand ja vor dem Fenster meines kleinen Zimmers und so nah, daß ich sie fassen konnte, die lieben Blätter, und da hatte ich ja genug des süßen Grüns. Hätte ich besser gelernt, so hätte man mir wohl mehr Freiheit gegeben, aber ich verdiente die Strafe, ich war so ungeschickt, so ungelehrig, nichts, nichts merkte und begriff ich! Ach, die Musik, die man so lernen kann, muß doch eine andere sein, als die, von der ich immer geträumt, es muß doch eine andere Tonkunst geben, als die erlernte, sonst wäre auch Mozart nicht gewesen, nicht wahr, Mutter? In mir singt und klingt es unablässig, aber ganz anders, als wie da draußen! Diese vielen gelehrten Worte, ach, wer sie verstehen könnte! diese vielen kleinen und großen, dicken und dünnen Noten, wie sie mich verwirrten! Sie tanzten vor mir auf und ab wie Gespenster, sie neckten mich, kletterten auf den Notenstrichen auf und nieder und schlugen allerlei Purzelbäume. Zuweilen verlor ich vor Angst die Besinnung, wenn das strenge Auge meines Lehrers mich ansah und nach vielen Zeichen und Namen fragte, die ich nicht wußte. Ach, er sah ja nicht, wie toll sie waren, die schwarzen Dinger, nach welchen er mich fragte! »Zur Strafe erhältst Du heute kein Abendessen«, hieß es oft. Mutter, der Hunger that nicht so weh, wie der Gedanke, daß ich nimmer, nimmer ein Mozart werden könne!

Spät abends, da war's mir am wohlsten, da setzte ich mich an das kleine Klavier und wußte, daß es niemand hörte, wie ich darauf herumgriff. Dann hörte ich aber Musik, ja glaube mir's nur! Ob ich spielte, oder eine höhere Macht meine steifen, ungelenken Finger berührte, ich weiß es nicht, aber die Orgel tönte wie damals in den Kirchen der Christen, als ich draußen lauschte, und ich fühlte keine Schmerzen, keinen Hunger, keine Traurigkeit und keine Sehnsucht. Eines Abends aber kam mein Lehrer früher nach Hause und hörte mich spielen, kam herauf und schalt mich einen albernen Träumer und Klimperer. Am andern Tage ließ er das kleine Klavier in sein Zimmer tragen; nun konnt' ich nur dort und nie mehr abends spielen.

Von meinem Bruder wurde ich gleich anfangs getrennt; er sei viel weiter als ich und lerne viel, sagte man mir.

Die langen, schweren Tage, die stillen, dunklen Abende machten mich endlich krank, gute Mutter, und in dieser Krankheit sah ich Dich deutlich an meinem Bette, und Deine Hand hat mir die Kissen gerückt und die Stirn getrocknet. Du hast sie auch mit mir hören dürfen, die Mozartmusik, die ich immer hörte!

Mutter, ich weiß doch, was Harmonie ist, wenn ich auch die Lehre vom Generalbaß nicht begriff, ich weiß, daß es echte Musik ist, nach der meine Seele verlangte, so lange ich denken kann. Und diese Seele läßt sich nun nicht mehr halten, ich gehe dahin, woher der goldene Strom kommt, zu der Töne Urquell. Ich war selbst nur ein verlorener Ton, zu dem sich hier auf der Erde kein Accord finden wollte. Nun weißt Du, welche Reise ich meinte, gute Mutter. Du wirst sie mir gönnen. Sie sind jetzt alle gut zu mir; unser Beschützer, Herr G., ist da; ich wohne bei ihm, ich sehe aus meinen Fenstern in einen Garten, und nicht gar zu weit liegt eine Kirche und da kommen oft Orgeltöne zu mir herüber und reden wie Brüder mit mir. Mir ist unendlich wohl; ich fühle, ich werde mich so sanft auflösen wie ein Klang in weicher Nachtluft. Gute Nacht, Mutter! auch Dein Sabbath wird kommen!

David."

An den Rand des Briefes hatte Jakob mit fester Hand die Worte geschrieben: „Der Bruder ist tot! — es war das beste für ihn, er paßte nicht für Arbeit und Mühe. Wann ich zu Dir komme, weiß ich nicht, aber arm komme ich nicht. Herr G. hat mir einen Platz in der großen Musikschule verschafft."

Zehn Jahre waren vergangen, seit das vorliegende Blatt in die niedere Stube der armen Sarah flog, da verbreitete sich plötzlich das Gerücht, daß ein ausgezeichneter junger Klaviervirtuos, Schüler des berühmten G., nach F. zu kommen und daselbst ein Konzert zu geben beabsichtigte. Musikalische und andere Zeitungen hatten den Namen Giacomo S. schon durch ganz Deutschland getragen, über seine ausgezeichnete Technik herrschte nur eine Stimme, und noch neuerdings ward das Interesse für den jungen Künstler im hohen Grade gesteigert. Man erfuhr nämlich, daß er in einem Konzert, das er in Krakau gegeben, das Herz einer sehr reichen Russin gewonnen und diese ihm bereits vermählt sei. Man bestellte im voraus Billets, das Konzert versprach überfüllt zu werden. Eines Abends fuhr ein eleganter Reisewagen vor am Hotel B., dem vornehmsten Gasthause der Stadt, ein kleiner Herr stieg aus und hob langsam eine schlanke, in Pelz gehüllte Dame heraus. Die Zimmer waren schon im voraus bestellt, also geheizt und erleuchtet für den sehnlichst erwarteten Herrn Giacomo S. mit seiner Gemahlin. Kaum im Salon eingetreten, warf Giacomo einen Blick auf seine Uhr und sagte unruhig zu seiner Frau: „Ich habe in Betreff des Konzerts noch einen notwendigen Besuch zu machen, liebe Irma, mache Dich auf eine, vielleicht auch zwei einsame Stunden gefaßt, ich werde Dir aber vorher noch einige Bücher auspacken." Er that es. Die blonde Dame stand eben vor dem großen Spiegel, ordnete ihre Locken und strich die Spitzen und Falten des schweren, schwarzen Atlaskleides zurecht. Mit dem Ausdruck übelster Laune wendete sie ihr feines, kaltes Antlitz ihrem Manne zu und sagte: „Mais, mon cher, ich glaubte, wir würden noch in die Oper fahren, es ist ja eben erst sechs Uhr?"

„Nein, gieb diesen Gedanken auf; ich habe wichtigeres zu thun. Morgen werden wir ja mitten im Strudel der Gesellschaft sein; füge Dich heute in diese kurze Einsamkeit."

Madame schmollte, Monsieur wickelte sich in seinen Mantel, denn es war Winter, und verließ zu Fuß das Hotel. Durch viele kleine Gassen ging er, und immer rascher wurde sein Schritt, er kam endlich in die ärmste der Gassen; sie war fast dunkel, aber das Haus, das er suchte, fand er doch, und kletterte eine alte Stiege hinauf und pochte an eine Thür. Eine schwache Stimme rief ihn herein und Jakob stand seiner Mutter Sarah gegenüber.

Die schlechte Laterne, die auf der Straße brannte, warf ihren schwachen Schein gerade ins Zimmer, und er sah die alte Jüdin, wie sie, mit dem Rücken an die Mauer gelehnt, fast wie ein Steinbild da saß.

„Wer ist da?" fragte sie, aber ohne sich zu regen, auch öffnete sie die Augen nicht; die alte Frau war blind geworden von vielen Thränen.

„Jakob ist's, Mutter!" antwortete der Sohn und küßte ihre mageren Hände mit der vollen, rührenden Pietät, die den Juden im Verhältnis zu seinen Eltern charakterisiert.

„Komm her, daß ich Dich segne,“ sagte sie weich, aber ohne Freude, mit einer seltsamen Ruhe. Als er sich ihr ganz genähert, richtete sie sich auf, fuhr mit der Hand prüfend über sein Gesicht und seine Kleider und küßte ihn auf die Stirn, aber alles dies so ohne Erregung und Hast, als habe sie den Sohn erst vor einer Stunde geliebkost.

„Du bist noch arm, gute Mutter,“ sagte Jakob nach einer Pause, in der er sich im Zimmer umgesehen und alles, alles noch gefunden, wie er es damals vor zwölf Jahren verlassen: das Bett der Knaben, die alten Kleider, die sie getragen, die kleine Bank am Ofen, die beiden Stühle und den großen, alten Tisch.

„Ich bin jetzt reich,“ sprach er weiter, „und Du sollst es mit mir sein!“

Seine sonst so scharfe, harte Stimme klang weich und über sein unschönes Gesicht flog eine fast milde Freundlichkeit, als er so zu ihr redete.

Sarah lächelte müde und lehnte sich zurück. „Was nennt mein Jakob reich?“ murmelte sie; „ich kenne nur einen Reichtum und den kannst Du mir doch nicht wiedergeben; Du weißt, welchen vergrabenen Schatz ich meine.“

„Ich weiß es, arme Mutter. David ist tot, er konnte nichts ertragen; ich habe es gekonnt, weil ich reich werden wollte. Du weißt, es ist ein Erbteil unseres zertretenen Volkes, dieser furchtbare eiserne Wille; wir haben einen Willen, der alles, alles überwindet, alles erreicht; er hatte ihn nicht, er starb. Ich wollte Musik lernen, nicht weil ich sie liebte, nein, weil sie heutzutage rascher reich macht als irgend eine andere Kunst, und ich lernte sie. Man hat mich geschlagen, getreten, gestoßen wie einen Hund, ich litt Hunger und tausend Qualen und Demütigungen, ich ertrug alles, weil ich wollte. Nun ist's längst vorüber, mein ist Ehre und Reichtum, aber Du sollst auch wieder froh werden, Mutter!"

„Laß mich, Kind, ich trage nach nichts mehr Verlangen; für mich giebt's weder Leid noch Freude; ich harre meines Sabbaths. Aber die Arbeitszeit währt länger, als ich hoffte; ich bin so müde!"

„Mutter, komm mit mir, ich will Dich pflegen und ehren und Dir dienen, Du sollst im Sonnenschein leben; auch mein Weib —"

„Jehova segne sie, wenn sie mich wert hält mit der Innigkeit der Kinder unseres Stammes."

„Ich bin ein Christ geworden, Mutter! Nur so konnte ich Ansehen gewinnen, wie ich's verlangte: den »Judenjungen« sollte mir niemand mehr vorwerfen!"

„Sei reich und geehrt, mich aber laß arm und verachtet sterben!"

„Aber das Weib, das entzückt von meinem Spiel

Hand und Herz mir gab, wird Dich, meine Mutter, lieben."

„Deine Mutter vielleicht, die arme Jüdin aber nimmermehr!"

Jakob schwieg und dachte an die aristokratische Irma mit den kalten Augen und stolzen Manieren, an ihre hochmütigen Verwandten, und er seufzte und knirschte mit den Zähnen.

„Geh, mein Sohn," sagte nach langem Schweigen die alte Frau, „laß mich ruhig einschlafen! Mein heißersehnter Sabbath wird ja auch hereinbrechen über mein gebeugtes Haupt mit seinem Glanz und seinem Frieden; ich harre geduldig!"

„In drei Tagen gebe ich mein Konzert, und am Morgen nachher komme ich wieder zu Dir, dann mußt Du mir folgen."

Sarah schüttelte sanft den Kopf, legte still ihre Hand auf den Scheitel ihres Sohnes, murmelte einen Segenswunsch und Jakob verließ das Kämmerchen. Er ging zum Rabbi, entdeckte sich ihm und gab ihm Geld für die Mutter. Sie sollte fortan in einem schönen Zimmer wohnen, in weichen Betten schlafen, Pflege und Bedienung haben wie eine vornehme Frau, und das gleich schon am morgenden Tage. Der Rabbi versprach alles. Schweren Herzens kehrte Jakob in sein Hotel zurück.

Die junge Frau lag graziös hingestreckt in einer Chaise longue und blätterte in Heines „Buch der Lieder". — „Hast Du Dich gut unterhalten, Irma?" fragte ihr Mann zerstreut.

„Avec ce petit juif là? Fi donc!" antwortete sie und warf das Buch verächtlich auf den Tisch.

Das Konzert des Herrn Giacomo S. war, wie es sich erwarten ließ, bis auf den letzten Platz gefüllt, der Virtuose wurde mit rauschendem Applaus empfangen, und die fast fürstliche Toilette seiner jungen Frau zog alle Blicke auf sich. Er spielte eine glänzende Phantasie über Themata aus Meyerbeers Propheten. Keiner wagte laut zu atmen, als der Künstler im bezauberndsten Piano den Bettlergesang der armen Fides anstimmte. — Während dies rührende Lied verschwebte und die entzückten Zuhörer da capo riefen, fuhr draußen vor der Stadt ein schlichter Leichenkarren der jüdischen Begräbnisstätte zu. Es war auch eine Bettlerin, die man da zur Ruhe brachte: der Sabbath der geduldigen Sarah war endlich hereingebrochen; sie ging ein in die ewige Herrlichkeit.

Ein Vergessener.

„Von blauen Veilchen war der Kranz,
Der Hannchens Locken schmückte.“

Ludwig Berger ist auch einer jener fast verklungenen Namen, der Name eines edlen Toten, eines reinen, echt liebenswürdigen Menschen, einer wahrhaft musikalischen Natur! Ludwig Berger ist ein voller, schöner Mollaccord, dessen Nachhall süß schwermütige Träumereien heraufbeschwört. Das Andenken, das er zurückließ in dem Herzen aller derer, die ihm näher zu stehen das Glück hatten, ist nicht minder wertvoll, als jene leuchtenden Spuren seines Künstlerdaseins, die wir andern in seinen Werken und Schülern bewundern und verfolgen. Die Erinnerung an ihn ist so melancholisch wie seine Gestalt selbst, die krank und einsam über die Erde ging. Laßt Euch ein kleines Bild zeigen aus seinem Leben.

In einem kleinen, hellen Zimmer saß eine junge, bleiche Frau an der grün verhängten Wiege eines kaum dreiwöchentlichen, schlafenden Kindes. Das zarte Antlitz der blonden, frohen Mutter redete rührend von einer Schönheit und Gesundheit, deren Blume einst geblüht; die Entflohenen hatten sich jetzt in die großen, blauen Augen geflüchtet; darin war alles: Licht, Jugend, Kraft, Glück — selige Oasen auf Schneefeldern. Der feine Fuß der Frau berührte die Walze der Wiege und die Lippen sangen leise, fast nur hauchend, ein Wiegenlied von volkstümlichem Text und reizend einfacher Melodie. Die Anfangsstrophe lautete:

„Bring' ich mein Liebchen zur Ruh,
Sing' ich ein Liedchen dazu."

Die Schneeflocken aber wirbelten draußen und Eisblumen drängten neugierig sich schon an die kleinen Scheiben, denn es war Winter, und gar ein recht eisiger, langer, ein Winter in Petersburg. Die Schlitten fuhren in heftigem Jagen vorüber, pelzumhüllte Ausrufer und Verkäuferinnen lärmten, Bettler sangen, alle diese Laute drangen gebrochen in das Zimmer: die junge Frau achtete nicht darauf.

„Ludwig muß bald kommen!" flüsterte sie träumerisch lächelnd und stand auf nach einem langen mütterlichen Blick in die Wiege, schlich langsam zum kleinen Klavier in der Ecke, das nicht minder sorgfältig überdeckt war, als das Bettchen des Kindes, stäubte die Decke ab, ging dann zum Schreibtisch und versuchte die darüber hängenden Portraits von Mozart und Clementi, die einander schief ansahen, in die gehörige Lage zu bringen. Wie deutsch war doch das Stübchen! Weiße, wolkige Vorhänge, Pfeifen in der Ecke, Ansichten von Berlin und seinen Umgebungen, ein eingerahmtes getrocknetes Veilchenbouquet, eine Reihe Silhouetten, ein deutscher Wandkalender, eine kleine Sammlung deutscher Musiker an den Wänden, ein Schlafrock über der Lehne des Schreibstuhles hängend. Kein Volk Europas schleppt sein eigenes Wesen so umständlich und überall mit sich herum als der Deutsche, aber er drängt es glücklicherweise niemand auf, es genügt ihm völlig, in seinen vier Wänden nach seiner Weise selig zu sein.

Die Bilder waren gerückt, die Papiere auf dem Schreibtisch mit zagender Hand etwas in Ordnung gebracht, da entdeckte die still Geschäftige ein Notenblatt, das die Überschrift trug: „An Hannchen." Die erste Liederstrophe schien vollendet; hier die Anfangsworte:

„Von blauen Veilchen war der Kranz,
Der Hannchens Locken schmückte,
Als ich zum erstenmal im Tanz
Sie schüchtern an mich drückte."

Der blassen Frau traten die Thränen in die Augen. „An mich? O Gott, er hat an meinen Geburtstag gedacht, den wir ja morgen feiern nach unserem lieben deutschen Kalender,“ sagte sie mit tiefster Wehmut, „wie gut er ist!“

„Meinst Du wirklich?“ fragte eine weiche Männerstimme, und Ludwig Berger, der leise eingetreten, schlang seinen Arm um die Bewegte. „Nun, da Du's weißt,“ fuhr er heiter fort, „will ich auch das Leugnen lassen. Ich wollte Dir ein Veilchenlied dichten und in Musik setzen: Du liebst sie ja so sehr, die kleinen blauen Veilchen unserer Heimat! — Aber Hannchen, weine doch nicht so heftig,“ bat er bekümmert, setzte sich und zog die Erregte auf die Kniee. „Du sollst ja Deine Lieblinge bald wieder pflücken in Deinem stillen, kleinen Gärtchen vor dem Thore, ich habe Dir's versprochen und werde mein Wort halten. Sieh, wir sind jetzt fast vier Jahre in der großen Zarenstadt, Dein armer Ludwig wird bald zum reichen Manne geworden sein von seinen reichen Schülern, dann kehren wir der Petersburger Pracht freudig den Rücken und pilgern der geliebten Berliner Sandwüste wieder zu.“

Die blonde Frau lächelte schon wieder und der Ausdruck unendlichen Heimwehs, der ihr Gesicht für einen aufmerksamen Beobachter so wunderbar ergreifend machte, wurde milder und zerfloß in wehmütige Freude.

„O wie doppelt reich kehren wir zurück!" sagte sie innig und deutete auf die Wiege. Berger erwiderte ihren Blick mit einem stolzen Vaterlächeln und fragte scherzend, ob der Schelm bei seines Papas Wiegenliede eingeschlummert sei und wo nicht, ob er doch mindestens in derselben Tonart geschrieen? Sie nickte zu allem. Kosend drückte er sein Weib ans Herz. „Aber wie willst Du fertig werden mit meinem Geburtstagsliede?" forschte die junge Frau, „Du hast ja kaum den ersten Vers beendet und mußt heute abend zum Fürsten T."

„Aber der zweite steckt schon im Kopfe," erwiderte er, „und zur Schlußstrophe gehört der Junge, der soll Dir einen Veilchenstrauß bringen, so war's ausgedacht; nun weißt Du alles!"

„Veilchen im Winter!" rief sie erstaunt und erregt, „welch' märchenhafter Gedanke!"

„In den Treibhäusern Petersburgs werden alle Blumenmärchen Wirklichkeit," entgegnete er, „gieb acht, ich bringe Dir morgen Veilchen."

Es war jetzt völlig Abend geworden, die Wärterin kam mit der Lampe, Mutter und Kind wurden zur Ruhe gebracht im Nebenzimmer.

„Sie haben heute mehr Fieber als gestern," sagte

besorgt die alte erfahrene Frau, auch eine Deutsche, die schon viele Jahre als Krankenpflegerin ihrer Landsleute in Petersburg lebte, „ich begreife nicht, daß der Doctor sich so wenig darum sorgt!“

„Still, still,“ lispelte die junge Mutter, „nur heute nichts davon meinem Manne verraten; er wird in wenigen Stunden beim Fürsten T. spielen, und da dürfen ihn keine trüben Gedanken quälen! Morgen ist gewiß alles wieder gut!“

Zärtlich wünschte sie ihrem Manne gute Nacht, der sich vorbereitete, um zehn Uhr in die Soiree des Fürsten zu fahren, welcher ihn vor einigen Tagen sehr freundlich um einen Vortrag in einer kleinen, auserlesenen Gesellschaft und zum Namenstage seiner einzigen Tochter, Bergers Schülerin, ersucht hatte.

„Ich wollte, ich könnte daheim bleiben,“ murmelte Berger schwermütig; „das Veilchenlied sollte eigentlich fertig werden.“ Er setzte sich noch einmal an den Schreibtisch und warf einige Strophen hin. „Es geht nicht,“ seufzte er, „der Geburtstagsgesang will durchaus nicht fröhlich werden; lassen wir's ruhen bis morgen, da habe ich den Strauß vor mir, da wird's besser gehen.“

Ehe er schied, warf er noch einen langen, zärtlichen Blick auf seine kostbaren Schätze, auf Weib und Kind.

Die junge Frau lag mit glühenden Wangen, kurz atmend, in unruhigem Schlummer. „Gieb mir die Veilchen, Ludwig, schnell, schnell!“ rief sie plötzlich und streckte heftig die Arme aus, „Du kommst zu spät — Du zögerst zu lange — o armer, armer Freund!“

„Sie träumt oft so lebhaft,“ sagte die alte Wärterin beruhigend zu dem ernstblickenden Gatten.

Die Salons des prachtliebenden Fürsten T. waren heute glänzend erleuchtet und die märchenhafte Schönheit ihrer Ausschmückung erinnerte an die Wunderzeit der Feenschlösser. Diesmal waren nur drei Säle geöffnet; in dem mittelsten, duftig dekorierten, hatte man den kostbaren Flügel aufgestellt; der erste bildete das Empfangszimmer, und der letzte war in einen lachenden Garten verwandelt mit Kaskaden duftenden Wassers. Etwa dreißig Menschen waren versammelt, die Elite der höheren Musikfreunde und einige Freundinnen der schönen Tochter des Hauses, meist alle Schülerinnen Bergers. Unter den anwesenden Künstlern bemerkte man den ausdrucksvollen Kopf Clementis und das freundliche Gesicht John Fields, beide zur selben Zeit in Petersburg und innige Freunde des talentvollen Deutschen.

Clementi war die Veranlassung der Übersiedelung Bergers nach Petersburg gewesen. Er hatte nämlich, im Begriff nach Rußland zu gehen, in Berlin den jungen Berger in einer Gesellschaft eigene Kompositionen spielen hören und entzückt von der träumerischen Genialität des Virtuosen, diesem sofort das Anerbieten gemacht, sein Reisegefährte zu werden. Freudig und dankbar wurde der Antrag angenommen und bald darauf zogen diese beiden ausgezeichneten Musiker lehrend und lernend, genießend und austauschend hinaus in die Welt! — In Petersburg angekommen, gelang es den warmen Empfehlungen des berühmten ältern Meisters bald, dem jungen Deutschen so viel Unterrichtsstunden zu erwerben, daß seine Existenz in der Fremde gesichert war. Als Clementi dann abreiste, sah sich Berger, voll unendlicher Seligkeit in die Möglichkeit versetzt, seine Braut, sein stilles, liebes Hannchen, mit der er schon jahrelang verlobt war, von Berlin nach Petersburg kommen zu lassen und so endlich seine heißersehnte Häuslichkeit, fern von der Heimat, am Strande der Newa zu gründen. Die häufige Kränklichkeit der zarten, am Heimweh leidenden Frau warf aber auf die knospenden Gefilde seiner jungen Ehe oft trübe Schatten, und als Clementi nach fünfjähriger Abwesenheit wieder nach Petersburg zurückkam, fand er seinen Schüler und Liebling zwar augenblicklich in heller Freude über die Geburt eines Sohnes, im allgemeinen aber bei weitem nicht so glücklich und sorgenlos, als er erwartete. Die nervöse Reizbarkeit dieser besonders reichen Natur hatte sich in bedenklichem Grade gesteigert und die Anlage zu einem gewissen schwärmerischen Trübsinn schien bedeutend ausgebildet. Berger war eine jener Seelen, die aus allen Blumen eigentlich nur das Gift zu ziehen verstehen, die keine echte, sorglose Freude kennen, die bei dem wolkenlosesten Himmel immer nur an den nächsten Gewitterschauer denken.

Heute besonders, im Salon des Fürsten, bemerkte Clementi in dem Gesichte seines Lieblings eine ungewöhnliche Blässe und Schwermut, eine Trauer, welche die seltene Auszeichnung, mit der man den bescheidenen Meister empfing, keinen Augenblick zu zerstreuen vermochte.

„Ich wünsche den kommenden Stunden doppelte Schwingen," sagte er halblaut zu Clementi und Field; „mein Weib ist krank, und einen Veilchenstrauß, den ich schon gestern für sie bestellte zu ihrem morgenden Geburtsfeste, auf den sie sich schon unendlich freute, hat irgend ein reicher Bojare dem armen Musiker entrissen; man bot hundert Rubel für das Bouquet und der Besitzer des Treibhauses gab es hin. Soeben komme ich von ihm; er wollte mich mit andern Blumen abfertigen. Vergebens stellte ich in aller Eile noch Nachforschungen in andern Gewächshäusern an, Veilchen sind aber nicht mehr zu erlangen." Clementi suchte den Aufgeregten zu beruhigen und meinte auch, daß andere Blumen vielleicht dieselbe Freude bereiten würden; Berger aber schüttelte ungeduldig den Kopf und antwortete: „Sie kennen mein armes Hannchen nicht; es sind nun einmal ihre Lieblinge, an die sich die süßesten Erinnerungen unserer Liebeszeit knüpfen, sie sind ihrem ganzen Wesen verwandt, sie ist selbst eine Veilchennatur! Und," setzte er leise für sich hinzu, „wie würde mein Lied passen ohne die duftige Begleitung!"

Kathinka, Fürstin T., trat jetzt zu den Künstlern und wandte sich an ihren Lehrer mit einer im reinsten Deutsch ausgesprochenen Bitte um den Vortrag seiner Es-dur-Sonate.

„Fürstin Kathinka hat zu befehlen," antwortete ihr Berger nach einer Pause, „aber sie wird Mitleid mit ihrem Lehrer haben, der heute nicht im stande ist, einem größeren Musikstück, und wäre es seine eigene Komposition, mit all seinen Gedanken zu folgen. Sein Weib ist leidend und sein Herz ist schwer: seine hohe Schülerin möge ihm erlauben zu phantasieren! Nehmt ihn, wie er eben ist!"

Da flog es wie ein Blitz bitteren Wehes über das Gesicht des Mädchens, und erbleichend wandte sie sich von ihrem Lehrer. „Legen Sie um meinetwillen Ihren augenblicklichen Gefühlen keinen Zwang auf," sagte sie noch leise und verließ ihn.

Ludwig Berger phantasierte. Ein leise atmender

See breitete sich voll und immer voller aus, seine Wellen stiegen auf und nieder in schimmerndem Mondesglanz. Geheimnisvoll wogte und knisterte das Schilf. Singen und Klingen entströmte den Kelchen schmachtender Wasserblumen, dazwischen zitterten Melodieen, Lieder aus vergangener, froher Kinderzeit, Wiegenlieder, die das gestorbene Mütterlein sang, Mädchenlieder, die von den Lippen der Liebsten tönten, sie alle schwebten geisterhaft über den See und die Wellen rauschten stärker, als wollten sie die süßen Erinnerungen übertäuben, trüber wurde das Mondlicht, die Blumen schlossen schauernd ihre Kelche und tiefe, rührende Klagen ertönten und drangen erschütternd in die Seelen der Hörer. Und gewaltsam wurden sie hineingezogen in das klingende, singende Leid, und litten und kämpften mit. Zuletzt zerfloß allmählich der See wie ein duftiger Traum, alles wogte und wallte in einander, Wellen, Blumenhauch, Schilfgeflüster, Mondesstrahlen, Seufzer, Thränen, und wurden leiser und leiser, und eine einfach rührende Melodie klang wie aus weiter Ferne den Lauschenden ins Ohr, ein unendlich liebliches Liedchen, es war die erste Strophe des Geburtstagsgesanges:

„Von blauen Veilchen war der Kranz,
Der Hannchens Locken schmückte,
Als ich zum erstenmal im Tanz
Sie schüchtern an mich drückte.“

Als Berger sich erhob, stand Kathinka T. neben ihm. „Nehmen Sie, teurer, teurer Lehrer," sagte sie hastig mit halberstickter Stimme, und heftete die thränenvollen Augen in leidenschaftlicher Bewunderung auf das ernste, feine Antlitz des schlichten Mannes, „nehmen Sie meinen Herzensdank! Und hier —, die Blumen können's besser sagen, wie lieb Sie uns sind!" Sie legte einen vollen, herrlichen Veilchenstrauß in die Hände des Erstaunten, der in ihm mit Entzücken seinen verlorenen Schatz erkannte. „Es sind Blumen, wie sie in Ihrer Heimat blühen," fuhr sie fort, „sie sind das Geschenk meines Verlobten! — Es war eine Grille, daß ich mir diesmal eben nur Veilchen wünschte, bringen Sie ihr den Strauß, ihr, der Frau, die Sie lieben."

Vierundzwanzig Stunden nach dieser Begebenheit saß Ludwig Berger an der Leiche seines Weibes. Ein Nervenschlag raffte sie hinweg, wie die Ärzte sagten. Sie war an ihrem Geburtstage sanft in den Armen des Geliebtesten gestorben und wenige Stunden darauf folgte das Kind der treuen Mutter. Ein Veilchenkranz lag auf der stillen Brust der lächelnden Toten. Das Geburtstagsliedchen war eben vollendet, der bleiche, schmerzzerrissene Mann zu den Füßen der Entschlafenen hatte es ihr leise in die gefalteten Hände gedrückt. Es lautete nun:

Von blauen Veilchen war der Kranz,
Der Hannchens Locken schmückte,
Als ich zum erstenmal im Tanz
Sie schüchtern an mich drückte.
Was Wunder, wenn in Feld und Hain
Das blaue Veilchen mir allein
Gefällt vor allen Blumen.

Von blauen Veilchen war der Strauß,
Der Hannchens Busen zierte,
Als ich in unser kleines Haus
Mein junges Weibchen führte.
Schaut uns aus reichem Blumenflor
Ein blasses Veilchen still hervor,
Denk' ich der sel'gen Stunden.

Und als der Tod mir Hannchen nahm,
So fest mit mir verbunden,
Da hab ich selber ihr voll Gram
Den Leichenkranz gewunden.
Doch nicht von dunklem Rosmarin,
Von blauen Veilchen wand ich ihn,
Die ich mit Thränen netzte.

Eine Mendelssohn-Erinnerung.

Man musizierte in einem fröhlichen Künstlerkreise Berlins. Ein neues Heft jener epochemachenden Mendelssohnlieder ohne Worte war erschienen, unter ihnen machte das reizende Gondellied mit dem Glockenschlag, für mich das schönste aller Gondellieder, überall das größte Aufsehen in seiner tiefen, süßen Schwermut. Der Maler Professor Eduard Steinbrück, dessen warmes Herz in gleicher Liebe sich neben der Malerei der Musik zuwandte, und der so frisch und anmutig von vergangenen Tagen und jener hochpoetischen Düsseldorfer Festzeit zu erzählen wußte, wo Mendelssohn neben Immermann Theaterproben hielt, hatte es von Mendelssohn selber spielen hören und konnte nicht aufhören davon zu schwärmen. Eine junge, hübsche Dame setzte sich endlich an den Flügel, um es zu spielen. Sie war eine gefeierte Musikdilettantin eines großen Kreises, man drängte sich erwartungsvoll um sie her. — Und sie spielte. — Die Noten waren alle da, im unerbittlichsten Takttempo ging es ruhig vorwärts — das war aber auch alles. Ach, kein Venedig tauchte auf, kein italienischer Nachthimmel, keine Gondel, kein geheimnisvolles Auf- und Niederwogen, keine süße Erwartung, — es war höchstens ein kleines, harmloses Wasservergnügen auf einem stillen Teiche, und dazu schlug irgend eine Dorfkirchenglocke. —

Die lebhafteste Enttäuschung malte sich auf allen Gesichtern: das also war jenes vielgerühmte neue Gondellied, das Eduard Steinbrück fast in den Himmel gehoben?! Wie konnte man sich von diesem Liede so bezaubern lassen?! Da hatten wohl wieder einmal Freundesohren gehört und ein Freundesherz die Schöpfung des Freundes gepriesen! Man fing an über den vielbesprochenen Glockenschlag zu spötteln und zu lachen, dem wohl nur die erregbare Phantasie des Künstlers eine solche Bedeutung gegeben. Das war zu viel für das treue, warme Freundesherz, es galt um jeden Preis zur Stelle dem geliebten Komponisten Genugthuung zu verschaffen, die Tadler zum Schweigen zu bringen, und das vermochte nur Einer: Mendelssohn selber. — Eduard Steinbrück verschwand aus der Gesellschaft, aufgeregt und atemlos lief er durch die

Straßen. Felix war eben bei seinem Schwager, dem Professor Henselt, das wußte er; man hielt dort einen großen Musikabend, aber gleichviel, er mußte den Freund sprechen! Im kleinen Vorzimmer wartete er in großer Erregung auf ihn. Mendelssohn erschien denn auch bald, im schwarzen Frack, etwas erstaunt, den Freund zu dieser Stunde zu sehen, ihn aber mit gewohnter Herzlichkeit empfangend.

„Felix, Du mußt mir einen Gefallen thun!“

„Alles, was Du willst!“

„Versprich nicht zu schnell, es ist nichts Geringes, was ich verlange.“

„Desto besser!“

„Du mußt mit mir in ein fremdes Haus gehen, in eine Gesellschaft, die ich soeben verlassen und mußt ihnen Dein Gondellied mit dem Glockenschlag, was uns alle so entzückte, vorspielen. Eine junge Dame hat es soeben trotz aller Gewissenhaftigkeit und allen Talentes gründlich verdorben, aber dermaßen, daß ich fast geweint hätte.“

„Aber, Bester, wenn ich allen Leuten, die meine Lieder verderben, sie selber vorspielen sollte, was würde dann aus mir werden?“ lachte Felix.

„Das ist mir im Augenblick allerdings unklar, — ich weiß nur, daß wir unser geliebtes Gondellied retten müssen!“

„Nun ja, ich gehe mit, aber schnell, sonst binden und packen sie mich da drinnen wieder, und dann natürlich auch nur so lange, als die Lagunenfahrt dauert. Verantworten mußt Du die ganze Geschichte ja doch!"

Und fort huschten sie und eilten durch die schneebedeckten Straßen mit solcher Windeseile, als würden sie eines schweren Verbrechens halber verfolgt und fürchteten Entdeckung. —

Frostdurchschüttelt kamen sie an. „Ich glaube, es ist kalt da draußen," murmelte Felix, indem er seinen Mantel abwarf. „Mir war's auch so," lautete die Antwort. — Die Thür flog auf, die Freunde traten in das helle, warme Zimmer.

„Da bringe ich ihn selber," rief Steinbrück triumphierend, „und er will uns sein Gondellied spielen!" Er schob freudestrahlend den Gefeierten in den staunenden Kreis. Welch ein Jubel empfing ihn! Er verneigte sich in seiner anmutigen Freundlichkeit nach allen Seiten und setzte sich sofort an den Flügel mit den lächelnden Worten: „Mein lieber Freund, Herr Professor Steinbrück, mag nachher mein ungehöriges Benehmen erklären." — Sprach's und — spielte sein Gondellied. —

Atemlose Stille herrschte, als er geendet, — gleich darauf brach ein stürmischer Ruf des Entzückens los.

War das wirklich dasselbe Lied?! War das überhaupt nur ein Gondoliergesang? War das nicht eine fata morgana von bezaubernder Art? Tauchte sie nicht empor aus den leise hin- und herwogenden Wellen, die träumerische Wasserblume Venezia la bella? Schimmerte nicht die Kuppel von St. Marco wie in Silber getaucht im Mondlicht herüber, — glühte nicht heller Schein hinter rotseidenen Gardinen, leuchteten nicht weiße Gewänder auf dem Balkon, flüsterte es nicht in der Gondel? — Und in all diese sinnverwirrende Herrlichkeit tönte der Abendglockenschlag so schwer und bang wie ein tief ernstes Memento mori — eine Mahnung, daß alles schwindet, alles versinkt und über die höchste Lust und das tiefste Weh die Wellen des Vergessens zusammenschlagen:

„Stirb Lieb' und Lust!"

Noch ehe sie sich alle wieder in die Wirklichkeit gefunden, jene bewegten Hörer, war Felix Mendelssohn wieder verschwunden mit heiterm Gruß.

„Wo warst Du? Wir haben Dich überall gesucht!" fragte leise Fanny Henselt.

„Nur einen Moment in Venedig," scherzte er.

Die junge Dame hat das Gondellied später noch oft gespielt, zur dankbarsten Freude ihrer Freunde, aber nie vergaß sie, wenn man ihr Lob und Dank entgegentrug, halb stolz, halb demütig zu sagen: „Ich hörte es von Mendelssohn selber, und da ist und bleibt mein Bild doch eben nur eine arme, matte Zeichnung im Vergleich zu einem farbeglühenden Aquarell! — Aber dankbar bin und bleibe ich ihm doch mein Leben lang, daß er mir's gezeigt."

Ein altes Klavier.

Im großherzoglichen Schlosse zu Weimar, in dem Zimmer des Großherzogs selber, steht unter all' den verschiedenen Kostbarkeiten und reichen Möbeln ein schlichtes, tafelförmiges Klavier ohne alle Verzierung. Das braune Holz ist verblichen wie ein Kleid, das lange in der Sonne gehangen, und die ganze schlichte Gestalt nimmt sich im Vergleich zu unsern eleganten Pianinos und Stutzflügeln wie ein Ahnenbild mit Zopf und Perücke neben einem Winterhalterschen Porträt aus. — Wir waren eben an den herrlichsten Schätzen vorbeigewandert, an denen das weimarische Schloß so überreich, hatten Gemälde und Handzeichnungen, Büsten und Statuen, Mosaiken und zauberhafte Rosen und Wasserlilien, von hohen Frauenhänden auf Marmor gemalt, bewundert, und doch mußten wir stehen bleiben neben dem schlichten Klavier dort. — Eine Frage schwebte mir auf den Lippen, als der Führer mir zuvor kam und schon im Weiterstreifen sagte: „Darauf haben Goethe, Schiller und Beethoven gespielt!" —

Um die Welt wäre ich jetzt nicht weitergegangen. Wir blieben stehen, und langsam und vorsichtig, voll Ehrfurcht vor der teuren Reliquie, schlug ich den Deckel auf. Die alte, wohlbekannte Leipziger Firma: „Irmler" war über den Tasten eingefügt, die Untertasten waren weiß, das Zeichen höchster Eleganz, neben jenen alten Spinetts, wo die Klaviatur schwarz erscheint. — Leise, leise schlug ich einen Accord an. Es schrillte und summte wundersam, als ob die Töne, aus tiefstem Schlaf erweckt, erschreckt durcheinander schwirrten, riefen und klagten. Und die schweren Fenstervorhänge fielen plötzlich zu, — zahllose Kerzen entzündeten sich, die Thüren sprangen auf, und herein schritten die Gäste des genialen Karl August, dessen Bild wir noch soeben angeschaut und der doch jetzt leibhaftig mitten im Zimmer stand, lächelte und grüßte. Neben ihm erschien seine ernste Gemahlin Luise; sie trug die tief niedergehende Haube mit der breiten Garnierung, die das Haar fast gänzlich versteckte, auch das gelbe Gewand, unter dem Halse geschlossen, genau wie auf ihrem lebens=

großen Porträt, und blickte auch so trübe sinnend, die großen Augen schienen die Ankommenden gar nicht zu gewahren. Hinter ihr tauchte die heitere, lebensfrische Herzogin Amalie auf, und dann kam das Gefolge der flüsternden Hofdamen und Kavaliere. Man lächelte und nickte einander zu; Blicke flogen hinüber und herüber, Seidenstoffe rauschten, schöne Schultern und Arme schimmerten wie Schnee — Perlen und Edelsteine leuchteten und blitzten. Unter den Gästen aber:

Welch' reicher Himmel — Stern bei Stern!

der König Goethe voraus, ihm folgte Schiller mit der bleichen Stirn, auf den Arm seiner zärtlichen Gefährtin gestützt, Wieland mit seinem eigentümlichen Lächeln, Herder mit dem klaren Blick, der junge Jean Paul, Mark, Knebel, Musäus, Stein, Kalb, der schöne Einsiedel. Und nun gar die Frauenschar! Charlotte von Stein war da, Charlotte von Kalb, Karoline von Wolzogen, Corona Schröder und viele andere. Das kleine Leipziger Klavier war am Tage vorher erst angekommen und aufgestellt worden und wurde nun geprüft und bewundert. Ein durchreisender junger Musiker aus Bonn, der nach Wien gehen wollte, um bei dem berühmten Kapellmeister Joseph Haydn weiter zu studieren, wurde erwartet, er war mit warmen Empfehlungen an den Großherzog nach Weimar gekommen, er sollte das neue Instrument einweihen. — Goethe trat einmal heran und schlug scherzend einen Accord an, im Vorüberstreifen. Die Frauen drängten jetzt Schiller heran, man bat ihn um eine bekannte Melodie. Er lächelte — ein mattes Rot flog über die eingefallenen Wangen, aber er setzte sich vor das Klavier und tippte mit dem schlanken Finger ganz schüchtern und leise wie ein Kind, suchte und suchte, fand aber keine Melodie. — Wie sie ihn neckten und um ihn her schwirrten, die reizenden Quälerinnen, bis dann endlich die schöne Corona lachend und zärtlich die durchsichtigen Dichterhände von den Tasten nahm. Er stand nun auf und überließ ihr seinen Platz. Und schalkhaft ein wenig über die Schulter nach dem Apoll-Goethe hinschauend, sang der Liebling Weimars mit unnachahmlicher Grazie:

„Kleine Blumen, kleine Blätter
Streuen mir mit leichter Hand
Gute, junge Frühlingsgötter
Tändelnd auf ein luftig Band.“ —

Das war wohl jener fremde, junge Musiker, der während dieses lieblichen Gesanges eintrat und in der Thür stehen blieb? — Seltsam genug sah er aus. — „Ein Löwenhaupt“ hatte Goethe gesagt. Die Augen blickten finster, der Mund war scharf, die Züge gewaltig, auf der Stirn lagen Wolken. Aller Augen wandten sich zu ihm, als man den Großherzog mit ihm reden sah. Es war etwas so seltsam Fesselndes in seiner ganzen Erscheinung, daß man sogar für eine Weile die Zauberin Corona und ihr süßes Lied über ihm vergaß. — Gar bald saß auf dem niederen Schemel vor dem Klavier der junge Ludwig van Beethoven und — phantasierte. Dicht' und immer dichter, wie von einer unsichtbaren Gewalt zu ihm hingezogen, schloß sich der Kreis der Hörer um ihn. Die schönsten Gruppen bildeten sich, auf allen Gesichtern malte sich in verschiedenster Weise die tiefe Erregung. — Wie es aber auch sang, klang und rauschte unter diesen Händen! Es zog daher wie ein blühender Frühling, wie die entfesselte Leidenschaft stürmte es vorüber, wie Mondschein leuchtete es auf, wie das Echo eines feierlichen Klaggesangs wurde es wach. — — — — — — — —

„Weimar, an der Ilm gelegen, sagt Baedeker, ist eine der merkwürdigsten Städte der Welt," ließ sich hier urplötzlich eine schnarrende Stimme vernehmen, — irgend ein Professorlein stand auf der Schwelle jenes geweihten Gemachs und schaute an dem Klavier achtlos vorüber, und rückte seine Brille fester und steckte seine Nase wiederum in sein Buch und schickte sich an weiter zu lesen. Hinter ihm, mit vorgestreckten Hälsen, schauten alte und junge Begleiterinnen herein — auch aus ihren Augen fiel kein Blick auf das schlichte, braune Klavier. — O weh — wo war mein Beethoven geblieben?! Die Sonne schien heiß durch die Fenster — das Zauberbild war verschwunden, die Zaubertöne waren verklungen.

Das alte braune Klavier stand in dem prachtvollen Zimmer der Großherzogs, als müsse es sich schämen, — es war kein Wunder, daß der Herr Professor und die Frau Professorin und die Professorstöchter es keines Blickes würdigten. — Und der Führer erzählte es ihnen auch nicht, wie auf seinen Tasten Goethe, Schiller und Beethoven gespielt.

www.ingramcontent.com/pod-product-compliance
Lightning Source LLC
Chambersburg PA
CBHW060818310726
48980CB00002B/329

* 9 7 8 3 8 4 6 0 8 4 9 8 4 *